本书属于中国国家新闻出版广电总局和俄罗斯出版与大众传媒署批准的"中俄文学互译出版项目·俄罗斯文库"。由中国文字著作权协会和俄罗斯翻译学院负责组织实施。

Хоровод

环 舞

Антон Уткин

〔俄〕安东·乌特金 著

路雪莹 译

中俄文学互译出版项目·俄罗斯文库

北京大学出版社
PEKING UNIVERSITY PRESS

著作权合同登记号　图字：01-2015-5799
图书在版编目(CIP)数据

环舞/(俄罗斯)乌特金著；路雪莹译.—北京：北京大学出版社，2015.8
ISBN 978-7-301-26217-7

Ⅰ.①环… Ⅱ.①乌…②路… Ⅲ.①长篇小说—俄罗斯—现代 Ⅳ.①I512.45

中国版本图书馆CIP数据核字(2015)第201054号

本书属于中国国家新闻出版广电总局和俄罗斯出版与大众传媒署批准的"中俄文学互译出版项目·俄罗斯文库"。由中国文字著作权协会和俄罗斯翻译学院负责组织实施。

书　　名	环舞
著作责任者	[俄]安东·乌特金　著　路雪莹　译
责任编辑	张　冰　朱房煦
标准书号	ISBN 978-7-301-26217-7
出版发行	北京大学出版社
地　　址	北京市海淀区成府路205号　100871
网　　址	http://www.pup.cn　新浪微博：@北京大学出版社
电子信箱	zbing@pup.pku.edu.cn
电　　话	邮购部62752015　发行部62750672　编辑部62754149
印刷者	北京中科印刷有限公司
经销者	新华书店
	650毫米×980毫米　16开本　25.75印张　350千字
	2015年8月第1版　2015年8月第1次印刷
定　　价	58.00元

未经许可，不得以任何方式复制或抄袭本书之部分或全部内容。
版权所有，侵权必究
举报电话：010-62752024　电子信箱：fd@pup.pku.edu.cn
图书如有印装质量问题，请与出版部联系，电话：010-62756370

目　录

第一部 1
第二部 127
第三部 233
第四部 347
尾　声 399

"故事结束了。"您也许会这样说,也许不会。如果我再次在爱丽舍大街与美人相遇,在布洛涅森林把她从强盗手中救出,或是把她从塞纳河里、从火中搭救出来,那么会怎样呢?……我知道您会笑我。"罗曼史!罗曼史!"您会跟圣路易一起不断地这么说。我的天!如今的人信点什么真难!这让人失去旅行和讲述奇遇的兴致。好吧,我不说就是。

——H.M.卡拉姆辛《一个俄国旅行家的书信》

"您从没见过的一座真正的大山,山上稀疏地长着一些山毛榉或是一些棕色的、虬结的参天大树,你强烈地渴望抵达它的最高峰,因为那是离太阳最近的地方。"布歇先生不慌不忙地轻声说,他的脸上带着迷离的笑容。这个穿着老式长袜、头发灰白的小老头是个星象家,一个星期以来,他那轻柔悦耳的嗓音和非常清晰的判断让彼得堡的上层社会神魂颠倒。"那时候,"他接着说,"您的行动最好用您的心灵活动来解释,"一只皱巴但保养得很好的小手迅速地移到穿着有点破的背心的胸口,"而不是用理智的指令解释。"小手慢慢地向上爬至灰白的头部。"对有的人来说,没有比在空气湿润的黄昏身处宁静无风的林子更惬意的事了。"

仆人小心翼翼、悄无声息地走到为数不多的几个烛台跟前,给快要燃尽的蜡烛剪完烛花,就又消失在黑暗的角落中了。只有大师那干瘦的身体和他左边的桌角被烛光照亮着,桌子有一些闪闪发光的东西,它们有很多面,形状奇特,是大师作法的帮手。

小老头不时地拍手、伸脖、跷脚,尽力追赶他的意念,于是烛光就会轻柔地颤抖，它们的反光就会在他鞋子的银扣子上撒下一些红点儿。

这是一个挺大的厅，尽管正是夏天，天气闷热，窗户却关得严严实实，挂着深色的窗帘，人们围坐成两排半圆形，全神贯注地听这这位星象家说的每一个字——他曾以几个大胆的预言震动欧洲。不过，让有关人士非常高兴的是，这些预言并未言中。不过这丝毫没有损害这位预言家的名声，很可能反倒让他更加名声大震了。

"预言有双重含义，一贯如此。"这个法国小老头用略带沙哑的声音说道，"有很多这样的例子。比如，亚历山大大帝的父亲菲利普皇帝曾得到预言说他会死于一架四匹马的马车。从此以后在整个马其顿再也找不到一套四匹马的马车。我们知道后来菲利普皇帝是被人刺杀的，有些人还记得那个预言，以为可以嘲笑它，但是人们看到在刺杀用的匕首的手柄上刻着一幅四匹马拉的马车的图案。我想诸位懂我的意思：如果预言家对你说，要提防小个子，这听起来好像有点怪。因为我们中的好些人一辈子也不会遇见一个侏儒或小矮人。所以你们应该注意小男孩。诸位说不定有机会跟神明达成交易呢。"

"可是这是荒谬的——跟神明达成交易。"幽暗中传来一个有点胆怯的女人的声音。

"世界就是靠荒诞的东西支撑的，madame。"大师回答说，脸上带着诡异的笑容。

当时我跟同团的一个朋友藏身在我舅舅家的柱子背后听到了这些。我没想到这些轻轻地落到周遭寂静中的话语并不会那么轻易地消散，不会融化在那充满虔诚气氛的冥色中，那些说出的话本身就是一种存在，它们在女士的长裙和仆人、军官、学生的制服周边缭绕，渗透进藏身于剪裁精致的衣服背后的那些人的最深处，对人们有着巨大的威力。并不是因为这些话是某人在某时说出的，而是因为仿佛无意中听到的这些话在他们漫不经心的意识中留下了微弱的暗示。

"他在船难中获救，后来却在排水沟中淹死了。"

要是把那不遗余力地照亮这个小老头，这个大师的微弱烛光哪怕分出一点点给我，要是忽明忽暗的光亮哪怕片刻停留在站在我旁边的那个人的脸上，那么——谁知道呢，说不定我就会忽然看到这张五官周正的脸上显露出命运的奇异征兆，看到他正目不转睛地看着软椅脚下那一团白色的薄纱裙子。

"换句话说，您去断头台，我向左走……"

就在那个时候，我身穿有着金色肩饰的近卫军军服，靠在大理石柱上，不知为何想到我大部分的生活都过得那么平静得不像话，可以说单调乏味。只要稍加思索，这种情况就会显而易见。俗世的忧患和非凡的激情，除了最普通的那些之外，似乎都竭力绕开我那看来弱不禁风的身子骨儿。

当然，话又说回来，年轻人什么事都可能遇到。可是不知怎么，我认定我所有的经历都很平庸，虽然我母亲可能觉得那都是了不起的历险。我感到欣慰的是，我到底学会了不把一般的战争跟飞往月球等量齐观。

再说，在一些人相当奇特的命运周围还有一个大千世界，各种欲望在此喷发、相撞、旋转，在疯狂的流转中将人毁掉，又生出新的人，他们争先恐后地占领位置，就像我们当年第一次品尝冒气的美酒那样争先恐后。你活在这些老老少少的人中间，观察他们，倾听他们，可能无意间猜到他们人生道路上的转折点，甚至可以够到他们，用手指摸到他们，触碰到他们的命运，不过这

3

是别人的命运，它对于你的触碰没有感知。

对有些人你经常只有最模糊的概念，而有些完全不认识的人会伴随你的一生。你可能多少年看不到也想不起他们，不记得他们的存在。但是当你走在路上，你要知道，他们在跟随你，即使他们正在朝不同的方向走；请相信，他们就在身边，哪怕他们正身处异域，但他们的边界也正是我们幻想的边界。我们中很少有谁有足够的自制力，不去莫名其妙地看一眼那神秘的面孔……

"不，不，我们在命运面前并不是束手无策的，"法国人继续说道，"信仰是我们最有力的依靠……"

"信仰是信仰，"舅舅凑近坐在旁边的人——那是一个我不认识的上了年纪的将军——嘀咕道，"晚上我们不妨去开开心。"

上了年纪的将军掏出怀表，点点头。

第一部

1

1836年那一年的夏天，彼得堡热得要命。宫廷搬到了彼得戈夫去度夏，上流社会的人们则到各个岛上的别墅去避暑，城里的人明显少了，正因为如此，全城的人好像都是穿制服的。我是春天来到彼得堡服役的，那年我20岁，过了17年无所事事的日子和3年对我未必有什么益处的大学生活。至少我的家人是这么想的。得知我被从那座神秘的黄色房子里赶出来的消息时，我舅舅正坐在桌边喝他每天中午必喝的马德拉酒。听到这个消息，他一下子站了起来，欢天喜地地画了个十字。他喜欢军旅生活，他说他至今对当年作为一个年轻的中尉第一次在加特钦纳宫换岗时的那种感觉记忆犹新，它使得任何别的满足感都黯然失色——尽管生活对他颇为慷慨，他在五十几年的生涯中没少享受各种各样的乐趣。对穿着浅色长礼服的我，他一般只是轻蔑地瞟一眼，很少跟我说话，就是说话的时候他的一双黑眼睛也不是直接看着我，而是好像斜眼瞄着我那没有挂勋章的胸口。不过我知道舅舅挺喜欢我，他的严厉是装出来的，他到莫斯科我们家的时候，经常背着我妈让人给我些钱。他关心我的前途，不过见面的时候并不流露。

我被开除的时候他正在我们位于老马厩街的家里做客，他每天做的主要的事情就是不管不顾地献身于我们两大国民宗教之一，来检验自己强健的体魄，这种宗教的崇拜对象是众所周知的。他一天到晚待在不大但还算宽敞的厨房，坐在一张沉重的桌子旁，我妈陪着他——她每天早上快10点钟的时候就会手里拿着刺绣，脸上带着不变的笑容在这儿候着。舅舅通常迈着有力的步伐来到厨房，不过，他的脸上还带着昨晚酩酊大醉的痕迹。他亲过妹妹的面颊，就在我外祖父的画像对面坐下。外祖父的肖像有真人那么高，穿着军服，戴着勋章，以意大利古代遗迹的风景为背景。舅舅的贴身男仆费奥多尔几乎同时出现，这是个跟舅舅年龄相仿的沉默寡言的汉子，他把一个刻有花纹的便携式小箱子放在桌子上——一天就这么开始了。我到餐厅来喝早茶，上前亲吻我妈的手，规规矩矩地给舅舅行过礼，就老老实实地坐在我的位子上。茶斟好了，水汽缭绕，消散在明朗寂静的日光中，那是一种平凡的家庭的安宁。舅舅忽然把疲倦的后背挺直，挺挺腰杆，很快地看了我妈一眼，说道："得嘞。"而后他喝下第一小杯酒。过一会儿费奥多尔送来先科夫斯基的刊物或《莫斯科新闻》，舅舅就一直读到吃午饭，差不多在"外来者"栏每看到一个姓都会喊道："真是，怎么这样呢！"

午饭的气氛也是这样平静而舒服，一般饭后大家都去睡一觉，而晚上舅舅有时去看望家住莫斯科或正巧来到旧都的曾跟他一起服役的朋友，或者出去访客。有时我也陪他一起去，可是我很快就对此厌倦了，因为这一类的招待程序非常相像，就像有名又令人伤心的格鲁吉亚庄园里那些不幸的流放者们所住的白房子一样千篇一律。舅舅仔细修剪他的双手，穿上瘦瘦的深色军服，戴上弗拉基米尔绶带，在镜子前耽搁很长时间——此时轻便马车已经候在门外。我们在仆人关切的目送下坐上车，舅舅用手杖戳戳车夫阿尼西姆宽阔的后背，我们就出发了。当我们到达目的地、从容不迫地走向府邸正门的时候，舅舅好像一下子年轻了十岁。他就像一个长时间行军而疲惫不堪的士兵，终于在营地卸下了沉重的背囊。他俯身鞠躬，而挺直的姿态却显得骄傲而威严，他那双忧郁的眼睛发出快活的光亮，跟白日里那个带着酒意、眼睛浑浊的舅舅判若两人。于是我想，那些说舅舅对女人极有吸引力的传说恐怕不是空穴来风。在这种时候我意识到，这正是那个在弗拉德兰刀砍举起抢下普斯科夫火枪团军旗的法国上尉的舅舅。舅舅在跟彼得·彼得洛维奇·Б.、尼古拉·伊万诺维奇·С.、М公爵、К男爵以及很多——用舅舅的话说——跟他"一起喝过粥"的老朋友见面时，就是这个样子。起初我甚至好像有些为他感到骄傲，可是渐渐地，我觉得他的社交光环落在我黯淡无光的身上，让我很不自在。到处都在请舅舅，款待他，每个因为有幸跟他结交而"倍感荣幸"的人都试图用各自的方式来解决我的一无所成的问题。而且大家总是"不约而同"地把话题落到这上面来。起初是谈些无关紧要的事，通常是压低声音谈论舅舅的英雄壮举、他在荣誉问题上的一丝不苟的态度以及诸如此类的话。

"再也没有这样的人了，再也没有了。就是这样，年轻人。"М公爵把我领到一边，伤心地摇着他谢顶的胖脑袋说道。随后就要再讲一遍我已经听过一百次、差不多倒背如流的舅舅生平简介、他的功勋，然后是公爵自己的生平和战斗故事。很快话题转到了我的身上，公爵小心地叹口气，以暗示军服要比校服有价值得多。

"是时候了，是时候了。"公爵最后说道。然后他便走开了。

他的妻子М公爵夫人取代了他，过来问我那从不出门的母亲身体如何，对舅舅赞不绝口。

"了不起，了不起。"她用目光搜寻着他，夸赞道。然后她略作停顿，问我："您还没有服役吗？"她语气的重点明显地在"还"字上。"我们家的阿廖沙在彼得堡已经一个来月了，护过驾，见过皇上了。"于是她叫人把阿廖沙的信拿来，让我看这一段。

这一类的谈话让我很烦，特别是狡猾的舅舅从来不朝我这边看，我有口难辩。在我不断得到这一类很浅显的暗示的时候，舅舅正在充当不折不扣的社交中心。我站在故都莫斯科某座府邸的某个最偏僻的角落，听着远处传来他洪亮自信的声音，同时大人们不断地试图培养我对制度的爱。

不过，不能说我对服役这件事很讨厌。相反，早上睡意蒙眬的时候我经常幻想自己第一个冲入敌人堡垒的坚固围墙，或是从殊死战斗的旗手手中夺过军旗，引领留着小胡子的官兵们冲锋陷阵。有时候我又幻想像阿廖沙·M.一样，在执勤的时候被皇上看到，大声夸奖："棒小伙儿！"于是我马上升一级，让舅舅自豪，同伴敬重……

通常我大胆地设想这些场景的时候，嘴角就会泛出讽刺的微笑，但是现实是，我如今的处境大概已经别无选择。家人对我管得很严，让我难受，我想过年轻人无拘无束的生活，我向往着在开阔的天空下过夜，让清冽的风和稀疏的雨点梳洗我的乱发，我想筋疲力尽地扑倒在独立草原的橡树下，闻着好闻的马汗味休息，当然，我还向往一场不平凡的浪漫的爱情。

当初我说这些话的时候真的想不到这些话的背后隐藏着什么。我说隐藏，是因为这些话背后的东西在当时确实是跟我毫不相干的。爱情、战争、死亡——所有这些对于理性来说大而无当的东西——周围的世界就是由它们接合而成的——主要是使脑子活跃,并没有打破心灵的平静。这些空洞无物的词句无数次地从我的嘴里吐出,它们充塞在书页的前置词之间,当我在自己闷热的房间啃书本的时候,我的眼睛无数次地从它们上面划过。我房间的窗户埋在一棵老椴树的浓荫中,或者说,相反,是老椴树那粗壮的虬枝伸向窗口,当天气不好的时候,树枝扫着玻璃,发出呼啦啦格外恼人的喧哗。

> 我在生命之路上飞奔,
> 意气风发追逐理想。
> 梦想是如此迷人,
> 俗务怎能将它羁绊。
> 有愿望就去完成,
> 以勇气赢得功名,
> 再高再远的地方,
> 也吓不住勇敢的翅膀。

席勒令我心灵激动的程度远超过黑格尔的理论架构结构对我那不成熟的心智的影响。我在他的诗行中间看到搏斗、强盗、渡口,乃至开怀畅饮的场景。当我合上一本书,就会迫不及待地打开另一本书,或是干脆把书放在一边,盯着墙发呆,好像要透过它看到未来。所以,当我到了服役的年龄,我尽管试着上了一阵大学,却对外国教员、档案馆之类没产生多大的兴趣,我越来越经常地向往谢苗诺夫军团那蓝领的军服,我舅舅就是在这个军团参加了三次大战的。

终于,向往变成了主见,于是在饭桌旁的家庭会议上做出了决定。此前不久,我们曾在这儿分析过我做的两三件坏事可能会成为我获得硕士学位的障碍,现在我舅舅答应伸出他那保养得很好的双手,亲自为我张罗此事。我们商量时提到,舅舅当年跟康斯坦丁大公关系很好,在他华沙的王宫里住过很长时间。我舅舅对他的关系很有信心,决定即刻动身去彼得堡,好立刻就地解决问题。"除了彼得堡不能在别的地方服役。"舅舅说。我们匆匆准备了一下就上路了。

我说过,舅舅到莫斯科是暂住的,他多数时候住在新首都,他在大玛尔斯卡街有一所房子。我被安排住在他家,但是我想适应了新环境之后,慢慢地在舅舅家附近找一套房子单住。

我们一到彼得堡,舅舅就去找他最好的朋友之一谢尔盖·瓦西里耶维奇·罗津为我谋职。这个罗津是一个现役军官,是一个中将,根据我现在的记忆,他们俩从年轻时就是朋友。他们俩曾共同卷入一件不愉快的爱情纠纷,追求的对象是1817年来过彼得堡的一个非常富有的波兰伯爵拉多夫斯基的女儿。这件事在当时引起了挺大的轰动,我搞不大清楚其中的原委,只知道舅舅勉强得手,几乎没有连累谢尔盖·瓦西里耶维奇。不知在这件事情中舅舅是否又在故作惊人之举,一直以来他的种种奇闻轶事灌满了我的耳朵。

可是他见过罗津之后得知谢苗诺夫军团没有空缺,不过进入御前骠骑兵是有可能的。我一分钟也没犹豫。这个军团驻地是皇村，加入这个军团之后我就至少有希望获得独立——就像我设想的那样。开始我以补录的名额成了一名亚历山大骠骑兵团的士官生，但还没看到士官生军服镶毛边的黑披肩，就在两个星期后进入了近卫军。

事情办妥之后，我开始熟悉彼得堡。我以前从没来过这座城市，我选尼古连卡·利哈乔夫当陪伴——他是我童年的朋友，已经在彼得堡的将军–省长办公厅工作了。我们整天四处跑，我准备穿上崭新的骑兵军服之后再去拜访舅舅那些不计其数的故旧。舅舅赞同我的想法，于是我跟尼古连卡在Valon'a吃过午饭后就去全城游览，在涅瓦大街，尼古连卡给我指点各处名胜，有时他会遇到熟人，便跟他们鞠躬致意。

彼得堡给我的第一印象是冷淡和倨傲，让我望而却步。但后来我发现，在每个纽扣系得严严实实、一丝不苟的官服之下，这个城市的机体却是热情奔放的。莫斯科是睡意蒙眬、古老而亲切的城市，就算是一天中最繁忙的时段，街上的节奏也是从容不迫、信马由缰的。在莫斯科，拉客人的马车还是时髦的新事物，而风驰电掣的三驾马车更好像是煞风景的东西。可话又说回来，彼得堡这个传说中的美女与莫斯科又有多少不同呢？

我深夜游逛回来，在一排规整的房子中辨认出我已经熟悉的那座淡绿色的房子，我不忙叫醒仆人，而是久久地仰望混沌的天空。

我把母亲派来的人打发回去，让他捎了一封信，告诉母亲说，谢天谢地，一切都安排就绪了，我不会很快回去，母亲可以到莫斯科郊外去度夏。终于，等待的日子结束了，期待的一天到来了。我肩负着不熟悉的肩章的重量，抚摸着闪亮的子弹夹，感觉自己成了一个崭新的人。

4

我在一个皇村神父的寡妇家租了两个干净的小房间，里面放满了东西。这座房子坐落在百年老椴树的环绕之中，我的房间朝阳，天气好的时候雪白的墙上会印下斑驳摇曳的树影。

在这个团里没有我的熟人，不过新伙伴待我很不错。团里有很多嘴上没毛的小青年，而做士官生的只有我和比我小一岁的兹文科夫斯基两个。骑兵团团长是沃罗热耶夫上校，他在骑兵部队已经十六七年了。一见面他就送给我一个烟斗——他坚持要我自己在他收藏的几十个烟斗中选一个。以前我没抽过烟斗，但是用上校的话说，我选得挺好。这是个老烟斗，深色镶银圈，银的颜色也已经变黑，却被不知什么人的手指摩挲得光滑锃亮，大概它曾多次换过主人。我喜欢老东西，我觉得它们似乎可以让新主人直接沉入生活的中心，用不着铺垫和过渡。

"请来我家吃饭。"好心的上校又说道，"没什么山珍海味，但是喝一杯还是没问题的。请别客气。"

我谢过长官，然后我们一起去看兵营和马厩，"地主"已经被牵到那儿了——那是我舅舅送给我的一匹三岁的公马。

已经接近正午了，在这个春天的礼拜日，周遭静悄悄暖洋洋的，有几名骑手在铺着沙子的圆形场地骑马小跑，一个年轻的中尉则坐在营房的台阶上读书。他看到我们，确切地说，看到上校，站起身，手指还夹在书页中间。

"这就是我们骑兵连，"沃罗热耶夫说道，"认识一下吧。"

中尉个子不高，头发是黑色的，看上去二十出头。他的目光直视对方，从容而专注。我想问他手里拿的是什么书，但他看出我的好奇心，就很快把书名拿给我看。这就是我跟涅夫列夫的第一次见面。

"有几个军官住在军营，"上校解释道，他朝着一排靠着主建筑而建的样子阴郁的厢房甩甩头，微笑了一下，"嗯，您会去那儿的，会去得不耐烦的。来这边吧，看看士兵住的地方。"

我们很快走上台阶，来到一个摆放着很多行军床的大厅。

"他们总是读啊读的。读的什么呢，他们自己也不知道。"上校在浓密的胡子里善意地嘟囔了一句。

我们出来的时候，中尉已经不在台阶上了。

5

沃罗热耶夫上校请客时在座的有：普列谢耶夫大尉，此人30岁左右，一张瘦瘦的马脸；拉姆博中尉，他是个可爱的年轻人，柔软的嘴唇上蓄着一副卷得很特别很考究的小胡子；再就是上校的太太叶芙多吉雅·伊万诺夫娜，她是一个安静的、沉默寡言的女人。再没有别人了。不过我注意到有一张椅子一直空着。从一开始我就觉得军官们之间的关系很融洽。他们只说俄语，问了我很多问题。开始我挺腼腆，但很快就跟新伙伴熟络起来——我将来很可能要和他们一起在稀疏的小树林中冒着霰弹等待进攻的时刻。

我开始只是看和听，但很快就被当时近卫军的风气感染了。当时军官们已经不像20年代的军官那么恣意妄为了，可是那些故事他们还是很喜欢说,喜欢听。团里有不少年轻人,他们的生活很花哨,就算是年长的军官(他们中很多人认识卢宁①),他们的生活方式也和年龄不相称。他们不训练的时间很多,可以开怀畅饮,或是跑到彼得堡去看歌剧的首场演出。他们花钱大手大脚,一半人是牌迷,很少有不打牌的晚上。年底的职务晋升季纵酒狂欢达到高潮,有时候如此名正言顺的庆祝也会导致荒诞的下场——有人庆祝自己的晋升玩得太过,一觉醒来,发现自己又被降级,官复原职了。

才一个星期,就已经有两个人借了我的钱,其中一个是普列谢耶夫大尉。他赌瘾很大,不止一次地赢过大钱,但很快就以"弄点小菜吃吃"的名义花光了。"该死的赌钱。"当我拿出一把脆生生的钞票给他的时候,他舔着干涩的嘴唇,嘟囔道。我的一些预算和计划就此告吹了。不过一天之后普列谢耶夫大尉就还了我的钱,就是在上校家吃饭的时候。从我们这位经验丰富的长官的表情中我看出,我做事太冒失了。不管怎么说,得想想怎么才能拒绝借钱又不得罪人。

我自己不打牌,也差不多不会。我只碰过一次光滑的纸牌——那还是在莫斯科,我的一个年纪比较大的远亲萨维里·克里夫佐夫把我带到一座有趣的房子的三楼,在那儿一天到晚有人玩牌。我看到很多体面人在这儿碰运气——有上了年纪的伯爵,他们除了自己的爵位和衣服上的扣子把什么都输光了;有来自草原的半醉的地主,他们穿着脏乎乎的衣服,马鞭子挂在线编的腰带上;一些长相卑琐、看不出年纪的、也看不出干哪行的先生;还有几个长得体面、不停地大口吸烟斗的年轻人,两三个相貌像猛禽的外国人,一帮吵闹的军官,环境肮脏,乌烟瘴气,这一切

---

① 这是一位十二月党人。

让我感到很胆怯……总之，在这儿不是开玩笑，玩的不是那种用戈比或面包圈下注的小姑娘的蠢游戏。当时我口袋里有差不多40卢布，当我出来的时候，我只能确切地知道，一小时前我还有37卢布。我至今也不知道我妈是怎么得知这件事的，反正我们进行了一场极不愉快的谈话。"打牌要了你父亲的命。"她喊道。我对她的语气感到很吃惊，但我做出了结论。因为害怕失去每个月的月钱，我保证不去碰任何形式的纸牌并一直信守诺言。

可是我们有时候喝起香槟来不是一瓶一瓶的，而是一箱一箱的。我不知疲倦地参加所有聚餐，逢宴必到，这儿跟人结识，那儿借给人钱，跟军官们一个不落地交朋友（至少我觉得是这样），津津有味地听伙伴们讲那些直露的故事，其中经常不乏不必要的细节。天亮的时候我摇摇晃晃地回到自己的住处，往床上一倒，连靴子都来不及脱就失去了知觉——我发誓，这怎么也不能叫睡觉。操练的时候即使不刮风我也会打晃，以致好几次差点从马背上摔下来。午饭的时候我困得要死，可是到了晚上，虽然我觉得很奇怪，我的声音便会再次汇入寻欢作乐的军官们下流的喧嚷声中，我会重新坐到被洒出的酒浸湿的桌旁，波戈金的课程的零星碎片会在昏沉沉的脑子里旋转成荒唐的狂欢。我第一个结交、关系最好的人是叶拉金，我对他很是倾慕。他个子很高，相貌英俊，永远是一副睥睨一切的眼神，他甚至对好友也很高傲，经常讲法语，虽然我们团不兴这个，而且我们团对自己的传统是很坚持的。但无论如何，因为叶拉金机敏过人，人们几乎都崇拜他，大概也时时提防着他的讽刺挖苦和差不多总是很刻薄的玩笑。就算在最大大咧咧的一群人中他也会无形中给人一种旁观者的印象，虽然凡事都是他领头。倨傲的态度是他的标签，而他那有些疏离的做派以及经常去彼得堡的单独行动表示他属于最高的社会圈子。此外，他的面部表情似乎在暗示，对他来说月光之下做不到的事少得微不足道，而没尝试过的事已经根本没有了。我不知道苍白青涩、不谙世事的我什么地方吸引了他——我想，他是觉得我的出身地位跟他相当吧。我进入军团的过程不可能长期不为人知，何况有些军官要等上好几年才能进入近卫军团。叶拉金总是强调，他服役是因为无所事事，而我肯定也给人这种印象，因为我一个月要在最无聊的消遣上花一大笔钱。我们中流传着一句玩笑："近卫军不怕死，就怕酒不够喝。"因为这个笑话是从一个法国人的话中变化而来的，所以显得更可乐。我们几乎看不到的大海好像只有膝盖那么深，冬宫对面的涅瓦河也深不过胸，只有警察局局长办公厅旁的那一摊永不干涸的水洼才时或可以兴风作浪，打湿脑袋上的头发。我经常住在我舅舅家。当然，孤身骑马走3个小时路不是什么惬意的事，但舅舅常叫我，拉我去见他的熟人，就像常言说的，到处炫耀。

6月上旬Φ公爵夫人要举办一场舞会，舅舅在受邀之列，而我则提前来到了彼得堡。

当我们到达方丹卡街的公爵夫人家时，门前已经停了很多马车。一群晚上从这儿路过的人停下来望着二楼那些灯火通明的窗口看热闹。大门不时打开，传出阵阵音乐声，看来舞会已经开始。

想到马上要进入这个灯火辉煌、管弦悠扬的稠人广众的场所，我不免有些紧张，但我一进入大厅，紧张的心情就消除了。

这个大厅好像一块林间空地，那些衣香鬓影的美女则像不知名的奇花异草，将大厅装饰得如同仙境。身着淡雅蓝色绸衣裙的女士们翩然而过，美丽的色彩时而聚合，时而散开，变幻飘忽，令人心醉神迷。而在墙边或柱子之间或坐或立的黑衣男士们则好像这幅动人图画的画框。

舅舅一边彬彬有礼地跟众人问候致意，一边向公爵夫人所在的一角走去。公爵夫人大约45岁，依然相当美丽，装扮得光彩照人，此时她在十来个客人的围绕之中，已经带着迷人的笑容招呼我们了。

"亲爱的伊万·谢尔盖耶维奇，"公爵夫人迎着舅舅走上前来，"Ce jeune home est votre neveu？"①

"是的，公爵夫人。"舅舅回答，"不过这年轻人确实还不太适应社交场所的玩乐，他更习惯藏书室的尘土呢。"

当我将公爵夫人柔软白皙的手握住亲吻的时候，我发现手套上方有一圈香粉，拦住了亲吻者的嘴唇。我不由得想起在我们莫斯科郊外庄园的乡村教堂，我走到刻有基督受难像的十字架跟前（它在醉醺醺的谢拉菲姆神父的胖手指上微微发颤）时看到，十字架已经发出银光，正是成百上千的信徒亲吻揭示了那金属的本色。此时，在夜半时分，我们所膜拜的又是一位什么样的神秘女神呢？公爵夫人以欣赏的眼光饶有兴趣地打量了我一下，然后我说了些客气话，就可以自由活动了。但是很快我不知怎么鬼使神差地又来到了公爵夫人的圈子里。

"可怜的年轻人！"公爵夫人感伤地说，"想必您的日子很难过！"

她不是问我，而是直接下断语。这也那怪，像这种地位的女

---

① 法语：这个年轻人是您的侄儿吗？

人只会用这种方式说话。

"为什么呢?"我彬彬有礼地鞠了个躬。

"我认识您舅舅,他肯定没完没了地跟您唠叨他那数不清的故事。"

"我一个都没听到过。"

"那太好了。"

"为什么?老实说我很喜欢听故事。了解别人的各种各样的命运是很有趣的。自己只有一个命运。"

"他可真贪心!"公爵夫人转向舅舅说,把头向我这边一摆,"当心别让这些命运套牢。"

"那是别人的命运。"我笑着说。

"今天是别人的命运,明天就是您自己的了。"这位敏锐的夫人神秘地说,"您不怕语言吗?"

公爵夫人向我投来深不可测的一瞥。此刻深邃的理性隐没在另一个深渊——因身体或慌乱的灵魂的享受带来的极精雅的满足感中。舅舅从旁不动声色地听着。

"行行好吧,"他笑着插进来说,"您别吓他了。"

"我是警告他,不是吓他。"公爵夫人瞪大眼睛,好像因舅舅的无礼而吃惊,准确地说,是为他那说怪话的态度而吃惊。我的心里也是又莫名其妙又好奇。"因为语言总是想得到表现,就像意念总是抗拒被说出来——这种戕害总是如影随形。讲述者是裁缝,而语言是量尺,是他的很紧的量尺,不是吗?有可能落入言筌呢。语言是猎取命运的猛兽。"公爵夫人补充说,她仍然情绪激昂。

"您为何有此高见呢?"我涨红了脸,问道。

"这只是猜测。"

这个猜测好像灰烬落到了我的头上——饱经沧桑的、在爱中燃烧在欲望中煎熬的生命留下的灰烬。

"既然这样,"我还在分辩,"我想活一百次。"

"那就来吧,固执的家伙。"她严厉地回答说,"语言会成为现实。"

"您说什么?"

"就是这话。"公爵夫人打住话头,不再理会我,而去跟舅舅说话,看样子她已经厌倦了我们的闲扯。

后来我多少次地回想起这位智慧的公爵夫人的警告!

我从托盘上拿了一杯香槟,一边不慌不忙地呷着,一边看人们跳舞,搜寻着熟人。人们有板有眼的动作使我充满了一种期待和对某种特殊感觉的模糊的预感。我明白,这些旋律明快的音乐,这些在炽热的手之间悄悄传递的揉皱了的纸条,这一切都是为了我,这里的主人是我,而不是那些在角落里传播些流言的衣冠楚楚的老人。

不知道在从眼前掠过的舞者激动的喘息中间搜寻了多长时间,我忽然看到对面的窗户旁边有个身着御前近卫军披肩的人。这个人背朝着我,我想上前看看这是谁,但这时他转过身来,我看到这是涅夫列夫。看到是他,我大概有些吃惊。据我所知,他在军团里比较个色,跟谁都不亲近,只是偶尔参加我们的娱乐,而且总是在闹到最高潮之前很久就离开欢乐的人们,他的参加主要是为了礼貌,而非开心。而且大家对他不出席已经习焉不察了。简而言之,他回避寻欢作乐的事。叶拉金取笑地称他为"不在的涅夫列夫"。

我差不多不认识他,所以进退维谷,不知该不该走上前去。一对对跳舞的人不时将他纹丝不动的身体遮住,可是他那漠然的神情,他在大厅里扫来扫去的忧郁的眼神我都看得一清二楚。当科季里昂舞的旋律刚一响起,涅夫列夫就迈着坚定的步子向出口走去。

当客人们鱼贯走向布置停当的桌子准备吃晚餐时,我跟舅舅借了马车,答应他爱惜马,跟公爵夫人告辞,心中暗骂着这些礼节的虚伪,走了出来。

街灯已经燃尽,沿河的街道空空荡荡,十分寂静。

"盖拉西姆!把车赶过来!"我召唤车夫。当我转身朝着一辆挨一辆停着很多马车的地方看时,又一次看到了涅夫列夫,他正倚着护栏凝神望着黝黑的运河河面上的闪闪波光。瞬间我的心里掠过一个念头:所有投河的人都是这样开始的。不过我错了。他听到我的声音转过身来,无动于衷的目光划过我,忽然认出了我,好像还挺高兴。他的悲伤的脸上出现了类似微笑的表情。

"我回驻地去,"我说,"一起走吧?"

"好啊。"我没想到他同意了,于是惊讶地给他腾出座位。

我们坐着马车摇摇晃晃地在彼得堡一侧死寂的街巷中穿行了很久才到达城门,睡意蒙眬的守门人取下门闩,打开路障,于是城市最后的几点灯光消失在身后了。周围一片寂静,车轮平缓地转动,天的蓝色变得更加深沉,空气更加清冽。我们裹着斗篷,时而交谈几句。

"您上过大学是吗?"涅夫列夫问道。

"是的,但我没完成学业。"

原来我的这位邂逅的同路人是个很好的谈伴——我想说,他是个认真倾听的人。我们就这么一边聊天,一边在北方的天穹下看着稀疏的星星,走到半路已经彼此以"你"相称了。时间不知不觉地过去,终于,在一团黑乎乎的树和房子的背景下,前面出现了一个白点——那是哨所。

当我跟涅夫列夫在营房旁一边活动着腿脚一边告别的时候，我们已经是真正的好朋友了。

这一夜之后涅夫列夫来找过我几次，翻看我已经看过、如今在书架上蒙尘的书籍。

"有禁书吗？"他有时笑着问。

"上帝保佑。"我回答道。我吩咐烧茶炊，我们总是把茶喝得一干二净。我们有时候饭后在皇村花园的玫瑰小径上散步。涅夫列夫向我打听大学的生活，问莫斯科的情况。他只是小时候去过莫斯科。有一次他听说我们莫斯科郊外的庄园位于大道旁，他愣了一下，若有所思。我觉得他想说什么，但终究没有说。他身上总是有种神秘劲儿——但是，不，也许他并没有任何神秘的东西，他只是性格封闭罢了。我对他过去生活的了解只有在回驻地的路上他自己说的。有时候，他跟任何人都不打招呼，甚至不告诉骑兵连的长官一声就不见了，根本找不到他。除了彼得堡他还能去哪儿呢？可是他在那儿做了什么，只有天知道。该他当班的时候他总是能及时赶到，虽然通宵饮酒不眠，却精神焕发。不过，我们谁没有过为了说一句话、为了短暂的约会，而向着这由灰石头建筑的迷人后宫全力狂奔的事呢？

不管怎么说，我觉得涅夫列夫这人很有意思，我听着他那含着轻微嘲讽的话语，竭力揣摩他是一个怎样的人。

有一次他瞬间真情流露——就像在阴天时候的小太阳一闪

而过，来不及给任何人带来温暖和光明，就又被大片的铅云所遮挡。我记得当时我在花园里散步，夕阳在地上投下影子，长长的树影把林荫道印得光影斑驳。

"我们来到这个世界就像进入杰穆托夫饭店①。桌子已经摆好了，一切都等着你……这是凳子，你应该坐在上面，人们告诉你，这是桌子，是放餐具的地方。"涅夫列夫皱起眉头。"当然，你可以坐在桌布上，可是再往高处已经不行了……房子建好了，路铺好的，桥建好了，你只要学会利用这一切获得最大的方便。我们是世界的俘虏，这个充满各种陈腐规则的卑鄙肮脏的老家伙……就连感情也被别人替我们经历过了。"

"难道这不够吗？"我问道。

"不，我不是那个意思。"涅夫列夫回答道。"我不是说够不够，而是不能多一点，也不能少一点。没有出路。"他沉默片刻补充道，并用树枝把干枯发皱的叶子拨到我们脚边闪光的水洼边上。

这些话中隐藏着那么多炽热的东西，开始我只是觉得这些话古怪，我不由自主地痴迷于他的这些语气决绝、令人害怕的感情流露。

8

我终于猜到，我这个新朋友生活很拮据，后来我去了所谓军官住房的那排厢房里，看了他的房间，更证实了这个令人不爽的猜想。房间非常小，只能放下一张行军床、一个柜子和一张靠窗

---

① 彼得堡的一家有名的饭店。

的窄桌子，床上铺着灰色的军用被服。对了，我在这儿还看到了登载恰达耶夫轰动一时的《哲学书简》的那期《望远镜》杂志。因为没什么家具，好像倒也不需要更大的地方了。涅夫列夫在沃罗热耶夫家吃饭的次数比其他军官多得多，在他家已经被看作一个常客，差不多是自家人了。

　　我看到桌子上有一本书，记起我们第一次见面的时候他读的正是这本书。原来这是马图林的《漫游者梅尔莫斯》。

　　奇怪的是，在这个新地方我过去的生活方式又回来了——我指的是在莫斯科时让我厌恶的大学里的生活方式，如今我忽然有了阅读的习惯：眼睛的训练变得不可或缺，而舌头的训练则成了一种乐趣。不知怎么搞的，我既有时间饮酒作乐，也有时间借着故意调暗的灯光和人长时间地辩论，我还来得及去看望舅舅，差点成了一个在剧院门口挥霍生命的"歌剧上校"。现在只有一种年轻生命的特征还没有在我身上出现。

　　我第一次去涅夫列夫住处的那一天，本来我们说好他要来我这里。涅夫列夫答应8点钟来，我则去了司令部，因为团长不知什么原因想见见士官生们。将近7点的时候我已经回到住处。门口站着一个士兵，他的两脚正无聊地倒来倒去。看到我，他从袖子里掏出一张折成四折的纸，高兴地说：

　　"中尉大人让我交给您。"

　　士兵很高兴终于等到了我，我打发他回去，然后把纸打开。

　　"今天我不能去了，请原谅。涅夫列夫。"我看到一行潦草的字迹，甚至没有撒一层沙子吸干墨水，使得字母歪歪扭扭。"奇怪，"我想道，"怎么这么急。"没办法。我只好跟女房东交代一下，告诉她我在自己房间里，然后穿上袍子，拿一本书在敞开的窗口旁坐下。6月傍晚迷人的斜阳静静地照进房间。我忘了看书，观察着白昼的光明如何一刻一刻地被收了回去。我看到桌子上的东西罩上了神秘的影子，我用手摸摸它们，以确定它们没有在暮色中融化，没有改变一贯的性状。我尽力捕捉黑夜降临的瞬间——尽管你一直等着这个时刻，它却总是无迹可寻。

　　我手托下巴坐了很久，望着懒洋洋的天空，天上有一轮低低的发红的月亮，听着有节奏的蝉声，盘算着一个比一个美妙的计划，因为无可名状的夜的魔力已经令我心醉神迷。

　　远处传来马车的声响。这声音开始只是隐约可辨，几分钟后就快到了我的窗子跟前。我听到有人声音沙哑地喊我的姓，以及女房东惊慌的回答。我从椅子上站起来，很快下了楼。女房东匆匆披了件衣服，已经手拿蜡烛把门打开了，正在门口跟人说话。我看到台阶上站着一个警察所长，他的身后停着一驾马车，马车夫正气喘吁吁地把一个人往下拖。这个人身体又长又重，软绵绵的。最后他终于把那个人拖了下来，让他靠车轮坐着。

　　"您要干嘛？"我问道。

　　"您瞧，"警察笑着朝那个坐在地上的人一摆头，"我们在城门口发现了这个军官。他是您的朋友。"

　　"他怎么了？"我喊道，赶忙走向马车。

　　"明摆着，"警察依然笑着，"他就躺在路上，我们认出了他的制服，就把他拉起来了。他可能被抢，也可能……这副样子什么都可能发生……这些帅哥也真够能作的。哎呀，上帝啊，上帝啊……"

　　"你们怎么知道把他送到这儿来呢？"我不明白。

　　"他自己说让我们把他送到您这儿来。"警察说，然后神秘地补上一句，"在他还能说话的时候。"

　　"得了吧。他喝醉了？"

"烂醉。"他回答道。

警察又说了半天，说什么万一这事被长官知道了，可能如何如何的。我给了他"酒钱"，又给了车夫酒钱，就赶紧上楼去看我那醉得不省人事的朋友，他正躺在匆忙铺上了一条毯子的长木箱上。

第二天早上，当我在朦胧潮湿的晨雾中醒来时，大箱子上已经没有人了。椴树枝头的夜莺一个劲儿地叫着，宣告它们的一天已经结束。我不想再睡了，在床上坐了一会儿，把昨夜发生的事情仔细回忆了一遍，匆忙喝了早茶，就去马厩了。

涅夫列夫没来上岗，但很幸运，他没被发现。他也没到上校家去吃午饭，于是我很明智地抓起一瓶齐姆良葡萄酒就去了营房，想看看他怎么样了。昨天晚上他很不像样子：军服被扯破了，一只靴子上的马刺不见了，手套也没了，手上粘着泥，带着擦伤，蓬乱的头发湿乎乎的，一绺一绺地耷拉在苍白的前额，发干的嘴角上沾着白沫。

我是用脚把门踹开的，我认为不久前发生的事在一定程度上给了我如此任性的权利。我看到涅夫列夫还躺在床上，脏衣服在地上七扭八歪地堆做一团，窗户紧闭，房间里的充满着昨天酗酒所留下的难闻气味。这幅狼狈画面的主人用他的一双黑眼睛瞧着我，眼窝下陷，两颊发青，还有点肿。

"我舅舅说过，"我开玩笑地说，"他认识的一个军官喝酒喝死了，所以他下葬的时候穿的是常礼服。"

"看在上帝的份上，请原谅。"涅夫列夫一副愧疚的样子，开口说，"你知道可能会怎么样。"

"Mon cher, quelle idǔe entre nous?①"我大大咧咧地说，"可是你给我说说，这是怎么回事，我一点也不明白。"

涅夫列夫用没洗的双手抱住脑袋，慢慢地坐起来。我打开了窗户，一股热乎乎的然而新鲜的空气扑面而来，送来午后时分悠长的市声。我们默默地喝着酒，我的朋友弓着身子，哼哼唧唧，用双手把酒杯捧在面前，好像里面是一杯暖人的滚热的茶。

一个小时之后他已经起来了，他带着一副可怜的样子用颤抖的手探查着被无可挽回地损坏的装备。

"得缝缝。"我很肯定地说，为了加强我的话的效果，我一口气把杯子干了，"你坐下，说说看。"

"没什么可说的。"他想了想，皱起眉说道，"我心情不好，就去喝酒了。谁没有过这种事呢。"

这一天过得很郁闷：涅夫列夫不是沉默就是请求原谅，一瓶酒喝光了，但我们不想再喝了。

此后涅夫列夫越来越经常离开驻地，离开的时间越来越长，每一次他那张表情专注的红红的脸都会变得更加阴沉。不过他还是经常来找我，有时候我会看到他的眼睛里闪着醉意的光。有一次他直接找我要酒，眼睛盯住放着一箱打开的马德拉酒的角落。他通常给自己倒上满满一杯酒，一口喝干，然后开始不慌不忙地慢慢喝。我派格里高利（他是个身材矮小、活泼精干的人，给我

---

① 法语：亲爱的，我们之间有什么不能说的？

的女房东兼做马车夫、看门人和地板打蜡工）去买奶酪和鸡，再等等看还有没有别的朋友来玩。

　　有一次我们翻看一本厚厚的席勒文集，涅夫列夫半天找不到他需要的东西，看起来这让他很气恼，神经质地把书页翻得哗哗作响。

　　"别把书弄坏了！"我不满地说，"急什么！"

　　"你看，"他怪怪地说，把翻乱的书随手一扔，"我们坐在这儿，坐上一分钟，一个小时，两个小时，给马备鞍，或是做别的什么事……都是没用的……而我全身心地感觉到，在这堵墙背后生活在运行。"他苦笑了一下，继续说："不是什么运行，是在发疯。你想想：一大早，开始有了动静，人们走出家门，他们去什么地方？有什么感觉？我想做他们中的每一个，体验所有的生命，同时身处所有的地方。"他说这话的时候凝视着我，眼光近乎疯癫。

　　"沃罗佳，你是不是喝酒了？"我不安地问。

　　"我喝茶了。"他回答说，再一次讽刺地笑笑。他站起身来，打开窗户。一个卖书的正肩上背着一个篓子走在房子旁边的路上。"我想做这个卖书的，"涅夫列夫向外张望着，接着说，"我想做这棵树，还有这棵，这棵——我想做所有的，所有的……树很可怜，它生在这儿，就得死在这儿……一辈子站在一个地方，哪儿都不能去。万一它也想去什么地方走走呢？"

　　"等等，"我说，"等到把它锯了，破成木板，就可以走动了。"

　　"问题就在这儿，得锯倒才行。可是它应该是它自己啊。"

　　我生动地想象出树和房子在街上走来走去的样子，它们互相礼貌地打招呼，或是要马车夫载它们到两条街以外自己的位置上。

　　"我们其实就像这些树——不会说话，只能用树枝发声，就这么点能耐。你还没出生，别人就替你全打算好了：你将来要做个什么人，做什么事，那个，应该爱什么人，也许还有你该怎么想事情，就是这样！神父生了儿子，那就直接从摇篮漂到晨祷仪式上去。要是生个女儿呢，她就注定要嫁给一个满脸粉刺的神学院学生。一句话，农民命定要犁地，神父命定要摇晃香炉，小市民命定要喝伏特加……"涅夫列夫沉思片刻，嘿嘿笑了两声，结束道："大家都这么生活。"

"还有商人。"我插话说。

"商人怎么了？"涅夫列夫没听懂。"对了，商人。商人了不起。"

"你忘了商人。商人做生意。"

"对，做生意，这些坏蛋。"他表示同意。

"沃罗佳，"我两手一用力把窗户关上，说道，"你是社会主义者！你大概还希望太阳不要每天升起，而是一个星期升落一次吧。"

"哦，这是哲学问题。"他挥挥手说，"我的意思是，我们没有任何选择，特别是我。我自己都不知道为什么在这儿服役。整天在野地折腾得发昏，践踏花草，挥舞马刀。据说必须如此。生命就要在这些阅兵式中被消磨殆尽，但是我并不觉得可惜。"他嘲讽地说出结论："没有人觉得这很无聊，他们甚至觉得很好。据说这就是我们的阶层，世界秩序的中坚。"他沉默片刻，眼瞧着书页说："是啊，只有语言包容一切，语言是地点、时间和事件的统一。"

"什么语言？"我莫名其妙。

"就是语言。语言。"

"你说的这些都怪怪的。"我有点胆怯地说，心里想："人常喝酒就会变成这样子。"

"我不理解你，"他大声说，"你为什么在这儿？你是可以选择的。丢开这些劳什子吧，别浪费时间。"

"我想当将军呢。"我开玩笑说。

这当儿叶拉金来了。他大概没想到会在这儿见到涅夫列夫。我看见他投向涅夫列夫的眼光，我马上明白，他们两个不是一路人。叶拉金在场的时候涅夫列夫变得沉默而淡漠，而叶拉金则只跟我说话。他们聊不到一起，可是唇枪舌剑还是发生了。我有事去隔壁房间的时候，听到叶拉金用鄙夷的语气问道：

"对了，你打算找谁做军服？"

"跟军团一起做。"

"啊哈……我以为是卢奇呢。"

卢奇是一个很贵的裁缝。叶拉金如此明显地暗示涅夫列夫没有钱，就连我这个当时戴着玫瑰色眼镜看一切的人，都为叶拉金恶毒和横强感到吃惊。当我回到房间的时候，第一眼看到的就是涅夫列夫忧郁的目光。又坐了一会儿，三个人时而沉默，时而交换几句没用的闲话，然后他就起身告辞了。

"你去哪儿啊？"我想留他，同时向大大咧咧地坐在椅子上的叶拉金投去谴责的目光，"你真是的！"

我觉得很尴尬，同时也不知所措，因为我不可能不知道他为什么走。

"你们之间有什么事吗？"当楼梯上的脚步声消失的时候，我直截了当地问叶拉金。

"他跟我能有什么事？你开玩笑吧？"

我紧盯着一只围着桌子转的苍蝇，它时而飞起，时而落回到绿色的桌面上。叶拉金向我要烟，边抽烟边跟我讲昨天那帮捣蛋鬼在克列斯托夫酒馆干的事。原来他们强迫伙计们脱了衣服上菜。自然，其他的顾客都跑了。后来他们醉醺醺地又毁了阿布赫金有名的跑马：马车冲进了海湾，没来得及割断挽索。

"他两次要投水，"叶拉金说，"死命地号啕大哭！好不容易才把他劝住。"

他很晚才走。他走后我在房间里踱来踱去。涅夫列夫在那个表现异常、让我大吃一惊的难忘夜晚之后变得比较愿意跟大家在一起了。他的这个变化让我和许多御前骠骑兵都感到高兴。尽管他们中的有些人仍然认为他这个人古怪、不合群，但还是真心地为他终于进入了朋友们的圈子而高兴。只有现在，当我见证了这恶劣的一幕（说不定这正是我引起的），我才发现叶拉金对他的厌恶。我很清楚，比在我的家里发生的事情更微不足道的小事，都可能引起决斗，其中一部分的结局真的很惨。如果这件事发生在大庭广众的喧闹场合，那么，谁知道呢，我们在叶拉金到来前几分钟干掉的那几杯马德拉酒恐怕就会起决定性的作用了。我的脑子里掠过这样的想法：礼节，礼节有什么用处——如果卑鄙的东西在它们的掩盖下生成和壮大。还不如直接走到对方面前，拽住他的衣领，粗鲁地说："我想要你死，我想干掉你，因为我受不了跟你待在同一个屋子里，同一条街上，同一座城市，虽然我们住在不同的地方，我住在米利翁街，你住在彼得堡那边的贫民区，住在到处是污秽和蟑螂的大杂院。你这下流的家伙有什么权利跟我感受同样的东西，跟同样的人说话，你有什么资格跟我站在一个队伍里？"更诚实的做法难道不是像路边小酒馆里灌了伏特加的粗人一样，抓起沉重的凳子向对方头上扔过去，或是从靴筒里拔出刀子，画个十字，把对方的脖子割开。可是他是怎么干的？漫不经心地丢几句闲话，用喷了香水的手帕擦拭湿漉漉的枪身和扳机。"上帝啊,来吧,来点痛快的。"明明想把铁玩具[1]远远地砸过去,用牙齿咬断对方为假装感冒而围着围巾的脖子,却说什么你的军服是在殖民地商品店做的,这真是礼数周全!

我竭力把涅夫列夫引入我们的圈子,从没想过我也许是在硬把不可能相容的人往一块儿撮合。然而我的孩子般天真的小花招和不合时宜的执着并没有太让涅夫列夫难堪,他开始参加我们的游乐,当然,只是在他因为我不知道的原因愿意这样做的时候。其实我之所以不知道原因,是因为当时我把所有的成功一股脑地归功于我的"傻人缘儿"。

我惊奇地看着他在喧闹的勃列里饭馆一杯接一杯地喝酒,感到暗自高兴。然后——您猜怎么样?——他竟然提议到岛上去,还用刀鞘打马车夫,等到了地方,他跟大家一样,直着嗓子叫唤,让斯乔沙出来。每次他心事重重满身尘土地从彼得堡回来后,心情越是阴郁,就会嗓门越大地喊斯乔沙出场,这个茨冈人的舞蹈中吸收了地球上所有有人烟的地方的动作。说实话,我不是很快就发现了两者之间如此明显的联系。不过也不可能马上发现。当柔软的躯体带着神秘的欲望在你发烫的脸前扭动,当挑衅的黑眼睛在嘲笑你灵魂中最幽暗的角落,只有一层色彩绚丽的极薄的轻纱将你和这个生命勃发、富有弹性的尤物隔开的时候,你哪能顾得上那么多呢?摔碎的杯子被靴子被踩得响成一片,一个声音在你耳边叽咕:

"总共37杯,大人,请……"

"得了,傻瓜!好了,这是8卢布,拿去吧。"

这正是他要的。

"多谢您老……"

---

[1] 指枪。

此时你处于迷狂状态，斯乔沙已经唱到了最高音，那歌声敲击着酒馆死气沉沉的墙壁，点燃火花，唤醒希望。"伸出手，"它仿佛对你说，"你就会触到你想要的东西，你年轻的心灵朦胧期待的东西。"于是你忽然看见一辆三驾马车在初雪的大道上奔驰，车上的两个人目光炯炯，正疯狂地奔向他们的幸福。马贴着地面轻快地跑着，滑木在雪地上留下长长的印迹，但随即就被冰冷的雪埋没了。幸福已经像岗亭里安逸的灯光穿过黑暗迎接它的主人们了。

我不知道这一切会如何发生，我只知道它一定发生。斯乔沙高亢的歌声给了我应许。我慢慢睁开眼，想看看它是不是此时此刻已经到来……不，只有英俊的多纳乌洛夫穿着白色的衬衣，把两条长腿大大的叉开，手捧着脑袋坐在那里。一个戴着脏围裙的跑堂的（他是个跟我年龄相仿的孩子）害怕地在桌子中间钻来钻去；而斯乔沙扭动着灵活的肩膀，消失在一扇门的后面，最后还有涅夫列夫，他正在给自己斟酒，表情凝滞，两眼空洞，酒杯已经满了，红色的液体溢出杯沿，淅淅沥沥地顺着得硬硬的桌布直接流到他的膝盖上。"他的眼神又那么悲伤……"我感到一阵异常强烈的怜悯，自己也不知怎么回事，我碰了碰他的手，便开始安慰他，劝他。我又在酒馆睡了一会儿，就在伙伴们克制和理解的嘲笑声中钻进了马车。

6月底的时候首都的军团开出去野营，骑兵部队驻扎在杜德格尔夫湖岸的帐篷中，那一次我们军团的营地位于红村的入口旁，这个本来很僻静的小地方自我们到来就变了样子。

我和涅夫列夫、拉姆博、多纳乌洛夫一起住在一顶帆布的行军帐篷里，显然这样的住法让人们之间的距离拉近了——不仅是在字面意思上。

我们白天在附近跑马：留意听军团的进军号，向着假想敌进攻，做复杂的转弯练习，跟霰弹一样地散开，又在米哈伊尔·巴甫洛维奇大公的注视下重新列队。晚上我们在篝火旁烤着火，猜测着今夜会不会有战斗集合。在这种条件下喜欢寻欢作乐的人并不见减少——在晴朗的天气，黄昏到来的时候经常可以看到一些影子从哨位旁溜过：这是那些幸运的家伙往熟络的别墅跑。老实说，我没人可以拜访，所以大部分时间在军团的篝火附近溜达。我跟涅夫列夫、拉姆博一起从一堆火走到另一堆火，跟那些和我们一样在无数的烟斗和打呵欠的勤务兵围绕中感到无聊的同伴们交换极少的新闻。

在我要讲的那一天，我们白天在卡博尔村附近训练，我们都累极了，最后还进了沼泽地。回来以后我觉得最美的就是能睡上一两个钟头……

等我醒来的时候已经入夜了。帐篷里悄无声息，除了我一个人也没有。我披上斗篷走了出去。整个营地都在沉睡。黑乎乎的树被6月的树叶缀得很沉重的样子，在夏夜的闷热和寂静中纹丝不动。远处，在一排排整齐的帐篷背后传来哨兵们悠长的报时呼号，而这个时间通常的活动却一点儿也看不到，在已经燃尽的火堆旁一个人也没有，只有司令部的帐篷里射出一道灯光。于是我朝那边走去。

值班的军官是叶拉金，他正一个人坐着喝茶。

"大家都到哪儿去了？"我问道。

"你睡觉睡得什么都不知道。"他笑了，"这儿能活动的人都在普列谢耶夫那儿呢。"

"哦，是赌牌吗，又来了……"我失望地拖长声说。我不想睡了，可是大家都一心打牌，我觉得很没劲。"今天怎么回事，大家都去赌钱了吗？"

"可不是，"叶拉金一直在笑，"有那么大的事儿，可我却走不开……你早上在卡博尔村吗？"

"是啊。"

"听说那儿住着一个楚赫纳老太婆，占卜很灵。普列谢耶夫去找过她，她跟他说：等着轻轻松松地收钱吧。"

"他每天都等着。"我笑了。

"最重要的是一大笔钱。"叶拉金接着说，"反正，他现在正在验证这个预言。"

"我去看看。"我忍着哈欠说。

"去吧，去吧。"叶拉金羡慕地看着我的背影说道，"你可得回来，跟我说说怎么样。"

"人类的欲望与你无关。"我用不久前听到的他自己的一句话回答。

"可是值班的时候什么都有跟我有关。"他随和地回答，"闷得慌。"

普列谢耶夫的帐篷被挤得水泄不通。12到15个人异乎寻常地安静，以最难受的姿势一动不动地挤在一张折叠桌旁，桌子上用写满了密密麻麻的粉笔字。还有几个军官已经进不去了，他们在门口转悠，不时地伸头向大敞的帘子里看。

四个人坐在桌旁，其中就有面色死白的普列谢耶夫。显然，玩牌的人和看客的激动都达到了顶点，人们的脸通红，很多人的头上的汗珠闪闪发亮，他们却都忘了擦。有的人手里攥着早已熄灭的

31

烟斗。我凑上去的时候，一声好像呻吟一样的叹息刚好传过来。

"怎么了？"外边的人赶紧往里面挤。

我用力挤过去。大家鸦雀无声，普列谢耶夫正在用颤抖的手把一大堆皱巴巴的钞票跟散乱的纸牌以及散放在桌子各处的一摞一摞的金币一起往自己的大腿上搂。那些硬币感染了普列谢耶夫的激动情绪，它们反抗着，不想进入别的钱包，纷纷掉落到地板上，可是没人注意它们，这只是些小钱。

"真奇了。"站在人群中的拉姆博嘀咕道。

"没有作弊，对不对，先生们？"普列谢耶夫舔舔发干的嘴唇，问道。他的嗓音都变了，又低沉又发抖。

"是的，没问题。"几个人应道。其他人因为吃惊还回不过神来，一个劲儿地摇头。

"赢了多少？"我问道。

有人告诉了我数目，我又问了一遍。

"真的，真的。"另一个人证实道。

此时普列谢耶夫简直不敢相信自己的好运气，他当场就给大家还账。因为同情输钱的人，大家没向他祝贺。不过对他们来说输这些钱也不是什么大不了的事。

"我请大家喝酒。"最后普列谢耶夫哑着嗓子说。"嗨，那老太婆真棒。我要给她买头牛，上帝作证。我现在叫人给她送钱去。"

他连声喊勤务兵。

"你今天真的去算命了？"有人问。

"没错，没错，见鬼。今天训练的时候我在她家吃的午饭……真神。我再不玩儿了。"

"得了吧，老兄。"人们笑他。

32

"真不玩儿了。"普列谢耶夫回答说,"我了解自己——一个星期就会全输光的。"

人们从帐篷里钻出来,烟斗又点亮了。

"会有这样的事。"涅夫列夫看到我,说道。

"咱们是不是也去算算卦?"拉姆博半开玩笑地建议。

"现在?"涅夫列夫问。

"才12点。"

"不,等等。你没开玩笑吧?"

"普列谢耶夫真行!"有人嘀咕道,"我怎么也不要问自己的命运。"

"为什么不问?"

"万一以后有很可怕的事呢。不光逃不掉,还要过得担惊受怕。"

"怎么会逃不掉?"其他人反驳说。

"瞎掰!"另一边有人说,"对不起,这一套全是胡说。普列谢耶夫每天打牌,总有走运的时候。不过是巧合罢了。"

"谁说得准呢?"

周围人们议论纷纷。

"要不,咱们真的去一趟……"涅夫列夫若有所思地说。

"好啊,我去。"拉姆博附和道,"反正到天亮也睡不着。"

"又一个神经病。"

"别昏头了。"

"够了,别生气,我可是无论如何……"

"普列谢耶夫!"拉姆博喊道,"把给老太婆的钱给我们,我们给她带去。"

"拿着。"普列谢耶夫回道,"不过先喝酒。"

"好好。"

12

从前楚赫纳人住在卡博尔村,后来,照我们的做派,不知因为犯了什么罪过,也许没有任何罪过,就那么出于任性,楚赫纳人跟他们的家当被一起弄到大车上,运到彼得罗扎沃斯克附近的什么地方去住了。于是这个楚赫纳人的村庄变成了俄罗斯人的村庄。不过有些老人还是想办法留了下来,在自己的老家终老。

村庄并不远。我们把普列谢耶夫塞给我们的酒喝光之后,立刻就动身了。楚赫纳老太婆住在村外,我们没能一下子找到她的家,倒是把全村的狗都给惊动了。最后总算找到了我们这位卡桑德拉的摇摇欲坠的小屋,敲了门。我们费了很大的劲儿说服老太婆,我们的深夜造访充满善意。她半天不肯开门,但是听到"钱"字,门终于"吱"的一声开了。

我们一个接一个地在低矮的门框上碰了头,走进屋去。我们看到室内完全没有炉子——直接在地上挖了个灶坑烧火。房顶上特意留了一个走烟的窟窿。其实因为穷这屋子本已千疮百孔了。但是钉在墙上的一个个架子却很整洁——擦拭得发亮的老旧的铜盘铜锅反射着煤火的微光。

"真是个好人,谢谢他。"老太婆咕哝着,她说的是普列谢耶夫。她说话时俄语掺杂着楚赫纳语,用不太信任的眼光看着我们。"好人有好报……你说好的,他们就信,说不好的,他们就不信,骂我老太婆是傻瓜,发脾气,骂人。我不知道说啥好……"

"你说就是,老奶奶。"拉姆博安抚她说。

"我看见什么就说什么。"女主人一边把钱塞进脏乎乎的围裙一边保证说。

她让我们围坐在砌成那个简陋的炉灶的热乎乎的石头旁,自己在对面的地上坐下,用棍子翻动着煤块。火旺起来。我们保持沉默,聚精会神地看着老太婆用树枝在地上划来划去,把不知名的干草茎填到灶里,同时滑稽地顾自叨咕着什么,我好几次忍不住笑出来,说实话,这相当不像话。我听说巫师们一定要养一只黑猫。猫是有一只,但完全不是黑色的,而是灰色的。它不是从魔鬼般的绿眼睛中投出不祥的目光,而是在老太婆脚边舒服地团成一团,对发生的事毫无兴趣。

这样持续了相当长时间,我们已经开始失去耐心了,算命的老太婆蓬乱的灰色头发忽而一抖,用树枝指向拉姆博。

"你不是在这块土地上出生的,"她像乌鸦报信似地说:"也不会死在这块土地上。"

拉姆博全身一震,马刺发出哗啦啦的响声。那只猫显出越发不屑一顾的样子。老太婆抚摸起猫来,再次陷入冥想。

拉姆博确实不是生在俄国。他父亲是法国人,以外交官的身份被派到普鲁士宫廷,其间发生了法国革命,于是他就留在普鲁士,直到小个子皇帝开始东征。拉姆博的父亲打探到消息,就带着家小向东逃,让自家的人马跟法国的先遣队严格保持距离。他在拿破仑的军队到达柏林之前两天离开那里,顺利地逃到了俄罗斯。老拉姆博命中注定终身做移民,他在俄国受到礼遇,如果不说关怀备至的话。他在俄国结了第二次婚,后来波旁王室复辟以后也没有再回国。

对涅夫列夫老太婆说了很多,可是她的话非常含糊混乱,自相矛盾,所以我什么都没记住。而涅夫列夫对这位神婆说的每个字都表现出极大的好奇，还仔细问了一些话。

第三个轮到我。对我她只说了这样一句话：

"你的兄弟会断你的路，但会让你走运。"

"嗯……"当我们走上大路的时候，拉姆博慢悠悠地说。"很含糊啊……其实一般都是这样——漫长的道路啦，公家的房子啦……千万别告诉咱们那帮促狭鬼，他们会笑死我们的。"

"最妙的是，"我笑道，"我没有兄弟……真是白受罪，马也累坏了。何必呢？明天的训练6点就开始了。"

我停下来紧紧松弛的马肚带。

"7点，"拉姆博在黑暗中喊道，"我看见命令了。"

涅夫列夫在马鞍上晃晃悠悠地落在了后面。

夏天就这样很快地过去了，可是我却觉得它像我过去的一辈子那么长。8月22日快到了，这是加冕日，不难想象，我对这个日子抱着希望。但事与愿违，这个庆典却给了我当头一棒，让我蒙羞也让我清醒过来。大典前大公检阅了我们，我的坐骑忽然乱跑起来，打乱了队形，直接奔向米哈伊尔·巴甫洛维奇，我绝望地试图把马勒住，却看见大公吃惊的面孔离我越来越近了。

"团长，到我这儿来！"他吼道，我用余光看见我们的将军气喘吁吁地奔了过来，出鞘的马刀闪着光。

这次倒霉的检阅之后将军也同样跟沃罗热耶夫团长发了脾气，我觉得自己很不争气。而我的坐骑却一如既往地伸着它多皱的嘴唇要糖吃。

舅舅听说了这件事，他把我叫了去。我知道只有一种方法可以躲过这场烦人的、让双方都会不高兴的谈话，于是就带涅夫列夫一起去了。我们在第一个不用上岗的休息日就去了彼得堡。我们出发很早,那个早上天气晴朗,从海湾那边吹来清凉的风,被露珠沾湿的长筒靴很快干了,但是也不时从点着的烟斗里吹出火星,把我们烧一下。

"看,"我让涅夫列夫看我的烟斗,"你觉得它怎么样?"

"有什么特别的?"他耸耸肩说。

"这个烟斗可老呢,"我骄傲地解释说,"是我跟沃罗热耶夫见面时他送我的。这样的烟斗他有40个,也许更多。不知他从哪儿收来的?"

涅夫列夫把烟斗放在张开的手掌上看了一下。阳光遇到发黑的老银,赶紧将烟斗团团围住,熠熠生辉。

"感觉挺怪的。"我吧烟斗拿回来,沉思地说,"现在它是我的,但不知在我之前它有过多少主人。"

"还会有新主人。"涅夫列夫说。

"不,不会的。"我笑道,"我会小心不让这样的事发生。"

"那就把它带进坟墓吧。"他笑着说,"或是扔进运河里。"

"不,"我一本正经地说,"我不会扔进运河的。"

进城以后我们想舒展一下,就把车夫打发掉,步行去舅舅家。

听差通常都坐在门口打盹,但今天他好像在等着我们的到来。我见他脸色阴沉,心里明白舅舅一定情绪很坏。根据其他的几个令人不安的征兆,我感到对事态的判断还要更严重些才对,可是我不愿过早地把自己吓坏了。

费奥多尔急忙接了我们的帽子,我们沿着宽阔的楼梯上楼来到圆形会客室,舅舅在会客室里,穿的不是家常的衣服,而且吓人地紧皱着眉头。他看到涅夫列夫,不易察觉地微笑了一下,看来对我的小聪明有几分欣赏。

"请允许我介绍一下,舅舅,"我开口道。我的声音大得过分。"这是我的战友,弗拉基米尔·阿列克塞耶维奇·涅夫列夫中尉。"

涅夫列夫立正敬了个礼,靴子的后跟相碰发出欢快的"啪"的一声,在令人喘不过气的寂静中这声音缓解了紧张的气氛,也缓解了舅舅的态度。我们各自坐下,等着开饭,舅舅神色不悦地看看我,让我明白,我只是被缓刑,而不是赦免,然后详细地讯问了涅夫列夫在军队的情况,又问道:"阿列克塞·瓦西里耶维奇·涅夫列夫是不是您的父亲?他在挺进边境的时候是炮兵骑兵部队的上尉。"

"是的,"涅夫列夫有点吃惊地回答,"我父亲是在炮兵部队。"

"怎么,舅舅,"我喊道,"您认识弗拉基米尔的父亲吗?"

"一点都不熟,只打过一点交道,"舅舅沉思地说,他好像想起了什么,"1814年的时候我们从欧洲回师,在波兰的一个地方驻扎了一个来星期。我们是在那儿遇到的——我们住在同一栋房子里。此外,您父亲还帮过我一个忙……那个,他是个非常快活的人。他怎么样?退役了吗?"

"十年前在波斯的阿巴斯—阿巴特战死了。"涅夫列夫回答说。

我是第一次听说这件事,我想涅夫列夫在舅舅面前是什么都得一五一十地交代的。

"很遗憾，请原谅。"舅舅的表情凝重，说明他说这话不只是泛泛地表示同情。

我趁着他们稍一沉默的机会插了进来，想让谈话变得愉快一些。可是很快，舅舅又问了一个问题，我得知涅夫列夫的母亲也去世了。

"我母亲有结核病。"涅夫列夫用手指擦擦额头说。这个谈话对他来说无疑是不快的，但这时开饭了，舅舅站起身来，在去就餐之前对我说道："得，你得谢谢你的朋友。"涅夫列夫听懂这话的意思，发窘了。我谢了他，舅舅笑了。

14

我总是对舅舅进餐时那讲究的礼节印象深刻，这些规矩他多半是为自己而设的。在这个和独居无子的主人一起悄悄变老的大房子里，俄式大餐的地位很显赫。

"是啊。"他对涅夫列夫笑道。他发现涅夫列夫有点吃惊，因为我们一走进宽阔的餐厅就陷入了一套繁文缛节中。"您瞧，我一个人住，我尽量不马虎。要是穿着长袍去吃饭，就是承认已经放弃了一些原则……有趣的是，"他把餐具放到一边，接着说，"您的父亲在一定程度上是我的真正的幸福的见证人。"

"真的吗？"涅夫列夫由衷地大感兴趣，"您能不能讲讲，我很想听到一些关于父亲的事。"

"我也不反对……"我也开口道，可是在舅舅严厉的目光下马上住嘴了。

39

"嗯,"他忧郁地微笑着说,"这是很久以前的事了。但是我可以讲,要是你,"他对我说,"要是你没从你母亲那里听说过这件事的话。"

"真的,舅舅,我什么都不知道。"我向他保证说。

我们换到了起居室,在那儿已经准备好了盛在幽暗的粗瓷杯中的热咖啡,我们坐得舒服些。舅舅按了铃,他的贴身仆人应声而至。

"我谁都不见。"舅舅对他说,然后转向我们。

"正如我所说的,年轻人,我们出国远征之后从欧洲回师,我在莱比锡受了伤,所以没有到达巴黎。军团向西行进,我就和一些同样不走运的人留在本部治腿。伤口烂了很长时间,但后来慢慢愈合了。春天到了,传来了好消息——巴黎被攻陷了。我们本部所在的武尔岑的市民们给我们举办了一个盛大的舞会,市政厅被人们用无数的鲜花装饰起来。当时我很年轻,加上春天、胜利、伤愈——这一切让我沉醉,忘乎所以,好像世界是那么清晰,它属于你,就像一枚天知道怎么到了你的口袋里又很快消失得无影无踪的金币。"

舅舅叹了口气。

"那些面颊红润的迷人的德国女人把我们拦住,我真的害怕最后会跟她们中的一个结亲,让她姓我那无瑕的姓氏。但是我们班师的先头部队穿过了这座小城,他们那种急不可耐的劲头也传染给了我。我从司令部打听了近卫军大概的活动地区就收拾了自己的行装,带着费奥多尔上了路。有几个军官也跟我们一起,所以路上并不觉得累。再说这是回家的路，怎么可能让人觉得疲倦呢？终于我找到了自己的团，打听了我不在的时候谁战死了，跟活着的紧紧拥抱，我的心已经回到这里了。"

舅舅用胳膊在空中画了个柔和的半圆。

"仲夏时节我们进入了华沙公国，这时忽然接到命令，让我们就地等待其他军团。于是我们就休整了十来天，在离梅什涅茨不远的地方驻扎下来。你们知道，波兰人从来不欢迎俄国人，特别是那个时候，因为我们是战胜了波拿巴的人，而他们不得不欢迎我们。梅什涅茨有很多小贵族的老巢，这是个植被茂密的地区，到处是森林、沼泽……那些被常春藤缠绕、落满鸽子的阴沉的城堡有种阴郁的美，就是在晴朗的白天也总是使我害怕，似乎一百年前这里的生命就已经停滞了。甚至深井中黑沉沉的水也似乎因为没有人用而水位越来越低了。

"我们选了一块宽阔的林中空地支帐篷，离那里不远、紧挨着大道有一家小酒店，酒店有个大车店，每天晚上军官们都从军营聚集到那里，坐在大壁炉的旁边。店主人有很多李子酒，军官们就喝杯酒打发时间。不止我们团的军官去那儿，御前枪骑兵当时正好赶上了我们，还有您父亲所在的骑兵炮兵部队。"舅舅对涅夫列夫点点头说，"就这样，每到晚上小酒店就热闹起来，谁都知道这种忽然停止前进的时候是很棒的！大家在一起都很开心。

"有一次我跟同伴们刚一走进酒馆，在没有桌布的橡木桌旁坐下，就听到几个坐得离我们很近的枪骑兵在说话：

"'我告诉你，她是个少见的美人儿。我不久前在城里瞄了她一眼。真美！'

"'可是我听说,'他的同伴插嘴说,'她什么地方都不能一个人去。'

"'没错,老伯爵时刻跟着她。不光是进城,就是一个人在花园散步都不成。'

"'你怎么知道的?'

"'是潘·米哈伊采夫昨天跟我说的,也是他让我看见她的。'

"我们聊自己的,但还是经常听到那边谈话的只言片语。这样过了一个小时,那伙人已经喝得有些醉了,我们也是一样。此时我们更有兴趣地听着旁边桌子的谈话:

"'普罗佐洛夫已经试了三天了——你认得普罗佐洛夫的——他差点被狗咬了。'

"'可以想象。'一个瘦瘦的脸色苍白的枪骑兵中尉笑着说。

"'先生们,'我对他们说,'请原谅我跟我的同伴们的好奇,你们说的什么事啊?'

"'哦,这简直是一件神秘的事情,'好几个人异口同声地说,'你们一点都不知道吗?'

"'一点都不知道。'我回答。

"'可是已经有人受了重伤。'中尉开玩笑说。

"于是我们听到了如下这些事:离我们所在的酒馆4里多有一座庄园,庄园主人是拉多夫斯基老伯爵。还在1794年波兰暴动的时候他就被苏瓦洛夫捉住了,他许诺永不用暴力反对俄国才得到了释放。他信守诺言,但从此之后就在自己的城堡里足不出户,身边有一大群跟班和仆人。暴动的时候他妻子女扮男装跟随着他,结果被流弹打中了。从那以后他就很厌恶俄国人——简直深恶痛绝。他身边留下了一个年幼的小女儿,她慢慢地出落成了一个很美的女子。波拿巴本人似乎对她有意,专门为此拜访过伯爵,但骄傲的老人对法国皇帝很倨傲。不知什么阻止了拿破仑用强力占有她,但这件事让她在华沙出了名。当伯爵因为有事带着她去华沙的时候,年轻人夜里在他们住的房子窗下简直像是开起了音乐会。"

"不用说,"舅舅大声说,"我立刻被这个神奇的故事牢牢吸引了。

"'先生们,'我问道,'谁可以告诉我到伯爵家怎么走?'我们的大声喧哗渐渐引起其他客人的注意,所以我说了这话之后大家鸦雀无声。

"'伊万,你喝醉了。'我的同伴别列维金采夫说。

"我不理会他,可是却注意到有人好像是自言自语说的一句话:'普罗佐洛夫中尉想爬进城堡的花园,可是狗把他咬了,要不是朋友们在不远处骑在马上给他策应,救了他,他就被撕成碎片了。'

"听了这话我马上盼咐费奥多尔把枪和马刀给我拿来。大家都认为我在耍酒疯,打算散开到各自喜欢的地方去,可是过了一会儿当费奥多尔气喘吁吁地跑来,害怕地把武器递给我的时候,我又成了大家注意的焦点。别列维金采夫拉着我的袖子,劝我回营帐去,可是我什么都听不进,只顾检查我的枪膛内火药是不是干的。大家忽然吃惊地发现,我并不是开玩笑。"

"伏特加就是这样,让人冲动,"舅舅忧郁地笑笑,不知为何看了我一眼,"所以你知道我对这种乐子的看法。"

"太知道了。"我强忍住笑回答说。

"'您打算做什么,公爵?'那个脸色苍白的中尉问我,那位我没见过的普罗佐洛夫的受挫让他乐坏了。

"'我准备拜访伯爵,'我回答,然后问费奥多尔我的马是不是备好了,于是他便出去牵马。

"'您找的拜访的时间不对,已经后半夜了,'枪骑兵中尉说,'我跟你打赌,你肯定进不了门。'

"我喝高了,马上接受了这个建议,我们商定,输的一方要请所有在座的人喝好酒。

"'可是我们怎么知道真相呢?'有人大大咧咧地问道。于是决定为了作证明也为了防止不测找两个自告奋勇的军官跟我同行。

"此时酒馆老板虽然几乎听不懂俄语,但听到我们那么多次提到伯爵的姓氏,大概已经猜到我们想干什么,他走到我的跟前说了一大通,很着急的样子。好在有一个军官多少懂一点波兰语,他翻译说老板劝我们不要惹伯爵,说他的随从带着枪,而他的住宅根本就是个不吉利的地方。

"'瞎说,朋友,'我说着就准备出发了,跟我同行的是一个谢苗诺夫军团的军官和一个枪骑兵军官。

"当我们上了马,所有其他的人出来送我们的时候,一个炮兵大尉走到我的跟前,说:'到第二个岗哨的时候向左拐,一直走到第三个岔路口,然后再向左拐。今天早上我在那个村子里买羊来着。那儿离庄园就不远了。'

"我们谢过大尉,很快上了在幽暗中依稀可辨的林间砂石路。可是我们走了近一个小时,寻找着岔路口,在黑暗中使劲地看呀看呀,希望看到哪怕一点灯光。犬吠声告诉我们,我们已经快到那个大尉说的村庄了。我们穿过村庄的时候闹出很大响动,几分钟后就看见前面有一条很长的林荫路,月光下可以看到在林荫路尽头有一栋三层楼的大房子，那房子是瓦顶，细窄的窗户好像射击孔，有两个偏楼。没有一扇窗户透出灯光，周围一片死寂，我和我的同伴只能偶尔听到从村子那边传来的依稀的犬吠声。我们在林荫道的这头停下马，我思考着我到底可以采取什么步骤。我边想边观察这个拉吉维勒家族的骄傲后裔这个光溜溜的要塞，一边考虑着一个个的计划，只要它们有点类似于编年史奥列格的诡计，就被我放弃了。我的犹豫不决甚至让我自己开始不耐烦了，我嚼着发酸的草茎，又思谋了一会儿，跟伙伴说了两句话，就径直骑马向门口走去。忽然，几条灰色的影子带着可怕的吼声冲到马蹄前，马吓得直立起来。我来不及多想，就拔出枪来朝着下面乱纷纷的身体射击。一只狗还是咬了我一口，我的一条裤腿顿时被血染黑了。我好不容易在受惊乱窜的马背上坐稳，用马刀把那群畜生赶开，尽量靠近大门。我知道我的伙伴从隐蔽的地方可以把这一幕看得清清楚楚，我开枪是为了有人能马上出现在外面的楼梯上。窗户里已经有烛光晃动，门费力地打开了，几个带着家伙的汉子开始安抚那些狗，对我用波兰语声嘶力竭地喊着什么，我用俄语和法语回答他们，我们很长时间互相不明白对方的意思，终于一个穿欧式外衣的很瘦的人从房子的深处走出来，用法语跟我说了几个字。我没有下马，对他说，我是一个追赶部队的俄国军官，但我迷路了，请求在此过夜和治伤。说到治伤，当然完全是真的，因为狗把我咬得很厉害，而且是咬在了刚愈合的伤疤那里。我付出了这样的代价，也不知能得到什么——我暗自笑我自己。那个瘦弱的人进去了，可能是为了向伯爵报告。我等着回音，那群壮汉把我团团围住，不错眼珠地盯着我。过了一会儿那人回来了，对我说伯爵对发生的事感到遗憾，可是无法提供过夜的地方。

"这样的回答当然太无礼了,这时候这场游戏好像不再是游戏了。

"'您看看,我在淌血,就像一个啤酒桶一样,'我愤怒地把包着伤口的头巾一捏,血滴下来,被沙子无声地吸了进去。

"'我们会把您送到梅什涅茨的大路。'那个人冷冷地说。

"我明白了,我的计策已经开始向着最荒诞的方向发展,这把我气坏了,我想大嚷大叫,把这座房子、这个院子和这一带地方全都骂作强盗和野蛮人的巢穴,可是事情瞬间发生了变化,我用一大摊血和好半天不快的代价所没能得到的东西忽然实现了。是的,是的,我用软绵绵的手指勾住马脖子下了马——我昏了过去……"

舅舅用胜利的眼光看看我们,这是一个熬过了一种病并一辈子给别人治这种病的神医的眼光。

"我不知昏迷了多长时间,"他继续说,"我只知道,当我睁开眼的时候,夜间的潮气已经没有了。我发现在自己躺在几张沙发上,旁边是发出呼呼的风声的壁炉。我的军服被剪开了,腿被包扎着。从那绷带上渗出的一大片血迹可以看出,伤得真的很重。那个瘦弱的人站在我面前,心事重重地用一只深色的波斯尼亚玻璃杯呷着酒。这是一个很大的大厅,地面是石头的,以石柱支撑着高高的天花板,大厅各处有明有暗。但我还是能看出类似圣像壁的一溜祖先的画像,以及沿着墙壁摆放的那些发着寒光的骑士铠甲。大厅有好几个沉重的门,其中的一扇打开了,一位戴眼镜、手拿药瓶的先生走了进来,同时一道亮光射进了大厅磨得很光滑的地上。就在门沉重地打开的时候,我看到门口有一个女人的身影。那个女人整了整散开的黑发,我觉得她好像有点害怕,表情有点吃惊。但是门很快就关上了,鼻子上架着眼镜的医生摸了摸我的手臂,我马上注意到,我别在腰间的手枪、马刀,甚至刀鞘都不在我的身上了。

"'抱歉给伯爵添麻烦了，'我用法语对那个瘦弱的人说，语气尽量地客气。

"'我是伯爵的管家，我叫特罗赛尔。'他说道，'您能骑马吗？'

"我料到话头会这样转向的。我做出了否定的回答，理由是刚长好的伤口又再次受伤了。听了我的话，特罗赛尔离开了，我想他是去跟伯爵商量怎么办。从什么地方传来说话的声音，其中一个人语气恭敬驯顺，肯定是管家，另有一个女人的声音，我听出她情绪激动而又很困惑。他们讲的是波兰语，我猜他们在谈我的事。虽然波兰语我一句都听不懂，但还是紧张地听他们讲那些听不懂的话的语气。谈话很快结束了，特罗赛尔回来说，决定留我到天亮。我用紧张的发干的嘴唇表达了感谢，又问我的武器哪儿去了。

"'哦，不用担心，公爵，您的马在马厩里，已经卸了鞍，手枪在枪套里，马刀也在刀鞘里。'特罗赛尔微笑着回答。

"'您怎么知道我是谁？'我吃惊地问，不由地想到那两个埋伏的同伴。

"'您手枪上刻着字呢。'他再次微笑，回答道。

"两个留着下垂的小胡子的健壮随从把我抬到二楼的一个不大的房间，放在床上。我的军帽和制服上衣也送到了那儿，上衣的袖子也剪开了。我尽量记住这个被迫招待客人的房子的楼梯和房门的布局，当抬我的人离开、脚步声消失在空洞的楼道里的时候，我吹灭了蜡烛，开始对我干的这档子事思前想后。对同伴我并不担心，因为我们已经事先说好，只要他们看到我迈进这个神秘城堡的大门，他们就转身回去。不错，我是被抬进去的，"舅舅开玩笑说，"但我希望他们对我们的条件不要理解得太死板。

我失了很多血,加上紧张和酒劲——那酒很涩很陈——让我昏昏沉沉,不知不觉地睡了过去。"

"醒来之后我用困惑的目光久久地打量着我的这个出乎意料的安身之处,直到终于想起昨天夜里发生的一切。我用目光寻找铃——它的拉链就挂在床头上方——拉铃之前,我先把自己的处境考虑了一番。'跟枪骑兵中尉的打赌我肯定是赢了。'我想。可是我在门口看到的那个女人却让我很惊艳。我相信这就是拉多夫斯基的那个有名的女儿,我朦胧地感到,很可能是她的庇护使我得以我留在这里过夜。我看看自己的腿,相信血已经止住了,可是这条腿还是不听话。忽然我看到我的制服袖子上有一个补得很好的补丁,它的颜色跟衣服非常相近,一下子看不出是缝线。就是说,夜里有人来过。我不喜欢这样,因为我睡觉一向很轻,就像一个军人应该的那样。我怎么能睡得那么沉,如果被人,很可能是个女人,出其不意地看到这个样子,该多么尴尬呀。我想象可能有人把我一览无余地打量过,不禁感到可怕。制服旁边的凳子上放着一条绝对完好的、显然是为我准备的皮裤。我感到这个早上已经应该明确我的地位了,可是怎么也下不了决心去拉铃。铃声会给我带来什么?我既急不可耐地想知道这件事,同时又怕知道。终于,看不见的铃舌发出了一串颤抖不定的铃声,传到了什么人的耳朵里,门开了,仆人把我的擦干净的靴子送了进来,他的身后出现了特罗赛尔先生那张带着愁容的脸。在这儿连手势都表明不速之客是不受欢迎的——当仆人还站在房间里的时候,我已经发现了这一点。

"'几点了?'我问道。

"'就快要10点了,'他回答道,并仔细地看了看我,'不发冷,也不发热吗?'

"'都没有,'我试图笑一下,'就是腿动不了。'

"仆人端来了早餐。咖啡发挥了作用:我打定了主意,心定了,等着看事情如何发展。医生看了看腿,满意地对特罗赛尔嘀咕了些什么,离开了。

"'你们打算对我怎么办?'我问管家,这时候一位高个子的年轻女性走了进来。特罗赛尔用波兰语说了很简短的一句话,但她没有回答他。我在床上微微抬起身,睁大眼睛看着。她长得很美,我跟你们说!我不善于形容人的相貌,我只想说,她肯定有着东方的血统,但这让她更加迷人,她的美完全征服了我。'那老头是不是有藏在高塔里的土耳其后宫啊?'我的脑子里掠过这样的想法。此时她的目光与我相遇,却一点也没有现出羞怯,而是相当大胆地仔细打量着我。我不知道她会猜想在这张床上躺着的是个什么样的人,是一个王子还是一个头发灰白的将军,不过躺在床上的是我,她看到的也正是我。

"'拉多夫斯卡娅伯爵小姐,'特罗赛尔先生本来有些迟疑,此时他急忙介绍,又把我的名字报给了她。

"我用法语跟她交谈,感谢她给予的帮助,她也用法语以低沉而有力的声音回答我。我简单地描述了一下夜里的遭遇,不过略过了一些细节。她问我是在哪儿出生的,属于哪个军团,以及诸如此类的一些话。'和一个回绝了拿破仑的女人谈话原来这么轻松。'我心想,虽然我不敢相信这个童话。我尽量把被狗围攻的事说得好玩一些,并添油加醋,结果她居然轻轻地笑了一下。

"'我听说狗把您的旧伤咬伤了,'她说,'您在哪儿受的伤?'

"'在德国的莱比锡。'

"'听说那是一场很残酷的战斗?'

"'哦,是的,跟波罗金诺战役差不多。'我笑着说。

"'莱比锡在西面,波罗金诺在东面,波兰夹在它们中间。'她也微笑着回答。

"就这样,我们聊了差不多一个小时。"

"坚定的特罗赛尔——这个名字嵌入了我的记忆中,"舅舅叹息道,"一直待在角落里,他甚至不坐下。他只是带着一副完全漠然的表情站在那儿。如果他离开哪怕一小会儿,我不知道我会做出什么事。要知道我习惯迅速做出决定。是的,我会告诉她我富有,门庭显赫,只要我愿意,我可以随时退役,我一无所求,只想站在她的身边,跟她呼吸着共同的空气,看着她。再没有别的了。我愿意到任何地方去:去欧洲,去美国,哪怕去某个还不知道金属为何物的野蛮人居住的地方。我的视线模糊了,我的头上激动得冒出了汗珠。我竭尽全力地压制着这些愚蠢的冲动,我很清楚,我的幻想非常荒唐,甚至不值得开口谈论它。与此同时我又感到吃惊,这个和我交谈的人是如此专注,也许甚至贪婪地听我说着那些最没意思的话,这些话只涉及生活的表层——那生活在这座老城堡的高墙之外流逝着,就像河水绕过火山。我清楚地知道这一点,某些时候我觉得自己像一个当发生宫廷政变的时候站在空王座旁的厨师小徒弟,趁乱在上面坐了一下子。

"当拉多夫斯卡娅在管家的陪同下离开之后,我无力地扑到枕头上,一股无助的感觉差点让我哭了出来。

"两个小时以后我最担心的事来了:从早上开始骑马的侍从

们就被派到附近寻找一个什么炮兵部队。自然,他们找到了谢苗诺夫军团的营地,很快无情的马蹄声就惊天动地地卷了过来。我到底没有见到伯爵,只通过特罗赛尔向他表达了深深的谢意,就被抬上军团的马车,在开心的骑兵们的护送下——他们无忧无虑的面孔瞬间让我感到讨厌——离开了庄园。在庄园钟楼的门洞我好像看见了一个模糊的轮廓和一张朝林荫道方向的脸上的光点。如果这是她,那么她向上帝求什么呢?我想象钟楼内的白墙,黑色的橡木梁,永远不见阳光的十字架。如果需要改变信仰的话,我愿意这样做……

"童话结束了,只剩下一条尘土飞扬的道路,我的马被拴在车上,'嗒嗒'地走在路上。

"'兰斯基从一大早就跑去买酒了。'别列维金采夫开心地告诉我。兰斯基就是那个倒霉的中尉。我们会喝到两箱上等的香槟。路上我没多说什么,对战友的问题回答得简单得不像话。晚上我去跟团指挥官交代,而后喝到醉。我的费奥多尔不断地画十字,我记得我在帐篷里放声大哭,我真心希望什么都不要想,可是脑子里却不断出现各种荒唐的计划。对了,我其实意识到,就是在那样的情形下我也几乎什么都做不了。只剩下一条路——希望能出现合适的机会。但却看不到机会。那么,应该创造机会……这不能算偷。我得看到这个女人的眼睛——她的目光能让一连士兵放下武器,让黑魆魆的炮口转向。只要看她一眼,所有欺骗的想法就会变得违反自然而烟消云散。我感到需要等待某种完全没有可能发生的事情,不禁怒气中烧。"

舅舅沉默了。我们的咖啡已经凉了,我们根本没动过它。

"一天后我们接到了出发的命令。我的腿不听使唤,我已经不是绝望,是某种冷冰冰的麻木让我僵硬了……两个月后我已经到了彼得堡，开始嘲笑自己的绝望和疯狂。"

我们都没有作声，深深沉浸在听到的故事中。我们会遇到什么呢？我们会不会有美丽的公主、神秘的夜晚，以及只有很少人知道来历的英勇的伤疤呢？

"那我父亲呢？"涅夫列夫问道，"您说他为您效劳来着。"

"是啊，是啊，"舅舅伤感地说，"对不起，我跑题了。那个告诉我到拉多夫斯基庄园的炮兵大尉就是您的父亲。"

"可是，舅舅！"我好不容易回过神来，大声问道，"这件事还有后续，不是吗？"

"是有后续，可是没有结局，"他沉默片刻回答道，"不过这些以后再讲吧。"

显然回忆让他的情绪有很大的起伏。他让我们自便。当他站起身向门口走去的时候，我看着他那坚定的步伐，想道，在这条有点过时的驼色裤子下面，不知是哪条腿留着法国霰弹和恶犬咬伤的印记。不知为什么，我到底也没有问出口。

空气中秋天的感觉已经没有了。秋天的气味更是转瞬即逝，还不等你回过味儿来就消失了。人们开始涌向城里，大家纷纷不紧不慢地钻进官服，官服是在裁缝铺订制的，由父亲剪裁、女儿缝制，金色的扣子好像教堂的圆顶，坚挺的领子好像宫殿广场。我们早就形成了这样的风气，就算不是公务员，还是要那种派头。

女士们在海军部林荫道的汇合，为这平淡无奇的单调的地方增色不少。我一边看着海报，一边等着涅夫列夫。他比我早一天进了城。塔廖尼来到了彼得堡，我们一定要看她的首场演出。

在海报架对面的长椅上有一个个子不高的老头，他穿着意大利水手的破旧制服，灰色的长发无拘无束地垂在肩头，一双混浊的老眼，目光和善，嘴唇薄薄的，带着抱歉的笑容。他的旁边摆着几叠彩纸，正用剪刀为过路人剪剪影。当涅夫列夫向我走来的时候，老人正为两位女士做剪影，只见他的动作像猴子一样敏捷，灵巧地剪着纸，不时向他主顾的脸上迅速地望一眼。忽然，我身边传来放下马车踏板的声音，有人在叫我的名字。我一回头，看见尼古连卡·利哈乔夫笑着站在我的面前。

"你到哪儿去了，根本找不到你！"他用他那总是兴高采烈的语调嚷道，"我去过你舅舅家两趟，都没见到你。我正跟斯塔里茨卡娅小姐赶着去看《别尔塔》，今天它在彼得宫演。据说大尉今天会弄出些惊人的东西呢。"

我看了看这驾两个座位的马车，我看到帘子后面有一双漂亮的好奇的眼睛正在看着我们。

"得，该走了。"尼古连卡说着朝马车走去，但走到半路又停了下来，挥动着胖乎乎的手，说道："对了，你参加杜雷妮娜的舞会吧？罗果恩斯基家的小姐们也会参加的。"他狡黠地眯起眼睛。

"我不认识她。"我喊着回答他。

"没关系，可以搞到请柬。你和你的同伴要不要请柬？"他询问地看看我们。

"这是骑兵中尉涅夫列夫·弗拉基米尔·阿列克塞耶维奇。"我告诉尼古连卡。"你去不去？"我问涅夫列夫。

"好啊。"

"我尽量。"尼古连卡答应着已经钻进了暗紫色的车厢，

"我把请柬放在你舅舅家。"

车门"砰"的一声关上了,立在后踏板上的仆人的背影摇摇晃晃地消失了。那个手拿剪刀的老人的帽子里传来硬币的叮咚声音。

"听说这个做剪影的人从前是个子爵或伯爵,"我向涅夫列夫说明,我发现他正饶有兴趣地看老人拿着剪刀上下翻飞,"他是个法国移民。"

"命运的嘲笑真够狠的。"涅夫列夫咧咧嘴,说道。

"是啊,是啊,"我一边应和一边想,人怎能在世事喧嚣中猜透摩伊拉①缝制命运的细线走过的看不见的轨迹呢!我叫来了马车夫,再次回头看看那个为人做剪影的老人。他正垂着两手驼着背,闷闷不乐地看着我们。一阵风把一张没剪好的红色剪影吹跑了,老人两手一拍,赶紧去追。

马车冲进剧院广场,就陷入一片绚丽的混乱中。路灯已经放出了白色的灯光,虽然天还亮着。我们进了包厢,我舅舅虽然不喜欢看戏,却在剧院常年包着一个包厢,就像他所说的"以防万一"。自从我到了彼得堡,"万一"就变成了经常。不错,有时用天文望远镜看看各个包厢里的美人是很开心的,可是更有意思的是亲眼看看那些久闻大名却从未见过的名人。在俄国剧院是新闻交汇的地方,特别是那些由于戏迷们不小心的眼神、悲伤发愣或过分开心的表情而当场产生的新闻。在这有混响效果的墙

---

① 希腊神话中的命运女神。

内，多少的罗曼史往往是从演出的第一声就开始的，又有多少浪漫史是随着最后一幕的落幕结束的。

那天晚上演的是罗西尼的《意大利少女在阿尔及尔》，布景可以说是很奢华的。我怀着一个北方人的热切心情吸收着南方那些缤纷的色彩，被那迷人的音乐深深陶醉，不能自拔。

"你朝哪儿看呢？"我发现涅夫列夫的头总是从舞台的方向转开，于是问他。

"往一个点看，"他开玩笑说，"我得出去一会儿，要是剧终之前没回来，我们在出口汇合。"

第三幕开始的时候他消失了。我朝着我觉得他注意的方向望去，仿佛在远处的一个包厢有一阵轻微的活动。当然，因为比较暗，我只看到镀金的门开了，出现了一个灰色的刺猬一样的头，那是一位高个子的先生，我觉得他有些面熟。

已经快剧终了，涅夫列夫还没回来。我下了楼，在兴奋的人群中找了他一阵，就放弃了——从眼前过的人太多了。他更容易发现独自在门口走来走去的我。可是时间一点点过去，蒙蒙细雨中，已经只剩下一辆不知是谁的轻便马车了。

我等了近一个小时也没有等到他，于是叫过来一个小孩，塞给他一枚硬币，让他赶车送我。我回到舅舅家时心情跟天气一样阴沉。

早上十点尼古连卡让人送来了一个信封。我把它打开，一张请柬掉到了桌子上。请柬只有一张，写着我的名字。信封里还有一个纸条："奇怪，我没能给你的朋友弄到请柬。如果你觉得有必要知道详情，就来Valon'a吃饭吧，我4点在那儿，可以跟你好好说说。"

这张字条让我吃惊极了，因为尼古连卡在上流社会如鱼得水，比这重要得多的事他都可以轻易搞定，而像弄张舞会邀请这样的小

55

事他竟然没有办到，这背后一定有什么不同寻常的情况。我吩咐仆人，如果涅夫列夫来了，不用通报就带他来我这边儿。可是谁都没有来，于是快4点的时候我就去赴尼古连卡的约了。

说实话，我有点生涅夫列夫的气，因为他在进行神秘的活动。我一再问他，他就是不回答，这让我不快，但很快我就明白了，从他的嘴中是逼不出答案的，向别的伙伴打听不仅不够朋友，也没有用。于是我只能靠自己的想象来猜谜了。

据我所知，涅夫列夫在彼得堡什么亲戚都没有，他从不一个人去剧院——那么只剩下一个最简单的答案了：他是不是在城里跟什么人约会呢？简而言之，是不是在这儿搞了个女人呢？想象力顿时帮我揭示谜底：黑夜，月光，树影婆娑的花园，忠诚的侍女转来的情书，匆忙地预备从不准他们结婚的父母身边逃走——我的面前展现出大概如此的剧情。或者他（也是秘密地）潜到了一个年轻姑娘的房里——她被许配给了一个老掉牙的高官。不管是哪种情况，我渐渐倾向于用跟感情有关的原因解释我的朋友往往有些怪的行为。

我带着这样的想法到了饭店，把帽子交给侍者，朝尼古连卡走去，他已经等不及上菜，呷着葡萄酒疗饥了。

"看到我的字条了吗？"他问。

"当然。"我回答。

"那你听我说。杜雷妮娜跟苏尔涅夫夫妇关系很好，是他们女儿的教母。而这位叶莲娜·苏尔涅娃跟你朋友有些瓜葛，就是那个涅夫列夫。"

"那又怎么样？"

"是这样：奥尔加·伊万诺夫娜跟我说，叶莲娜的父母要求不要请他。"

"为什么？"我还没完全明白，"他们怎么知道你在做什么？"

"这我就不知道了，"尼古连卡挥挥手说，"他八成是在追她。我自己也不太清楚……但奥尔加·伊万诺夫娜对我很好，所以跟我透露了两句……"

"尼古连卡，"我请求道，"这件事你跟谁都不要说。对一个年轻人来说这可不是开玩笑的事。"

"没问题。"他一边叫跑堂的，一边回答道，"但你会去的吧？"

"原来如此，"当尼古连卡拿着厚厚的文件夹赶着去衙门上班的时候，我思忖着，"苏尔涅夫家……嗯，这个姓氏挺耳熟。"我竭力回想我在哪儿听说过这个姓氏，但怎么也想不起来。得找到涅夫列夫，可是从秋天以来我几乎搬到舅舅那里去了。得回到团里，回到皇村我自己的住处，虽然我还有两天的假期。我去舅舅那儿取车，顺便问他：

"舅舅，苏尔涅夫家是什么人？"

"苏尔涅夫？"他吃惊地问，"你怎么不认识他们，他们是我们在莫斯科郊外的邻居！今年夏天布森先生演出季的时候他们还来过我这儿呢。"

"是啊，是啊，那时候我急急忙忙的，稍微看了一眼就走了。"

"亚历山大·叶果洛维奇是总司令部的少校将军，他妻子是奥尔加·德米特里耶夫娜。你妈妈跟他们很熟。他们的女儿跟你年纪相仿。"

"您说什么呀？"我对舅舅说，然后走了出去。

我对昨天晚上涅夫列夫的不辞而别已经不那么生气了。我坐车走在林木青翠的路上，心情不错。

涅夫列夫一看到我就让一个士兵拿着一个皱巴巴的铜茶壶去烧水。

"这是我父亲留下的,"涅夫列夫用头点着茶壶说,"我从小就记得它。请你原谅昨天的事……"

"算了,算了,"我马上开始说正事,"弗拉基米尔,我身不由己地见证了一件跟你有关的事情。我没能给你带来去杜雷妮娜家舞会的邀请。记得吗,前天我们在林荫道说的那件事?你知道为什么吗?"

"为什么?"他勉强地挤出这么一个词。

"我看你自己也猜到了。有人要求不要给你邀请。"

"是这样啊。"他小声说,然后就把眼睛低下盯着地板。

我觉得他会对此感到羞耻,我赶忙安慰他:

"当然,这让人不舒服,我可以给你帮忙,如果……我指的是信使的有趣角色——就像一只鸽子把用墨水紧忙写就、洒满幸福的泪水的情书送到令人眩晕的高塔之上……"

涅夫列夫看看我,好像想让我对某件重要的事情做好心理准备。

"我需要钱,"他终于说道,显然是好不容易才把这句话说出口,然后就把目光转向一边。

那个士兵敲门把茶壶送了进来。

"要多少?"我以为会听到一个非常大的数目。

"大概300卢布。"他回答说,用手摸着衣袖。

我们喝了会儿茶，然后到我那儿，我给了他230卢布——这是我身上所有的钱。

第二天他去了彼得堡。

我一整天都很无聊地拿着本书躺在床上。《安东·莱瑟》①这本书吸引我的主要是它的思想：旅行者的见闻比整天读死书的人丰富得多，我对此完全同意。所以傍晚的时候我想到去看看拉姆博，希望在他那儿可以遇到一些有生气的人。

拉姆博住在兵营，但住得很阔气。他自己占了8个房间，这些房间的布置完全是军事化风格的，很严整，但完全没有军营的简陋，房间里铺着龇着牙的熊皮，许多的哥萨克军刀摆在精美的波斯地毯上，还有25支五尺长的镶有君士坦丁堡琥珀的樱桃木烟袋，无数的香水瓶，绣着中国龙的帐幔在最不方便的地方把空间隔开——所有这些豪华都是为了让那些常来造访这里的飞蛾晕菜——它们受到古老铜灯发出的亮光吸引，那些矫揉造作的阿弗洛狄忒造型的灯差不多到天亮才熄灭。这套房子及其意味深长的混乱就像一个堆满已经去世而且无后的大官的遗物的拍卖大厅。

拉姆博穿着红得不可思议的灯笼裤坐在沙发上，跟他所有的宝贝古董一块儿陷在一团深深的、乍看好像无法穿过的烟雾中，飘飘忽忽的。还不等我坐下，叶拉金就来了。

"怎么样，见到她了吗？"拉姆博懒洋洋地问。

"是的，见到了，"叶拉金同样懒洋洋地回答。"不过这事该结束了。动不动就来这套，又是眼泪又是责备……我受不了这个。我是自由人，不欠任何人的。"

---

① *Anton Reiser*，德国作家卡尔·菲利普·莫里茨的作品。

他拿起烟斗看了我一眼："对了，你的朋友原来是个大玩家。"

"什么朋友？"我吃惊地问。

"'没劲的涅夫列夫'玩得可大了。"他哈哈大笑。

"你怎么知道的？"我马上问他，我的脸肯定红了。

"我在莫伊卡的赌场见到他了。"

"那地方很烂。"拉姆博心不在焉地嘟囔了一句，同时把手伸出去打量着指甲。

我觉得自己差不多受骗了，差不多为了拉姆博的这句话而感谢他，因为叶拉金说话的语气就像知道涅夫列夫在那个赌窟里赌博用的是谁的钱。

涅夫列夫失踪、没有知觉地被送回来，原来都是去了那里。他需要钱也是为了这个！

我们愿意原谅自己的一切，有时为了达到这个目的会采用高超的诡辩、狡黠的说辞和精致的花招，以至于，不错，我们会感到奇怪，为什么做别的事我们没有这么多的花样。可是我们却怎么也不会宽容有我们这些毛病的其他人。对于我们不了解的、一次也没犯过的毛病，我们很漠然，就像一个查看敞开的伤口的大夫，可是那些我们自身具有的缺点却唤起我们的痛感，这种感觉让我们不能无动于衷。再说，有毛病的人（不管是用吗啡的人还是赌徒）无疑是不能自主的人，因为他们受自己欲望的控制，所以在某种意义上是意志薄弱的人。这好像给了我们权利可以认为他比我们低一等，最重要的是，让我们可以用一种教训的语气和他们说话。只有恋爱的人，谢天谢地，不被我们看作有缺陷的人，他们的上瘾度经常超过那些可怜的打牌赌博的人或爱喝两口的人。

我把所有沉痛的责备打好了腹稿，要跟涅夫列夫单独谈谈。

好在这是一个满足我的好奇心的好借口，只有一件事让我感到不便：他差不多硬把200卢布的借条塞到了我的翻上去的袖口中。一个品行不端的浪荡子是不会这么做的。

第二天早上出操以后我还是望着他的黑眼圈，问他："怎么，你赌钱吗？"

一下子就看出，这一下打得很重。涅夫列夫整个人好像缩了起来，瞬间他的目光变得很愧疚，好像一只狗把脸伸向刚刚打过它的手。还有一个形象从我的脑子里闪过——那个用剪刀给自己挣饭吃的移民老人的形象。

唉，爱不是过错，真倒霉，我失算了。我们把马牵到马厩，就去团长那里吃饭了。

"你们怎么闷闷不乐的，先生们，"团长说，"别灰心，圣诞节前会有结果的。您可能会因为自己的马受点拖累，"他冲着我说，"其实没事。这样的事有时会发生的。我记得——可能有10年以前——我在皇上面前从马上掉下来过。我的那个傻瓜喝醉了——我指的是我的勤务兵，全团有名的酒鬼——没有把马肚带系紧……又可笑又可气。只是把膝盖伤了——两个星期躺在床上下不来。"

沃罗热耶夫拍了拍他的膝盖。

"您知道，当时我也很难过，难免的。我想得可多了，忽然瓦西里奇科夫亲自来看我——他那时是军团指挥官，他说，你的膝盖怎么样了……天有不测风云嘛……还有，有时我会因为什么小事情夜里不睡觉，全团军官们全都撤出去了，去了彼得堡或别的地方，根本找不到，执勤经常会迟到。"

饭后，我跟涅夫列夫出来时，乌云之间挤出了一道微弱的阳光。

"我想跟你解释点事。"涅夫列夫说。

"关于什么？"我佯作不解。

"关于钱。"他沮丧地朝一边望着。

当我们快到我的住处时，他递给我一个揉皱的信封。

"这是什么？"我翻弄着信封，问道。

"这是一封私人信件。现在你读读。"他说着扑倒在了沙发上。

我不解地从信封里抽出一页折起来的纸，展开，疑问地看看涅夫列夫。

"读吧，没什么不方便的。"他看见我犹豫不决，说道，"求求你。"

于是我读起来：

"弗拉基米尔·阿列克塞耶维奇，仁慈的先生：

上帝知道，我给您写这封信心情并不轻松。您的父亲去世后我对您非常关心，对您差不多像对自己的亲生儿子一样。我恳求您，不要毁了我的女儿！她是个不谙世事的年轻女孩，您也很年轻，而即使像您这样品德良好的年轻人也可能会误入迷途，犯错误。我比您年长，我也曾年轻，我也曾同样，甚至可能更厉害地投身'感情的疯癫'。请相信，一切都会过去的，过两三年您再回想起现在的自己，嘴上会带着一丝嘲笑的。您会明白，生活中最重要的是稳定，就是所谓的根，它可以让一棵树在任何坏天气稳稳立住，只是有时弯腰，有时丢掉身上的没有用的已经死掉的叶子。您比我更清楚您的状况。您已经完全没有庄园了——弗拉基米尔·阿列克塞耶维奇，请不要对我有看法——您的妹妹也大了,该出阁了。应该为她考虑,为她操心。但您想想:我是说,假设您和叶莲娜结合了,等新婚的甜蜜和陶醉过去之后,会怎么样呢?靠着薪水生活,一个人还可以度日,但要养家是绝对不够的。当然,我有挺好的收入,配得上我女儿和作为一个御前军官的您的社会地位。您是了解叶莲娜的,请想一想!她不会满足于在白俄罗斯的某个死气沉沉的角落做一个守备军的太太,也不想到处漂泊,不想跟那些随部队到处迁移的女人交往,又耐不住寂寞,要知道对于女人来说就是最忠诚的丈夫也无法代替活泼的社交的乐趣,因为他经常要忙于公务。于是她会发作,当然这不会很快,可是快点反而更好,因为在发作之前,在那租来的不舒适的小房子里先是会倍感无聊,而后是愤怒,再以后是情绪失控,最后会出轨,这离出事就只差一步了。我描述的家庭很可悲,但请相信,生活就是这样的。它随时蓄意将人带入歧途,又不原谅他们的错误,尽管这些错误是由它怂恿的。您不可能一直在彼得堡服役,为了升迁和发达,必须要更换军团,给军队做贡献。如同年轻的海员不可能在岸上功成名就,他必须航行,当他回到故乡的时候已经是饱经沧桑、睿智成熟的船长了。还有孩子,孩子!为他们想想吧!从天赐的无助的小生命一降生,我们就要承担多大的责任啊!我给您写这封信就是由于这样的责任。

我明白,您一定会反驳我说:'爱情呢!爱情怎么办!'我可以大胆地回答您:没有爱情!您觉得您的心告诉您的正相反。文学臆造了爱情,而不是反映了爱情。我们知道,文学更多的是冷漠的智力的游戏,而不是心动的结果。但我知道另一种爱,那种在书上只字不提的爱。这是真正的感情,它不那么热情,可是稳定,不那么令人心醉,可是持久。您会了解这种爱的,请相信一个老人。而迷醉很快就会过去,短暂的满足会被后悔和头痛代替。您的整个生活还在前头,不要重蹈前人可悲的覆辙,走向自己真正的目标,谁知道呢,也许您可以实现它,获得真正的幸福,那时您提到我的这封信的时候一定会感谢我的……"

"这么说你有个妹妹?"我问涅夫列夫。

"读完了?"他在沙发上坐起来,两手抱住头。

"读完了。"

"明白了吗?"

"有什么不明白的?"

"我曾抱有……说不说呢?……不错,这很傻……我曾有最后一线希望。确切地说,没有希望,是我臆想的……赢钱,赢钱,保不齐会赢,一夜暴富,这样的事听过多少。这很可笑,当然。我把你的钱全押上了,还有我的100卢布。结果肯定是输了,我不是普列谢耶夫。可是我还是在想:万一呢?万一碰上呢?"

"我看最好赌5卢布的……"

"没5卢布的呀。"他打断了我。

现在我才了解到,生活把涅夫列夫逼得走投无路,而我一直感到生活一向温柔、神秘,就像不久前在一条不认识的街上的一个香水气浓重的房间里一个女演员充满激情的爱抚。

尽管很奇怪,但我们还是痛心地把这件事归咎于贫穷,虽然双方都模糊地感到没钱只是事情的一个方面,如果坦率地说,其实是"他配不上她",我甚至觉得,在涅夫列夫承认自己的感情之前很久,这一残酷的结论就已经定案了。

我跟他坐在一起,看起来我们什么都一样,甚至个头都一样,但其实我们只有在穿着军服军靴的时候才是一样的。我能做什么呢?我能帮他什么呢?我不能跟他交换角色,瞬间变成涅夫列夫,让他冒充我,主要是拥有我由于出身而拥有的某些优势。我很快地想象了一下,如果我不是在一座莫斯科的舒适宅子里、在全城找来的最好的接生婆的加油打气声中出生的,而是生在一张硬邦邦的医院病床上或在一个县城的边缘,我的生活会是什么样的。我不禁一阵发冷。

两个多月过去了。当我知道涅夫列夫就像一只被一群矫健的猎犬追捕的小狼一样陷入了绝境的时候,我便非常积极热心地行动起来想把那群狗赶走,我时而自告奋勇要去这个苏尔涅夫谈谈,虽然我自己也不知道谈些什么,时而又跃跃欲试想去见那女神一样的叶莲娜——正是这个名字曾经引起战争。我想弄明白我的愚蠢而空洞的努力是否有用。有时候我又想出一些不正当的、但很浪漫诱人的抢亲计划,让他们在某个偏远的连上帝都找不到(更不用说她的父母和当局了)的乡村小教堂中举行婚礼。当然,这些计划都是胡扯,可是我却觉得完全可以实现,主要是因为它们多半是在我喝醉的时候想出来的。

"这不行,这是童话。"涅夫列夫礼貌而耐心地坚持。我自己的内心深处明白他的话是完全正确的,可是我想向他表示自己的友谊，向他示好。而且别人的秘密也对我格外有吸引力。那早已让我心潮起伏的东西现在近在眼前，尽管不是发生在我身上，而是发生在我朋友身上——当时对我来说这是同一回事。可是有时候它必然失败的前景让我恼火，于是我就会重复那句大概是放肆的拉姆博的话："好了，够了，何必要死要活呢。不值得。"

"你知道这是怎么回事吗？"有一次他问我。

我陷入了沉思。我的爱情经历局限在一个相当朦胧的场景中。两句话就能说完。罗果恩斯基家的一位小姐——老大伊丽莎白，一个17岁的母狮子——吸引了我。我跟她跳了几次法国卡德里尔舞，我不知不觉地成了她的一个密友，这友谊已经有了点不一样的，更具吸引力的性质。这一切发生得很快，更重要的是缺少那种我在书上看到过很多次的激动，这让我困惑。我在她的纪念册里题诗，那诗还是大学的时候写的，一直小心地保存着，就是为了在这样的情况下用的：

> 我的血液里混合着
> 所有游牧部族的血，
> 来自千百年嘎吱作响的帐篷。
> 我混血的面孔饱经风霜，
> 我的内心也纷繁凌乱。
> 我或许是蒙古人，或许是哥萨克，
> 但请您不要大声惊呼——
> 如果忽而在我的眼中看到了
> 两河流域的定居者。

我竭力暗示，但欲言又止，她有所期待，但心神不定。"谁知道呢，"她用那双很美但没什么表情的眼睛看着我意味深长地说，"谁知道呢，您的这个友谊的表示可能对我有完全特别的意义。"我们就此分开了……

舅舅的书房在任何天气都光线幽暗，它成了涅夫列夫逃避外部世界的不折不扣的避难所——他始终没有开启那个世界的钥匙。这个地方与其说是为了工作准备的，毋宁说是为了安静无为的忧伤心情准备的。高达天花板的书柜里摆满了压着花纹的硬皮书，鼓起的镀金书脊发出幽淡的光，奇妙地让一切的欲望、企图、激情和焦虑平息下来。只剩下无精打采的念头随着目光从一架书转到另一架书，从一个黑暗的角落到另一个更黑的角落。即使是晴朗的正午，这里也总是好像照着黄昏的夕阳。"我们什么都知道，"书好像代表看不见的作者居高临下地笑着摇摇头，"写我们的人什么都见过，他们见过像你们一样遭遇不幸的人，只是他们穿着不同的衣服，他们也见过另外一些比较顺利的人，对他们也有话要说，他们还见过已经妥协、不再危险的人，他们都被用白纸黑字记录在我们没裁开的书页之间。"这支人类欲望的大军用语言包装起来，好像可以把火扑灭，让洪水消退，让心灵的地震停止，因为如果一个人不再陷入那可怕的绝望的黑色裂缝中，不再向高处爬以躲开大地冷冷的大笑，他就会像一个在马车上舒适的弹簧座上打盹的旅行者，不知不觉地走过颠簸的道路。此外，图书室的面积不大，这也给人希望，主要是使人觉得希望可以实现。当我们陷在深深的圈椅里，一摞一摞地翻书，甜蜜的疲倦抓住了我们，那些书的书页很干，就像夹在书页之间的那些易碎的枫树叶一样。我们觉得身处十月的树林——宁静、湿润、走向末日的树林。

"现在你怎么办？"有一次我问涅夫列夫。

"我怎么办？"他带着阴郁的嘲讽回答，"莫非娶个承包商的女儿，一年后把她掐死……不，我的所有这些感情都是我的妄念，只能让人笑话。我想怎样？……你听我说啊，一个不久前有30个农奴的人是怎么想的！"他说这些话时不是看着我，而是看着我上面的什么地方，书柜玻璃背后有一幅舅舅年轻时候的水彩小画像，涅夫列夫游移的目光正好与舅舅快活的目光相遇。我感觉他说这些话都不是对我说的，可是我静静地听着，不敢用鞋底蹭地板，不敢挪动姿势让弹簧发出声响，小心不要让不听话的书页发出声响，以免打扰他。

"我可怜的父亲，"他说道，"他连死都不是作为一个英雄死的，而是一个作为一个疲倦多病的人死去的。他留下了一个有60个农奴的小村子，我跟妹妹成年后应该平分这些遗产。我母亲当然什么都没有，我对她没有一点记忆……我的童年是在臭烘烘的营地度过的。我父亲一生都在服役，也没有干出个名堂来。我和妹妹像两只受惊的脏兮兮的小动物一样跟着他到处换防，从多罗戈布日草原到荒蛮的草原营地，再到白俄罗斯的沼泽地区，没完没了地迁移。我记得我第一次看到敖德萨的时候——那是我一辈子见到的第一个大城市——我差不多相信自己简直是置身于……嗯，我不会说。说起那些荒蛮偏僻的地方真是可怕，在那种地方晚上八点之后唯一的灯光是值班军官帐篷里的烛光，还有就是哨兵刺刀上方的月亮。周围全是草原，是一望无际的黑暗，而白天的景物就是几个尘土飞扬、没有色彩、萎靡不振的村庄在干旱的土地上苟延残喘……父亲久久地忍耐着，但是，确实，有一天他明白了：他的生活失败了，没有任何希望，但他很固执（在这儿这是褒义词），不想回到乡下隐居，坚持在军队埋头苦干。他喝上了酒，开始喝得不多，后来越来越多，而且公开地、谁都不避讳地喝，他变得很放肆，最后他已经没有酒伴儿了，因为军官们都避开他，不跟他来往了。

"他有过年轻的时代——那时候战胜了拿破仑，充满希望，非常幸福！这一切都在外省消失了，就像水渗入了沙地，那种野蛮的无声无息的生活不是生活，只是活着。我如果咒骂自己的童年的话就罪过了，我跟我妹妹的童年过得不错，我们有一个德国老师，哈哈，你想想，在卡米萨洛夫草原有个德国人！我们越来越大，我开始思考……不算是思考，只是有时心里会隐约地不安。我记得有一天的深夜父亲上楼来，我跟妹妹早就上床了。他坐在桌旁，我们通过没关严的门可以看到他因为痛苦而颤抖的背。我们也因为心疼、害怕和为他莫名的不平哭了。是谁让我们受屈的？我不知道，就像我不知道他为什么哭……现在我知道了。"涅夫列夫加了一句。

"我们学习，游戏，可是有一天忽然发现，军官们的妻子在悄悄地可怜我们。我们猜到了为什么，一定是因为父亲。他眼看着变了。有一次，那时军团驻扎在基辅郊外，一辆马车停在我们的房前，父亲拥抱了我们，脸上强笑着把我们交给了一个衣着整洁的高个子农民，那人一句话也没说。我们的课本也打捆扔上了车，又放上了一只盛衣服的小箱子，两匹马拉着惶恐的我们上了大路。我们回过头，目不转睛地看着父亲，他也微笑着看着我们，用手掌遮住太阳，眯着一双红红的眼睛。马车拉着我们走远了，我们看见他还站在那儿，手已经放下来了，驼着背……我们看着他，直到车拐了弯儿，然后只能看到几棵橡树了，它们把军营遮住了……"涅夫列夫凝视着舅舅的小画像，沉默良久。

一册西塞罗的作品不听话地从我的膝盖上滑落，砰的一声掉到了地上，涅夫列夫打了个激灵，晃了晃脑袋。

"从那以后我就对外省又恨又怕。它把人慢慢地、痛苦地、不知不觉地吞噬。只有当一个人看到自己被啃干净的骨架时，他才会明白其实自己已经死了。"

"我们的村庄那时已经抵押、再抵押了，"他接着说，"我们先被送到了那儿，然后姑妈来接我们，我们跟她去了卡卢加省。我记得一个小孩对我说：'现在我们已经不是你们的了。''那是谁的？'我很吃惊，但他已经跑走了……我们的姑妈是个善良的女人，但，上帝原谅她，目光短浅。她的庄园勉强维持，没有一点盈余，她也不需要更多。她每年夏天都要自己熬果酱，总之，过得挺平静，她不能想象其他的过日子方式。我们跟着她生活，在田里游逛，陪着我们的是一个四十来岁的没出嫁的女仆，我们在院子里玩，或是跑到苹果园的树影下，顶着巨大的牛蒡叶子，观察周围迷迷怔怔的生活。有时候远处传来邮车的铃声，告诉我们父亲来信了——除了他没人来信——于是她就把我们叫到她的歪歪拉拉的房子的小厅。她顾自看信，我们使劲盯着那写满字的信纸，但她总是把它拿得很高。读完信她告诉我们父亲问我们好，我们站一阵子后就磨磨蹭蹭地到院子里去了。"

"这样过了两年，"涅夫列夫接着说，"直到有一天还是那辆邮车送来了一些父亲的旧物和一个可怕的信封。姑妈哭了很久，我们还不等明白过来，就已经模糊地猜到发生了什么可怕的事……过去那种无忧无虑的生活无影无踪了，日子一天又一天过得无精打采。我们什么都不做,什么都不学——没地方请老师,甚至可读的东西都没有,在发乌的窗户下窄窄的书架上只有我们的破课本,而且上面已经罩上了蛛网。你知道,我并不是能掐会算,但感到我和妹妹生活中的整整一部分就要结束了。

"一个春天的日子,姑妈把我们叫去,吩咐给我们穿戴整齐,让我们坐在长沙发上。我们开始等待。姑妈不时让她的仆人的孩子到外边去看。一个上午已经快过去了,那孩子才飞奔进屋,喊道:'来了!'我和妹妹已经明白这是决定我们命运的事。我们趴在窗户上往外看。一辆阔气的四座马车已到了台阶前,一个面带笑容的先生走下车,我们从来没有见过他。姑妈张罗着接待他,仆人们聚在树荫下观望着。他进了屋,依然面带笑容地看看我们,然后跟姑妈单独谈了很久……'好了,还等什么?'我从姑妈的正房半开的门听到。'我们现在就走,好吧?'他转向我们,说道。姑妈忙活起来,一个劲儿地给我们画十字,与此同时我们不多的东西也打了包。我们又一次爬上了陌生人的马车……后来我才听说,皇上看在波斯战争中阵亡人员名单时,鉴于父亲的英勇牺牲,给了他的遗孤格外的恩典,命令在我达到一定年龄之后进入贵胄军官学校,而把妹妹送进斯莫尔尼修道院女校。'前程似锦,我的朋友,前程无量。'苏尔涅夫对我说,他是父亲过去的同事老朋友,他跟父亲有通信联系,被指定为我们的监护人。"

"瞧,"涅夫列夫笑了,"前程就是这里,可是当来到它的面前时,我看不到什么似锦。"

"我们跟姑妈生活的时候没有任何受教育的机会,因此决定我和妹妹先在苏尔涅夫在伊林街的家住一段时间,跟他的女儿叶莲娜——她跟我年龄相仿——一块儿学文法和历史,以免耽误时间。因为军官学校的考试虽然还很远,但是很难的。

"我刚一踏进这所阔绰房子的大门,就感到好像已经痛苦地感觉到我在这儿永远是客人,我的意思是,我跟房子的主人永远不能融合无间,他们虽然慷慨而周到,但还是非常疏远。也许当我看到农村环境中的衣着考究的仆人时,才第一次开始思考我和他们之间不可逾越的鸿沟。不过,"涅夫列夫提高了声音说,"你很清楚少年的想法是一闪而过的,他无法把这种无情的真实真正放在心上,他只活在现在,好吧,甚至包括不久的将来,但不能太远,不会比约定划船的日子或圣诞节的占卜更远。我有一个很坏的习惯,就是把一枚擦亮的五戈比硬币当成崭新的金币,而且不是夜里摸黑的时候,而是青天白日在当着证人的面的情况下。换句话说,我跟一个人聊过一次之后,就已经把他当作好朋友。所以我一旦发现我的监护人夫妇对我有好感,我就自以为有可能而且理应成为他们家的一个地位平等的成员。我想,这不是因为我缺少教育,而是只是因为我天性如此以及由于我对生活和人怀有热情,在这个意义上这种热情在我成年之后为一种宁静的敬仰所代替。

"那时我饶有兴趣地生活、等待,我还感到自己是社会的一部分,我没有社会地位的概念,我也感到自己我们这片土地的一部分,虽然我只知其边界,对它还不了解。总之,我认为自己是共同事业的参与者。可是很快我就明白了,我的观点缺少最重要的支撑——地位。我以优异成绩考取了军官学校,在那里我开始真正认识到同样真实的现实。不是吗,军官学校是微型的封闭的社会,是支持着它的大社会的缩影。白天的不平等和逸言,夜里的另一种不平等和野蛮的堕落折磨着我。我想,如果前面的所有生活都是这样的丑恶,都要遵循这些卑鄙的规则和规矩。那么我是不是值得努力,是不是值得去追求我那么渴望的东西呢?

"开始的时候因为我身边的人都是贵族,所以我不知不觉地跟他们中的一个要好起来，这救了我。并非出于我的编造，我被看作鲁缅采夫的私生子或俄国南部的一个什么叔叔的唯一继承人之类，这也成了我在同班同学心目中的名片。必须承认，这可以满足我的自尊，同时也让我免于被轻蔑的痛苦。可是时间渐渐过去，我开始对抽象的学科感兴趣。令人吃惊的是，当我在业余时间读到西塞罗因为只是其只有'图利乌斯'这个不够高贵的家族背景而在元老院感到不自在的时候，我竟然没有对号入座，没意识到我自己其实就是这种情况。当我们出早操的时候，我们每个人的区别仅仅是头发和眼睛的颜色，那时候我们拥有平等的权利。可是这骗人的五年一旦过去，一切就各就各位了。我不知道这是谁规定的。我的那些军官学校的同学踏上了自然而然的上升台阶，而对我却靠边站了。我从一出生就注定了另外的命运——服役，就像当年的父亲一样，为生存而服役。可是我还有个妹妹。等待幸福的婚姻或有利可图的婚事是徒劳的。命运是很任性的。我开始服役，希望得到升迁，可是你也知道，说到底这对那些没有背景，出身寒门，没有当官的亲戚和关系的人来说只是个避难所。当我终于明白生活开出的条件时，我对自己说：'好，我同意。为什么不试试呢？'可是有什么用！有什么用？你想象一下正午涅瓦大街上最热闹的时候：几十辆马车，成百上千的人朝着一个方向运动。谁都不想落后，每个人都拼命想超过走在他前头，让他不顺眼的人，而从海湾吹来的风让人们行动困难，吹得很多人后退，扭过身去背对着海军部闪亮的尖顶。而我跟所有其他的人一样，跟它斗争，扑向它，准备或是无礼地用胳膊肘把别人搡开，或是小心翼翼地挤过去——看情况而定。况且，我的身后是熟悉得令人战栗的父亲的生活画面。我不想重复这样的人生，我要逃开。我拼命往相反的方向跑。可是很快我就明白了，对我来说只有一个风向——逆风，把我吹回我好不容易才爬出来的地方。"

"况且，涅瓦大街还有很多岔路，"他嘲弄地说，"它们通向哪里呢？"

我的烟斗熄灭了。我摇铃叫人来续火儿。当仆人夹着煤块接火的时候，涅夫列夫一言不发地看着我脑袋的上方。

"可是苏尔涅夫怎样？"我问，"他能为你做什么？"

"你不是看见了吗。只要不碰叶莲娜，什么都挺好的。可是结果命中注定，就像所谓剧情规定的一样。只要一碰这个问题，就一下子看出他的关心有几何了！关心！只是说说而已，空话。而且他又不欠我什么。"

"他有没有过暗示……"

"我觉得有过，"涅夫列夫打断我说，"但实际上是我自己给了他理由。可是怎么可能不这样呢？你说：我在他家长大，他们同情我，我把这个家看作自己家，而我除了行军床和军服以外身无长物，我有权利抱希望吗？……有一次，我进入士官学校两年后……"

街上传来喊声，这喊声很大，甚至冲进了图书室从不打开、密不透风的窗户。远处的令人心惊的汽笛声和隆隆狂奔的马车声混在一起。我走到窗前，拉起窗帘向外张望，看看为什么那么喧闹。这时候门外响起了又急又响的脚步声，门开了，我们看到情绪激动的费奥多尔。

"怎么了？为什么那么乱？"我问道。

"冬宫着火了。"费奥多尔气喘吁吁地回答，"火大得很，从这里就能看到。"

我跟涅夫列夫赶紧披上大衣跑了出去。

22

宫殿广场上挤满了人。还有越来越多的人差不多从所有的方向朝这里跑来。人头攒动，透明的呵气在人们头顶上缭绕，跟宫殿冒出的黑烟混在一起。骑马的传令兵挥舞着鞭子费力地给自己开路。巴甫洛夫斯克军团的士兵把好奇的人们往外推，为马车开辟出一条自由通道。冬宫巨大的楼体被大火包围，噼噼啪啪地颤动着。人群上方响起了警笛，人们画着十字，喊着，可是听不清他们在喊什么。普列奥普任斯基军团的人排成一排，快速地传递着从大火熊熊的宫殿内部抢运出来的东西，又乱七八糟地把它们堆放在雪地上。我们来到普列奥普任斯基团长面前要求帮忙，但他说士兵们人手够了，还说看来宫殿的房子是保不住了。的确，火在以可怕的速度蔓延，一个大学生双手把一幅圣像高高地举过头顶，圣像上的金属片映着红色的火光。

"我很快就会跟他一样，"涅夫列夫朝着大学生甩甩头，对我说，"让服役见鬼去吧，什么也不会得到。"

我听见了他的话，可是我忙着看面前的情景，没有回答他。皇上的车来了，人群欢呼着，军官们连续不断地发出敬礼号令。谢苗诺夫军团的一个营正在试图保住皇后住的部分，但火焰深深地吸了口气，从二楼的窗口蹿了出来。士兵们后撤了。我们站了一会儿，就去亚历山大剧院旁边的"白色酒馆"了。虽然已经很晚了，酒馆里的人还是特别多。我们坐在一个角落喝茶。

"今天可真热，不像冬天。"有人说。

"你刚才说大学怎么了？"我问涅夫列夫。

"哦，我在想是不是要退役。"他说，"去上大学，学某种东方语言还是什么的，过那种日子……可是没有钱说也是白说。可还是想说，至少痛快痛快。"

"有一次……"我笑道。

"什么有一次？"他莫名其妙，但很快就明白了我的意思。"啊，你说的是这个。对，对。有一次我休假来到他家……"他稍微顿了顿，接着说，"我感觉已经有点不对劲了。我们都大了，叶莲娜已经不是小姑娘，我还是个孩子，可毕竟也大了，已经穿制服，鼻子下面长出了绒毛。我们已经不是孩子了，而是不同从前的新人了。我离开的时候带着爱意，内心悲喜交加，从此一发不可收拾。下一次休假的时候我怀里热乎乎地揣着一沓信，归心似箭，在最后一段路的时候差点代替了车夫自己赶车。

"先生们，可以吗？"一个被烟熏黑的普列奥普任斯基军团的中尉问我们。

"当然，"我们说。他的同伴也是全身黑乎乎的，看上去已经累到极点了，他在我旁边的椅子上坐了下来。

"控制不住。"中尉不知对我们还是对他的朋友说。

"画廊也着了。真邪性。"他的朋友说。"拿罗姆酒来，见你的鬼！"他对跑堂的叫道。

我跟涅夫列夫走了出去。火光更加耀眼地映着天空，更多的人涌来看火以满足好奇心。我们被裹挟在人流中，先是朝着广场方向走。现在士兵们已经不忙碌了，而是三五成群安稳地站着，只是看着火燃烧。可怕的火势甚至让漠不关心的人受到震动，而它的壮观又给其他的人留下了深刻的印象。我在不断扩大的火焰中看到了古代神灵的威力，多神教就是这样报复那些不信神的，以抽象概念代替现实的人们的。我觉得我们大家不是在冰封的涅瓦河岸,而是在第聂伯河多沙的河湾,皇上尼古拉·巴甫洛维奇,这个无数羊群和部落的统治者,穿着打穿的铠甲,耳朵上戴着耳环,正躺在致命的楼阁的深处(它已经成了火葬场),他的灵魂在白发苍苍的武士们和在劫难逃的女人们的呻吟中再次与世界融为一体。时间的联系就是如此,它像烛光一样摇曳不定,可是就算是在先知的眼里也没有比这更牢固的联系了。

忽然在人群中看到了舅舅的马车。我把刀柄向前伸出,朝着车奔过去,越过别人的头用刀鞘敲打着车窗玻璃。涅夫列夫拉住了马嚼子,我边喊边挥舞地开出道路。因为爆裂声、火光和大量的人群,马吓得全身发抖。

"谢天谢地,是上帝派你们来的。"正在不知所措的车夫马特维画了个十字。

"拉住,老爷,拉住!"他对涅夫列夫喊道。我们费了九牛二虎之力总算出来了。

"多不幸啊,"这是舅舅见到我们的第一句话,"会烧光的,一切都会烧成灰的,先生们。"

"不要想冲进火场,"车厢里传来一个陌生的声音,"我们不是在维尔诺,我们也不是20岁。记住了吗,亲爱的?"

"记住了,记住了。"舅舅回答。他眯起眼看着烧红的铁片从房顶上落下来。

"你好,朋友,"谢尔盖·瓦西里耶维奇·罗津从车里探出身来对我说,"进来暖和暖和吧。"

"祝您健康,谢尔盖·瓦西里耶维奇。舅舅,今天弗拉基米尔住我们这儿。"

"没问题,亲爱的。"舅舅说。

"驾！驾！"马特维喊道。于是我们的车小跑着回家去了。

"舅舅，"我在路上就问了起来，"谢尔盖·瓦西里耶维奇说维尔诺是怎么回事？"

"不值一提，"舅舅不想讲。

"得了，亲爱的，只有你的口袋总是满的。"谢尔盖·瓦西里耶维奇说。我们客气地微笑着。坐在车里很舒服，天已经差不多全黑了——只有路灯的光时而把我们的脸从黑暗中显现出来。

"讲讲吧，"罗津鼓动舅舅说，"我也很愿意听，回忆回忆那些岁月……嗨，那时候我们多大岁数，简直不敢相信我们曾经那么年轻。"

舅舅叹了口气。

"好舅舅。"我说。

舅舅又叹了口气。

"好吧。"他同意了，"但要等到晚饭以后。"

吃晚饭的时候大家都不说话，迫不及待地等着听故事。我偷眼看看涅夫列夫，我觉得他高兴起来了。最近，自从他接到监护人的信之后，他一直很阴沉，不爱讲话。而今天他的脸上有了笑容。不知他是去过宫殿广场之后真的下了什么决心，还是……不管怎么说，他的话不再那么冷漠得可怕，他的行动也变得活跃起来。他怀着由衷的兴趣坐到沙发上等着听舅舅的故事。

"好吧。"舅舅环视了我们一圈，这样开始道，"1815年

8月19日发出了近卫军团出发的命令。篡位者到达了巴黎，又开始胡作非为，让法国人陷入了恐怖。俄国军队向欧洲开进。军队，包括近卫军，是从首都出发的。每隔一天有一个团出发，于是这座城市变得一天比一天委顿和空洞。我们怀着复杂的感觉踏上了新的征途。一方面，所有的人都跃跃欲试，希望能最终彻底消灭掉这个一再寻衅滋事的敌人，另一方面我们不久前刚打过一场大仗，身心疲惫，而且也舍不得离开我们好不容易才回来的家。"

"是啊，"谢尔盖·瓦西里耶维奇表示同意，"因为波拿巴，一些刚认识的彼此很有吸引力的人没能走下去。"

他怨艾地看了我们一眼，我们点头表示理解。

"就这样，"舅舅继续说，"我们还在路上已经听说威灵顿和布吕歇尔的军队进展比较顺利，但还没有取得什么决定性的胜利，大家都做好了战斗准备。近卫军在维尔诺集结。几千人马，辎重车辆，随军商贩，附近运粮的农民每天往城里涌，城里容不下所有新来的和已经到的人，所以在城外形成了整整一圈儿的营地。'我看到的维尔诺充满武器和消遣，非常喧闹。'我的一个熟人这么说，他说得完全对。每天都有很多军官进城猎艳玩乐。几乎每个晚上都举办舞会和化装舞会，吸引着当地的贵族小姐们。米罗拉多维奇伯爵为庆祝皇后命名日而举办的节日非常盛大。整个城市灯火通明，而且8月的夜空本来也挺亮的，一时间我们大家都忘了我们为什么停留在这个中间地带，忘了前面还有漫长的路途和强敌等着我们。可是波兰人却大都不喜欢我们的到来，他们内心还是支持波拿巴的，因为他唤醒了他们脱离俄罗斯追求独立的愿望，而且他从厄尔巴岛的逃出鼓舞了他们的思想和行动。尽管大量军队开往维尔诺，但城郊地区并不安定，不时地听到有单身追赶队伍的信使或军官遭遇劫匪的消息。将军们住的房子好几次莫名其妙地着了火。我们认为是有人故意纵火，于是加强了警卫。夜间外边有哥萨克的巡逻队。对了，"舅舅笑了一下，说道，"康斯坦丁大公觉得住在华沙舒服得很，可是我好像心猿意马似的。我告诉你们当我得知军团的行进路线要穿过那个你们已经知道的事情的发生地附近时我的感觉吧。我斗志很旺，可是在前往维尔诺的路上让我更为激动的是那位年轻的拉多夫斯卡娅小姐的令人难忘的形象。我已经在脑海里朦胧地复原了她的面容，但整体的印象还是要用想象来唤起。我绞尽脑汁地琢磨，用什么办法可以再见到她，哪怕是瞥上一眼。我在当时的军团司令部指挥西那儿认识了一个副官，通过他探听我们下一步行动的路线，希望能从华沙以北经过。地点的接近让我生动地回忆起我的那次迷人的奇遇，当我得知我们军团走得不够快的时候，我就会很恼火。我迫不及待地期盼着某个机会，某个机遇来实现我的不明确的打算。不知为何我感到机会一定会出现，所以拼命捕捉别人的谈话以及所有的消息。

"有一天，很遗憾我不记得准确的日期了，只记得那是一个温暖的晚上，在那个阴沉的夏天这样的天气是很少见的。我享受着晴朗的天气，不慌不忙地从举办游园会的安托格力斯基花园返回住处。那天全城张灯结彩，把城市的天空照得通明，所以我没有马上注意到前面出现了不祥的光亮。只是当身后传来匆忙的脚步声，人们纷纷神色紧张地超过我的时候，我才注意到情况不对，也加快了脚步。当我穿过一条狭窄的斜巷子来到广场的时候，我的眼前出现了一幅可怕的场景。钟声大作，连绵不断地在涅曼河上回荡。是广场上的教堂着火了，闻讯赶来的市民想尽各种办法扑灭大火，可是周围的建筑物太密集了。尽管人们竭尽全力，但火势已经蔓延到旁边的旅店，住在里面的人纷纷惊恐地逃离，大火又从旅店蔓延到某个地方机构，那些吓得发疯的官员（不知为何他们那么晚还在那里）拼命地搬出成捆的文件，把它们堆在门口。突然起风了，开始是小风，但风力很快变得非常之大，把纸片纷纷吹向空中，散布了一广场。广场上众多的商铺也急忙把商品抛出来，有的货物遇到不断掉下的木炭一下子着了起来，瓦片也止不住地开始往下掉。无法知道火是打哪儿来的，怎么会烧到这座美丽的教堂。有人说火是由于巷子里照明的油灯引起的，当时全城张灯，这些油灯到处都是；另一些人说他们看到了有人往教堂里运装着橄榄壳油的大桶。对了，当时虽然已经天晚了，仍有很多人散步，其中还有很多军人，所以救火进行得有章有法的。

"不等我接近那个已经着火的旅店，惊慌失措的女店主就一把抓住了我，对着我的耳朵喊着些什么，可是我既不懂当地话，也不懂波兰语，半天什么都不明白。女店主看到我是个军官，好像念咒一样不断重复一句话：'军官先生，让人救他。'我们周围聚集了一群人，最后终于找到了一个人可以用俄语跟我介绍她要我做什么。原来二楼有一个房客，是一个修士或教士，我也没搞清楚。她说他早就去睡了，从教堂着火到旅店着火他一直没有出来。同样没来得及牵出来的马的哀鸣让我心惊，盖过了周围人说话的声音。'军官先生，让人把他救出来。他肯定是吸进了烟昏迷了。'旅店老板娘的诉求大概就是这个意思。旅店老板站在一旁，面色阴沉地看着他的财产化为灰烬。我没时间想，因为火势的蔓延非常快。听到老板娘的话的人没有一个敢往那里走一步，我发现很多人窘得把目光移开了。

"当最后的可能抢出来的东西被扔到广场圆石地面以后，

Хоровод

环 舞

几个士兵试图冲进去，但受不了烈焰又跳开了。我不知道是什么促使我迈出了这一步——因为显然是没希望的——反正我冲到一个飞速滑向教堂的救火桶跟前。我把好几桶水浇在自己身上，全身都湿透了，身后留下一摊水，在火光映衬下好像是一摊鲜血。'大人，不要去，救不出来的。'一个留小胡子的士兵对我说，一个波兰人拉住了我的袖子。我甩开他们一直冲向浓烟滚滚的楼梯。谢尔盖·瓦西里耶维奇也拦着我，但拦不住，"舅舅笑着说，"不过，情况确实危险。我刚找到那个房间，身后的建筑就在火光中轰然坍塌了。房门是反锁的，我的身上开始冒烟，但谢天谢地，在冲了第四次之后我终于把门冲开了。床上真的躺着一个人穿着黑色教士服的男人。我尽快地将他的衣服扯下来，以免引火烧身，双手把他抱起来往外跑。我觉得他很重，我抱不动他。我好歹在地上拖着他，他的头不时地磕到楼梯，所以要是他死了，我都不知道他是因为什么死的。但我的胳膊烧得发麻，疼得无法忍受，我把脸藏在肩窝里，拼命抓住我的战利品的双脚，艰难地向门口移动。我顾不得礼貌了，我为他做出了正确的决定，受伤总比死了好。此外，"舅舅补充道，"这个教士没有表现出生命迹象，一直昏迷，所以他对我的这种野蛮的对待满不在乎。只有当我在离旅店不远的地方放下他的时候，大片的光照在他的胸口，我才看到他的白领子下是什么东西在发光。我吃惊地发现他的衬衣里面穿着制作极精良的环甲。在那儿人们向我们泼水，叫来了医生，把他从我的身边抬走了。我沉重地咳嗽着，很心疼烧坏的制服，我扶着这位谢尔盖·瓦西里耶维奇，慢慢地往家蹭。费奥多尔用什么草药药膏擦了受伤的地方——他总是有一小箱子这样的药膏——又给我拿来了一套新衣服，我们喝了点酒，虽然我全身已经烫得像块煤。第二天团长叫我去，对我说：

"'公爵,您有件事要做。要送一位本地的教士去他的教区,离这儿一百来里。他的马车在昨天的大火中烧坏了,我得到命令,用咱们的车送他。如今路上鬼知道会发生什么。您带上十来个哥萨克吧。我们未必会很快出发,但如果听说我们走了,就到华沙去找我们。'

"'送他去什么地方?'我问。

"'梅什涅茨。'我的长官回答。

"'梅什涅茨?'我喊起来,'这不可能!'

"'那一带是他的教区,米罗拉多维奇亲自请求护送他。这是路条。'

"我拿了信出来,这事的巧合让我非常兴奋,甚至没有问一声这位神父是何方神圣,为何伯爵亲自为他打招呼。

"傍晚的时候已经准备就绪了,我上了车,被护送的骑兵围绕着,等着我的同行者。没过一个会儿他就到了,我惊讶地看到,这个紧抱着一个鼓鼓皮包的高个子教士就是我昨夜从火中拖出来的那个人!

"'公爵,衷心地感谢您昨天晚上对我的救命之恩。'他用很悦耳的声音和纯正的法语说道。

"'不用谢。'我回答。'Il te faut des émotions.'①

"他名叫安德热,看样子40岁左右。他的脸瘦瘦的,五官有点尖,看上去很安详。他的一双黑色的大眼睛平静地看着我,眼里带着探究的神气。他发白的眼皮微微眯着,看人的时候很有尊严,但没有这类先生通常的那种睥睨一切的神气。'其实天主神父和我们的神父之间有什么截然的不同呢?'我想,'他算是比较年轻,但已经让自己的表情那么有威严了。'他没有蓄胡

---

① 法语:情急之下就那样做了。

83

子，脸光光的，很整洁很端庄，其轮廓是一个完美的椭圆。我经常在我们的教士脸上看到郑重其事的表情，但这张脸却完全不同，我们教士的脸有的兴奋，有的沉思，但都与天主教教士的脸不同。他们的表情似乎缺少真诚，那种天真，那种与上帝接触时必不可少的神圣的质朴，但是却有的是那种冷冷的严肃。不管怎么说，信仰在为其服务的人的脸上留下了抹不去的印记。"

"不完全的是这样的，舅舅。"我想反驳，但舅舅用手势制止了我。

"'安德热先生，'我问道，'您为什么要穿着中世纪的铠甲呢？'

"他的表情依然很平静，但不知为何我觉得他左边的眉毛抬了一下。

"'您看，公爵，我在护送教会的钱，路上很不太平。战争时期造成了一些不便。'他彬彬有礼地回答。

"'您是波兰人吗？'我问。

"'是的。'

"看得出对方不是很乐意说话，于是我就不言语了。但我们要走很长时间，所以不管乐意不乐意，还是免不了要说话。我已经涉及了折磨我的主要问题。我觉得不方便直接提出这个问题，况且既然我们的谈话所涉及的是宗教，那个问题也完全是不搭界的。这些滑头不会放过一个最小的机会让人在自己虚构的，连上帝也不知道的优势的网中迷失。'现在他要考验我了。'我这样想。我是对的。关于世俗的谈话进展不顺利。而且我很不小心地说到耶稣会的教士不诚实，没良心。安德热先生带着居高临下的笑容听我说话，当然，我不知道他对耶稣会的教士是怎么看的，可是最终连我自己都觉得我的进攻太凌厉了，更何况他根本就把它们当作耳旁风。

"'把他们从两个都城赶走是对的。他们的手伸得太长了,蛊惑动摇的心。更不用说他们简直是在我们那儿当暗探,而且那么明目张胆,简直让人受不了。'我大概就是这么说的,'俄国不需要这个荣誉。'

"'我去过彼得堡,'我的对谈者说道,'我认识斯维奇娜女士①。这就是个不错的例子,不是让欧洲受累的政治移民,而是宗教移民。'

"'也许是这样的,'我回答说,'但您只是证明了我的想法。嗨,索菲亚·彼得罗夫娜受到撒丁使臣德·梅斯特尔的影响了。这个人是多么巧妙地把不相容的东西掺和到一起啊。'

"'哦,俄国人有个不变的习惯,把任何个人的好恶加以政治的解读。'

"'有什么办法呢,这就是我们国家思想的特点,不过请注意,它们带来了成果:现在不是法国军队向俄国开进,而是俄国军队向法国开进。'

"'可是我们在用法语交谈,不是吗?'安德热先生机智地反驳道。"

舅舅叹了口气。

"'就算这样,'我接着说,'但当某人信奉歇斯底里的暴力的时候,您怎么接受他的想法呢?'

"'您指的是德·梅斯特尔吗?'神父问道,'棍棒是用来在世界上为上帝做事的。'

---

① 索菲亚·彼得罗夫娜·斯维奇娜(1782—1857),作家,19世纪俄国颇有影响的天主教徒,在巴黎主持著名的沙龙。

"'通常双方都有棍棒,'我说,'您指的是哪一方?'

"'圣洁的一方。至于斯维奇娜女士,公爵,您得承认,你们那儿的爱国主义很盛,而这种感情不是永远必要的。和上帝订立的契约会抹去此前的一切责任。'

"'已经订立了一次,为什么还要订下一次?'

"总之,我们一路唇枪舌剑,直到第一个换马点。"

"对了,"舅舅又叹了一口气,"斯维奇娜女士两年后还是迁到了巴黎,据说如今她在那儿几乎成了神圣的。那还用说!"舅舅叹道:"管着成千上万的灵魂哪。"

"就这样,"他继续说,"换马的时候我们下车在车旁舒展一下身体活动活动腿。

"'请问,安德热先生,我们去的是什么样的地方?我听说过那儿的上流社会,比方说,拉多夫斯基伯爵。关于他的女儿有些很神奇的传闻。'

"'真的吗?'他使劲我看了一眼,我觉得他笑了,可是天挺黑,我没看清。

"'我还听说了她丈夫的一些事,'我要了个滑头,'好像是个普鲁士人,或是撒克逊人。'

"'公爵小姐没有丈夫。'他回答。

"'那就是曾经有过婚姻。'

"'您干嘛一定要让她结婚呢,'教士笑了,'她从没结过婚,公爵。'

"'那么您认识伯爵吗?'

"'我想是的。'他笑了,'我的教区就在他的庄园里。

"'是这样啊。'我很吃惊,心想我真太聪明了。

"'请问,安德热先生,'上车的时候我问他,'听说伯爵

的女儿有东方血统，是真的吗？'

"'怎么跟您说呢，'他边说边想，'我觉得这只是传闻。'

"'可是您当然不止一次见过她！'

"'我见过是见过，可是这能说明什么问题呢？人们有时候还把我当作西班牙人呢。'我心中暗想，还真挺像的。

"'我们到城里还是直接到庄园？'我问。

"'直接到庄园。您会自己亲眼看到一切的。'

"他把两只瘦瘦的，但很结实的手臂一摊。我想，这样的手臂既可以稳稳地拿十字架，也可以稳稳地端枪。

"'是啊，是啊。'我赶快表示同意，同时因为内心的紧张都喘不上气了。"

"只有这时候，不，是那时候，"舅舅纠正说，"我才忽然明白，我是多么罕见地幸运。各种机缘的巧合！于是我变得很耐心、沉着。

"当我们终于走过熟悉的小酒馆的时候，我觉得自己无比幸运，对命运无限感激。'这是多么无情的规矩，'我且行且思忖，'多冷酷的规矩！为了进入这栋古老的房子，先要被狗咬，两天前又险些跟旧家具和臭虫一块儿被烧死。'"

"一年来伯爵的庄园没有一点变化，"舅舅继续说，"还是一条林荫道通往正房，房子一切如旧，只是房檐有几个地方的雕塑坏了，也没有修补——整整一年。这么短的时间很少会带来什么明显的变化，"舅舅说道，"当然，如果不发生什么非常决定性的事情的话。我们是傍晚时分到的，但太阳还没有落。我从车上下来，知道迎上来的将是那位管家特罗赛尔先生。果然，他很快出来，走下洗刷得很干净的台阶。不错，他只是用眼角稍微瞟了我一下，我也闪在一旁，没有上前。他跟安德热先生用波兰语说话，只是在跟教士说了几句话之后特罗赛尔先生才仔细打量并认出了我。你们知道吗，他那不爱笑的脸上出现了一丝类似惊喜的表情。就算这只是我自己的感觉，看到他没有表现出跟高兴相反的表情，我也已经很满足了。

"'公爵，特罗赛尔先生会照顾您。'安德热先生对我说，然后就消失了房子里了。我跟特罗赛尔也随后走了进去。

"'能不能搞点吃的？'我问。

"'哦，当然，马上就去准备，别担心，公爵。'

"他对我很友善，这增强了我的信心，本来当我置身于这个熟悉的大厅时，我有点恍惚，完全不知道自己接下来要怎么做。

"'我看出您记得我。'我微笑着说。特罗赛尔奇怪地看看我。

"'毫无疑问。'他说。

"我总是想打听伯爵小姐在哪儿，可是虽然这个唐突的问题已经好几次到了嘴边，我还是忍住了。安德热先生正在楼上跟伯爵小姐说话呢。特罗赛尔给我端来了上好的黑啤酒之后也离开了。伯爵小姐没有出现。我一边呷着那发涩的液体，一边打量着装饰着厚重墙壁的那些年代久远、颜色发暗的画像。祖先的面容也已变得相当暗沉、混浊，在幽暗的大厅里几乎融入了画布的背景。这些人阴郁、魁伟，穿着匈牙利式骠骑兵制服和打结的男长衣，瘦骨嶙峋的手中有的握着刀柄，有的握着鞭子。我看着被磨擦和踩得很光的地面，看着那粗糙的、有的地方涂抹不平的墙壁，好像看到了这座大厅两百年前的样子……用油灯照明，地上铺着麦草，中间是一个用整段木头做的大桌子，桌边是一些沉重的椅子。被熏黑的壁炉里熊熊地烧着火，所有这些人——就是画像上的这些人——围坐在桌边，或是在夸口成功的打猎，或是在谈论战胜不让他们进入第聂伯入海口的萨盖达奇内的事。狗在他们的脚下潮湿的麦草上吼叫,咬架,互相抢夺人们偶尔扔下的啃得不干净的骨头。我无法想象的是女人会身处这样的环境……我眯着眼又坐了一会儿,又一次斟满了那只古老的有一个高高的扭花底托的波斯尼亚玻璃酒杯。

"'公爵,晚饭前您愿意看看我的教区吗?'安德热先生下楼来到我的面前。

"'很乐意。'我回答。

"我们出去,下了台阶,穿过院子,拐了个弯儿,经过花园,来到一个不大而精致的教堂,它还带有一个小钟楼,上面有十字架的花纹做装饰。我看到在整洁的围栏外是绿色的白柳林环绕的农民住房,房顶是黄色的。

"'我发现庄园还有一个小钟楼。'我对教士说。

"'不错,在左边的副楼旁边。'他回答。'家族的墓地也在那里。'

"他郑重地画了个十字,做手势请我进去。我弯腰踏进踩坏的门槛,当我环顾四周的时候,这个地方阴郁的布置让我震惊。黑沉沉的木头,由于经常跟教民的衣服摩擦而发亮的长椅,大量的色彩暗淡的纸花,光秃秃白花花的墙壁,使徒和圣徒木雕像上不协调的过于俗艳的油漆——这里的一切都令人想到死亡,但这不是memento tori,那种感觉就像冻得硬邦邦的沉重的泥块轰然地砸到还没把盖布收走的棺材上。我产生了某种预感,然而又什么都没感觉到。

"'不管怎么说,'我对安德热先生说,'对一个俄国人来说单是天主教堂的布置就太压抑太消沉了。你们一切都搞得很严整,很规矩,很干净。神父的长袍黑得好像乌鸦的翅膀,领子

又白得耀眼。我们的修士也穿黑袍子，可是上面总是带着酒痕，胡子里留着饭渣——不过，确实显得比较快活。'

"'哦，不管哪里的神父，眼睛都是一样的。'他笑了一下说。他那干燥而谨慎的口中竟说出这样的话，让我感到有些吃惊。

"一个哥萨克跑来招呼我们去吃饭。于是我们往回走。

"'怎么样，伙计们，你们吃过了吗？'我问一个坐在栗树下抽烟斗的哥萨克少尉。

"'是的，大人。就是马很可怜，让它们休息一阵吧。我们什么时候回去？'

"'老弟，我自己还不知道呢。'我说着跑上了台阶。

"开饭的地点是二楼的一个舒适的小厅。我数了下餐具：一共四套。'我会看到谁呢？'我心焦地猜测着，'是伯爵本人还是他的女儿？也许特罗赛尔不会就座？'特罗赛尔到底坐在了安德热先生对面，一个白发的仆人做了一个不耐烦的动作，这时我更紧张了。终于，门大开了，一个女人迈着自信的步子很快地走了进来。一阵清新的香水气味扑面而来，同时我的脸也激动得涨红了，所以开始的时候我只看到了一大波玫瑰色的轻纱。我看不清她的面孔，也不敢直视她。与我第一次见到她时相比，伯爵小姐一点也没改变——只是更加有魅力了。她那双大大的黑眼睛依然很威严，又若有所思，天鹅绒般的眼睛深处藏着某种被压抑的不安。她面容清秀纯净。应当说，我已经记不清她的相貌了，所以我饶有兴趣地观察着我心目中珍藏的形象与现实之间的不同。她立刻认出了我，稍微迟疑了一下。

"'是您吗？'她落座之后问道，现在仆人已经笔直地站在了高高的椅背后。

"'是我。'我回答。她说话的低音让我周身感到一股愉快的暖意。

"'怎么你们认识?'安德热先生似乎很吃惊。

"'大概一年前公爵在我们这儿住过一夜。'管家解释道。

"我点点头。

"'当时我们从欧洲回彼得堡时经过你们这儿,我正追赶部队。'

"'我记得,您为得到我们的款待付出了很大代价,公爵。'拉多夫斯卡娅微笑着说,然后她转向教士,'公爵到门口问路的时候差点被狗撕碎了。'

"'没有大到不能承受。'我恭敬地回答。

"安德热先生简要地跟她讲了我们认识的过程。她认真地听着,我好几次被称赞得不好意思。

"'公爵一路问我您家里的情况,原来是这么回事。'他微笑道。

"她忽然意味深长地看了我一眼,说道:'派您护送我们的安德热先生真好。'

"'我们的?'我没完全听明白。

"'安德热先生是我父亲的忏悔神父。'她回答。

"'可是他做这个太年轻了。'我暗想。

"'您居然敢进入着火的房子。'她用一种肯定的语气说道。

"'准确地说,是回到。'我开玩笑说,'伯爵小姐,一报还一报,您给我庇护,我帮助了安德热先生。'

"我觉得拉多夫斯卡娅听到神父的名字以后变得有些忧郁和心不在焉。但这没有影响大家交谈。不错,特罗赛尔先生大部分时间都沉默不语,只顾看着盘子。晚餐快结束了。

91

"'叫人夜里把狗关起来。院子里有外人。'女主人对管家说。然后他告诉我：'给您准备了您上次住的那个房间。'

"'这么说，我们可以留下。'我松了一口气，说道：

"'您的记忆力太好了。'

"'这不是因为我记忆力好，'她解释道，'我们这儿很少有什么事情发生，所以会不由得把发生的事都记住了。'

"就这样，我虽然得到了一个宽限期，但要找一个借口在我还没见过面的伯爵家滞留不走毕竟不是那么容易的。明天一早就得备了马动身回去了。我想起我上次离开时的情形：我那时无助又疯狂，现在同一条路又神奇地将我领回了这里。于是我明白了，我无法忍受第二次离开。我的胸膛掠过一阵痛苦的痉挛，我开始紧张地思索。拉多夫斯卡娅和安德热先生走了，只剩下我和特罗赛尔。这个个子不高、看不出年纪的人坐在我的面前，目光敏锐，而我则心不在焉地回答着他问的一些话。我感到时间在流逝，每一秒钟都很宝贵，可是我却依然无奈地继续着没有意义的谈话。我的时间就像一把沙子一样无情地从指缝之间不断溜走。睡觉的时间越来越近了。我尽量地拖延，不愿前往为我准备的房间。没有人来，我跟管家继续说着话，不时难堪地沉默良久。现在已经是我在提问了，但是特罗赛尔已开始打哈欠，他的回答总是只有三言两语，而想出新的问题也越来越困难。我已经打听到，他为伯爵做事已经快20年了，他没有家，而且似乎也跟祖国断了来往，尽管还会偷偷地思念故土。说到自己的生活，他没有透露太多的细节，很遗憾，因为每一句话都占用着时间——我这样想。终于，一大瓶上好的黑啤酒已经喝完了，我们的酒杯也喝干了，没有再请我喝第二瓶。对方越来越多地用瘦骨嶙峋的手遮住嘴打哈欠，于是我慢慢地起身，心里明白不能再坐回去了。

一个仆人把我送到寝室。我环顾这个已经住过一次的房间，还是那张床，凉快的卧具已经铺好，在等待着我，床头还是那个拉铃的小链子在荡来荡去。我和衣躺在床上，两手垫在脑袋下面，心里渐渐安定了。过了一会儿，我费力地推开了很难开的窗户，吹灭了蜡烛。顿时，温暖而清新的夜的芳香充满了房间。我稍微把头偏了一下，可以看到老椴树的黑色树枝在一小片深蓝色的天空之下一闪一闪的。窗外万籁俱寂，只有散漫的星光在无声地流淌。我一动不动地躺着，唯恐一动便会打破懒惰的姿势带给我的脆弱的安宁。但我一直没有睡意，于是我站起身走到窗前。院子空荡荡的，被满月的月光照得通亮。长长的树影投射在草地上。我不由地陶醉于迷人的夜色，一直盯着一个地方，观察着蛰伏休息的大地。忽然我仿佛听到花园的小径上传来一阵轻微的响动。一个白色的东西在树叶和玫瑰丛之间一闪而过。我藏身在厚厚的窗帘后面，竭力看清那个出现白点的地方。我很长时间无法辨别那到底是什么，后来我猜到了，于是我迅速地戴上手套，向门口冲去。我的心好像停止了跳动，我在伸手不见五指的黑暗中小心翼翼地摸索着找到楼梯，同样悄无声息地下了楼来到大厅。壁炉中没有燃尽的煤块还在闪烁，我看了看沿墙摆放的那些铁甲，就走到了在门口打盹的仆人身边。听到门响，他浑身一震，睡眼惺忪地盯着我看。我做了个手势，表示我要去马厩，我带来的哥萨克就在那儿。当我来到外面，我先朝马厩方向走了几步，然后猛地拐弯沿墙根溜到了花园。我房间的窗口大敞着，我觉得很快就会可能有人进去……"

"听到我窸窣的脚步声，一个穿着轻柔披风的女人回过身来，默默地看着我走近。"舅舅继续说，"她的黑发没有收束，随意地披散在微黑的面庞旁边。

"'啊,'她说道,'是您啊。'

"'是啊,我出来看看我的人,'我想这样说,但我的目光与她那似乎有所期待的目光相遇了。'伯爵小姐,'我的声音忽然变得低沉,'请原谅我。唉,我不想装假。整整一年之前您给了我最诚挚的关怀。您错了,您面前的这个人不是一个迷路的军官,而是一个几乎是为了有罪的目的利用了您和您父亲的信任的人。这个人偶然听到了一些关于您的不平常的事情。这个人的好奇心和虚荣心被点燃了,他决定无论如何要满足它们。总之,我上次的拜访是我自导自演的,就像一个草台班子的廉价戏。当时我的目的是见到您。我达到了目的,却感到产生了新的愿望。请不要怪罪我,不要对我过于严厉——我不知道自己做了什么。当我第一次走近您的家的时候,我甚至不知道我为什么要这样做。现在我清楚地知道了。请您说点什么吧。'

"拉多夫斯卡娅有点惊讶地听我说了这番话,她听得听认真,但是她的样子就像母亲在看一个第一次表现出认真的情感的儿子。她听了我的话以后,沉默片刻,把头一甩,好像是邀请我跟着她,然后顺着花园的小径往前走去。我跟随着她,不过保持着一段距离。月亮斜斜地照着她,宽宽的光带落在她的披风的褶皱中,层层叠叠,迷离恍惚。

"'您相信上帝吗?'她很突兀地问道。

"我愣了一下。

"'我不知道。我不会,也不想念诵那些可怕的话,'我说,'我能否斗胆地期望您跟我聊一聊?说说吧,说点什么吧。说什么都可以,您的声音让我着迷。'

"她笑了。

"'这一年您做了些什么?'她问道。

"'我吗？'

"'就是您。'

"'哦，我不会说我总是在想着您，这不是真的。但您的形象我始终没忘，直到最近，我一直珍藏着它。因为人总是很粗心的，而命运有时会让他们懂得，他们可以指望什么。当我明白我会再次见到您的时候，我把跟您的第一次见面和由此产生的感觉前前后后想了又想，我觉得这第二次见面是偶然或者是命运的赐予——随便您怎么说……不知您是不是见过还看不见东西的小狗崽拼命找奶头的样子？我就是这样的——我感觉到它的气味，无法拒绝。请您别误会——我没有时间像正人君子那样默默地守着这份感情。一早我就得走了，我想趁着现在把这一切说清楚，不管这看起来是多么粗野、奇怪，可是机不可失，我也许会被看作一个危险的人，我们再也不能单独在一起了，其实我只对我自己是危险的。现在我没有别的选择，我不能放过这样的机会。'

"她目不转睛地看着旁边的什么地方，忽然我产生了一个淘气的想法。万一她不是无缘无故地来到花园，而是在等什么人呢？那样我的表白可就太荒唐了。不等我想好下面一句合情合理的话，她已经开口说道：'您知道吗，我就想到您夜里会来这里。'

"'为什么？'我愚蠢地问道，因为这样的急剧转折让我猝不及防，全身冒汗。

"她把一双手套在手里绕来绕去，这时掉在了草地上。我赶紧弯腰去捡，她也正俯下身来，我们的目光在瞬间相遇了。我马上把目光转开，小心地将手套放在她的手里。

"'这一年您到底做了什么？'她又回到那个话题，'您是怎么把它打发掉的？'

"'什么都做，'我笑道，'但主要是寻快活。我得到了

一点遗产，休了个假，在乡下过了一段时间，又在莫斯科住了一阵，我妹妹家在那儿。'

"'您妹妹有孩子吗？'

"'有个两岁的儿子。'

"'还是个小宝宝呢，'她说，'您说快活。快活……嗯，快活是怎么回事？讲讲这个快活。我觉得我从没快活过……这很奇怪，不是吗？'

"我看到她喜欢听，就开始描述彼得堡的生活，沙龙啦，节庆啦，化装舞会啦，朋友啦，讲了很久。她饶有兴趣地听着，不时插话问我个问题。我说得来劲了，呼吸变得轻松，片刻之间简直忘了不久前刚做过的表白。伯爵小姐从花坛折下了几枝报春花。

"我们在幽暗的花园散步很长时间，直到深夜的潮气使她把披风裹得更紧。周围很安静。远处是黑乎乎的依然沉睡的房子。天色不知不觉地变亮——快到黎明了。

"'您去睡吧。'她说。我心中不舍，却不得不离开。我们在交谈中已经不知不觉地产生了某种亲近的感觉。我祈求地看看她。

"'去吧，公爵，冷了。'她这样回答我。过了一会儿，我已经回到了自己的房间。"

"对了，现在几点了？"舅舅问我们。

谢尔盖·瓦西里耶维奇打开表盖，怀表发出悦耳的叮当声。

"已经1点34分了。"他说。

"后来怎么样了？"我急切地问。

"后来我睡醒了,"舅舅说,"我睡的时间很短,很不踏实。早饭的时候她才出现,不难猜想有人陪着她——我是指特罗赛尔和神父。我们吃布丁和喝咖啡的时候几乎一言不发。老伯爵还是没来跟我们一起进餐,他让转达歉意,借口……不过,他其实没用任何借口。在我的哥萨克已经准备就绪的时候——其实他们早就准备好了,就等我了——我还在一个劲儿地拖延,怎么也下不了决心往门口的方向看一眼。早饭后拉多夫斯卡娅没有马上离开,也出来为我送行。她很平静,对我的态度也没有异样,好像我们并没有在郁郁葱葱的花园度过了一个难忘的夜晚。我不时朝她瞥一眼,想和她的目光相遇,眉目传情。但她一直回避。她的语气透露出上流社会特有的那种冷淡。可是我错了。我们在正对着钟楼的门的地方停了下来。她把门打开了。

"'请进,公爵。'她邀请道。

"我吃惊地瞪大了眼睛。

"'请进,我想让您看看。'

"我服从了。钟楼里又凉又黑——彩色玻璃只能投进一点光。墙上嵌入了一些墓碑,在一块墓碑上有一束花,正是她夜里在花园采的那种花。

"'这里安息着我的母亲。'她看出我注意到这个,解释道。

"我走到墓碑面前俯下身,仔细辨认上面的字。我吃惊地看到,在通常的拉丁语碑文旁还有两个用我不认识的符号镌刻的字。它们的形状好像阿拉伯的花体字。

"'火媒。'伯爵小姐告诉我这两个字的意思。

"'火?为什么是火?'我问道。

"伯爵小姐对这个问题稍一迟疑,安德热先生就到了。'您

救了我,公爵,'他对我说,'我不会忘记的。也许什么时候我可以用衷心的感激报答您。祝您幸福。'

"我从他的语气中感到一种最没良心的嘲弄。我鞠了一躬,向外迈出第一步。

"'公爵,'伯爵小姐在我身后说道,'记得吗,昨天晚饭的时候您说过您担心军团的命运?'

"我停下脚步,朝着钟楼的暗处使劲地看了看——昨天我并没说这话。

"'要有信心,要有信心。'她说。我全身一震,就朝马车跑去。

"'把车篷放下。'我吩咐车夫。

"我直直地坐着,好像无法放松四肢,眼睛直视前方。太阳已经升得很高,很晃眼。一个哥萨克的马有点瘸,于是他为了配合它的节奏身体微微地欠起。马呈双列快跑起来,褐色的干土腾起多高,遮住马肚带,过了很久才落在深深的马蹄印里。"

舅舅把睡眼惺忪的费奥多尔叫来,让他派人去打听一下火灾的情况。

"后来,"他接着说,"最高长官停止前进的命令送到了维尔诺。因为威灵顿取得了胜利,不必再前进了。"

"是啊,"谢尔盖·瓦西里耶维奇说,"定下了战争的调子,很难一下子改奏和平之歌。"

"嗨,"舅舅闷闷不乐地说,"我听到了另一种调子……"

"我们还根本没有行动,"谢尔盖·瓦西里耶夫对我和涅夫列夫解释,"祈祷,宴请,节庆一个接一个,没完没了。士兵们高兴地帮老百姓收割。"

"可是我非常盼望赶紧出发。"舅舅插言道。

"后来呢?"我问道。

"后来我到了彼得堡,申请了退伍,但被拒绝了。由于欧洲局势不明朗,战争仍然随时可能发生。近卫军只是回国而已。该睡觉了。就是这样。"

"舅舅,拉多夫斯卡娅的名字是什么?"

舅舅没说话。

只剩下我跟涅夫列夫两个人了,我们决定到外面去。天很冷,火将冬宫上空的黑暗驱散,把天空染成了深红色。

"是啊,"涅夫列夫沉思地说,"你舅舅遇到了一个神奇的童话。"

"怎么是童话呢?你相信童话吗?"

"怎么能不信呢,它们那么美……没有不美的童话。"他沉默片刻,叹了口气,补充说:"这要看怎么讲。有时候就是女裁缝和醉酒的准尉的一段匆忙的风流韵事也能成为一段东方的传说呢。"

我沉思起来。我想,父辈的所作所为是不是经常让我们觉得比我们自己更坚定、更轰轰烈烈呢?尽管我们一样流血,一样爱和死,同样从"古老的传说"中学到这些。但在遥远的未来的某一天,一个多思的小伙子也许会研究我们这个已成历史的时代,有的东西拿来当作他们孩子的榜样,有的,如果有机会的话,拿来自己模仿。——这很糟糕,可是公平。

我的房间烧得很热,所以有些气闷。我睡得不好,我梦见舅舅穿着一件怪里怪气的军服,脖子上挂着勋章跟伯爵小姐结婚,而伯爵小姐的形象则取自我们的金发的胖厨娘,胖乎乎的脸蛋上有很多雀斑。不知为何他们不是在教堂结婚,而是在涅瓦大街的中央。悠扬的颂歌高亢有力,号角在耳畔吹响,召唤着满街的人朝着海军部的方向行进——它那金色的尖顶刺破了阴霾的天空。不时有些裹着西班牙式斗篷的陌生人消失在巷子中。

24

我坐在舅舅的书房,想道:"有时候真怪,比方说,你和一个人生活在一起,从小就知道他那复杂的或简单的生平,好像很了解他,就像清楚自己昨天的想法似的。你对他甚至熟视无睹了。有一次有人对你说:'阿列克塞·伊万诺维奇是歌剧迷,对吧?''瞧您说的,'你带着点瞧不起的意思笑道,'他一点声音都受不了,连床发出的吱吱嘎嘎的声音都受不了,哪能听得了音乐啊?''怪事,'对方吃惊地回答说,'昨天我在歌剧院遇到他了。他对间奏曲的点评很到位,而且非常动情!'这下就轮到你吃惊了。"

我舅舅的情况就是这样。他亲自向我表明了他的青春已一去不复返了:首先是他有条不紊的生活节奏,第二是他所收藏的书,但主要的因素是他的年龄。

所以当我有一次我照例从皇村回到舅舅这儿小住,却既没见到舅舅也没见到费奥多尔的时候,难免感到很诧异。我很清楚,如果费奥多尔也不在家,那么这无疑表明舅舅去莫斯科我母亲那儿了。此外他没地方可去,也没有什么事情需要他出门……当然,我这么想是因为我太年轻,自以为是。

"舅舅去哪儿了?"我问看门人。

"大人去华沙了。"他微微一低头,回答道。

"哪儿？"我大吃一惊，除了这个词儿我什么都说不出来。

"给您留了一封信。"

我接过这个黄色的信封，懵头懵脑地来到书房，在窗户对面坐下，在那儿可以看到街道。我看了一阵子已经看过几百遍的街景，然后揭开火漆，把信读了两遍，第一遍是匆匆地一扫而过，第二遍则看得仔细。这封信应该是舅舅的解释，可是那非常正式的抬头却像是在拒绝解释：

"本公爵，上校和勋章获得者示御前近卫团士官：

我的朋友，情势——你知道，它是不以我们的意志为转移的——迫使我立刻前往波兰王国。我无法确定何时返回。伙计，要常给母亲写信，少参加宴饮，不要酗酒，当心不要干什么蠢事来玷污自己。如果需要钱，可以从卡尔·费奥多维奇那儿随便拿，他会给你的。总之，做事要动脑子，要上进。"

最后一个字上盖着舅舅精致的印章。我手里拿着这封短信，满腹狐疑地回到自己的房间。天黑前我绞尽脑汁地猜测着舅舅出门的缘由，而夜里发生了一件事，似乎为解开这个令我万分疑惑的谜团提供了一些线索，可是结果却加深了我的惊讶，而且因为无人可问，使得我本来就一团乱麻的思绪更加混乱了。

我本想躺下睡觉，可是一直思绪起伏，再加上按照刻板的管家卡尔·费奥多罗维奇（舅舅不知为何用这个人，他无疑是个典型的德国人）的吩咐，不管天气如何，在11月、12月等，每天要烧掉的木柴量是固定的，所以在他的治下屋子非常热，让我不知到哪儿去呼吸一口清凉的空气。我喘着粗气离开床，披上袍

Хоровод
环舞

子，下楼来到书房，想看看舅舅的书来催眠。我手拿一根蜡烛顺着柜子往下找，眼睛划过一个个书脊。终于有一册书吸引了我的注意，那是一本1709年的《勃留索夫日历》。以前我听说过这本书，但这是我第一次把它拿在手里。我不无好奇地把它打开。书页厚而粗糙，是蓝色的，因为时间久远有些发黄的斑点。有的地方夹着些干枯的枫叶。这些叶子很脆很薄，用手一碰就碎了。我小心地把它们拿出来，看到它们下面那些用墨水记在页边的字：

1818年8月10日夜间2点，"战神"伊利亚出生

1828年——收成很少，卢布比银币值钱

1829年——暴风雨，教堂的十字架被刮下

1830/土星——霍乱，征服波兰

1831——产生了巨大的仇恨

第一页和倒数第二页的记录有指甲的划痕。那不是舅舅的指甲，也不是他的文体。不过，舅舅常让认字的仆人来书房。我继续往下翻。我的眼前出现了一张不知什么人留在书页间的纸。开始我一点也没注意，把它放在了桌子上，但在把书放回原处之前，我把它打开，好决定怎么处理它。我完全无心地看起那密密麻麻的法语，原来这是一封信。我读道：

"您好，亲爱的朋友：

我在这个对我们来说不寻常的时间拿笔写信完全不是因为什么好事。这不，一切都结束了——华沙陷落了，它的陷落带来了各种可怕的事情，这些消息甚至传到了我们这个偏僻的角落。可怜的波兰，它的命运会如何呢？我们的城堡

已经出现了哥萨克，目前他们的表现还算客气，可是一些参加起义的人的庄园已经被毁了，而参与这些暴行的既有士兵，也有军官——他们无恶不作。孩子很健康，但父亲每况愈下，因为这些已经发生和即将发生的可怕的事情，他的状况更明显地坏了下去。如果他下楼来吃饭，就会把政府痛骂一通，有时他使用的那些可怕的字眼儿，我们甚至觉得不堪入耳。他几乎和谁都不说话，只除了那个可怕的人。而我不知道他们在办公室里说些什么，因此我很害怕，我开始怕他吃饭的时候瞪大眼睛看我，好像想说出什么不祥的话——但是他没有说。父亲对亚历山大依然采用回避的态度，他那么顽固，我真服了。但我不止一次地发现他在偷眼看他，我觉得他的眼光中有柔和的光。尽管如此，周围还是冷冰冰的，大家都变得不爱说话，精神紧张。空气中有某种冷冷的东西，我们大家都在劫难逃，我感觉到这一点了。如果说早上人们会对这样的感觉一笑了之，那么傍晚的时候这种感觉就变得很清晰很明确。昨天半夜我听到楼上有动静，我上楼撞见了他——他正从父亲的办公室出来。这么晚了他在那儿做什么？肯定不是什么好事——因为他看到我以后神色慌张。父亲在办公室睡，他发了病——完全出乎意料的。我很怕，我自己也不知道怕什么，我没有人可以依靠——我求您即刻赶来，是该把一切交代清楚的时候了。他在家里攫取了那么多权力，以至于有时候我觉得他想杀死父亲。这种想法也许很蠢，可我为什么会有这样的想法呢？他为什么要这样做？我不知道，什么都不知道，我恳求您快来，以最快的速度赶来——一旦宪兵来到这里，我不知该跟他们说什么。我们的邻居因为荒唐的指控被押往西伯利亚了，不管那指控多么可笑，多么错误百出，可是他们就是相信。我再也受不了这一切了。也许您看到这么软弱会感到吃惊——唉，但我总的感觉是，这样有好处。我有种感觉，好像有什么东西将要结束——那是生命中的一个巨大的部分——它只是透过窗户上落满尘土的窗帘被微微照亮。我每天都在盼望您。"

信到这里就结束了，在旁边一点的地方附有日期，大概因为匆忙而写得有些潦草：1831年10月13日。我把信前后翻看了一番，再也没有看到一个字，就把它放回了原处，它已经在那儿放了6年多了。

那天夜里我似乎注定会看到别人的信。就在把第一封信放回那本日历中时，我又撞见了另一封信。污浊的空气让我气闷，我依然睡不着，于是一边对自己非常厌恶，一边还是读了那封信：

"阁下，

我很难过使您不快——我接到您最近一封信后所做的寻访没有结果。主教明确表示不欢迎我的介入，但我和大使谈过此事，得到了他的襄助。

我完全偶然地得知了一个姓迈耶索涅的人的行迹，他似乎掌握着您所感兴趣的人的一些信息。现在他在威斯的天主教传教团中供职，有人暗示我，要他说出实情需要付钱，但最重要的是他是否真的知道什么。我安排了跟他见面，但因有急事必须在领事馆再滞留一个月的时间。我对这次见面有很高的期待，一旦可以脱身就会马上前往。我没有失去希望，因为我感觉我们的方向是对的。原上帝帮助我们。

阁下忠实的仆人，七等文官雅科夫列夫·B.B.

马赛，1834年8月15日"

我打了个哈欠，把化在手指上的蜡擦干净，回到床上，希望可以睡着。可是该死的热、闷和好奇心折磨着我，很快，跟失眠徒劳的斗争让我厌倦了。我再次下楼来到书房，正式点起蜡烛，在书中翻找起来，希望那位不在眼前的神秘信件的收信人把所有的信全都留在书页中间。我当然再也没找到任何东西，但是当我翻了一百来本书之后高兴地感觉到，第三次的入眠尝试好像要成功了。我把一堆乱七八糟的书扔在那儿等早上再收拾，赶紧回到自己房间，我做得很对——困意不知不觉地让我的脑袋放空，将我制服了。

早上我回团里，在拉姆博那见到一个年轻的波兰人萨维利·布拉尼茨基，他不久前才进我们团。趁着夜间探秘的余兴，我跟他打听了一些关于拉多夫斯基伯爵的事。听到这个姓氏他笑了，然后笑容忽然从他那张精致的脸上消失，他换了一副严肃的表情，隔着被刚降临的严寒挂上霜花的玻璃看了看什么地方，说道："他是过去时代的残余。"除此之外他没再说一个字，而我觉得再追问下去就显得太执着，有点不合时宜了。

就这样一天又一天，时间很快过去，舅舅不但没回来，甚至完全杳无音信。

圣诞节快到了，天变得很短，不等亮就黑了。我和涅夫列夫时而去一趟变得安静的团里，时而在皇村酒馆一坐几小时，有时候就直接在一些舞会上消磨冬天的时光。在那些场合，母亲们打扮得比女儿还年轻。说实在的，涅夫列夫不大乐意陪我去这些社交场合。也许普遍的欢乐气氛让他恼怒，或许是他不想遇到苏尔涅夫家人，不敢跟叶莲娜照面。直到现在我都没见过她，只是有一次，我们在饭后散步的时候，涅夫列夫猛然拉了一下我的袖子，说：

"瞧，他们在那儿上车呢。"

我定睛观看，但一下子没有看到那辆停在时尚商店前的马车。我只是看到两个女人的背影瞬间消失在车门内。

"你看到了吗？比较高的那个就是她。"

"没有，老弟，没看着。"我两手一摊回答道。

涅夫列夫沮丧地皱了皱眉，看着马车远去的方向，直到它消失在车流中。我的朋友陷入了忧郁，把脸藏在高高竖起的领子里。

看来他们之间毕竟有着某种联系，因为同一个姑娘曾几次通过舅舅的仆人给他捎信。

"叶莲娜怎么样？"有一次我好似不经意地问。

他从行军床上站起来——当时我们正在营房——走到桌前。他把抽屉拉出来，收罗了一些纸，一声不响地交给我，然后坐回床上。我展开揉皱的纸，它们还隐约散发着昂贵香水的香味。

"按顺序读。"他苦笑着指示我。"黄色的信纸是第一封。等等，"他一下子跳起来，把这些字条分成两部分，"现在好了。"

"沃罗佳，我跟他说了，可是这太可怕了。他认为我是个傻女孩，我刚想开口说我们的事他就生气。他暴跳如雷已经第二天了，他对我说你要去莫斯科了，不会再到我们家来了。这是怎么回事？亲爱的沃罗佳，我会等你，我就是这么跟他说的。母亲哭了，但也同意他的话。"

"这是什么时候写的？"我看着那细小的斜体字，问道。

"两个月前。你接着往下读。"

我展开下一封信。

"这是第一封信之后的两个星期写的。"

"沃罗佳,今天真是美妙的一天。我一早就情绪高涨。不知为何,我觉得一切想要的东西都会得到。昨天妈妈心疼我了——因为我哭了。今天爸爸带来了快活的波斯特尼科夫先生。他在军需处服役。他总是请我弹琴。我本待要去弹,可是又哭了起来,回到了自己的房间。父亲眉头紧皱。你不要害怕他。"

"怎么样……"我开口说道。

"看下去。"涅夫列夫急急地打断了我。他全神贯注地、紧张地看着我读信,机警的目光从我的脸上转到信纸上,搜寻着他熟悉的句子。他的目光中闪着疯狂的光,我觉得他的目的是自我折磨。当时我还不知道痛苦是多么的迷人,我只是感到可怕。接下去的一封信是这样写的:

"可怜的沃罗佳,我们怎么办呀?你为什么不去杜雷妮娜家?我到处找你。"

"这是十天以后的。"当我拿起下一封信的时候,涅夫列夫说。

"昨天我们有个晚会,我推不掉,和那位波斯特尼科夫跳了玛祖尔舞。爸爸求我不要拒绝他。他是不是想把我许配给他?他比我大20岁!他是个笨拙的家伙!可是爸爸容光焕发——他找到了一个跟他投机的人。"

"等等,"涅夫列夫忽然说,"还有一封。"

他翻动着桌子上那散发着香气的信笺,找到了需要的一封。

"弗拉基米尔,我不明白你对我的指责。如果你今天来参加卡赞斯基家的午宴,你可以见到了。但我跟爸爸一起去。"

"最后一封在你手里。"涅夫列夫点头说道。

这张信纸的一个边儿好像有点焦。

"好像有人想把它烧了。"我说"有人"是出于礼貌。

"是她。"涅夫列夫气呼呼地说,"这是她的做派。"

"弗拉基米尔,你为什么没来?今天我整天头疼得要命。波斯特尼科夫先生已经每餐必到了。现在他就坐在餐厅。不过,这跟你无关。只是我在这儿好像被拘禁一样。"

"是这样啊,"我说,"不过——请原谅我的冒昧——你不给她写信吗?"

"哼,都是犯傻。"他咬咬嘴唇,回答道。

"你相信吗,"他说道,"这段时间我开始恨我自己。原来这一切是那么容易——好好想想,把一切想明白,不再想起。就算聪明人也不是每天都聪明的。这些都是命中注定的。我一直不明白这一点,也不想明白。可是本来是有些迹象的。'亲爱的,我忘了。我忘了,亲爱的。'不,"涅夫列夫的目光穿过了我,"对她来说一切都是游戏……我们有时偷偷约会,每一分钟都很紧张——你知道,我们谈些什么吗?"涅夫列夫挥了挥手。

窗外天黑了下来。涅夫列夫点燃行军烛台上的蜡烛,把它们从窗口拿开。但风从缝隙里钻了进来,两个黄色的火舌不时地颤动,摇晃。

"最后等来了那封该死的信。它让你感到你是有罪的,好像是被揭发偷了公款似的。而且不是一发现马上就抓,而是先欣赏你怎么把钱塞进了口袋……"他摇头说。

"'您是了解我的女儿的……'"他接着说,"不错,我是了解,但还是了解得不够。我了解一半,另一半并不了解。我清楚地了解她怎样笑,怎样哭,知道她喜欢什么……但我不知道她想要什么,她对我是怎么想的——对此我一无所知。而且也不能问。"他顿了一下,又加了一句。

"为什么不能问?"我问道。

"不能就是不能……不管怎么绞尽脑汁……就好像你跟一个马车夫赶路,你要,比方说,向里亚日斯克方向拐。大路上有很多的岔路,你的那条路也快到了,而你还在用眼睛寻找路标。这可不是开玩笑的事——要找到去里亚日斯克的路口。'怎么,伙计,我们没走过吧?'你不时地问马车夫。可是你忽然看到,这个路口没有任何标记——只是两道破碎的车辙和它们之间的野草。你本来期待一种不平常的景象——一条被踏平的、尘土飞扬的宽阔道路,而实际上这里却只有一个小水洼在发亮。我就是如此——我寻找着什么,自己幻想着,而后忽然恍然大悟:是的,可能本来没有什么可找的,也没什么可想的。也许这一切都很简单很清楚,因此反而不易察觉。我对自己说,不要上这个魔鬼的当,不管怎么说,这对我也是种侮辱。我不是那样的人,不是的。"

"我又想骗什么人了,"他抬起头,好像对刚产生的想法很吃惊,"不,不是骗别人,是骗我自己。她不爱我,就是这样。一点也没错。"他苦笑了一下,脸贴着凉凉的玻璃看着马路,好像要看看外面是不是藏着什么可以见证这个重要的声明的人,但也许只是为了不让我看到他的脸。

可是外面没有人——只有落了一层雪的屋顶、光秃秃的树和埋在雪中的岗亭。

几天后,在一个阴郁而短暂傍晚,我在自己的住处无聊地翻

费纳隆的书，好让时间过得更快点。门"吱"地一响，涅夫列夫走了进来。

"一切都结束了。"他把湿乎乎的大衣一扔，疲倦地说道。"她跟人订婚了。"

"跟谁订婚了？"我问。

"跟那个波斯特尼科夫。"

"你从哪儿知道的？"

"女仆说的。"他苦笑了一下，"那是个好姑娘。她同情我。怎么样，喝杯茶吧。我冻坏了。"

于是我们开始喝茶。

"真是的。"我不知说什么好，只是不时地这样叨咕一声。

"就是。"涅夫列夫也这样毫无创意地回答我。看来他非常沮丧。

接下来的时间我们一直没说话，只有勺碰茶杯的声音和很轻的倒茶声打破寂静。真正打破寂静的是拉姆博，他冲进房间，一张脸红扑扑的，容光焕发，十分快活。我们看到这种生气勃勃的样子，不禁笑了。楼下出来一阵纷乱的脚步声。

"先生们，"他一开口就可以听出，他脸那么红不光是因为天冷，"先生们，跟我来。我们的时间少得很，"他环顾四周，显然在寻找欢乐的迹象，"普罗什卡，"他朝着楼梯喊道，"回家去。要是有人来，就让等会儿。"

下面乱纷纷的脚步声消失了，大门砰地响了一声。

"今天是什么节呀？"我把一瓶香槟的塞子打开，问道。

"今天可是个重要的节日。"他的眼睛盯着我两手的动作，说道。"今天是坏情绪的好节日。不过，它已经变了。你们看了那个法国戏班的演出吗？没有？你们说'没有'？你们可真怪。那腿,那肩膀,我的天哪!她们才来了两天。普罗什卡!"他叫道。

"你让他回去了。"涅夫列夫提醒道。

"对了,见鬼。不过没关系。"他艰难地在圈椅里翻着身子,尽力去够扔到长沙发上的帽子。我把帽子递给他,他从里面掏出了一张纸:

"玛–德–穆–阿–赛尔·格利瓦。怎么样?多么诗意的名字!"他读着,哈哈大笑。

几分钟后一瓶酒已经喝光了,酒瓶在地上滚着。

"好了,"拉姆博站起身来说,"准备好了吗?"

"得,我们就去吧。"涅夫列夫说,"头晕乎乎的。"

他说着挂上了军刀。拉姆博看到我没有拿军刀,就劝我说:

"拿上吧。万一要集合或他们想起了哪一出呢。对了,你知道吗……见鬼……嘿,那个姓可真行……"他一边深一脚浅一脚地在黑暗中摸索着窄窄的阶梯,一边嘟囔着。

我们很快就到了拉姆博灯火通明的住处。桌子已经摆好了,旁边放着好几箱摞在一起的香槟酒。兹文科夫斯基和叶拉金已经在那儿。叶拉金焦躁地吸着他的乳白色的玻璃烟嘴儿。普罗什卡接过大衣,我们坐下后,墙上的时钟快要指向5点了。大家开始开酒瓶子,香槟冒着气泡,咝咝地向外着溢出,稀里哗啦地流到桌布上。沃洛格特斯基的熊坐在地上,用玻璃球似的眼睛瞟着我们这帮人,就像一个被绑的敌人那样打量着我们,好像打算利用任何的机会逃脱。我们一起喝着酒，聊得很开心，以至于我一时忘了涅夫列夫遇到的不愉快的事情。过了一会儿又来了三个人，我们把酒一瓶接一瓶地喝光，伴随着蓝灰色的烟雾，屋里的人们情绪越来越高，声音越来越响。

叶拉金拿过吉他——他弹得一手好罗曼司，但当他捏着琴弦等大家安静下来的时候，就像一个仆人的小儿子在乡村神父的苹果园搜寻栅栏上缺损的一块板子时那么耐心。这时大家不再说共同的话题。涅夫列夫眼睛发亮，他的目光很执拗，带着苦恼。

"怎么会这样，"他声音低哑地一再说，"怎么会这样？"他迟滞的目光在大家身上扫来扫去。

可是没人注意他，每个人只能听到自己的声音。他的叨念也让我厌烦。

"得了，别伤心了！"我气冲冲地喊道，"我们倒是做点什么啊，像这样子什么都不做有什么用！"

"求你别说蠢话了。我把她弄到哪儿好呢？我自己都没有家。"

一只酒杯从桌子上跌落。"啪"的一声摔碎了。拉姆博又用鞋跟补上一下子。

"她自己跟我说……"涅夫列夫给自己倒满一杯酒，大口喝着继续发愁道。"你想不想让我跟你讲……"他抓住我的手说，"跪在她的面前有多么幸福？"

"沃罗佳，你醉了。"我皱起眉说。

"那又怎么样？再说，你不会懂……不会懂。你要得钻进我心里才能懂。"

他的语气中出人意料地出现了激昂的音符。他用拳头捶了一下桌子，跳起来在房间里走来走去，朋友们都惊讶地看着他。看来他想出了一个救命的主意，就像焦渴的人喝到了一口水。"常言说，希望是最后死的。"我想。

"她真的要死了吗？"我听到叶拉金说。

"真的要死了。昨天已经去叫神父了。夜里她一直在折腾，天亮他才去睡觉，现在可能又开始了。"多纳乌洛夫反驳说。

"谁要死了？"我问，"你们在说谁？"

"多纳乌洛夫有个表姑要死了。"叶拉金说。

"她没有家人。财产全是我的。"这位遗产继承人似乎对这个财富的流转有点吃惊。

时间已经接近7点。细细的指针不知不觉地悄悄指向整点。我们还在议论一个不相干的陌生人的死亡，因为她的死给我们的朋友带来了1万5千卢布的收益。

"叶拉金，说说那些法国女人。听说你看到他们了。"我请求道。

"她们是非常、非常美妙的女人。"叶拉金开始讲，"今天她们在马林斯基剧院首场演出，可是咱们已经赶不上了。"

"喂，老兄，赶不上开场，但赶得上结束。"拉姆博反对道，"我很想看看她们的化妆室，见鬼。"

"留在这儿吧，先生们。这儿有暖和又干爽。"多纳乌洛夫的反对显得底气不足，"女人没意思。"

"怎么没意思？"拉姆博边照镜子边说。他的样子不太精神，不过作为一个深夜造访的人，那模样也很说得过去了。

"普罗霍尔，"他叫道，"把我的新制服拿来。"

当拉姆博醉了的时候，他会有三个表现：固执己见，对普罗什卡特别亲切，非常讲究穿戴。

"现在连马都叫不到。"多纳乌洛夫说。

"能叫到。"拉姆博一边试衣服一边保证说。

"我们去吧,去吧。"兹文科夫斯基表示同意。

普罗什卡蹒跚着去驿站找马去了。我们等了很久,终于窗下响起了马铃声。

"喂,伙计们,快赶,"拉姆博冲到院子里对车夫们说,"我不会亏待你们的。"

拉姆博自己、多纳乌洛夫和涅夫列夫坐上一辆大雪橇,叶拉金、兹文科夫斯基和我坐了另一辆雪橇。留在家里的人出来目送着我们驶入冰天雪地。车夫们吆喝一声,雪橇一晃,就奔向大路了。

"你又跟这位先生搅在一起了。"叶拉金跟我说,听得出他很不以为然。

"看你说的,他是个挺好的小伙子。"我说,"你为什么不喜欢他?"

"我不喜欢他?"叶拉金吃惊地问。"得了,看在上帝的份上。你怎么知道?"

"我看出来了。"他的作假让我生气。

他不说话了。马越跑越快,风打在脸上,雪粉盖住了一切,堆在衣服的皱褶中。

"他真的跟你讲他的不幸了吗?"叶拉金忽然问道。

"你指什么?"我一震,斜眼看看兹文科夫斯基。他裹着裘皮大衣在睡觉。

"就是那不幸的爱情。"叶拉金嫌恶地说。

"你从哪儿知道的?"我更疑惑了,连身体都扭了过去。

"叶莲娜跟我说他纠缠她。"他漫不经心地甩出一句。

"怎么,你认识她!"

"认识,认识,"他把脸转过来。深冬的星光下,他的目光跟星星一样冰冷。

"那他知道吗？"我向前张望，前面那辆雪橇好像一个向前滚动的黑点。

"你怎么了，真是！"这一次叶拉金真的吃惊了，"他知道不知道跟我有什么关系？"

我没有回答。像每次车跑得很快的时候一样，我的意识开始模糊，不知不觉地打起了瞌睡。

已是夜半时分，我们的雪橇掠过白雪皑皑的原野和漆黑的树林，终于，在一片雪野之上，城市出现了——一座未眠的城市。一排排乌突突的房子好像队列，好像军营，窗户凹陷，好像老兵的眼窝。路灯照着路边被各家看门人整齐地垛在路边的雪堆，稀疏的行人看见我们的马车驶来，就提前往路灯杆旁靠。我们驶过彼得堡城厢，街上的人越来越多，街道也亮了起来。马车迎面相遇，要靠着雪堆避让。拉姆博兑现了他的承诺，马跑得很欢。

在剧院入口的旁边停着几十辆等主人和乘客的马车。裹着头巾，穿着破烂衣服的车夫们升起火，围着火堆走来走去。天色变得昏暗，广场和屋顶都覆盖了一层松软的薄雪。

"还有时间。"拉姆博说。

叶拉金离开我们，钻进剧院，我们则待在小饭馆旁喝酒，后来拉姆博雇的那个小男孩来报告说，女演员们住在古伦饭店。

"真够意思！"拉姆博大声说，"莫非那儿的臭虫没把这些如花似玉的人儿吃光？我打赌，叶拉金一定不喜欢。"

环 舞

　　古伦饭店确实以奢华的外观和有很多臭虫闻名，住客们得跟它们苦战不已，而饭店方面却不闻不问。

　　我们又打发那个小孩去探听女演员的动向，让马车赶到小饭馆门前。那个小孩气喘吁吁地跑来报告，演出已经结束，我们马上抓起帽子，马刺一阵乱响，跑到外面。兹文科夫斯基快站不住了，我们把他扶上车，各就各位，全速奔向古伦饭店。香槟酒瓶在我们脚下横七竖八，叮当作响。在古伦饭店我们给兹文科夫斯基开了间房，把他放在一张可疑的漆布面长沙发上，然后找到一个侍者，打听到女演员的女仆不在，也许陪着主人去剧院了。我们花了30卢布收买侍者为我们打开了其中一个房间的门。侍者把钱塞在靴子筒里，离开了，于是我们得以闯入墨尔波墨涅女神的住所。

　　两个大房间堆满了旅行箱，有一股很重浊的薰衣草香水的味道。我们在最想不到的地方看到了女人的最见不得人的东西，但这一切很符合演员的身份。折叠式的牌桌上有几瓶冰镇的酒，瓶塞已经打开——这儿只有这一张桌子。我们摆出一副满不在乎的姿势——我们觉得这跟这幅女性生活的田园风景画很相称——开始等待这出戏的收场。

　　"梦想就要实现了。"拉姆博醉醺醺地大笑着。可是没等我们喝上一口，锁眼就转动起来，门敞开了，三个金发的女名人惊吓得尖叫起来。我们若无其事地继续呷着酒。我们的镇定自若让这几个迷人的小脑瓜一时懵了，但其中一个梳理得油光水滑的小脑瓜随即叫来了领班。

　　"Pardon, Mesdames[①]，"拉姆博带着迷人的灿烂笑容开了腔，"这是老天赐予我们的……"他停下来想找个好词儿。

　　"女神。"多纳乌洛夫帮腔道，他感到颇为得意。

[①] 法语：对不起，女士们。

几位女士跟领班唧唧喳喳地说了一番话，领班对我们躬身施礼，恭恭敬敬地说：

"先生们，这几位女士租下了这套客房……"

"我们的同伴租下了这套客房，尊敬的先生。"拉姆博冷冷地反驳道，"你们搞的什么鬼？我们提前付了钱。"

领班疑惑地后退了。他确切地知道这套房子是法国女演员们租的，可是拉姆博坚定的态度让他走投无路。女演员们胆怯地在楼道里扎成一堆儿，不敢跨过门槛。领班赔着小心，灵巧地闪了两下，就不见了。我们国家的人对制服就是这么相信！

"Mesdames，"拉姆博继续说，"要不要来点香槟？我们的同伴这就来。——啊哈，这可是世界上最体面的年轻人……"

拉姆博一边说还一边做着醉醺醺的手势。这时另外一些女演员也来凑热闹。她们是被我们异想天开地戏弄的那几个女演员的同伴。拉姆博站起身向门口走去——女人们吓得直往后退。看起来事情的发展跟拉姆博设想的有点不一样，而且这时管片儿的警察也来了。看到我们是军官，他和领班一样，也尽量表现得有礼貌。

"先生们，"他和气地说，"我请你们离开这里。我明白，"他一接触到拉姆博莫名其妙的目光，就赶忙补充说，"出了个差错。我们查了，您的同伴在二楼租了房间。"

这一点错也没有。喝醉的兹文科夫斯基正在二楼睡觉。

"我不明白。"拉姆博拉长声音说。

多纳乌洛夫拉了一下他的袖子。

"该走了，玩笑没开好。"他小声说。我们也多少清醒了些，明白最好离开。

"先生们，"警察恳求道，同时摘下帽子，擦擦光秃的前

117

额，"我恳求你们。何必要惊动上司呢？"

"随便惊动谁，"拉姆博语气很冲地说，他的脸涨红了，"我只有一个上司——军团长。"

楼道里看热闹的人越聚越多。

"请把门关上好吗？"

警察收起了表示理解的笑容。

"随您便。"他简短地说了一就走了。

我们关上门便开始拼命劝拉姆博赶紧谢幕。他把手一挥，我们便朝门口走去，这时一个穿着军服的身影拦住了我们的去路，我们看到一簇在军帽上威风凛凛地抖动的帽缨。这人把头一抬，我们看到来人是警察局长柯柯什金。跟在他身后的是刚才那个管片警察和手下的一个中尉。管片警察从柯柯什金背后狠狠地瞪了我们一眼。

"怎么，已经很久没关禁闭了吗？"警察局长疲倦地说，"所有人都离开。"

"有人说得好，俄国人就是熊，只不过是把熊皮翻了个个儿，毛儿朝里。"一位女士在我们身后说。

"我爸爸哪里知道，别人已经看不出他儿子是法国人了。"拉姆博忧郁地说，"连法国人也看不出来了。这世界疯了。"

"爸爸会知道的。"警察军长打着呵欠说。

来到外面，警察局长又用将军–省长、米哈伊尔大公和他自己的手指头吓唬了我们一番。临走时他用手绢擤擤鼻涕，用同样疲倦的语气说：

"这是老一套，先生们。你们不是小孩子了，说实话。"

我们沉默地目送他坐着有两个哥萨克随扈的马车走了。

"是啊，"当马车拐弯往运河那边之后，多纳乌洛夫说，"他可别告状。"

"没事，会过去的。"拉姆博打个呵欠说，"你们没看出来吗，他现在顾不上我们。"

"说是他明天早上要去上面汇报。要是他心情不好就倒霉了。"

"见他的鬼。"拉姆博口气依然很硬。他清醒了很多，情绪阴沉，悒悒不乐。"兹文科夫斯基肯定已经醒了。我们去找他吧。你们带酒了吗？"

"有两瓶，还有一瓶开了的。"

"真会过。"

兹文科夫斯基刚醒过来。他坐在长沙发上搔着痒，目光浑浊。我们出来的时候已经夜深人静，我们朝车夫们冬天取暖的亭子走去。雪已经停了，周围很安静，我们觉得挺暖和，也有点无聊。于是我们团雪球，无精打采地朝远处几个还在抽烟斗的人扔过去。但是显然，我们的捣蛋注定不能就此结束。我不记得是谁出的主意，反正我们决定跟一辆单独过来的马车开个玩笑。这一轻率的举动让我们付出了惨重的代价。

当时我们的脑子都缺根弦。当我们听到马车驶来的声音时，甚至有四匹马拉车这一点也没能阻止我们。其实单从这一点就完全可以确定，坐车的是一位高官。拉姆博迅速把帽子和大衣一扔，我们把雪填进大衣，做成人的形状，放在路上。至于他干嘛要躺在这儿，为什么他要躺在这儿，因为什么原因他要躺在这儿，而不是在自家的床上被羽毛被褥所簇拥，就像一块煎饼锅里

环 舞

的大油——这些问题我们都留给那个将被我们的浪漫创意的所捉弄的还未谋面的人。我们又在自己的作品上撒了些雪,便靠在两盏已经燃尽的路灯之间那段墙皮剥落的墙根,等着看好戏。

尽管黑乎乎的,车夫还是发现了雪地上有个人形的东西,勒住了马。他不安地环顾四周,然后离开了座位。市郊房子的窗口都黑着,而我们是这深夜时分仅有的路人。车夫小心地揭开车门,传来了两个人对话的声音。

"怎么了,伊万?"我们听到一个很有力的男声。

我们失望地互相看看。我们本来指望听到柔弱的紧张的声音。

"是这么回事,大人,好像有个人躺在地上。好像是个军官。"

"你去看看他怎么了。"坐在车里的男人吩咐道。

"吓人呢,大人。"车夫回答,但还是画了个十字,走近那个雪人,用马鞭捅捅它。他半天没明白是怎么回事,那个坐车的人看来是等得不耐烦了,他从车里走了出来,要亲自查看一下情况。这个人身材高大,穿着将军的军大衣。

"真胡闹。"他嘟囔着踢踢空荡荡的帽子,气势汹汹地看着可怜的车夫。那车夫一言不发,只管莫名其妙地眨巴眼。

这沉默的一幕收到了满意的效果,我们再也忍不住了。我们的笑声把将军和车夫都吓了一大跳。将军随即镇静下来,朝我们这边走来。他凶巴巴地看看脱了外衣的拉姆博和他冻僵的手上拿着的打开的酒瓶。

"几位军官先生,这是怎么回事?"他声音沙哑地问。

我们没有开口,因为这已经不是开玩笑了。将军突然把目光转向涅夫列夫,吼道:

"啊,弗拉基米尔·阿列克塞耶奇!好啊!您就是这样遵守我们协议的条件的!"

列夫涅夫的脸抽搐起来:

"您把您的信称为协议吗?如果是那样,我什么都没同意。"

"这倒可以推敲推敲。这是种报复,对不对?"

他们俩互相十分明白对方说的是什么。将军的目光怒气冲冲,紧追不舍,就像埃劳①的炮轰,预示着大事不妙。将军没再说一句话,也没看我们任何人,向马车走去。车夫看看我们,也坐上了自己的座位,几匹马后退几步,绕开了那个的确很逼真的假人。

"他是谁?"我问涅夫列夫。

"糟了。这是苏尔涅夫,叶莲娜的父亲。"他忧心忡忡地看了我一眼。

"哪个叶莲娜?"多纳乌洛夫问。

"那有什么区别,各位,最重要的是他认识他。"我沮丧地说。

拉姆博听了一会儿我们的对话,把酒瓶放在一边,抖落起他的军服来。

早上换岗的时候我告诉了叶拉金昨天发生的事,我们不安地等着挨训。可是这并没有发生——直到第二天团里才接到指控。早上列队后团长让我们由骑兵连长官带着去他家。沃罗热耶夫上

---

① 1807年法国、普鲁士、俄国之间的一场战役地点。

校的脸色让人看了很难受——这件事对他打击很大。见过团长后的整整一天都是在惴惴不安的等待中度过的，因为将军告诉我们事情没有完，绝不仅是进行了这场不愉快的谈话就算了。

"小事一桩，会过去的。"拉姆博精神抖擞地说。但是可以看出，他自己也不太相信会轻易了结。

团长说，事情的详细经过已经上报给了米哈伊尔·巴甫洛维奇大公——这是很可怕的。涅夫列夫整个傍晚都在我这儿，半夜才走。夜里我被楼下的吵闹惊醒。受惊的女房东来敲我的门。我似乎感觉到算账的时候到了，所以夜里没有脱衣服，我在猜想会被关多少天。

一个不认识的军官在门口等我。他把手往帽檐一靠，说道：

"请跟我去最高司令部。这是省长的命令。"

"请让我拿些钱。"我请求道。

"哦，当然。"他赶忙表示同意，"请看一下命令。"

"有什么用，都是走形式。"我尽量让自己的声音显得满不在乎，但是它却紧张得刺耳，把我的害怕暴露无余。

我飞快地上楼，蹿到桌子前，从写字台里取出钱，挂上马刀，揣上烟斗——里面满是黑色的烟灰，我用鞋跟把烟灰磕出来，又把烟灰推到床下。然后我想，马刀得立刻交给那个军官，于是重新把它摘了下来。我精神抖擞地环视了一下房间，想想还应该带什么，可是因为紧张所有的东西都在我的眼前跳舞，我就没再拿什么东西，下楼去了。

"请给我。"军官彬彬有礼地说，接过了我的马刀。看得出，他不喜欢上司派给他的这个角色，所以他尽量表现得很客气。

我钻进马车，军官坐在我的身边，我们动身了。两个睡眼惺忪的哥萨克骑马跟随在我们的车后。

我看到的第一个人是涅夫列夫，他坐着一张堆满禁闭室办公文件的长椅上。押解我的军官指指旁边的位置让我坐下。我服从了。

"没有别人。"涅夫列夫告诉我，"我在这儿已经一个来小时了。"

我们等了很久，不知会发生什么事。有一次门开了一点，一个穿军服的人把我们从头到脚认真打量了一番。然后门小心翼翼地关上了，就像打开的时候一样小心。时间慢慢过去，再没有我们的伙伴被带来。后来我才偶然听说，为什么只有我和涅夫列夫被逮捕了。听人说，当米哈伊尔·巴甫洛维奇把我们捣乱的事报告皇上以后，皇上看了看违纪者的名单，说："这个涅夫列夫辜负了我的希望。"他意味深长地看了米哈伊尔一眼。"这个士官生也让他换个地方服役，一下子就看能看出他没上过军事学校。"其他人得到了宽恕，只关了两星期的禁闭。

终于来了一个少校，我以前甚至没见过他。他把武器交给我们，把我们领到了院子里。我们请他解释。

"你们自己会看到的，先生们。"他皱起眉，说。

我们真的看到了两辆邮车。在高高的皮面座位上坐着像木偶一样僵硬挺直，表情冷漠的信使。我们不无惊讶地按照上校的指示坐了上去，车夫把缰绳抖动起来。列夫涅夫坐的那辆车的马打了个响鼻，后退几步。一个在不远处踱步的老准尉叹了口气，小声说：

"这表示回不来了。"

涅夫列夫听到了这句话，他看了看画十字的士官，又看了看我。

"出发。"上校一声高喊，马儿立刻冲入了黑暗。

当我们离开城门时，拦路杆在我身后落下，就像关上了过去生活的神奇大门。我试着跟信使搭话，但是他不朝我这面看，正好遇到一个坑洼，他可笑地跳了一下，却仍不失其正襟危坐的姿势，一只发红的手抓紧挂在胸前的一只皮包的带子。我跟他搭话几次未果，于是不再说话，眼睛向前，看着马的臀部。

31

快天亮的时候我已经被邮车的疾驰、硬邦邦的座子、寒冷饥饿和吹个不停的风折腾得够呛了。破晓时分马车在一个驿站停了下来。换马的时候我享受着安宁，迷糊了一下。半睡半醒之间我听到信使说的只言片语："下诺夫哥罗德龙骑兵团……斯塔夫罗波尔……"梦与现实奇特地交织在一起。"谁要去高加索？"我懒懒地猜想，当我猜到以后，吓得睁开了眼睛。我睁开眼，确信这个瘦瘦的信使、这辆马车、这条大路都根本不是梦，而是看得见摸得着的灾难的表征，于是我的心痛苦地揪紧了。我无论如何也想不到会受到这样的惩罚，简直做梦也想不到。冤屈的感觉让我想哭，想不顾羞耻地号啕，真的，要不是那么累，我真的会尽情地发泄那些坏情绪……

描写旅途有什么意思呢——它令人疲惫而单调乏味。我只想说我的车子跟在涅夫列夫的那辆车后一路颠簸，虽然两辆车几乎如影随形，然而在两个星期中我不但没机会跟他好好说句话，就连我那阴郁的押送人也没有说一句话。我们绕过了莫斯科，只是沾了个边儿，在多罗戈米罗夫城门停了一下，而3天后我们已经置身于一望无际的草原了。我不知道我是如何忍受这趟行程的，而信使们在硬邦邦的座位上竟能一坐几十年。无论如何我对于颠簸和大风好歹适应了一些。我实在受不了那风,如果是在家的话,我一定会让看门人抽打它,就像大流士抽打赫勒斯蓬托斯海峡一样①,我自己也会举着大耙子追打它。可是眼下我没人可吩咐,于是我开始考虑自己的处境。比起倒霉的运气,我更害怕舅舅的震怒和我给他惹的祸,因为我如此鲁莽地损害了他的清誉。我了解舅舅,我知道他开始会咒骂我,而后会平静下来,认为这次经历对我有好处,后来经过我妈的一再请求,他才会想办法救我出来。我心里稍安静了些,因为我彻底麻木了,往事开始在脑海里翻腾。

我看见那个穿着紧绷绷的大学生制服、紧张地盯着未来的自己。我看见那些秉烛夜游的漫漫长夜,看见那些白驹过隙的时光——它们被热红酒和在我们小小的囚室里(我们两步半就能走到它的尽头)的没完没了的运动吞噬无余。那时我们的心智就像那个小房间,唯一的区别是,在里面憋得难受的是我们自己也不明白的思想,它们要寻找走向世界的出路;而挤在房间里的是整天沉浸在各种交谈和观点中的我们,其实甚至在灵光乍现的瞬间这些观点的意义也依然是幽昧不明的。当时我做梦也想不到命运会有如此的转折!

我这样想着,走了一程又一程,邮路笔直,就像我那位信使的脊梁,起初我会分外关注每一个里程柱,渐渐地,我的思想集中起来,已经超过膘肥体壮的马儿奔向前方。青春占了上风——对我来说,没有不可补救的不幸。当晴朗的日子终于出现的时候,我已经变得兴高采烈了。

---

① 传说大流士在赫勒斯蓬托斯海峡(即达达尼尔海峡)造桥,桥北风吹断,大流士下令抽打风。

空气变得清新，已经能够嗅到南方的气息。路上开始出现对我很新奇的树木的轮廓。白杨树守护着道路，它们树冠呈角锥状，树干修长而魁伟，就像我在彼得堡观赏过的近卫军。终于，地平线上隐隐约约地出现了一带淡蓝色的长条，并随着距离越来越近而一小时一小时地扩大。我看了一眼信使，他那被天花毁容的脸已经转向山出现的方向，他那专注的目光中出现了湿润的满足神情。于是我体会到即使顽石也是有情的，这是千真万确的——否则他们何必为了得到国家退休金而干这份苦差呢？简而言之，我们的旅行就要结束了。

第二部

1

高加索……这个词忽然以极大的冲击力出现在我的面前。记得我大概15岁的时候曾偶然看到一份《莫斯科电讯》，上面登载着马林斯基的《阿马拉特贝伊》。我从餐厅带走一支蜡烛，夜里贪婪地扑在已经被人读旧的书页上。那是一种很震撼的感觉。我读完一遍之后又读第二遍。给我留下最深印象的是，不幸的阿玛拉特和高贵的维尔霍夫斯基的故事就发生在不久之前，而且不是发生在新大陆的荒野，而是在距莫斯科只有两个星期的邮车路程的地方，而莫斯科那样一个平和的、睡意蒙眬的、一点都不浪漫的城市，这是20年代的一些法国人怀有的一成不变的看法。有时我能见到一些穿着高加索式长袍、戴着毛茸茸的高筒帽、灵活优雅地摆弄着东方武器的潇洒军官。他们属于一帆风顺的幸运儿。也有另一些人在高加索受伤致残，境况凄惨，由年老的女管家或年迈的父母照料，在自己的小庄园了此余生。当然，还有第三种人，确切地说，他们已经不在了。他们再也见不到女管家或年迈的父母，以及幽暗的阁楼上安适的沙发。我想到，这场在古老的高山峻岭间的战争在我出生前很久就开始了，还将持续多久只有天知道，而现在我就要投入其中了。涅夫列夫曾说，我们都是在完成各自的命数。有的人的使命宏大而显赫，有的人则命中注定在自家的客厅打打苍蝇。涅夫列夫说，所有这些命数都是有道理的，都是注定要实现的。那么，让我斗胆继续发挥一下，就不要试图跟命运抗争了，因为就算你暂时把它击倒，到头来它反正会赢，因为它的降临就是为了保证完成我们所无法认知的天意。

我们进入斯塔夫罗波尔的时候正下着潮湿的雪，一些狗在城门边徘徊，看见车来了便叫成一片。这些又瘦又脏的家伙掀起的声浪瞬间竟淹没了马车的铃声。它们很感兴趣地嗅了一番后很快就安静下来了，围在车的周围跟车一起跑，好像仪仗队一样。我伸长脖子好奇地张望着这座城市。

斯塔夫罗波尔的市容与其说是像一座城市，不如说更像一个特大的村子。城里的房子涂成浅色调，很少有三层的，乱七八糟地散落在政府所在的山丘周围。看来夏天的时候这些房子会淹没在灰尘和绿色中，而现在只有交织成网的光秃秃的稠密枝条。有一些我从前只在舅舅的一个熟人家的版画上见过的锥形树冠杨树，它们这儿一棵、那儿一棵，灰绿色的树枝没精打采地伸向半空。天空显得很低，很开阔。那些光秃秃的山丘并不能遮挡视线——我看到中心广场的一侧有一座立着十字架的基督徒的墓地。广场的另一侧则延伸到一道相当陡的山沟为止。山依然显得很远，而且被阴云罩住，城边已经什么都看不清了。

像一般的草原城市一样，街道很宽，路面的覆盖物只有湿乎乎的雪，行人很少，只有一些哥萨克骑着长毛矮马在街上来往，两挂满载干草的牛车在烂泥中跋涉。三个穿着破长袍的鞑靼人在牛车旁边没脚踝的脏水中低沉地吆喝着赶车。

我们径直来到高加索前线指挥谢瓦斯奇扬诺夫的房子。这是

环 舞

广场中最气派的一座房子，只是它更像一座军粮库。话说回来，它真就是一座仓库，因为谢瓦斯奇扬诺夫本人和他的司令部只占了其中的几个房间，其他地方都存放着面粉和糖。门口有个持长枪的哥萨克站岗，他穿着高加索式的军大衣，身挂子弹夹，戴着一顶很宽大的羊皮高筒帽，帽子的长毛垂下来遮住了他的眼睛。而且这哥萨克还长了一副黑色的大胡子，所以他的脸根本就看不见了。哥萨克一只手拉扯着马刀柄上的环圈，马刀的刀鞘上錾满别致的老银花纹。这一切对我来说都很新奇，我一直无法把目光从他身上移开。

信使下了车，跟哥萨克交谈了两句，就请我跟他走。涅夫列夫跟他的押送者也到了。我有些胆怯地迈进大门，跟着他们沿着脏乎乎的楼梯上了楼。二楼有几个受伤残废的兵，他们敞着怀，抽着烟斗，用毫不掩饰的好奇目光打量着我的近卫军大衣。他们很可能把我们当成了从首都来的大人物，而实际上我们只是被惩罚的孩子。几个穿着奇怪军服的军官手里拿着一些文件跑过楼道，破旧的门边有个坐在椅子上的年轻准尉，看到我们，他站起身，瞬间就消失在门里。

"大人在等你们。"他从办公室出来时大声宣告。

我们走了进去。这个大房间差不多是空的，窗户很大，光线充足。桌子上堆着无数文件和杯子，杯子底上还留着喝剩下的黑色茶叶。一个个子不高、红头发的人从桌旁站起来，他上了几岁年纪，穿文官制服，制服略显邋遢，然而挂着奖章。此人用目光锐利的小眼睛仔细地把我和涅夫列夫打量了一番，伸手接过信使递过的文件夹，里面是我们的情况说明。将军快速地浏览了一遍，对信使点点头，于是他立马消失了，再也不曾露面。

"好呀，我明白你们做的事了。"将军把信又看了一遍。

"您服役多久了？"他问我。

"7个月，大人。"

"您为什么不老实点呢！真的，所有严重的后果都是因为愚蠢造成的。"他叹口气，让我们坐下。"好吧，让我们看看该拿你们怎么办，年轻人。你们住在哪儿了？还没住下？这倒不错，先公后私……就像常言说的。要不你们去纳伊达吉旅馆吧。没有别的地方可住。"他笑了，"这可不是彼得堡。你们傍晚再来吧，我那时再告诉你们我的决定。"

我们向左转弯，来到街上。我的马车已经不见了，我所有的东西都在身边，确切地说，都在身上。我跟站岗的哥萨克打听去旅馆怎么走，他用低沉的声音慢悠悠地回答了我，于是我们穿过广场去找旅馆了。

4个小时后一阵连续的敲门声把我叫醒。我翻了个身，看到涅夫列夫无比沮丧地站在我的面前。我们要了茶，然后开始谈论最新的消息。

"至少该见见世面，"我安慰涅夫列夫，同时也是自我安慰，"说实在的，服一回役连打仗都没见过也不叫回事。"

"我要它们有什么鬼用处——这战争、这服役。过上3个星期就该剩我自己了。"

实际上我没有一点顾虑，我知道，可能就在此时我舅舅的信已经飞往各处，他自己也会坐着他的英国马车加倍频密地四处走动。而涅夫列夫却没人可指望，他的监护人就是他被流放这件事的操纵者，因为正好可以利用这个机会摆脱这个不称心的女婿。

"我没法从这儿脱身了。"涅夫列夫好像猜透了我的想法，没精打采地说道。

"我们再看看，再看看。"我眯起眼睛说，"哪怕能知道下一步的事情也好。"

"我已经知道了，这很可怕。"他回答，"一个人生下来就注定要死，这还不够，他还可能突然得知他要通过什么可怕的路走向坟墓。"

"你太悲观了。"

时间已经接近7点。我们把帽子往下一拉，几乎盖住眼睛，就去了司令部。外边早就黑了，窗口投出微弱的灯光。谢瓦斯奇扬诺夫的房子的外面点着灯，被照得通明。

年轻的准尉向将军报告我们到了，但将军让我们等会儿。我们坐在油漆过的粗笨椅子上——这是走廊里仅有的装饰品。走廊很暗，空荡荡的，那些伤残兵已经走了，他们待过的地方留下了一堆烟灰。准尉坐在桌旁写着什么，但看得出，他很好奇，很想打听我们的情况。他时而微微抬头悄悄看我们一眼，然后继续笔走龙蛇。

"请允许我自我介绍，先生们，"他终于忍不住说，"我是兹维列夫准尉，大人的副官。临时的。"他加了一句，同时脸红了。

我们也通报了姓名。准尉把写的东西放到了一边。

"对不起，你们为什么来这儿？"他态度恭敬地打听道。

我们没什么好隐瞒的，就把我们干的蠢事跟他讲了。时间才过了一会儿，我却觉得在这个黑暗的走廊里至少已经看着上司的门和他副官的脸坐了一年了。

"要是被派到梯弗里斯还没什么，被派到前线就不好了。"

传来了他稚嫩的声音,"很闷,先生们,闷得要命,还会吃枪子儿。不过倒是有出人头地的机会。从现在到春天不会有冒险的事。"他看了看窗外,好像让冬天来作证,"对了,而且你们也不会在这儿待长时间。要是受了伤,就会被赦回。"

"要是被打死呢?"涅夫列夫笑着说。

兹维列夫准尉两手一摊,说:

"有一个军官,因为决斗还是什么给发送到我们这儿来了,也是从首都来的,是个近卫军,带了两车东西,还有一个厨师。等他到了,赦免的命令已经在这儿等着他了。他发了顿脾气,第二天就回去了。会过去的,先生们,会过去的。我们这儿有过很多被流放的、降级的人,因为犯了什么过错,"他有点奇怪地说明了一句,"可是也有钦犯。对了,在皮亚季戈尔斯克的前线军营里就有很多服役的波兰人。一部分是暴动以后马上送来的,一部分是从西伯利亚转来的。是啊,"他出了一口长气,说道,"我们这儿的波兰人可不少。"

我肯定地知道,除了波兰人(他们在1831年之后填满了我们西伯利亚温暖地带的步兵军),这儿还可以遇到跟1814年12月事件有关的人员。我非常想看看这些人,严格地说,上流社会的人们更倾向于把他们看作值得尊敬的失败者,而不是坏人。

"请问,"涅夫列夫对我们这位新相识说,"现在马尔林斯基在哪儿?"

"我说不准。"兹维列夫腼腆地笑着说。

这时门开了,谢瓦斯奇扬诺夫亲自来很随便地叫我们进去。他桌子上的夹子和文件都被清理了,平平整整地铺着一块单色调的桌布。

"请坐吧,先生们。"他邀请道。

我们怯生生地坐下，时刻等待着宣布判决。这时候一个穿着敞怀军大衣的士兵端来一个没刷干净的茶炊，把它和几只粗大的茶杯放在桌子上。谢瓦斯奇扬诺夫似乎对这一情况丝毫没有注意。

"几点了？"他急急忙忙地自语，同时把手伸进便装的衣袋里掏出一块老式的大银表。"哦，快8点了。瓦西里·彼得洛维奇！"他朝走廊喊道。

兹维列夫准尉出现在门口。

"怎么没人？"将军问道。

"搞不清楚，大人。"准尉麻利地回答，他又脸红了。

"那好，他们来了就直接进来吧，不用通报。"

兹维列夫不见了。

"先生们，"谢瓦斯奇扬诺夫转向我们说，"上面让我自己酌情安排你们。"他疑问地看看我们。

我们垂下眼睛。

"春天之前没必要调人，先生们。"他解释自己的决定说，"所以你们在此之前就留在这儿吧。留在这儿替我做事。就这样吧。我的事情多得很。"

说实话，我们听到这个命令后不知该喜还是该忧。谢瓦斯奇扬诺夫可能对我们的窘迫有所察觉，所以赶紧又说道：

"你们会有机会挨枪子儿的，我保证。去那个世界不用着忙。"

"是，大人。"我们俩异口同声地回答。

"如果旅馆住着不合意，可以找个房子。这儿出租房子的很多。我会给伊万·谢尔盖耶维奇写封信，让他不用担心。"

"伊万·谢尔盖耶维奇，大人？"我追问道，"您认得我舅舅？"

他咧开发干的嘴唇笑了。看来对于他的话造成的效果他很满意。

"我认识他，可是这没一点用。他是怎么管教您的？不过他自己年轻的时候也喜欢胡闹。我的意思是，也犯过错。"他改口说。

原来这位谢瓦斯奇扬诺夫是个少见的练达之人。我慢慢想起来，舅舅曾提到过他，说他是个非常好的人，但在今天之前我从没想到过他们互相认识。不过，其实如果不是这样，那我才更应该奇怪呢。

我的思绪被新来的人打断了。门一开，几个军官简直是闯进了办公室。他们的靴子湿漉漉的，溅满褐色的泥点。

"对不起，大人。"他们中的一个用相当熟稔的语气对将军说道。这个人没戴肩章，所以不知他是什么军衔。他用的甚至不是疑问的，而是相当肯定的语气。

"没问题，先生们。"谢瓦斯奇扬诺夫眼皮都不眨地说，"为什么这么晚？"

"一直在找捎信人。"这个人边落座边说。看样子他的年纪在40岁左右，有一张饱经风霜的脸，线条很硬朗。

"那么您呢，彼得·彼得洛维奇？"谢瓦斯奇扬诺夫对另一个人身穿潇洒的匈牙利骠骑兵军服的人说。

"大人，我……"穿匈牙利骠骑兵军服的那一位有些吞吞吐吐。

"懂了，懂了，孩子。那么，您好，谢苗·马特维耶维奇，您过得好吗？"

那个叫谢苗·马特维耶维奇的军官已经拧开龙头给自己斟了

一杯茶。我看到他甚至没带佩剑，更不用说肩章了。这一切都让我感到很奇怪，就像巴斯凯维奇第一次看到叶尔莫洛夫的司令部时说的。但是看到这些新来的客人在他们的长官这里泰然自若地坐下，无拘无束地喝茶，我知道他们是这儿的常客。兹维列夫也随后进来，很自然地在桌旁坐下。

"请喝茶，先生们。"谢瓦斯奇扬诺夫对我们笑着说。确实，我们有些拘束。

这时候所有刚来的人终于注意到有生人在，他们相当毫不掩饰地表现出他们的好奇。

"是调来的吗？"那个穿着匈牙利骠骑兵军服的眼瞅着我们，小声问兹维列夫。

"是流放的。"士官生同样小声地回答。

"先生们，互相认识一下。"谢瓦斯奇扬诺夫站起身来提议道。"这位是维列夫金上校。"他介绍第一个走进来的那个军官说。"这位是斯捷潘诺夫上尉。"他又指着谢苗·马特维耶维奇说。

穿匈牙利骠骑兵军服的那一位是波斯科宁中尉。我和涅夫列夫也做了自我介绍。维列夫金上校目不转睛地看着我们，欣赏这我们帅气的军服。他那试探的目光中含着一丝轻蔑。显然，他不喜欢从首都来的家伙，认为他们一律都是些得意忘形之人，尽管他们该受惩罚，在他手下熬些日子，可是这种惩罚没有任何好处，而这些流放的军官更是毫无用处。后来的事情证实我的猜测是八九不离十的。斯捷潘诺夫年龄已经很不小了，他沉默寡言，脸带疲倦，不动声色。同时他又显得特别善良，他的脸非常适合用"祥和"一词来形容。他对于周围人说的话好像没有放在心上，他坐在一个角落，以办公室的大小和礼貌的要求所允许的最大限度远离中心地带。他的整个形象表明,他是一个老军人,已经在高加索度过了很多动荡的岁月,经验老到,不会因为外面偶然响了一枪就从床上一跃而起。

我觉得波斯科宁中尉不拘小节、满不在乎的做派活像拉姆博——他们两所具有的这种脾性有时难以察觉,而且都是与生俱来的。

比他们奇怪的军服和对威严的长官的随随便便的态度更让我吃惊的是,他们对我们什么都不问,好像用不着盘问,一眼就能看透我们是什么人,什么情况让我们跟他们忽然成了同命人。只有波斯科宁稍微问了我一句:

"士官先生,您是莫斯科人吗?"

"是的。"我很高兴地说。"您怎么猜到的?"

"哦,莫斯科,对不?"他没回答我的问题,却说了这么一句。

他这是什么意思?也许他很高兴世界上有这座城市。后来我得知,他也出生在莫斯科。

"您说得太对了。"我说。听到这话所有人,包括波斯科宁自己都笑了。

"怎么了,怎么了?各位?"斯捷潘诺夫上尉被笑声惊动了,嘬了一口已经熄灭的烟斗。

"没什么特别的,谢苗·马特维耶维奇。"谢瓦斯奇扬诺夫笑着说,"我们一直在谈论人为什么生活的问题,但这题目对您来说太无聊了。"

谢苗·马特维耶维奇露出善意的嘲笑神情。看得出,他想的比说的多得多。

"怎么,请问,切尔克斯人会抓人吗?"我小心地问他。

"会的!"谢苗·马特维耶维奇大声说,"他们就靠这个过日子。"

"那俘虏的命运怎么样？"

"不用说，很可怕。"波斯科宁笑了。

"这要看落在什么人手上。"谢苗·马特维耶维奇若有所思地解释道，"要是落在山贼手上，就不一定能交换。他们会把俘虏送到乌贝赫人手里，最后被卖给土耳其人。要是被山寨捉住就可以交换回来。"

"请问，"我接着追问，"有没有军官被抓的？"

"军官吗？"谢苗·马特维耶维奇往椅背上一靠，说，"有的是。"他眯起眼："嗯，我还记得1826年我们从阿尔瓦人手里把茹科夫赎出来的事。这种事很常见，还用说！军团所有的军官凑了1万卢布，给了赛义德·马格姆，条件是人得全须全爪的，不能少一根毫毛。就像买牛似的。"

"您不用怕，年轻人。"维列夫金上校对我说。

"我只是好奇。"我冷淡地回答。

"好了，好了，先生们。"谢瓦斯奇扬诺夫插了进来，他主要是冲着上校说的。

"这么说您，上尉先生，曾经跟叶尔莫洛夫一起服役？"涅夫列夫问斯捷潘诺夫。

"正是，曾经有机会跟他在一起。"老头叹息道。

"对了，阿列克塞·米哈伊洛维奇，"谢瓦斯奇扬诺夫看着维列夫金，问道，"左侧前线突击以后有多少损失，您弄清楚了吗？"

"弄清楚了，大人。7个哥萨克给砍死了，30个受了伤。报告说战利品夺回来了，已经把他们赶过了库班河。"

大家都不出声了。我再一次看着我们这些人，不由得冒出一个想法，好像这些人不是正规军的军官，而是一支大游击队的成员——只差丹尼斯·达维多夫和切尔内绍夫伯爵了。

"我斗胆跟您报告，"维列夫金垂下眼看着他的脏靴子，说道，"他们那个团除了哥萨克军官以外只有3名军官，其中两个是秋天的时候从首都来的，一个是因为决斗，另一个不知是因为什么破事。没人可用，大人。他们只会在舞会上用鞋底蹭地板。"

"嘿，您，阿列克塞·米哈伊洛维奇，说得太绝对了。"谢瓦斯奇扬诺夫回答说。"对了，"他高兴地看了看我和涅夫列夫，忽然来了精神，"这不是增援来了。"

维列夫金转过身去，挥了挥手。

"不过，先生们，"谢瓦斯奇扬诺夫站起身说，"请原谅我说话直，但我不明白……"他把手背到背后，在房间里走来走去。我一时没弄明白，原来他是冲着我和涅夫列夫说的。"我明白，有的是为了女人，或是，那个，"他停顿了一下说，"因为看法，这都可以理解。可是这个，说实话，我不懂。你们干嘛不好好在首都待着，跳玛祖卡舞呢。不过，你们的路还长着呢。"

"现在玛祖卡不流行了，大人。"波斯科宁不动声色地说。

谢瓦斯奇扬诺夫忽然呛得咳嗽起来，他的目光有点戏弄地停留在我的身上。

"是不是您的舅舅教给您这么爱闹的？嘿嘿，我们也年轻过，是不是，谢苗·马特维耶维奇？要不要我给你们讲讲有一次您舅舅伊万·谢尔盖耶维奇在彼得堡闹出了多大的事情？还不止一件呢。"将军补充道，"你们不反对吧，先生们？"他的目光扫视了一遍在座的人，看看大家是什么态度。

没人反对，相反，所有人很快凑近被笨重的枝形烛台照亮的桌子，只有谢苗·马特维耶维奇稍稍挪了一下椅子，好更深地沉入幽暗中，他嘴里一直叼着烟斗，只有要喝口浓茶的时候才把烟斗拿出来一下，于是就时而有一股浓烟从那边喷出。

"大人，您和我舅舅曾经一起服役吗？"我问。

"不，我没有和他一起服役过，可当初我跟他很熟。我承认，我一直嫉妒他——他真是一帆风顺，春风得意，简直跟童话一样。是啊，他很会寻开心。我只能想象他的生活多么的有趣……那么我可以开始了吗，先生们？"

"我们听着呢，大人。"黑暗中传来谢苗·马特维耶维奇低沉的声音，一股浓烟随即出现在烛光中。

谢瓦斯奇扬诺夫咳嗽了几声，松了松领子，喝了口茶，开始讲道：

"这事发生在1817年冬天。我一直记着这个冬天，这是因为两个原因。首先正是因为这个冬天我是在彼得堡度过的，我等了很长时间才好不容易得到休假的机会。第二个原因是，这年的冬天非常冷，雪特别多。那年冬天扫院子的可没少受罪，全城冰天雪地，大雪纷纷，白茫茫一片，他们得拼命凿冰铲雪才能刨出路来。就这样，我回到家，打量了自己一番，看看已经过时的小时候穿的礼服是不是合身，就到各处去拜访，也不管这些拜访有没有必要。最后我遇到了伊万，伊万·谢尔盖耶维奇。我想说的是您的舅舅。"谢瓦斯奇扬诺夫朝我点点头，"我们在国外打仗的时候见过面，后来已经很久没见了。先生们，我也跟波拿巴打过仗的。"他沉思地说，语气中带着得意，"没错……话说我跟伊万·谢尔盖耶维奇很久没见了，所以，我们照例好好叙了一番旧，说了很多跟我们有关系和没有一点关系的新闻，喝酒助兴——那时的齐姆良酒真好——反正就是那一套。'怎么样，好朋友，'我记得问他，'还没结婚吗？''没有。'他回答说，并且有点奇怪地看了我一眼,好像第一次看见我一样。

"那天晚上我在家恭敬地看母亲摆弄纸牌,想着伊万的事。我们这个年龄的人全都早就成家了,有一些已经退了伍,在乡村隐居起来。伊万·谢尔盖耶维奇呢,不能说他的生活方式很特别,因为,天啊,我跟他已经认识20年了,可是他好像一点不见老,而对所谓的家庭问题一点也不在意。我正这样想着,仆人来报告说,伊万·谢尔盖耶维奇来访了。我看了看表——已经快到半夜了。我感到吃惊,不知什么事情让他在这个时间冒着严寒而来,我吩咐有请,便回到了自己住的那边。伊万公爵很快就到了,虽然他已经冻透了,我还是看出他非常兴奋。当时的情景很好玩:他被冻得口齿不清,所以虽然他说的是重要的事,却说不成句,得用手势和眼神帮忙才行。而他的眼睛,您知道,是很生动的。

"'这双眼睛,'我想道,'最近发出了差不多跟小伙子一样的光亮,这说明他肯定迷上谁了。'"

谢瓦斯奇扬诺夫接着说下去:

"'我的朋友,'伊万特别郑重地对我说,他的态度让我预感到要出事,'我在如此不恰当的时间贸然来访是因为有件无比重要的事。我对你有个很重要的请求……你只要……'您舅舅说不下去了,虽然他冻得很厉害,但还是可以明显地看出,他感到难以启齿。'一次……'他说,'……看在圣徒的份上……无所谓的事……很久了……几乎不可能的幸福……'

"我基本上一点都听不明白,这很像是病人发烧时说的胡话,可是他却是刚从滴水成冰的外边进来的。我徒劳地听了一回他那些不连贯的话,忍不住笑了。我打发人端茶来。此时伊万做出非常担心和强烈恳求的表情。当他终于能够自由表达的时候,我对他说,我准备全力以赴地为他效劳,但我想知道他要我做什么。'请做我的婚礼的男傧相。'他说,'确切地说,是出席我的婚礼。''仅此而已吗?'我问道,但我马上明白,这句话说得有些冒失。'麻烦的是,'他解释道,'问题是我的婚礼不很平常,我只能来找你,我不想让别的什么人……你懂我的意思吗,总之,我不想让他们任何人知道。'我的心一沉,因为我知道,当伊万说'不很平常'的时候,应该反着念作'很不平常'。'到底怎么回事,你说明白了。'他抽起烟斗,在房间里走来走去。'你知道拉多夫斯卡娅吧?'他问道,'就是那个和她父亲一起来的波兰小姐。''我当然认识,甚至见过一次。没什么特别的。等一下,等一下,怎么你是要和她结婚?''喂,老兄,我看你不像要决定大事的状态。'他忽然冒火了,我好不容易让让他平静下来。我暂且把我的玩笑和笑容放在一边。'我应该跟她,跟拉多夫斯卡娅举行婚礼。'他试探地看着我因为拼命忍着笑而颤抖的肩膀,证实了我最担心的事。'要办快办,别耽搁,'我说,'我现在也可以。'他匆忙地环顾了一下四周,决然地说:'就是现在。'先生们,我对彼得堡已经陌生了,对很明显的事也不懂,以前懂,但当时已经不懂了。所以我很吃惊,一下子在椅子上愣住了。'行还是不行?'伊万公爵语带庄重地问道。'没时间多想。''行,当然,行。'我赶紧跟他保证,'不过你或许该跟我说清楚事情的来龙去脉。''没问题,'他不时地瞟一眼钟表,他的目光炽热,让人感到时钟因此而跑得更快了,'我们还有半个小时。'当时我正在考虑在这么冷的天气该穿什么,怎么能裹暖和点,所以我的勤务兵萨维利在各个房间跑来跑去,从柜子里拽出所有可以在路上穿戴的东西。'你看,是这么回事,'伊万开始讲,'全说清楚要好长时间,现在来不及,但她是波兰人,这是第一个问题。''就是说得让她改信东正教是吗？''是啊，是需要这样做，但这不是主要的……'他沉默片刻，以便下决心，'她父亲无论如何也不同意。''啊哈，原来是这样。'这时候我才彻底明白了，'我们怎么实施呢？''就是说，你不拒绝？'伊万激动地大声问道。'来不及拒绝了。'我打哈哈道，但心里暗暗咒骂他的稀奇古怪的把戏。'那么这样，'他两眼一下子亮了，安排道，'你穿文官的衣服，带上两只手枪。'我自己也开始身上发抖，因为预感到要出大事而感到又紧张又高兴。可是当我听到要带手枪，当然表示了反对。'得了，'我说，'你想些什么呀？难道你想闹出人命吗？值得这么干吗？她父亲有他的权利。''嘿，见鬼，'他嚷道，'这只是以防万一！要知道这样的奇事可是千载难逢，而且不是每个人都能遇到的。''我知道你的万一，'我嘟囔着，但还是把枪拿了来。伊万穿着军服，戴着肩章。他明显地高兴起来。'真够冷的，'他说，'马可别摔倒。'

"我终于准备好了，我吩咐萨维利，如果母亲问起来，就说我去伊万公爵家打牌了，然后我们出了门。在大马尔卡街和戈罗霍夫街的拐角处应该有一个伊万的朋友接应我们，他参与了伊万的计划，在一驾由三匹膘肥体壮的马拉的马车上等着我们。我们不由地跑了起来——因为天太冷了。我们把头脸包得严严实实的，在一个个雪堆之间跌跌撞撞地很快到了戈罗霍夫街。伊万的同伴很快发现了我们，让车赶了过来。马的鼻孔周围结了冰，呼出一团团雾气，马嚼子是事先用麂皮裹好的。几匹格外高大的马很兴奋，它们四蹄踱来踱去地暖着身体。我打量了一下车上的人。这是一个年轻的军官，他的目光和藏在海狸皮领子里笑容都显得有些放肆。不知为何，我有一种感觉，似乎对这个年轻人来说我们干的这类事是习以为常的。尽管天气严寒，他还是穿得很

Хоровод
环 舞

精神——身穿一件薄大衣，帽子上的帽缨很是招摇。'准时。'他接到我们之后，收起怀表说，'神父已经在等着了。'我们跳上车，站了很久的马兴奋地喷着响鼻，车夫在他的位子上坐好，把失去弹性的没用的鞭子放在一边，只拉了拉僵硬的缰绳——这就够了——三匹马便配合默契地轻快地跑了起来。

"马车掠过一座座黑魆魆的房子向前跑，我则回忆着那些我知道的关于这个拉多夫斯卡娅的情况。先生们，你们很清楚，每当有地位显赫的外来人出现，上层社会的人们就会对他们进行一番专心而挑剔的研究，顺便说一句，"我们这位讲故事的人带着笑说，"这经常是因为嫉妒。老伯爵和他女儿出现在彼得堡，这件事自然引起关注：几十只长柄眼镜对准了年轻女孩和她的父亲，对于他们有好几种互相很矛盾的传言。锥子总是要从口袋里钻出来的，特别是我们这样的口袋。有人说伯爵是来接受一项重要的任命的，另一些人则回想起当年苏瓦洛夫的那次著名的午餐，当时苏瓦洛夫彬彬有礼地邀请了被俘的法军军官，而伯爵也是一名受邀的战俘，他本来怒目相对，但最终被胜利者的宽宏大量感化了。还有人说，伯爵跟他们国家很多名人一样，年轻时曾经周游世界，在英国军队当过一阵志愿兵，在印度呆过将近3年。但人们最想知道的还是为何这个人足不出户地在自己的老家隐居20年后忽然出现在俄国的首都，因为他对俄国从来没有什么亲近感。顺便说一句，有些人说他的女儿是私生女，其母亲不知是一位印度的王妃，还是一个土耳其女俘，或者是天知道什么人。于是人们猜测他的突然来访是为了向参议院递申请——你们知道，当时华沙没有独立的参议院，起义之后才有——就是说，申请给他女儿贵族封号，其实，人们本来就是用其父亲的爵位称呼她的。不过，这些八卦只是说说而已，而见到这位年轻的公爵小姐——据说她非常美丽——却非常不容易。他父亲带来了一群模样粗鲁的仆役，在维堡区尽头一个偏远的地方租了一栋僻静的房子，这也让我们整个beau monde①很吃惊。这栋房子有高高的围墙，看来古怪的伯爵看上的就是这一点。成群的仆人保护着伯爵的安宁，有几个近卫军的捣蛋鬼曾经想要靠近，却无功而返，反而闹得满城风雨，更增添了人们对这对神秘的父女的兴趣。

"这件事传到宫廷里，皇上得知了伯爵离开故土的原因，跟大家一样感到好奇，于是向他发出了一个很难拒绝的邀请——他让自己的一个侍从武官送去了宫廷舞会的邀请。我因为父亲的关系也在被邀请之列，所以曾匆匆地看过一眼伯爵本人及他的女儿。我不认为她是一个绝代美女，但是她的面容里有种，我就不描述了，但的确有种在我看来让人动心的魅力。确实，她的面容带有东方血统的特征。不错，我看到她只是在一瞬之间，因为父亲把我介绍给了一位德高望重的大人，我得全力以赴地敷衍他，好不要让我们那毫无意义的谈话冷场……在小俄罗斯也常遇到这一类的人。"谢瓦斯奇扬诺夫沉思地说了这么一句，然后继续讲下去："虽然我很久没在家了，可是却'刚下船就来到舞场'②，甚至有机会见证一件奇事，说句公道话，这并不是出于我的自愿。可是最令人吃惊的是，那些一天到晚在伯爵家附近转悠的精力旺盛的近卫军军官们开始议论，有一个军官每天都潜入伯爵家。他差不多是唯一的幸运儿——那些蹲守者们有鼻子有眼地说，白天有总管接待这个人，而每到夜里他就自己神不知鬼不觉地躲过那些大门内外的明岗暗哨溜进去。他是步兵部队的人，帽子低低地拉下来盖住眼睛，穿着军大衣，领子竖起，把脸遮

---

① 法语：上流社会。
② 俗语，意为没有做好准备、土里土气的人进入时尚场所。

住。当时人们捉摸,既然把脸挡住,就说明这不是一个无名之辈,可是大家怎么也猜不到这个穿着讲究的人是谁。活跃爱玩的年轻军官们把这个消息传遍对任何新闻都非常感兴趣的各家客厅,于是整个严寒中的彼得堡都被搞得好奇得不得了。直到答案突然揭晓,但结局并不算好,毋宁说是很难堪。

"好事的近卫军官们决心无论如何要搞清楚这个陌生人的身份。为此他们从一个犹太人手中以天价租下了正好位于波兰伯爵住所地面的一个破房子,这些调皮鬼一天到晚在那儿待着,一分钟不漏地换着班盯着。勤务兵把午饭、晚饭和其他东西送到那儿去,总之,事情闹大了。而这么闹的起因是:一位上流社会的美女——我不说她的名字,因为她还在世——有一次当着自己一群追求者的面抱怨命运,说拉多夫斯卡娅和那个进出孤楼的神秘人物之间的关系才是真正的幸福和认真的爱情。谁都没想到,光天化日之下一段精心隐瞒的爱情正在某个安静的角落翻开芬芳甜美的篇章。'唉,'我们这位美人毫不掩饰地表达了对自己的男舞伴们乃至对生活本身的绝望,疲惫地说道,'有这样一位朋友是多么大的福气啊,对不对,先生们?在这个难以忍受的世界上难道还可能有这样的事情吗?'她如此这般地瞎说一气,说得都快哭了。'先生们,我非常想知道这位高尚的人是谁!'她用命令的目光看着身边这群人沮丧的面孔,他们中有一个年轻的骑兵团中尉是个火暴性子,并且出名地爱嫉妒。他不能再容忍自己心上人的呻吟了,他答应第二天早上把关于那个神秘人物(他如此恼人地使她深受刺激)的一切情况搞清楚,呈献给她。

"说干就干。一群大胆的好事者组成了相当能折腾的团伙,就像我告诉你们的,这帮人在犹太人的房子里埋伏了下来。让人吃惊的是,这些先生可以这么毫无顾忌地监视一个人,怎么能这样呢！谁都不想被当成警察。而且我们还要说一句，那个性子火暴的骑兵在很大程度上就是因为我们说到的女士当着他的面对神秘人物大加赞美而受了刺激。

"因此他们决定跟这位不认识的军官开一个普通的然而很狠的玩笑。他们从什么地方弄来一张网，在那个快活的时代，人们用这样的网在'漂亮的酒馆'捕捉迷人的德国女人。他们分了工，开始等待黑夜的到来。照例，他们用喝酒来打发等待的时间，所以到半夜的时候已经醉醺醺的了。

"那个神秘的人在他惯常出现的时间来了——那是午夜之后的半个小时。他迈着自信的步伐走向目的地。像每天一样，他在街口的拐角下了车，马车会在黎明时分再来到这个地点。行动的参与者提前做好准备，也不怕冻坏了，藏到了雪堆后面。这个穿大衣的人刚走到埋伏的地点，近卫军的军官们就悄无声息地从雪堆后出来，灵巧地撒开网，那个身体灵活的人被网在里面，徒劳地挣扎。可是结果跟预想的不太一样——他们在慌乱中没能把网扔到位，那人手起剑落，瞬间就把网斩断了。猎人们想再次扑过去捉住他，可是那人极轻快地蹿到了路上，并做出决一死战的姿势。当他看到他的动手的警告对这群好奇心很重的年轻人没有发生任何作用时，就用另一只手放了一枪，枪声打破了寂静，火光瞬间驱走了黑暗。这个人沿街飞跑去追自己的马车，上车跑了。枪声伴随着手臂受伤的重骑兵的叫声惊动了伯爵房子里的人，他们跑出来查看街上出了什么事。很快警察也来了，于是这件事闹得满城风雨。很幸运重骑兵伤得不厉害，虽然那人用的是骑兵的手枪，先生们，你们再清楚不过了，这种枪跟小火炮一样，如果打中骨头，就得截肢。伯爵提出抗议，警察局长批准将闹事者关了禁闭，等待发落。至于那漏网之鱼是什么人，依然是个谜。"

"我记得,"谢瓦斯奇扬诺夫继续说,"我们的马车沿着坑洼不平的路面颠簸着驶入要去的街道。不用说,我马上猜到了谁是那个引起这么大骚动的神秘人物。现在这个'神秘人物'就坐在我的身边,双手抓着两件裘皮大衣,它们足够把拉普兰人童话中的雪姑娘暖和过来。'神秘人物'的同伴一直微笑着,但还是不时地搓搓耳朵。马车在距公爵向往的房子不远处停下,房子漆黑,没有一点灯光,也没有一支不安的蜡烛。'听我说,'伊万不知为何对我用耳语说道,'上帝保佑不要那样,万一我们遇到什么意外情况,就把一切推到我的身上,就这样。'我什么也没说,可是心里忍不住对自己意外的遭遇感到有趣。当然,身边有各种各样的事情发生,但不知怎的,这些事情都绕过了我。我从不是伪君子,我年纪还轻,但也不是个小准尉了。是的,我承认,我不是那种人。因此我感到格外惊奇。整个这件事更适合上个世纪,太戏剧化了,又简单得令人吃惊。再加上这严寒的天气……'你下一步打算怎么样?'我决定问清楚。'下一步?'伊万坚持用耳语的声音说话,尽管马跑起来的声音很大。'我在唐波夫省有个村子,我想在那儿住一阵子,申请退役,然后也可以出国……我的村子很偏僻,叫作穆拉夫良卡……可是干嘛要猜呢……猜也是瞎猜……''该动手了。'罗津贸然地说——伊万的同伴好像姓这个姓。他脸上的笑容不见了,他忽然变得一本正经,神情专注。'上帝保佑!'伊万公爵深深地呼了一口气,嘴里呵出一团白汽,然后便悄悄地靠近围墙。街上很黑,很快我们就看不清楚他了,只能根据'嘎吱嘎吱'的踩雪声知道他在向前走。他进入了围墙,又轻车熟路地进了房子,一切都安静下来了,只有马偶尔摆摆头,但是包好的马具并没有发出声音,而铃铛早就卸了。洁净高远的天空扣在我们头顶,我们一动不动地坐着。车夫在他的座位上弓着腰，把羊皮袄裹得更紧些，用一块头巾把嘴遮住。'彼得鲁什卡，'罗津不知怎么用差不错温柔的声音叫他。车夫没有回答，看来是冻得脑子发木了。'彼得鲁什卡，'罗津又叫了一声，他的语气已经变得不满，用鞭子捅捅他的后背。车夫回过头来。'他们一上车，'罗津又用和善的语气说，'你就全速前进。''放心，大人，'彼得鲁什卡用浑厚的男低音推心置腹地说，'我这不是第一次。'然后便不作声了。我们已经等得有些着急了，房子里仍然很黑，周围很静，只有马不时地活动着挨冻的腿，打着寒颤。终于，远处传来一阵急促的踩雪声，两个人影出现在马车旁。罗津在裘皮大衣堆里掏了几下，拿出一个半升的酒瓶和四个小银杯。'算了吧，'我赶快小声对他说了一句，'难道她能喝伏特加？''我们用不着请示她。'他这样挑衅地回答说，然后朝我挪一挪，好给两位私奔者腾出位子。那个女人裹着头巾，所以我们看不到她的脸。'没搞错吗？'罗津快活地问。伊万公爵向他投去很凶的目光。但是我也不相信这条头巾后面就是那个可望而不可即又非常令人神往的女人。他们刚上车，马车就猛地震了一下——因为车辙已经冻硬了——几匹马沿着空旷的街道轻快地跑起来。伊万画了个十字，不自然地环顾四周，从罗津的手中接过杯子，倒出的伏特加一股呛人的味道直扑我的鼻子。那女人盖上事先准备好的裘皮大衣，腾出手来解开挡住嘴的头巾，皱着眉把她的那杯酒一口干了。我偷眼看看她——她已经沉入一堆裘皮大衣里面去了。谁都没有说一句话，我们就这样沉默不语地，甚至是在一种不祥的气氛中沿着城市的边缘疾驰，要是有什么东西遇到我们的车，一定会被无情地碾碎——彼得鲁什卡是个好把式，而几匹马刚才冻得够呛，现在则跑得热气腾腾。我不记得我们这怪诞的奔驰持续了多长时

Хоровод
环 舞

间，不过最后我们总算在一个小小的驿站教堂前停下了，这已经差不多到了城外。周围一个人也没有。我们迅速甩开赶路时堆在身上的东西，跳到了雪地上。伊万搀扶拉多夫斯卡娅下了车，他们便手拉手地朝着参差不齐的栅栏后面的教堂正门走去。罗津按约定的暗号拍打了门环，可是开门大约用了一分钟之久，两扇包铁皮的大门很重，干涩的门轴吃力地转动着，那钻心的吱吱扭扭的声音简直把寂静锯成了碎片。迎接我们的是一个已经穿好法衣的胖大神父。他红脸膛，腮帮很大而且发亮，而眼睛非常小，一刻不停地眨巴，慌乱不安地扫视着周围，当他瞧对方的时候，眼睛并不直视，而是压低，目光很慌张，不过我觉得这人很聪明，聪明得过分。'如果必要的话，这个人敢给教皇做改宗洗礼。'我看着他迈着小碎步向神坛那边晃悠过去，想道。此时拉多夫斯卡娅已经脱掉了裘皮大衣，摘下了所有头巾，圣像前还点着蜡烛，在有点浑浊的幽幽烛光中，她脖子上的钻石发出庄重的、在劫难逃的光芒。罗津把放戒指的盒子交给我，然后朝门口走去。我则利用这个机会偷偷打量着这个波兰女人，这是我第二次也是最后一次见到她。她气质高贵，没得说，可是在她的脸上，特别是在她幽深而柔亮的眼睛里时而会闪过一缕深深的忧伤，让我心里一紧，不由地把目光投向伊万。人们的沉默和霜雪覆盖的郊外的岑寂再次使我有种不祥的感觉。我肯定地知道，现在，此刻，在世界上正发生某种不好的、可怕的事情。

"拉多夫斯卡娅站得很直，似乎从容不迫，可是依然可以从她的姿态中看出掩藏着的焦虑，她的头颈优雅地挺直，目光专注，直视前方，甚至都不看伊万。他也有很大变化，举动轻飘，好像在梦中。'真是奇怪的一对儿，'我的脑子里掠过这样的想法，'这个把戏会带来什么结果呢？'我从侧面观察着新娘，她正紧闭着嘴唇接受敷圣油仪式,又想道,爱一个这样的女人要……怎么说呢?……"将军努力搜寻着合适的词语,也许正是为此他的眼睛盯着暗处,谢苗·马特维耶维奇坐在那儿肯定已经在抽第五锅烟了,他对将军的目光报以不拘礼节的呼哧声以示支持。"总之,先生们,"将军接着说,"要是爱上这样的女人,就得毫无保留地献出自己的一切,让自己的整个生命变成爱,对这样的女人不能过了六七年后就说些毫无意义的话,趿拉着没有后跟的拖鞋,穿个袍子在她跟前晃来晃去。这些都不可以。从第一天直到最后一天都不可以这样对待她。我觉得,知道吗,她内心有强烈的欲望,甚至不惜为之而死……好在她成人后这种欲望会被理智压下去了。而她的目标,说实话,就是千方百计地逃避成年,因为这个人知道,真正的篝火只燃烧一回,可是它在熊熊燃烧之后,唉,会熄灭的,除了回忆,什么也不会剩下,换句话说,就像一块煤,用棍子拨弄拨弄还可以发出一点温暖,但是那热度再也不能把衣服烤干了。"谢瓦斯奇扬诺夫沉默片刻,把头歪向一边,眯着眼睛看着烛光,想了想,接着说道,"我年轻的时候,先生们,曾经以为这是会多次发生的。不,有的人活了一辈子,可是从没有过这样的体会。就说我吧,暂时还……"他苦笑了,"我的生活还在前面。不过我有点跑题了。话说回来,老实说,当时我能体会伊万·谢尔盖耶维奇的心理,因为我了解他。但是因为谁也看不透这件事会有什么结果——就算会有结果,这一切也就将仅仅成为回忆。伊万公爵手捂心口,眼神狂乱地看着这位女天主教徒将牺牲奉献给爱的祭坛,在这种爱中,东正教只是漫漫长路上备换的马匹,以便在依依不舍地告别原来那组心爱的、累坏了的马匹时充当聊胜于无的代替品。罗津从背后悄无声息地凑到我的跟前。'哼,长毛鬼,'他恨恨地悄声说,

Xopoвoд
环 舞

'我们好不容易才说动了他。他一直说怕。我倒想知道,他那个德性会怕谁?给了他1000卢布他才答应。''1000!'我几乎喊出声来,于是对这神父发生了新的兴趣,好好地瞅了瞅他。神父的动作像一个工匠那样熟练,银制的十字架在他毛茸茸的胖手里好像两根交叉的棍子。他们曾求他很长时间:东正教最高会议对他这样三更半夜地做法事是不会给好脸色的,他会一下子丢了饭碗,再也吃不到酸奶油就肉饼了。可是有钱能使鬼推磨,可是他敢要这样的高价还是让我感到真是卑鄙无礼到了极点。神父好像猜到了我的想法,因为他不安地偷偷看了我一眼。总之,这场圣事忽然变成了一块给自家孩子做粗糙的玩具兵的木头。

"我感觉到金属头冠的冷冰冰的重量,把它举起的时候一心想着手不要抖。罗津站在我旁边,面无表情,他拿的头冠连晃都没晃一下。神父问话。'Dla niego, Panie.'——拉多夫斯卡娅在回答'是'之前非常小声地叨念了这句话。我记住了这句话,后来我从一个我认识的波兰人那儿得知它的意思是'为了他,上帝'。这就是她说的话,但这话是什么意思——打死我也不懂。当他们转第二圈的时候,外面传来了模糊的声响,有滑木的嘎吱声,马铃声,大声说话的声音。新郎和新娘停了下来。'嘿,见鬼。'罗津说道。神父不知所措地怔住了,眼神惊慌,六神无主。'继续。'罗津不满地吩咐道。于是他们继续转,刚到了可以戴头冠的时候,我们就赶紧冲到桌旁好腾出手来。罗津毛手毛脚,结果两个头冠重重地相撞,碰倒了酒杯。大家都打了个激灵。拉多夫斯卡娅的脸一下子变得煞白,很快地以罗马方式画了一个小十字——大家赶紧重新放好东西。'我的上帝!'我看着卡戈尔酒流了出来,恐惧地轻轻叫了一声。'您相信预兆吗?'罗津嘲笑地问,'没关系,不会更坏了。'他说着看了看大门。

门闩是插着的，但是我们不能永远待在香烟缭绕的教堂里，弄不清楚外边的情况。唉，祭坛可以救命的年代已经过去了，人变得文明了，还有，时间一长谁能保护我们的马不被冻坏呢？门外传来一阵轻轻的忙乱声，终于，一阵急促的大力敲击把铁皮震得嗡嗡响起来。我们呆立了一两分钟，不知所措，而当敲门声变得更坚决，伊万拔出枪来看着我。罗津已经把剑抽出了鞘，冷笑着紧靠在一根柱子旁边。同时他若有所思地向上望去，教堂的天顶上的圣像画画的是被阴郁的使者送入地狱、龇牙咧嘴的罪人们。我也看了看他们裸露的身体，问自己其中有多少是仅仅因为敢于爱而获罪的呢？

"敲门声已经变成了撞击声，毫无疑问，这些人的目标很明确。拉多夫斯卡娅不声不响地从伊万手中先拿下一支手枪，又拿下另一支，把它们远远地扔到了角落里。枪摔在石板地面上，发出很大的声响。罗津见此情景便从门旁走开，故意很响地把剑插回鞘中。公爵皱起眉，咬咬嘴唇，低下头去，只顾盯着两只皮靴的圆头。'请让人把门打开。'拉多夫斯卡娅谁都不看，用法语沉着地说道。'饶了我吧，我的祖宗们！'神父忽然哀求起来，他声音里带着哭腔，因为情况太危险了。罗津回头看了他一眼：'别怕，你就说是我们强迫你的，恐吓你来着。'他拍拍自己的剑。'你就说仪式没有举行，就说你很坚定。'神父赶紧点头，急忙去消灭他刚刚的工作的痕迹。当他收拾好了以后，伊万公爵向门口走去。看起来这十来步他走得很艰难。他握住门闩的钢条，回过头来。他们一言不发地站了片刻，然后伊万把目光移开，一扇门艰难地向内打开了。我们看到门口出现了几个穿着大衣，领子竖起的宪兵军官，拉多夫斯卡娅径直向他们走去。我们全都怔怔地没有动弹，眼前的情况实在荒唐，使得我们呆若木鸡

Хоровод

环 舞

了。忽然罗津抓起伯爵小姐来时穿的裘皮大衣，赶在拉多夫斯卡娅迈出门之前将它披在她没有遮挡的肩头。军官们闪开路，他们的背后又出现了一个个子不高的人，这是伯爵本人。他突然把女儿抱住，好像是把她从强盗窝里救出，跟她用波兰语交谈起来。伯爵的那辆结实的大马车就停在教堂的围墙外，在它的周围有好几个骑着高头大马的哥萨克。可以看到远处还有两辆马车，我仔细辨认，认出其中的一辆是警察局长的。伯爵搀着女儿来到马车的台阶前，她上去之后还不等车门关好，强壮的侍从就一个箭步上了车上的后踏板，马车绝尘而去。

"下面轮到我们了。我很快被从首都放逐到军队，24小时之后已经被押解着上路了。伊万公爵和他的伙伴被关了禁闭，后来我从信里得知，一个多月之后就官复原职了。不管怎么说，老皇上跟当今的皇上可是大不相同。这样的事不能放过。"谢瓦斯奇扬诺夫沉默片刻，把我们所有的人挨个看了一边。

"大人，"我问道，"我舅舅莫非是因为这件事退伍的？"

"一部分是因为这个原因。"他回答，"这件事之后伊万公爵打听出是谁挑头这么狠地玩儿了他。原来就是那个近卫重骑兵。他的右臂还缠着绷带并因此洋洋得意，这更证明带头的就是他无疑。公爵气坏了，因为过去他就不喜欢这位先生。有一次在舞会上他毫不客气地踩了那人的脚，他没有道歉，反而提出决斗。充当证人的还是那个罗津。双方在帕尔格洛沃大道距城一里多地的地方进行了决斗。近卫重骑兵受了重伤，当他被拉走的时候，您舅舅对他说：'嘿，您那么喜欢在和平时期受伤——我随时准备效劳。'

"这句话不胫而走，人们议论纷纷，纷纷猜测决斗的真正原因，因为所有看到了这场纠纷的人都觉得那只是个借口。总之，您舅舅一举成名了。"

"伯爵怎么会知道什么时候在什么地方举行婚礼呢？"好几个人异口同声地问。

"问题是，先生们，"谢瓦斯奇扬诺夫笑了，"虽然很奇怪，但是这一点一直不清楚。开始人们猜疑神父，但他也不知道准备举行婚礼的是什么人。就是婚礼的时候他也未必知道，因为他从没见过拉多夫斯卡娅，说不定听都没听说过世上有这个人。可能是监视房子的那些军官告诉伯爵他女儿私奔了，可是他们在那个时候早就散伙了，就算他们看到了什么，先生们，你们说，一个贵族会干告密的勾当吗？就算是讨厌一个人，他也不会这样做的。"

"大人，您的意思是，这是故意的，出于嫉妒？"波斯科宁问道。

谢瓦斯奇扬诺夫伸出一个手指做出警告的手势，继续说道：

"简而言之，是肮脏的勾当。但是反正，就像我说的，警察来晚了，仪式已经完成了。伯爵不等天放晴，第二天晚上就带着女儿离开了彼得堡，据我所知，再也没有回去过。"

"拉多夫斯卡娅后来怎么样了？"

"这个，先生们，我就不知道了。我只知道她父亲把她带走了。"

我们不说话了，静静地看着一只虫子小心翼翼地在屋子里爬着。

"知道了这样的事情还能说欧洲人跟亚洲人不同吗。"最后维列夫金感叹道，"也许只是他不行贿。"

"也行贿的，只是方式不同。"将军回答说，"不过，茶炊已经凉了。是不是再烧点茶？"

"不用了吧。"维列夫金看看表说。

"那么，先生们，"谢瓦斯奇扬诺夫从桌旁站起来，对我和涅夫列夫说道，"明早9点我等你们。常言道，公是公，私是私。"他的嘴一咧，苦笑着说。

这时我才注意到，他面带病容，行动不灵便。好像每个动作都会让他说不出的痛苦，他的脸有点浮肿，双颊肥厚，一双小眼睛陷得很深，目光机敏却流露出痛苦的神色。

"如果您打算给伊万·谢尔盖耶维奇写信，请代为问候他。"他补充道，"很久没机会见面了，说不定再也没机会了。"

"一定，大人。"我赶紧回答，他说得动情，让我很感动。

波斯科宁找纳伊达吉要了一瓶葡萄酒，我们坐在壁炉边又聊了好久，壁炉里火焰熊熊，顽皮地噼啪爆响。到了深夜时分我才拿来纸笔写了两封信，一封是写给母亲的，另一封是写给舅舅的。我不知道舅舅是不是从华沙回来了，所以给他的信写的还是彼得堡的地址。两封信里我都一再悔过，语气恭顺，在给舅舅的信里我婉转地谈到将军的事，而给母亲的信中我则小心地稍微暗示了一下需要些钱。我赶第一班邮车把这两封信以快件寄走了。

就这样，我心情不错地开始了在新地方的生活。

时间一天天过去，我见识和经历了很多不同的事情。我骑马或搭车走遍了前线的各个方向，以牛奶和鸡蛋当饭，在哥萨克人家过夜，有时跟他们喝两杯酒，欣赏哥萨克女人——这儿的哥萨克女人真的很漂亮，不止一次地变成落汤鸡——这里所谓的雪其

实就是从阴郁的天空倾泻下来的水，经常把我藏在胸前的文件夹打得透湿，有时在我的衬衫上留下难看的紫色斑点。我习惯了离群生活而且能过得很好。钱来了。我到斯塔夫罗波尔后两个星期家里给我寄来了500卢布，而任何一个士兵都很乐意替我刷马，只要很少的几个钱。母亲在信里痛心地责怪了我的鲁莽行为，可以看出她心情沉重，不过我看了第一行就知道，她对我并没有太失望。显然，舅舅已经跟她保证过会全力以赴地设法让我早日回家，从信的语气中可以看出她最初的愤怒，震惊和担心已经过去了。从舅舅那儿我还没有得到任何回音，看来他不想泛泛而谈，等情况明朗了，他会立刻把他努力的成果通知我的。

与此同时我对环境更加了解，慢慢地喜欢上了这种新的生活。我很快就摆脱了在彼得堡十分困扰我的失眠，我也疲倦，但这种疲倦跟都城时那种可怕的连绵不断的疲惫不一样，那时候与其说是身体累，不如说是心累。而现在我只要有一捆干草睡、有酸汤喝就很高兴。有时在某个村子里，一个哥萨克老兵用泥炭小炉子慢慢地煮一锅骨头汤，默默地看着我烘烤打湿的衣服，那样的情形让我感到很温馨。我脑子里不再想那么多事情，我马上发觉这是个很宝贵的收获。我习惯了说话直来直去，说话的时候故意压低声音，听老人讲故事并记在心里，总之，我感觉很棒。我常常凝望辽阔草原上的令人忧伤的迷离风物，久久地眺望远山，很快便打定主意，一定要在春天里好好看看南方湛蓝的天空和葱茏的大地。当我在库班河洗过澡，在上年纪的哥萨克多罗菲·卡里宁和他女儿家就着渍葱头喝伏特加的时候，那种感觉实在太爽了。他女儿大概17岁，脸色红润，身姿婀娜，眼神伶俐，有种野性的魅力，让我流连忘返。我决定不等舅舅回信，先写信给他。回到斯塔夫罗波尔之后我立刻行动，给舅舅写信："亲爱的舅舅，"我特别说明，"一点不用担心我，什么也不要张罗。我仍然在战线的司令部供职，对工作很满意，我只看到过良民，没看到过一个造反的切尔克斯人。我过得心满意足。"等等。这封信当天就以快件发往彼得堡了。

谢瓦斯奇扬诺夫将军病了，因此晚上的茶会也停止了，据我所知，这还是在叶尔莫洛夫年代形成的传统。我和涅夫列夫暂时在纳伊达吉旅馆住，吃他家贵得离谱却很难吃的饭，当我们俩都在旅馆的时候，就烧一个茶炊，在壁炉边消磨长夜。外边刮着风，空气湿冷，一层不大的厅里壁炉昼夜不熄。涅夫列夫似乎平静下来了，越来越少用绝望的抱怨来给我们的谈话扫兴了。他跟我一样，没时间想家，他也是到处跑，往左翼前线的格奥尔吉耶夫斯克和格罗兹尼送信。只有一次，睡眼惺忪、萎靡不振、不知什么族的仆人交给涅夫列夫一封信，涅夫列夫看出信封上是他妹妹的笔迹，心情就悒郁起来。

"她说她找到了一个事儿，给霍斯塔托娃老公爵夫人当陪伴，"他看完信，猛地把那张灰色的小信纸推进信封，"春天要搬到平扎省去住。她17岁，是个心气很高的女孩子。"他补充道，"而我爱莫能助，一丁点都帮不了她。"

"当然，这不大好。可是凡事都有好有坏。"我尽可能地安慰他，可是我自己都害怕我说的话，特别是话里没有说出的含义，"至少不用担心生活了。以后，你看，说不定可以……"

"什么？"

"那个……找个好丈夫结婚。"

他摇摇头，一句话也没说。

"没有产业的人在俄罗斯生活太难了。"半天他才说了这么一句。

我觉得羞愧，谈论这些让我尴尬。我这样在涅夫列夫面前四仰八叉地坐在沙发上也很尴尬。我背后有靠山，可是它对于我来说也好像是无人荒岛上的财富，换句话说，你可以敞开吃，只是不能自己去市场①。不成熟，宠爱，对母亲来说我还是个孩子，而且说实话，我的表现也再次证明了这一点。我抽了两口烟斗，又往里面填上些茹科夫牌烟叶，眯起眼看着太阳——现在天长了，想道："车到山前必有路。"

那天晚上我被派往皮亚季戈尔斯克送文件。我坐在颠簸的车里，周遭一片漆黑，连在马车前后护送着我的哥萨克都很难看见。天气非常好，这里的春天来得早，此时已经能够感受到些许春的气息，湿雪迅速地融化，在开阔的地方渗入到柔软的黑土中，土地散发出的苏醒的气息扑面而来，让我心潮起伏。黎明时分我们的这一队人马收紧间距，进入了一片崇山峻岭，此时山顶的云雾已经散开好远了。这座城市只有夏天才有人气，而此时在它的规整的街道上没有一点动静。我完成任务以后想起要买些纸，看到林荫道上有一个招牌，上面写着"货栈，出售各种日常用品、化妆品、东方特产。尼基塔·切拉霍夫"，便推开干净的店门走了进去。店主是个年轻的亚美尼亚人，他正和一个穿军大衣的高个子老人说话，看见我进去，便停下谈话礼貌地跟我打招呼。我要了信纸，又买了一瓶法国葡萄酒，店里有很多葡萄酒，跟东方特产、糖果、香水瓶和盛帽子的盒子挤着混放在货架上。

① 俗语，意为可以尽情享受而不要付出努力。

然后我到隔壁去看看新杂志。门没有关，我可以清楚地看到那个奇怪的老人。他的头不太大，头发还不太白，抿得整整齐齐，举手投足间有军人的风度，他眼睛深陷，目光专注而睿智，留着长而薄的小胡子，让我不由地联想到旧时代的波兰。然而他穿着士兵的大衣，显得跟本人很不协调。我随便拿起一本《对话者》杂志，漫不经心地翻着已经裁开的书页，不由自主地留心起老人和店主的谈话。

"我不敢乱猜，"他的话传到我的耳朵里，带着很重的俄国西部口音，"可是我听说一个月后就要给我办赦免手续了。"

"老天保佑，克维斯尼茨基先生。"亚美尼亚人恭敬地回答那个士兵，"我记得您说过您的孩子，还有您的夫人，大家身体都挺好的，谢天谢地。我想他们一定高兴极了。你们多少年没见面了。嗯，我自己也不难算——6年多了，是吧？"

"6年8个月零27天。"老人回答。

"您可记得真准确。"

"到了我这年纪由不得一天一天地算日子。"老人下垂的嘴角掠过一丝微笑，眼睛周围也顿时出现了快活的细纹。"好，我走了。"他告辞说，"再见。我欠7个卢布。"

亚美尼亚人点点头表示同意，老人便走了出去。我也随即回到商店的正屋。

"瞧他多高兴啊，真幸运。"主人看见我，就推心置腹地聊起来，透过玻璃门朝街上望着，"您肯定知道他是谁吧？"

"不知道啊。这是谁？"我也开了口，打听道。

这个老人仪表不凡，确实引起了我的兴趣。

"哎呀，我的天，这怎么可能？"亚美尼亚人惊叫道，又黑又硬的小胡子一起一落的。"这是克维斯尼茨基上校，波兰人。

就是说他在波兰是上校,但现在穿的是士兵服。可是我想快要赦免了。只要有风声,就肯定没错,一贯如此。"亚美尼亚人笑着露出白得耀眼的牙齿。

"这个老人为什么这么有名?"

"他是本地的名人,看得出来他在他们波兰人中间很受尊重。您知道,波兰人占了整整一个区呢。"

"怎么,他们人数很多吗?"

"在前线部队不少。现在有些被调走了,要不然的话真不少。"这位亚美尼亚人尼基塔·切拉霍夫说俄语很流利,几乎没有口音。

"这个人怎么样?"

"他有一颗金子般的心。"切拉霍夫只说了这么一句话。

既然我口袋里有的是金子,对金子般的心就全不介意。这是无忧无虑没心没肺的年轻岁月的又一个无比惨痛的错误!

我没能再从他那里弄明白更多的事情,最后一次把商店打量了一遍,就去找那个士兵——上校了,说不定他已经是上士了。我经过一个小饭馆,它门前的旗杆上没精打采地挂着块湿漉漉的招子,这时候我忽然想喝水了,于是走上了湿滑的台阶,走了进去。显然,这饭馆里夏天的时候一定总是人满为患,可是现在只有两张桌子旁有人。饭馆里立着一个隔板,上面用油彩画着一个身穿红衬衣和长衫、脚蹬一双带褶长靴的男人,他的大手上举着茶炊,拿着一串面包圈,咧开红得过分的嘴唇笑着。隔板后面有人在用力击球,砰砰的击球声在这个阴沉的午后显得很刺耳,很折磨人。两位女士,大概是母女俩,默默地坐在角落喝矿泉水,另一张桌旁坐着两个穿着肥大军装的前线营军官,正在吃饭,而第三个人,他们的同伴,穿着不合规格的匈牙利骠骑兵军服,我认出那正是波斯科宁。

"您怎么到这儿来了?"我问他。

"我来住它一个礼拜。您知道,斯塔夫罗波尔闷死了。"他很满足地微笑着说,"不错,这儿也不太好玩。"他不知为何斜眼看看两位女士。"可是换个地方总是有点变化。我已经体验了文明的滋味。您是来送文件吧?什么时候回去?"

"我想明天回去。"我在一张空椅子上坐下,要了水。

另外两个人吃晚饭告辞了,剩下我们两个。看来波斯科宁不急着去什么地方,很乐意跟我神聊一番。

"您知道吗,"我轻轻地啜了一口呛人的有气泡的水,对他说,"我在铺子里遇到了一个有意思的老人,他是波兰人……"

"小点声。"他突然隔着桌子向我探过身来,"他就在这儿。我知道您说的是谁。"

"在哪儿?"我四下张望。

"他玩台球呢。听到了吗?"

"听到了。"

忧郁的击球声跟重新变坏的天气非常相配。天上落下大大的水点,不知是第一场雨还是最后一场雪,水点敲打着窗户,为击球声忧郁地伴奏。很快,最后一球打完了,克维斯尼茨基出现在我们面前,手里耍弄着球杆,就像乐队指挥挥舞着指挥棒。波斯科宁给我们做了介绍,老人坐下来,要了午饭。我也点了餐,接着便开始跟那只又瘦又硬又冷的鸡斗争,可是上菜的仪式倒是礼数很周全的。

"那么,您跟我们说点什么呢?"波斯科宁往椅背上一靠,微笑着看着波兰人。

"还有什么可说的。现在我害怕说话。"他回答道,声音里带着紧张。

"还是说说吧。"波斯科宁笑起来。

"活了一把年纪,看起来还是没学会沉默。"克维斯尼茨基朝左边啐了三次。

"说实话,我羡慕您,"波斯科宁依然笑着说,"您就要离开这儿回家了。"他叹了一口气:"而我们天知道还要在这儿熬多长时间。"

"嗨,"老人不同意他的话,"我已经老了,该回家了,而你们,说实在的,生活才刚开始。"

"怎么说呢,"波斯科宁沉思地说,"刚开始是刚开始,可是您已经替我们把什么都经历了。好像谢瓦斯奇扬诺夫就是这么说的。"他转向我说道。

"有意思,"我插话说,"我的朋友涅夫列夫也是这么看的。"

"这不可能吧,"克维斯尼茨基把餐具放下,善意地嘲笑道,"你们要自己生活,亲眼看见。天下以前有什么,将来也会有什么。前人做的事后人会照做。因为太阳底下无新事。《传道书》就是这样说的。"

"您说得倒轻松!"波斯科宁又笑了,"您的所有苦难都结束了。对了,这是个好理由。"他招呼伙计:"拿香槟来!"

"别庆祝得太早。"

"不会的,"波斯科宁保证说,"命令已经有了,可是您比我更清楚,我们喜欢拖延,让人煎熬。"

克维斯尼茨基点头表示同意,再次啐唾沫。

"我在想,以后该多闷得慌啊,"波斯科宁接着说,"呸,天气糟糕透顶,冬天冷,夏天热,女人令人厌倦,真不想活了……"

"得了,"我看了看他的匈牙利骑兵军服,"您可不像啊。"

"这是在这儿,"他挥了挥手说,"要不然闷死了。"

"您退伍吧。"克维斯尼茨基建议说。

"那更糟,就剩下睡觉了。我要申请下部队,至少可以打枪。"

酒来了。我们默不作声地等着伙计小心地为我们斟酒。

"讲点什么吧,真的,"波斯科宁请求克维斯尼茨基,"太无聊了。"

克维斯尼茨基胡子翘了翘,拿起了酒杯。

"真的,讲讲吧。您的波兰简直是各种神秘事物的总汇。一定要讲讲那些造反、叛乱什么的。"

"对我们波兰人来说,"克维斯尼茨基反驳说,"森林茂密的莫斯科维亚才是各种神秘事物的总汇。"

"您知道吗,"波斯科宁神秘地告诉我,"坐在您面前的是一位老前辈。他是跟着拿破仑来到俄罗斯的。如果我们当初在别列津诺遇到他的枪骑兵,一定会在溃败中被踩死的。"

我觉得波斯科宁的玩笑开得不怎么样,但老人并不介意,只是翘着胡子笑笑。

"您是在波尼亚托夫斯基的军队里吗?"我问道。

"正是。我两次负伤,现在您看,成了这样。64岁了,还是俄国军队的上士,像约米尼一样。不同的是他是以将军身份释放的,我是上士。"

"您当着我们说这样的话不害怕吗?"我吃惊地问。

"嗨,请相信,我见识得多了,已经知道对什么人可以说什么话了。"

"您把军服脱了好了,就像是从华沙回家的。"波斯科宁快活地出主意说。

"请允许我打听一下,您有家属吧?"我问道。

"当然,有妻子、女儿和儿子……儿子在进攻布拉格的时候残疾了。一块弹片击中了脊椎,从那儿以后下肢就失去知觉了。不然的话他就会跟我一起在高加索蹚烂泥了。"

"对不起。"我感到难过。

这位老军人身上有种难以言传的尊严感,这种尊严感贯穿他的一举一动,所以很难想象上尉粗鲁地用"你"跟他说话,就像对一个来自普斯科夫省的新兵一样。

这时一个我不认识的穿着下诺夫哥罗德龙骑军军服的大尉走了过来,他像老熟人一样跟波斯科宁和克维斯尼茨基打招呼。

"我听说了,听说了,"他微笑着对克维斯尼茨基说,"我发自内心地高兴。哦,这儿有香槟!再来一瓶,算我的!"他吩咐伙计说,跟我们坐在了一起。"天气真讨厌,又下个没完。"他叹了口气,"只能打打牌了。对了,昨天我相信了那小子——他欠我40卢布,现在我到哪儿找他呢?他们肯定已经奔梯弗里斯跑了。"

"您活该,"波斯科宁揶揄他说,"他脸上就贴着路条呢①,还说什么呢。"

"可不是吗。"龙骑兵又叹了口气。"玩两把怎么样,几位?"他询问地看看我们。

"好吧,稍微玩玩吧。"波斯科宁放下酒杯说,"很闷。"

克维斯尼茨基也表示愿意,他的灰眼睛里闪过一丝善意的狡黠。该我表态了。我牌技很差,但还是决定参加——我有时间,

---

① 意为跑路的意图很明显。

而外面的天气真的太让人难过了,而且我觉得跟这个有名的波兰人在一起消磨一段闲暇也很有意思。我们换到台球室的牌桌旁,香槟已经开始发挥作用,我决定,为了安全起见要在皮亚季戈尔斯克待到明天早上。过去的快活忽然让我头晕,嗓子眼发甜,然而呼吸却不那么平顺了。

"无聊啊,真是无聊。"波斯科宁边抓牌边说。

"您怎么那么无聊,年轻人?"克维斯尼茨基终于忍不住说,"为什么无聊?好像您已经活过一百辈子了似的。怎么,您是参加过波罗金诺战役幸存下来的吗?您养过孩子了?欲望已经燃烧过,让您看破红尘了?您已经见过罗马了?"

"哼,您真是个顽固的天主教徒。"

"您什么时候见过一个波兰人不是天主教徒呢?"老人笑了,"从另一方面来说,我觉得我也理解您。很久之前,在我的亲事告吹的时候,还有我父母去世的时候,还有我从俄国好不容易回到波兰的时候,我都曾万念俱灰,心灰意冷,我觉得唯一的药就是睡觉。有的人喝酒,但我受不了这个。当时我对未来的看法非常灰暗,前面是什么?孤独,日复一日千篇一律,白天头昏脑涨,夜里却失眠,像坟墓里一样寂静。我们那儿的冬天简直让人受不了——毫无生机,那景象让人看了心里很苦。夜晚漫长,令人苦恼,我从不出门做客,而如果有客人来,有什么好谈的呢?所有的话题早就聊过多少次了。而那时我还很年轻,我想象着就这样生活下去,而我还要活相当于当时的年龄3倍的时间——我的身体一向不错,所以,我前思后想,想象着等待着我的生活,我确实想过,是否值得忍受这无意义的考验,克服这'虚无',继续活下去呢?"克维斯尼茨基沉思地说,"那时我有那么多的思考和恐惧,耶稣玛利亚。"他带点嘲讽地结束了这番话:"瞧,那时我的困惑就是这么深。"

"是啊,"我们的路易满意地长长出了口气,"我承认,您很准确地描写了我的情况。你总是在等什么,等啊等的。等什么呢,也许是个什么奇迹吧。有时我躺在沙发上吞云吐雾,脑袋很乱,我想,怎么什么事情都不发生呢,真是见鬼。可惜奇迹这东西花钱买不到。所以才是奇迹。"

"您不过是缺乏想象力,仅此而已。"克维斯尼茨基很有把握地解释说,接着他突然兴奋起来,"奇迹?"他抿了一口酒说:"我觉得很多人一辈子都在等待它,徒劳地等待。这就像命运:它一半是上天注定的,另一半掌握在自己的手里。您应当看到已经在您身边的、已经近在咫尺的、可以实现的奇迹,造成奇迹的条件已经成熟,只是缺少一个加冕仪式来完成它。看看周围——剩下的一切已经取决于您自己了,请您相信。"

波斯科宁听了这话真的在椅子上转过身去看那两位女士。年长的那一位——看来是母亲——对我们怒目而视。我扑哧一声笑了。

"您可真是个聪明的学生!"

"这看你是不是帮助它,"克维斯尼茨基也笑了,他继续说,"看你是不是帮助它在我们这个动荡的世界立足,把它留在身边,让它开花结果,就像呵护植物,保持温度和湿度一样,或者只是麻木地或机械地感觉到它然后让它从指缝里溜走。所以您要决定选择什么样的生活。"

"或是什么样的生活选择我们。"波斯科宁闷闷不乐地反驳道,"好吧,这些话都对。可是奇迹之所以是奇迹,就是因为要等待它,要惊叹它的不讲道理,要感受它在左右你。至于植物,季节也会左右它们。"

Хоровод
环舞

"我举个例子来证明我的话好不好？"克维斯尼茨基继续说，他一反常态地兴奋，"不过我担心这个故事很长。"他说着期待地看看我们，"这是一个我亲自见证的故事。"

"请吧，讲讲吧。"我们也兴奋起来，"真的，讲讲。"

下诺夫哥罗德的龙骑兵把牌扔到绿呢子面的牌桌上。

"3卢布7戈比。"他叨咕了一句，就用手支起了腮帮。

我们俩也学他的样子用湿抹布把手上的粉末擦净，准备听一段有趣的故事。

"这件事发生在波兰起义时期。"克维斯尼茨基沉思地讲起来，他沉默片刻，加快了语速，"我要给你们讲的事我自己开始也不敢相信。就像我不敢相信凭着著名的列诺尔曼①的敏锐和天堂的放逐者的恭顺签订的契约一样。"

"什么契约？"波斯科宁插嘴道。

"耐心听我慢慢讲。"讲故事的人高兴地咂咂嘴，说道，"我不多讲我们跟你们的斗争，我只讲1831年9月8日华沙陷落之后，波兰军队聚集在普沃茨克地区。可是队伍只剩下不到1万人了，因为很多人跟着拉莫里诺去了奥地利的加利西亚或跟着罗西茨基去了克拉科夫。我在雷宾斯基的队伍里作战，很遗憾当我明白他为何带着自己的2万人和92门大炮越过国境进入普鲁士时，为时已晚。最先听到投降的消息时，我把手一摆，根本不想相信，可是很快，一些情况，在这儿没必要多说了，让我开始警醒，于是有一天夜里我把自己的人集合起来，我们悄悄地备好马，用布把马蹄包起来离开了营地。当时这股军队因为作战失利和给养不足已经快要散了。我们向南朝克拉科夫走，想在那儿跟拉莫里诺汇合。1815年之后克拉科夫有自己的宪法，被看作一

---

① 当时一个著名的女占卜师。

168

个独立的共和国，所以没有遭到占领。

"当时在我的队伍中老兵很少，大部分是乡下佬，而且差不多是孩子。到天亮的时候我们的人比前一天晚上减少了，再到傍晚，更是少了过半——那些人干脆掉了队，躲在灌木丛中等着我们走远，然后掉头打马回家去了。人数这么少当然不可能抵抗，只能跑路，能跑就不错了。我们还是有两个人被枪打中，一个人被矛刺伤，其他人四散而逃，最后就剩下了我自己。我拼命念咒求那匹筋疲力尽的马无论如何要快点到达姆拉夫斯克森林。哥萨克的子弹打中了我的高筒军帽，而我觉得这是个好兆头，因为子弹不会两次打中同一个地方。过了一阵，我觉得哥萨克落在了后面，被我暗中念了咒语的马拼尽全力，带着我跑了一程又一程，最后终于进入了人迹罕至的密林，躲过了追兵。当时林中已经可以感受到最初的秋意了。我终于可以歇口气了，也可以让那匹马休息一下——它无疑对我有救命之恩，现在已经累得快迈不动步了。这时我忽然发现，还是有一颗子弹打中了我——我的一只袖子已经被血染黑，泡涨了。我赶紧包扎了伤口，小心翼翼地继续前行。大路和村子里有很多哥萨克，宪兵们已经搜索过一遍，抓捕克拉科夫的密使们。而不巧的是我身上正好带着给拉莫里诺的信，里面有一些巴斯凯维奇感兴趣的内容，不能让它落到他的手里。于是我决定夜里赶路，白天则在找个荒郊野外的地方休息。我很饿，流血很多，而且可恶的哥萨克把我追出太远，以至于我忽然不认得路了。他们对我那么穷追不舍可能是因为发现我带的武器很好——这帮强盗只要能捞到点什么，连战场都可以离开的。我感到全身虚弱至极，头晕想吐。我应该向南走，结果却往北去了，为什么会这样，我到现在也不明白。你们知道，在普鲁士的边境一带很容易迷路：植物茂密，偶尔现出一些林间空

Хоровод
环舞

地,到处都是树林,还有沼泽。过去人们不愿住在这个地方,因为这儿是绿林落草的地方,又经常发生残酷的战争,十字军的战火更是像7月的雷雨那么常见。在这个狭窄的地区居住的多是一些波兰的小贵族,他们的巢穴既阴沉凄凉,又对外界很提防,农民则极端贫困而畏缩。当我盘算着到底去什么地方的时候,忽然想起拉多夫斯基——这老人就住在这一带。"给我们讲故事的这个人咳嗽了一声,清了清喉咙,而我不由得一怔,全神贯注地听下去。克维斯尼茨基咳嗽完了继续说:"拉多夫斯基是当地的名门望族,这一带像这样的大贵族、伯爵是很少的。他的一个祖先一百年前那里买下了一栋老屋,这人饱受忧郁情绪的折磨,经常夜里睡不着觉在密林里转悠,让农民和邻居们很惊恐。他把这栋老屋改造后就彻底搬来,永远离开了华沙。从此以后他的子孙们好像从出生就被钉在了这个阴郁的老宅。现在的拉多夫斯基伯爵已经是那个在沼泽深处与世隔绝的拉多夫斯基的第四代后代了,他曾一度随父亲在科斯丘什科的军队服役,我父亲曾说过,当我很小的时候,这个拉多夫斯基还曾经抱过我。我指望能在他那里得到庇护,把伤养好,躲避沙皇政府的追捕,好好考虑一下自己的处境。我虚弱极了,在一个农户家我不得不几乎用枪逼着他给我吃的——可见老百姓被我们的失败惊吓成什么样子。一天早上我遇到一个正在垛干草的农民,跟他一打听,发现拉多夫斯基的住处就在很近的地方。我指望得到亲切的接待还有一个理由,就是拉多夫斯基有爱国者的名声,而且不止一次地用行动证明了这一点,是多次争取自由的行动的发起者之一。

"不管怎样,我聚集起所剩无几的力气,还要强赶着我那匹可怜的马,在黄昏时分总算来到了伯爵的城堡,当时我浑身透湿,胡子拉碴,全身脏兮兮,疲惫不堪。我通报姓名之后,受到

170

了非常亲切的接待。我很久无法相信我终于安全了，我住在朋友的家里，脑子里还不断地出现哥萨克骑兵侦察队和留着额发的哥萨克大兵的幻觉——我变了，青春消逝得无影无踪，我毫无疑问地老了，而且早就老了，只不过在这次战事之后才发觉自己累极了。"老人缓了口气，而我们觉得他这些抱怨跟他那威武的身姿、充满活力的目光很不相称。"伯爵有个女儿，"他接着说，"她长得不错，也聪明，就像人们常说的。"他以亚洲人的方式用舌头弹出一声响。"但是我见到她的时候她已经是个成年女人了，她的眼睛是奇特的深褐色的，总是含着一种不可言状的忧伤，带着使人完全无力抗拒的和永远忧郁的微笑，大部分时间沉默寡言，沉浸在自己的世界里。不过，当她爱抚孩子的时候，就完全不同了……"

"孩子？"我不由得冲口而出。克维斯尼茨基又说了一遍：

"是啊，一个儿子。这个可爱的小男孩也是个真正的小捣蛋鬼，他一刻也不能安静地坐着，可是他念书也念得不错，有自己的老师，是个法国人。管家姓特罗赛尔，在伯爵家已经干了很多年了。老伯爵本人很少下楼来跟大家一起吃饭，整天待在他的办公室，除了他的贴身男仆和当地的神父，任何人都不能进，至于他在里面做些什么，只有上帝知道。有一次他也注意了我一下，问了问我家的情况（他和我们家的几个人关系很熟），咳嗽了几声，很快就走了。我看着他的背影，他穿的长袍有些地方已经洗破了，可以看到里面的睡服，头发稀疏灰白，没有梳理，眼睛浑浊灰暗，毫无表情，脚步蹒跚，鞋已经完全穿坏了。显然，这个人一辈子饱经沧桑，我想：'圣母玛利亚，万能的时间可以把一个人变成什么样子啊！'这个人当初好像是个传说一样，现在他的样子却是如此的可怜，就连那传奇般的以往也不能为他增一点色。好像生命不是从他身上溜走,而是凝固了,像一块肉冻,单等着被死亡之光融化,化作一股细细的、不均匀的浊流从眼眶中流走。尽管如此,仆人们一听到在空旷的院子中那有回声的走廊里传来他趿拉的脚步声就会害怕。我知道他原来有妻子——其实不能算他的夫人——他是以一种非常浪漫也非常不规矩的方式把她从殖民地带回来的。因为她他跟教会发生了龃龉,后来演变成一场真正的战争。她是一个穆斯林,而且直到意外死亡一直是穆斯林。也许人在老年会更清晰地回忆往事,这种情况很常见,而回忆使这个老人很痛苦,这就是他逃避与人交往的原因。他在不声不响地熄灭,我觉得他甚至回避他女儿。我有种感觉,在这所空荡荡的大房子里,除了形如槁木的老伯爵和其他人之外还有某种一触即发的紧张气氛在游荡,那是某种绝对不肯说出的东西。这里的一切永远是很安静的,有条不紊的,就像在教堂一样,与此同时我觉得管家特罗赛尔(他是个干瘦的人,已经50多岁了)以及伯爵的忏悔神父安德热(我经常跟他一起在饭厅相遇,以英国的方式喝一瓶老波尔图酒)的目光和只言片语总是大有深意的。

"所以,在我们这忧郁的住所,打破死一般寂静的只有小亚历山大淘气闹出的动静,他是不分时间的。这个孩子就像梅什涅茨地区周围数量很多的狍子一样好动。

"白天我不出房子,只能在凉爽的月夜到紧挨着房子的植物葱茏的花园去享受一下。看门人和所有偶然见过我的人都被严厉地警告要忘记我的存在,为了防备敌人,还为我在阁楼的一扇秘密的门后准备了一个藏身之处,我在那儿得跟鸽子共处一室。"波兰人说到这儿苦笑了一下,"周围的环境不太安全,附近地区也不太平。有一次来了一个想赶快在自己的领地脱掉军装的带枪军官，他告诉我们在这座房子以及环绕着它的森林之外发生了什么事。我们的军队已经不存在了——华沙陷落之后它就溃散了，消融了。雷宾斯基已经在普鲁士境内缴械，宪兵在四处搜捕密使，搜查每一座他们认为可疑的房子，当时很多波兰人弃家远走国外。只有克拉科夫还在坚守，但也坚守不了不久了。

"我非常小心保存的文件似乎已经没有意义了，但我不能擅自打开它，因为虽然有很多极坏的和互相矛盾的传闻透过城堡厚厚的墙和厚厚的窗帘陆续渗透进来，但却没有确切的消息。我的手臂好些了，但还不能完全活动自如。我只好猜测我藏在胸前的文件的内容，以及光荣的拉莫里诺究竟是否还活着——他是拉纳元帅的私生子，却比所有其他元帅的所有合法的儿子强。说到不合法的孩子，先生们，请允许我跑一下题，"克维斯尼茨基笑了，"你们已经明白，老拉多夫斯基的女儿是不合法的，因为他没有在教堂举行过婚礼。当然，谁也不敢表示伯爵小姐根本不是伯爵小姐，人们以他父亲的爵位称呼她，很难想象谁会对她不充分地尊重。她的风范抵得过3个伯爵小姐外加汉诺威的公主。她是一个了不起的女人，我最佩服的是，她以某种方式融惯常的那种可以说稍显萎靡的忧郁和孤独与不可遏制的生命力量于一身，两种特点完全平分秋色。但我还想，先生们，这个来历不明的孩子是不是伯爵府这种沉闷倦怠气氛的原因呢？是不是他的无邪的笑声使得听到这笑声的大人们心里一沉，交换眼色，感到不自在呢？他的父亲是谁，他怎么了，还有，这林中避难所的女主人到底是否结过婚呢？有一次我问过特罗赛尔这一类的问题，不错，多半不是因为好奇而是因为无聊，他只是看了我一眼，一个字也没说。事实上，我被看了这一眼之后自己也开始觉得这个问题是荒唐的，无法回答的。不过，过了两天，秘密就不再是秘密了，现在我就告诉你们这件我没预料到的事是怎么发生的。

"我已经说过，伯爵府的人们对主人的外孙并没有表现出好感。有时我偶然看到那个神父嫌恶的笑容，好像在说：'瞧吧，先生们，这小鬼住到我的教区来了。'我也见过老伯爵听到身边响起亚历山大这个小孩子的不知轻重的脚步声时懊恼地沉下脸。他快13岁了。我不能不注意到，这孩子性格虽然不沉闷，但大多数时间是独处或跟他的老师在一起的。特罗赛尔对自己监护的这个孩子有感情，但无论如何也不把这种感情表现出来，不仅如此，他还给人一种印象，好像他知道什么事情，但是不仅不表现出来，甚至好像要默默地跟自己知道的事划清界限。我不知道是什么把他跟老伯爵联系在一起，为什么一个法国人会住在这个波兰的深林僻壤。让我吃惊的还有，尽管对孩子的表现有些不满，但是谁都不会干涉他的简单的愿望或吵闹的游戏，所以他完全像个主人，也被看作这个奇怪家庭的成员。我很快喜欢上了这个孩子，渐渐地，他也感觉到我对他很友善。有时他来找我问战争的情况，其实我自己也不知道战争结束了没有，我在无聊的等待中给他讲了我经历的所有故事，每次都是以描写拿破仑开始，我不止一次见过拿破仑，有一次甚至跟他谈过话。孩子屏气凝神地听我讲，而他对我提的问题，可以看出他有一颗动荡的灵魂和让我吃惊的机敏。我们的友谊逃不过他母亲关切的目光。有时她会一边坐在角落绣花，一边久久地听我们谈话，悄悄地微笑。有一天晚上，当我的这个不知疲倦的小听众终于去睡觉了，应当说，他是很不情愿地离开的，他母亲请我再待一会，等她去把儿子安顿好。我不明就里，只能坐在那儿猜想她要跟我说些什么。大概过了半个小时，响起了轻轻的敲门声，然后伯爵小姐看了看走廊，在身后把门关上了。

"'请您听我说,'她声音激动地说,'我可以信任您,是不是?'

"'为什么不呢,伯爵小姐?'我回答说。我被如此正式的引导语弄糊涂了。

"'那么请您认真地听我说。请您理解,我想说些您可能觉得多余的话。'她在我对面坐下说道。我还从未见过她如此的苍白慌乱同时又如此态度坚定。'请别误会,'她解释道,'除了您以外,我找不到人诉说我的想法和担心。您是我在这儿唯一的一个可以信任的人,您是我们家的朋友,只有您一个人用亲切的目光看我的儿子——请相信,对一个母亲来说这很重要。请您听我说,给我出主意,帮帮我,以您的年龄,您的经验,这应该不困难。'

"说了这些话以后她把脸转向一侧,沉默了片刻,当她重新转过脸来的时候,脸上已经没有一丝一毫的惊慌。刚才她的几次快要说不下去,声音变成了抽搐尖声,而现在她已经恢复了迷人的有磁性的声音。她审视地看了我一眼,再次确定她的选择是否正确——说实话,她没得选——于是我听到了下面这些。

"'我儿子不是波兰人。确切地说,只是半个波兰人。他身上流着那个说不定明天就会将您流放的民族的血。'她走到窗边,掀起窗帘的一角,向着笼罩着这座房子,笼罩着整个波兰的黑暗阴沉的天空看了一会儿……

"'我想没必要描述我经历过的事。我用语言无法表达,而且您也不需要知道——您只要知道我刚才说的就够了。我只想补充一句,我的秘密丈夫的姓名在俄国跟在国外同样显赫。这个人十分正直,无可指责。'她说到这儿咳嗽起来。

"'到了一定的时间,我怀孕的事再也瞒不住了,当秘密公开之后，我从父亲那里得到的只有伤人的责备，在我们毫无生气的大宅里，在让人窒息的寂静中，他不断谴责我，说我玷污了家族的荣誉，背叛了波兰，让它蒙羞。这些都是真的，但这些话对我没发生任何触动。尖刻的回答就在我的嘴边，可是我没有说出口。在家族的历史似乎在我身上重演了——因为坦率地说，我母亲就是被我父亲抢来的。而现在他的女儿，即便我是非婚生的女儿，也面临着相似的处境。真的，一报还一报，一点不错。'

"'那不一定，'我说，'有的人就没有受到报应。'

"'为什么这样？'她问道，'为什么有的人受到报应，有的人不受到报应？'

"我对此只能耸耸肩。我觉得对这样的问题就是加百利大天使也未必能马上回答上来。"克维斯尼茨基说，"于是伯爵小姐继续说下去：

"'我生了个健康的孩子，我的欲望也平息了。家里已经对我没任何的限制，我一心照顾孩子，不想未来的事。父亲变得对我非常冷淡，亚历山大一岁之前他一次也没看过他，从办公室出来的次数越来越少。我一如既往地不信任安德热，我是对的。很快，一些事情使我怀疑他对父亲的财产心怀叵测。好几次我想跟父亲开诚布公地谈谈，就像过去一样，但是我意识到这种尝试是徒劳的。对他来说我好像已经不存在了，而安德热的分量与日俱增，确切地说，是夜夜增长。终于连特罗赛尔都忍不住了：我父亲完全沉浸在灵异的世界里，而安德热非常无耻地介入着我们家的事物。'

"'他已经梦想由耶稣会来控制父亲的财产，而把我贬为一个食客，蜗居一隅，以做女红为生。

"'还有孩子……我不想让他跟我一样做一个无名无姓，没有财产因而没有生存权的人。

"'于是我开始明白为什么父亲用担心的、心事重重的眼光久久地看着我,为什么我们的农民忽然不在别日茨草场打草了,为什么现在他们像很多别的农民一样,看是受一些干瘦的教士吩咐,为什么通情达理的特罗赛尔眉头紧锁。特罗赛尔无疑是个诚实的人,有一次他对我说,他从一个公证人那儿得知父亲正在准备遗嘱,而当安德热开始暗示把亚历山大送去耶稣会学习的时候,我彻底醒悟了。情况越来越危险,我已经开始担心被下毒,但是上帝保佑,这个担心是多虑了。特罗赛尔是从我一出生就看着我长大的,他是我唯一可以信任的人,可是他能做的有限。我有完全的自由,却没有权利充分利用它。只要我在父亲身边,我对安德热就是一个严重的警告,但是如果我去彼得堡的话,他就会说服父亲整治我,把我跟儿子可以指望的那一小部分财产也剥夺掉。当起义爆发之后,我明白不能再拖了,应该跟父亲摊牌了。我往首都寄了封信,请求公爵搞到教会的证明尽快赶来。'

"'您的丈夫,就是那个俄国人,正在往这儿赶吗?'我吃惊地追问道。

"'正是!'拉多夫斯卡娅情绪激动地说,'我想在他的帮助下把这个神汉从家里赶走,不让担心的事情发生。现在公爵的名字就是安全的最好保证。可是您怎么办,我不知道。留下来是危险的,但是去别的地方更危险。安德热未必敢告密惹恼父亲,可是在这个可怕的时候什么事都难说。特罗赛尔赞成我的计划,今天早上他去接我丈夫了。他已经去过3次了,都没接到。我开始担心,所以决定把一切都告诉您。'"

"确实,"克维斯尼茨基说,"我想起已经好几天没看到特罗赛尔了。拉多夫斯卡娅突然咳嗽起来。我怀疑发生了最可怕的事,于是把她紧紧抓住手帕的手拉过来——果然,手帕上有血。

我冲到门口去叫人，一个人的影子在黑暗的走廊一闪就不见了。我急着找水找药，所以一开始没有注意这件事。当我把必需的东西都拿来之后，这阵发作缓和了下来。"

"'现在您看到了，'女人用虚弱的声音说道，'我绝对不是出于贪婪。结核病不让人享受财富，而是让人冷静顺从地忍受财富。我们没多少时间了，请记住一件事：别让人毁掉亚历山大，如果……'

"'如果什么？'我追问道。

"'如果有什么不测和意外的话。他们会毁了他，给他套上……'又一阵咳嗽让她说不下去了。

"我尽我所能地照顾她，后来她摇铃叫来了一个姑娘。我答应她，如果有意外情况我会照顾她的儿子，就像对待亲儿子那样，这引起了那位女仆格外的注意。在走廊里我遇见了安德热。他的脸色比平时白，看样子有什么心事。我认为这是因为大家都很慌张，但其实没有必要，因为收场的时候已经快到了。既然我发了誓，就该考虑一下，在当前的情况下我能做什么。我每分钟都可能被捕，只有逃到不幸的祖国之外才能获得安全。此时天已破晓。我上了我的阁楼，在那儿准备了一套便衣以防万一，还有我的武器。我给枪上了弹药，把听到的事情又仔细地想了一边。当然，如果安德热要告发我，他一定要冒永远失去伯爵好感的危险，但他也可以完全机密地做这件事。但即使如此，其实他也得不到任何好处——公家很贪，实际上，当可以以无情的战争解决问题的时候，谁还会管什么遗嘱，那不过是一张可怜的纸。但我还是不能放下心来。当我想起从我房门口闪过的影子，就越发不安起来。在马厩我的马总是不卸马鞍的，这是为了随时可以逃走。我前思后想，决定不能束手待毙，而要碰碰运气——我觉得这样做也比较对得起我的主人。我很快地换了装，检查了一下拉莫里诺的文件是否带好了，抓起枪便去到橱柜那儿，好带些路上吃的东西。某种不同寻常的声音让我感到不对劲儿，开始我想是不是伯爵小姐那儿出了什么事，但马上明白了，这是我熟悉得不能再熟悉的军用装备互相撞击发出的声音，靴子笨重地踏在地面上，枪托发出敲击声。我发狂似的冲回去把枪藏起来——现在我要扮演不同的角色，不需要它了。然后我又想到，如果是神父把他们引来的，他们会搜查整座房子，阁楼也救不了我——搜查会从阁楼开始。我开始小心地向下走，在二楼溜进了一个侧面的房间，从窗户向外看——院子里有哥萨克骑马来回跑。于是我到了房子的另一半——好在曙光还未照亮幽暗的楼道。这里的窗户直接冲着马厩，我迈出窗框，往下一跳，然后悄悄地靠近马厩。院子里站满了士兵受到惊吓的仆人，停着几辆大车，马厩门口已经有哨兵了。这时候一个军官——起初我没看到他——拦住了我的去路，这时候我后悔极了，因为刚才那么轻易地把武器丢掉了。我做出我可以装的最傻的样子，可是这个笨拙的伎俩没有奏效——本色难藏嘛。于是我被交给了士兵，他们把我的两手捆了起来。但是当我被押着走进几个也捆着双手的农民时，我又燃起了希望。我觉得，俄国人的突然出现是偶然的，我必须坚持伪装。从房子里传来了非常粗暴的喊叫声——宪兵们开始搜查。几分钟以后我们也被搜查了。当一个宪兵有经验地把手伸到我胸前摸索的时候，我吓出了一身冷汗。该死的文件使我露了馅儿，想要脱身简直可笑。到现在我都不确定，这件事是安德热搞的鬼，还是军队无缘无故地就来了。可是我紧接着知道了一件事，让我觉得特别好玩。我通报了姓名，他们就不再那么无礼地对待我了。问我话的宪兵上校马上就开始饶有兴趣地研究起我的文件，接着他——非常奇怪——忽然哈哈大笑起来。我问他读一份这么重要的文件有什么可笑的,他没回答我,而是把信递给了我。我很快扫了一边信的内容,简直哭笑不得。原来在信上雷宾斯基求拉莫里诺在克拉科夫见到布热津斯卡娅小姐的时候千万不要讲他一时迷恋洛古利斯卡娅小姐的事。他保证说,布热津斯卡娅才是他黑夜的太阳,说她的嫉妒会毁掉哪怕最牢固的幸福。

"'再没有别的了?'我把信纸拿在手里翻来倒去。

"'没有了。'上校边笑边回答。

"就这样,一个统帅的命运完全掌握在他的战友的手上。'哼,这是很平常的事,'我心想,'特别是在战争中。'是啊,波兰人还是挺会打仗的!而他们做这些事竟然就是在敌人的眼皮底下,就是在整个世界都彻底崩溃的时候。

"不管怎么说,这该死的信发挥了作用。我被押上大车,又押送到梅什涅茨警察局。大部队留在了庄园。经过不长时间的审讯我被剥夺了所有军衔和爵位,变成了一个士兵,被送到南方。"克维斯尼茨基深深地叹了一口气,"我被交给一个营长,所以我对那些这个故事的其他所谓参与者的命运一无所知。对那个俄国公爵我什么都不知道,他是活着还是……"他随后又重重地叹了口气,"还是已经在另一个世界了,那里比这个世界公平。"

"我向您保证,"我用颤抖的声音说,"他活着,而且身体健康。"

克维斯尼茨基不知是没有听到这句话,还是没有重视这话的意义,反正他什么也没有回答,继续说道:

"先生们,唯一不停地折磨我、让我寝食难安的是拉多夫斯卡娅的托孤。为什么是托孤?因为她得了那么重的结核病,活不了多久。有时我会梦见小亚历山大，梦见我在给他讲拿破仑的故事，可是他已经一点兴趣也没有了，他手上拿着一本圣礼书……为什么是这样？……我要去找他，可是我能把他塑造成什么样的人呢？莫非是一个勇敢的波兰枪骑兵，也就是一个理所当然的暴动者吗？"

"我希望我们不会跟他刀枪相见。"波斯科宁说，"您真的是一个很好的老师。可是开始的时候您谈到什么契约，我不明白，是谁跟谁的契约。"

"哦，对了。"老人笑了。"这是一个爱情契约。每年，一般是春天的时候，不幸的公爵会来到梅什涅茨，特罗赛尔帮他在那儿买了一所小房子，他在那儿跟拉多夫斯卡娅和儿子团聚整整3个星期，然后他们就各奔东西。她亲口告诉我说，这虽然很痛苦，但也很美好。久别重逢的新鲜感觉，第一个接吻的滋味让他们一直忘不了。一般婚姻中的夫妻感情往往不牢固，而他们之间的感情总是来不及达到顶点，也来不及彻底熄灭。期待的喜悦，迫不及待的肌肤相亲，鸿雁传书，等待消息，这一切造成了一种特殊的诗意。时间被压缩了，在这3个星期中挤进了一年的离愁别绪，非常瓷实，非常充实，每一秒钟都显得很宝贵，因此非常美好，充满生机。这算是痛苦还是幸福，你们自己说吧。其实这两者本来就是分不开的。"

"您怎么说的来着？瓷实？"波斯科宁逗乐说。"说到充实，还有一个好词——擀毡。意思好像差不多，您能感觉到差别吗？"

"痛苦中也有美好，有些人就喜欢用它来给爱情的欢乐增色。"

"您这话说得就像一个情场老手。"波斯科宁说。

"我可不像俄国人那样喜欢玩赏自己的不幸。"波兰人反骏说。

"没错，"这时传来了龙骑兵大尉的声音，"是有您说的这种人。你知道了会心里说，这不可能，我敢打赌。我记得10来年前我们县里也出了件怪事。也是个大人物，他把一个当女仆的女孩子打扮得跟小姐一样，为了她茶不思饭不想，差不多答应娶她，可是那位根本不动心。他气坏了，把她锁在厢房，她半夜不知怎么偷着跑了出来，跳水塘淹死了。他伤心得要死，是他把那女孩害死的，有什么话说呢。"

我们都没作声。

"你们看，有这种不一般的爱情。"他灵巧地玩弄着一副牌，补充说。

不知为什么，我忽然心血来潮决定不顾天气恶劣，立刻回斯塔夫罗波尔去。我好不容易找到了马，我一边听着冷得打颤的赶车人不满地叨叨着，一边想着舅舅。我想，舅舅的青春真的过去了。想到这一点，周围的一切忽然变得很习惯，各就各位，这是在我出生前很久就已注定的。我仿佛觉得这些真实发生过的事情是不可能的，因为它们蒙着一层陈年往事的罩子，所以已经不能再让我不安了。我让激动的心情平复下来，任劲风吹着我发热的脸，那风吹得正紧，一刻也不消歇，把雨点吹斜。

春天的斯塔夫罗波尔新叶已经吐绿，人们脱掉笨重的半身皮袄和大衣，回味着洗礼时的占卜，等着应验。城里出现了一些女士，她们以优雅倦怠的样子等待着去水边的机会，街上到处是

坐着军官的四轮马车，很多衣着奇形怪状的哥萨克到处乱跑。从俄罗斯中心区来了两个补充营，大家都在擦枪买马，准备着马上就要开始的巡逻。侧翼部队的指挥官们在卫队的护送下也来到首府。山上的雪正在消退，林木日渐茂盛，又可以为那些山贼提供藏身之处了，他们已经开始以小股的形式时而出现在这儿，时而出现在那儿，而哥萨克们站岗的时候再也不喝一口取暖的酒了。总之，春天一如既往地给万物带来复苏的感觉。一些京城的军官纷纷来到这儿下到军团，有的期限是1年，有的是半年。我和涅夫列夫住的纳伊达吉克饭店忽然变得非常热闹，烟气腾腾。某天我们在宾馆看见了一个人，他不是别人，正是拉姆博那家伙，他以老房客的派头神气活现地坐在一张刮干净的餐桌旁。我们别提多高兴了，一下子冲了过去。

"太棒了！"我的喊声很大，让我们处变不惊的朋友打了个激灵，手上的牌也撒了。

"呦！"他吃了一惊，打量着我们这两个高加索式打扮的帅哥说道，"都认不出你们来了。嘿，叶拉金，快过来。"

"怎么，他也在这儿？"我很高兴。

"有他，还有别的人。"拉姆博又说了几个人的名字，"也该好好当当军人了，见鬼，灌酒也灌够了，是不是？"他抱了抱走过来的叶拉金说。

"你就看看这些鬼东西吧，哼！"

大家互相问候之后我们带他们到城里各处看看，给他们介绍情况，因为我们在过去的3个月里已经熟悉了。不过，涅夫列夫和叶拉金两个人打招呼的时候很冷淡，这没有逃过我的眼睛，所以一路上主要是我在说话，而我的同伴饶有兴趣地东张西望。

"我们来下诺夫哥罗德龙骑军1年。"拉姆博解释说，"要是能活着回去,我们就能升一级,说不定更多。"他笑了。

"也不一定……"我把自己的观察告诉他们,"有些人连着好几年穿毡斗篷,却没怎么听到过挥马刀的声音,可是晋升得很快。"

"嗯,有什么说的呢,"拉姆博挥挥手说,"都是这样。对了,你去过卡拉–阿加齐吗?我们的团就驻扎在那儿。"

"没有这个荣幸。"我谦虚地回答,"这得经过达利亚尔。听说那儿的景色非常好。"

"我第一天在这儿,"拉姆博沉思地说,"就已经想回去了。我不喜欢那个样子。"他用手指着一个年轻的士兵说。那显然是个刚入伍的新兵,穿着口袋一样肥大的大衣拖拖拉拉地走在泥水里,两个下摆长得离谱,他又忘了用两只红红的大手把它们提起来,所以就像舞会上女士的拖地长裙一样在水洼里拖拉着。

那天的晚上纳伊达吉宾馆的墙都快被吵塌了,很多军官们聚集在那儿,有的在等待任命,更多的在打台球或糟践钱。

我们坐在一个角落,已经不记得喝了几瓶马德拉酒了——我们这些旅行者很明智地从彼得堡带来了整整一箱。我们急切地打听着都城的消息。在这段短短的时间里罗果恩家姐妹已经跟我们不认识的人订了婚,这真是叫人不敢相信。我们团的一个伙计因为写了犯禁的诗也被流放了。

"肯定还没到呢。"叶拉金说。

"马德拉酒吗?"我们的上方传来了一个我熟悉的哑嗓子,"这可有点近卫军军营的派头。"

"您猜对了,大尉。"我高兴地回答。我认出从浓雾中浮现出来的大块头就是那个龙骑军军官,冬天快结束的时候我们皮亚季戈尔斯克在一起吃过饭。

"可以吗,先生们?"他问道,不等回答就沉重地靠着一张空椅子坐下了,"闷得要死。"他解开军服的领子,抱怨道。"女人,女人,哎呀,这些女人真够我受的。"他听我们谈话,插了这么一嘴。

"她们怎么惹着您了?"叶拉金不太礼貌地讥笑道,怀疑地看看他粗壮的身材。

"她们懂什么,"他没有觉出对方话里带刺儿,拖长声音继续说道,"可是她们占了多少好地方啊,就说在酒桌上把。一聊天儿就是她们,说到最后还是她们。"

"这是天性,"我反驳说,"没办法。"

"就是么,她们缠住我们不放,"他表示赞成,"只要落进她们的圈套,你就会头脑发昏,发痴,她们就能想法子卖得贵些。"

"你说什么呢?"拉姆博转过脸去说。龙骑兵大尉的搅和已经让他觉得恼火了。而高加索的这种直截了当的习俗显然让他感到可怕。

"说什么?"对方还不明白。

"我的意思是,卖什么?"拉姆博追问。

"有的可以卖,"大尉坚定地回答,"除了难看的。难看的女人当然没得卖。反正就是毁人。"他沉默了一阵,一个劲儿地抽烟斗。

"那么说,您觉得女人折磨我们吗?"拉姆博接口说。他从对方手里接过了烧煤的火盆儿。他已经无可奈何地接受了有人钻进来这个讨厌的情况,只是疲倦地叹了口气。

"难道不是吗?"大尉又来劲儿了,他使劲地嘬了几下烟斗,奇形怪状的烟圈在桌子上方飘着,让人迷迷糊糊地。

"您连自己的母亲都不相信吗?"拉姆博讥笑道。

"那是另一回事。"大尉放下火盆儿。我觉得他在高谈阔论之前已经喝了不少酒了。我非常喜欢这一类的话题,总是在其中想方设法地找机会发表一番自己的见解。

"请问,"我表示反对,"难道您认为所有婚姻、所有不忠都是因为钱的原因吗?那么爱情呢?难道没有跟物质没关系,把金钱当粪土的所谓欲望和感情吗?"

"嘿——"龙骑兵大尉拉着长声说,"您在哪儿见过这样的感情?这是作家先生们夜里想出来的,让我们总是找啊找的,结果找到的完全是另一回事。"

"您想怎么样呢,"拉姆博懒洋洋地甩出一句,"我们把她们连偷带抢地娶到手,糟践够了又抛弃。她们也该有点权利。"

"我不知道,"龙骑兵大尉冤屈地说,"我可没糟践过谁。"

"而我,先生们,我同意大尉。"叶拉金此前一言不发,好像不感兴趣一样,此时插进来说,"只是我想说准确点,如果你们允许的话。"这时他不知为何奇怪地看了看涅夫列夫。"先生们,问题在于,"他带着鄙夷的笑容继续说,"两种观点都对,又都不全对。我想谁都不会否认,女人对男人或相反,男人对女人的态度是一样的。你们争论的是不同方面的问题。女人为钱而出卖,男人寻找满足。所以,所有的问题在于动机,在最初的原因。女人和男人在自己这方面都挺好。你们懂我的意思吗?"叶拉金这时候再次蛮横无理地使劲儿看了一眼涅夫列夫。涅夫列夫发现了以后也回瞪着他。"这个战争持续了多久啊！"叶拉金叹了口气，好像他是杰尔普特大学的古代史教授。"但是是谁开始的战争呢？谁都知道。所以你们看，"他继续说，"我们说，女人欺骗男人，她们欺骗的是什么男人呢？自己的丈夫。还没听说过一个女人欺骗自己的情人。接着，我们又说，男人抛弃女人。什么女人呢？当然是跟他们结了婚的女人。很简单的算数题……一个姑娘读小说，就像先生您刚才提到的，"叶拉金对大尉很尊敬，而大尉却一脸的疑惑，有点不知所云，"她读小说，想象出一个符合时尚的情人，给他写信，从窗口扔玫瑰，长吁短叹，闹相思病——当然是这样，可是同时她没有任何真的感情。那年轻人认了真，因为她明显在对他卖风情，结果把想让对方喜欢自己的简单愿望当成了爱情，准备起婚礼了，可是自己一个大子儿也没有。"叶拉金说到这儿再次用嘲笑的目光横了涅夫列夫一眼，"可是生活会把一切摆平的。这时候严厉的papa[①]出现了，他知道爱情、金钱、厚实的肩章的斤两，所以就把她嫁给了一个当大官儿的老头儿。怎么，不想嫁老头儿？papa知道，新帽子带来的幸福感经常会盖过所有其他的所谓幸福。那位情郎当然很痛苦，长吁短叹，如果是军人，就请求调到高加索——他不想活了，想死。这时候人们就会说，天哪，她爱财富胜过爱心灵！可是严格说，她有什么错？因为她给了他暗示？可是，先生们，有的傻瓜会把香水的味道也当成表白的。他绝望，愤怒，对他来说，所有穿裙子的都很可恶，他从此绝不以初涉世事时的那种浪漫的感情找女人了。她呢，跟着自己的老头子混了一阵子，发现无所不知的papa也可能是错的，帽子已经让她厌烦透了，然后她认认真真地爱上了一个出现的军官或是音乐家，这次她自己被

[①] 法语：爸爸。

抛弃了。这有什么好惊讶的呢？因为这个音乐家，形象地说，就是她自己调教出来的。那个小军官可以玩一玩了，现在该他玩弄女人了，可是你瞧，他又没影儿了。"叶拉金低下头。"这可真有意思。对了，乔治，"他对拉姆博说话，可是抬起脸来好几次看涅夫列夫，"就是最近发生的事，那个将军的女儿，这些事都是他惹起来的……"他朝我这边一甩头。

"嘿，对了，"我猜到他要说什么，赶紧打断他，"团里对我们的事有什么议论？"

"请让我说完，好吗？"他不满地抛出一句，"那个，她的情况就是我猜想的那种：她跟她的papa是一模一样的。出现了一个军需官将军，一个有地位的人，甚至可以说，一个有地位的贼，出手非常阔气，就算少了两颗牙也无所谓，他就把这朵花儿掐了。可惜我不是作家。"

"可你是个音乐家。"拉姆博打着哈欠说。

涅夫列夫脸色白了，他整一整衣服，系好领子上的挂钩。

"请您不要说了。"他说道，眼睛并不看叶拉金。

"瞧，这是对我文学才能的第一个肯定。"叶拉金笑起来。

"请您打住，趁着还不晚。"涅夫列夫再次说。

"算了，算了，先生们。"我喊道。我被这样突然的变化弄慌了。"我们说点别的吧。"

"怎么，仁慈的皇上，您见怪了？而且，恐怕是要挑战吧？"叶拉金不理我，继续说道，"您是这个意思吧？"

"得了，得了，别说蠢话了，"迷迷糊糊的拉姆博和事佬一样笑着规劝道，"你醉了……"

"我没醉，"叶拉金也打断了他的话，"现在我就要让这位先生知道，不可以用这种语气跟我说话。我习惯在我想说的时候说我想说的话。您懂我的意思吗？"他对涅夫列夫低声说。

"如果您不喜欢这个，那我可以让您满意。就在这儿，三步的距离。"

"丑剧该收场了。"涅夫列夫气急败坏地叫道，他身体一跃，打翻了什么餐具。

吵闹声引起了邻桌很多人的注意。大家鸦雀无声，我跟拉姆博都没遇到过这样的情况，都呆呆地看着这出戏。涅夫列夫的腰带上晃动着一把有库巴钦纹样的匕首，这是一种高加索常见的配饰，可是要杀死一个人，有时只需要有力的胳膊。涅夫列夫拔出闪光的匕首，我们还来不及阻止他，他已经把锋刃抵住了叶拉金的下巴。我们呆立在原地，因为发作已经来不及了。叶拉金坐在那儿纹丝不动。

"坏蛋。"最后涅夫列夫边说边把匕首拿开了。

"这是对女人说的话。"叶拉金舔舔发干的嘴唇说道。

大厅里的人都松了一口气，好像连墙壁都松了一口气。涅夫列夫眼神疯狂，抓起制服走了出去。

"音乐家跟女人差不多一个样。"拉姆博用很小的声音说道，他只想让我一个人听见，"他们都不说话。"

他已经醒过来了。叶拉金转向拉姆博，明显是想请他担任那个显然很棘手的责任，但拉姆博好像预感到叶拉金想说要说什么，他抢先说：

"对不起，我不打算掺和这件蠢事。"

我用余光看到龙骑兵大尉的眼睛一亮，精神抖擞。

"您能否帮我这个忙呢？"叶拉金彬彬有礼，语气亲切地问他。

"很荣幸。"龙骑兵大尉回答，显然对得到这个邀请感到得意。

要是他请求我,我该怎么回答呢?不管怎么说,他不知为何没有请我。

"这不理智,扔掉这个想法吧。"拉姆博劝叶拉金说。可是叶拉金只管扬着眉毛,用不解的眼神地看着他。

"好吧,随你便。"拉姆博坚持不住了,从桌旁站起身来。"向伙伴射击,真不像话。"他甩下这样一句话,走了。

我把自己杯子里的酒一口喝干,马上又斟了一杯。我的情绪已经被破坏了,老友相逢的喜悦也被糟践了。

"明天见。"我跟叶拉金告别说,因为毫无疑问,我肯定得做涅夫列夫的助手。当时我一分钟也想过可能和解,不过我和拉姆博马上就开始为和解而多方努力。

"卑鄙,卑鄙,卑鄙的家伙,"涅夫列夫在自己的房间里从一个角落走到另一个角落,"他想拿我怎么样?你明白他暗示的是什么吧,你明白吧?"

"有什么不明白的?"我回答,"他甚至没有暗示,他直接说出来了。"

"我最后一次请求,跟他道个歉,看在上帝的份上。"拉姆博恳求道。

"这不可能,你别参与。"涅夫列夫回答说,"六步距离。"他对我说。

拉姆博气恼地瞪了一眼,就搁下我们俩走了。半夜时分龙骑兵大尉来了。我跟他出来到了我的房间，他打开了两只装着手枪的盒子。他平时的无精打采、笨手笨脚一扫而空，我的面前完全是另一个人，他动作忙碌而敏捷，眼睛放光。看得出，正在发生的事让他得到了莫大的满足感，以至于生机勃勃、热血沸腾。

"我觉得用古亨莱特尔手枪最好。"我建议说。我查看着手枪，给他看勒帕热式手枪的扳机不太好用。

"好吧，就这样吧。"他接过枪回答。

"我们自己装子弹吗？"

"一定自己装，那样比较保险。"他解释说。

"医生找到了？"

大尉把手枪放在一边，对这个问题露出微笑，就好像见到了老熟人：

"我找过两个人，他们都害怕。"

"那怎么办？"

"得多给钱，就是这么点事。而且我觉得我们也不需要医生。"他补充说。

"有和解的希望吗？"我高兴地说。

"正好相反，"龙骑兵大尉回答说，"我觉得这是不会的。他们说的事情只有他们自己懂，是不是这样？"

"是啊。"我有点不知所措地说。

他变得聪明多了。

"您看，问题不在决斗的原因，问题是总算找到了一个借口。怎么样，我们叫医生吗？"

"他要多少？"

"300。一家一半？"

我掏出钱来数出了150卢布。

"得,现在可能不会拒绝了。"他满足地用手捻着票子说。"他们这些人哪,"他看见我的目光显然不太友好,又急忙说道,"有钱什么都干,人死不死他们才不管呢。该死的!"他抽出一张票子说:"有一回,在唐波夫我遇见一档子事。有一个,请允许我这么说,江湖郎中,让我朋友在决斗前一天夜里吃饱些。简直太傻了!他们教的是什么呀,请问。决斗前吃饱,您听说过吗?胃满满的,万一子弹射进去的话,它会留在那儿的。真是的。他们可是谁的钱都收。"

"就是说,条件照旧?"我打断了他。

"没错。"他快活地回答。

大约过了一个小时我们谈妥了一切事宜。

"那么明天六点。"龙骑兵大尉又确认了一边,就打着哈欠走了。

我也要准备躺下,但响起了小心翼翼的敲门声。涅夫列夫拿着两封信走了进来。他衣冠不整,依然很亢奋,尽管目光已经变得忧伤而疲惫。

"沃罗佳……"我开口说道。

"别说了,你知道,不行。这早就该发生了。但为何要来高加索呢——在彼得堡的时候有的是时间。"他勉强地笑着说,"我放这儿了。"

黑暗中我听到钥匙在文件柜的钥匙眼里转动的声音。

"有人叫我。你去安心地睡觉吧,不会迟到吧。"我沮丧地说。

涅夫列夫随手把门带上了。我不管怎么努力都睡不着。各种事情把脑子塞得满满的,我辗转反侧地跟臭虫斗争着,绝望地感觉到它们大摇大摆地在我身上爬来爬去。

眼光耀眼，空气清冽的早晨让人神清气爽，不亚于一杯浓茶。枝头鼓胀的苞芽生机满满，阳光下漫溢的汁水在苞芽上颤颤巍巍地丝丝渗入。天空湛蓝，让人希望这样的天气能够永远地持续下去。我们骑着马慢慢地朝约定的地方走去，刚长出来的新草被马蹄压倒后，在我们身后不满地又抬起身来。涅夫列夫的样子委顿而漠然，我不知他到底睡过没有。我们不时只言片语地交谈几句。

"唉，上帝知道，我不想这样，"他说，"真荒唐，真蠢。可是我有种感觉，非如此不可。好像不是我，而是背后有什么力量在做这事。俗话说得好，在劫难逃。"他摇了摇头，他的枣红马也摇了摇头。涅夫列夫忧郁地笑了。"看，马也同意。决斗，"他哼了一声，"真是够雅的！这种都城的时尚真傻。有一回在乡下一个老爷把乡下人惹火了，他们半夜用一个口袋套住他的头，用棍子打了一顿。根本没有什么决斗，还是西伯利亚管用。要是在乡下，我会揪住他的领子，把他的那张脸抵在墙上。太可笑了。"他眯起眼看着我："现在我得把他打死。"

"你说些什么呀！"我害怕了，"还是和解了吧。再说对于名誉有众所周知的观念……"

"那种人有什么名誉可言？"他吼道，"你评评理：这公平不公平，他挖苦我，死乞白赖地找茬，就算这样他还可以随随便便地对我开枪。到底是谁的错？到哪儿去讲理？不开枪又不行。"

"老兄，你自相矛盾了。"我揉了揉鼻子说，"刚才你还说可以。"

"拉姆博可以，我不行。你明白吗？"他又眯起眼，"我们瞧着吧，看这事怎么收场。"他抖动缰绳，夹了下马刺，我们加快了速度。

我们向一个荒弃的大棚子走去，它围墙的边柱是3座下陷而歪斜的波洛韦次妇人石像，她们突出的眼睛越过我们的目的地向远方眺望，表情漠然而满足，短短的胳膊抱着圆肚子。涅夫列夫用鞭子指指她们。

"嘿，那些立石像的人也会嘲笑我们的决斗的。"

"未必！"我觉得自己瞬间像个大学生，"礼仪是古代的遗产。"

我们的对手比我们到得早，已经在破败的围墙边走来走去地等着我们了。不远处的小路上出现了第三方，这是穿着文官制服的医生，他已经得到一大笔钱。他的脑袋不安地朝四下转，当他朝向升起的太阳时，他的眼镜与阳光相遇，闪得很刺眼。女石像的目光穿过他，她们碎裂没有生气的嘴角带着一抹不易察觉的和解的微笑。她们很淡定，知道人们在草原的海市蜃楼中想看到什么，她们不怕威权和长官——在漫长的时间里这些她们见识得太多了。医生感觉到了这一点，所以更加不安地转动着他的头。

"你知道一个人是怎么拒绝决斗的吗？"我趁着还没人能听见，对涅夫列夫说，"1815年的战争结束之后不久有个人跟他挑战，而他回答说：'如果我在两年的战争中没能显示我是一个勇敢的人，一次决斗是无济于事的。'"

"不错，"涅夫列夫讪笑着，"这是谁说的？"

"是恰达耶夫。"

"我再说一遍，Quod licet Jovi, non licet bovi.①"涅夫列夫说，不知为何他向后看了一眼。

这当儿我们到了大棚子跟前，下了马。叶拉金的证人见到我们明显地活跃和快活起来。发生的这一切让他觉得很好玩。他的行动有点忙乱，眼睛也变小了，好像转向了他那龙骑兵的身体内部。

"条件照旧，是不是，先生们？"他边向我这边走边问。

"您上来就说条件，是不是再试着……"

"照旧，别担心。"涅夫列夫用漠然的语气打断了我。

"得，很好。"大尉的嗓音好像"嘎嘎"叫的鸭子，他赶忙跑到叶拉金那边。叶拉金离开我们一段距离，侧对着我们站着，手放在胸口，凝然不动的目光投向白得耀眼的远方，在那里天与地迷蒙而模糊地交融在一起。他在想什么？我怀着希望看着他，但他没有发现我的情绪波动。

"那么我们开始吧，先生们。"龙骑兵大尉说罢开始量步子。他的腿短，所以他迈步时笨拙地摇晃着，直到现在我才发现他的腿是弯的。他的屁股微微撅起，因此制服的后襟高高翘着，好像喜鹊的硬尾巴。

绝望让我变得果断。我抽出佩剑把它深深插进地里。叶拉金走近它，把军服挂在剑柄上。他们各就各位。大尉手里攥着一块手绢，一动不动地等着开始。医生不再四下摆头，他摘下眼镜用一块丝绒使劲擦着，近视的眼睛在发红的眉毛下看着跟前的地方。我站在那儿，迟钝地看着他们准备赴死——原来这是那么简单容易。我心里没有什么特别的想法，我觉得我们只是在绿草上铺开浆硬的桌布准备搞个友好的小小聚餐。

---

① 拉丁语：朱庇特可以，牛不可以。

"等待真折磨人,"我脑子里闪过一个想法,"快点结束吧。"

大尉最后一次把目光从涅夫列夫身上转到叶拉金身上,好像更多地信任他似的。看来他很享受自己的角色,因为他有权拖延表演的开始。他一挥手,双方开始走向射击点。

涅夫列夫枪口向下持枪,看到龙骑兵大尉的信号赶紧走到射击线那里,眼睛始终没有离开叶拉金。叶拉金端着枪微微侧着身子往前走。叶拉金先开了枪,子弹在离涅夫列夫耳朵3寸的地方呼啸而过,将涅夫列夫左肩肩章上的铜皮射弯了。涅夫列夫身体一抖,脸色变得很白,但随即镇静下来,也开了枪。他的对手摇摇晃晃地站了片刻,忽然手捂着身体一侧,单腿跪地。我们向他冲过去。他抬起眼,手里依然握着已经没有子弹的枪,做了个手势不让我们动。龙骑兵大尉脸色发白,他看看我,我转过身去。紧绷着叶拉金的纤长手指的白手套眼看着被鲜血浸透了。他把枪一扔,开始在草地上转圈,寻找第二支枪。

"继续。"他虚弱地笑着说。此时此刻我明白了,为什么女人们那么爱他。

他想两腿站起来,他真的做到了。龙骑兵大尉从他脚边拾起枪,放到他的手里。涅夫列夫直直地站在他的前面,眼睛看着一边。瞄准涅夫列夫胸口的枪口抖了一阵。我不敢直视,心紧紧地揪着,大概缩到了一个干梨那么大。叶拉金的手一抖,枪口改变了方向,子弹呼啸着飞向天空。叶拉金的手已经不听使唤了,他想寻找支撑,可是两臂只是在半空无助地挥舞抓挠,最后他扔掉枪,倒下了。

"医生!"我喊了一声,我听到他包里的器械在叮叮当当地响着。

"可是……"惊服的上尉只说了这么两个字,他俯身蹲下,抬起叶拉金的头。

涅夫列夫没有过来,医生忙起来,他的手指肥圆多肉,布满斑点和灰白的毛。我在什么地方读到过,在莱茵河流域的一些小城里做香肠的人手就是这样的。

"现在您高兴了,"我气势汹汹地对龙骑兵大尉说,"真是一出好戏,很圆满!"

"拉倒吧,"他又惊又恼地回答,并朝医生看,想从医生的眼神里得到支持,"这简直是侮辱人,您怎么能这样说。"

"我就是可以。"我走到一边去找烟斗,后来我想起来我把它交给涅夫列夫了。我听到叶拉金发出呼哧呼哧的声音,就走了回来。他醒了过来,浑浊的目光穿过我们,就像那些波洛韦次石像一样。

几匹马捯着步子发出嘶鸣,马具哐啷啷地响着。这个早晨有很多声音。"这是谁发出的声音?"我这样想着,四下搜寻。周遭的草原一望无际地向四外延伸开去。轻风把嫩草抿得又光又亮,就像米辽恩街①理发馆的帅哥的头发。

"情况不妙。"医生把我和大尉叫到一边,告诉我们。

我们把叶拉金抬到大衣上,又抬到马车上。他又失去了知觉。

"慢走。"大尉用手捧住头,自己吩咐自己说。

"一切都是按规矩的,对不对?"我对龙骑兵大尉说。

"毫无疑问。"他肯定地说,他眯起眼,好像一只吃完一顿渴望的奶油的猫。

我上了马,掉过头去。在阳光下草上的血迹好像是白色的。

---

① 彼得堡的一条著名大街。

涅夫列夫站在那个地方的旁边,用靴子头刨着松软的黑土。最后他终于也拉起缰绳。他赶到我的身边,一段时间我们俩都不作声,各自在吱吱响的马鞍上摇晃着。

"好了,别拖着了。事情已经做了。"他说着打马来到车旁,俯身看了一眼叶拉金的脸。

片刻之后涅夫列夫已经跑得很远了。龙骑兵大尉看着他的背影说道:

"是匹好马,就是屁股有点沉。"

我什么都没说,而是跟着涅夫列夫的梅尔林在潮湿的地上留下的蹄印向前跑去。

在纳伊达吉旅店拉姆博在等着我们。他抽着香烟,绝望地打着呵欠。

"他去了司令部,"他说的是涅夫列夫,"白痴。"

当他说这个词的时候,我没完全明白他的意思。过了一会儿我们出发去那个像仓库的房子。兹维列夫正在值班。我们,确切地说,我一到,他就从文件上抬起头来,用理解的目光看着我。当然了,当然了,这是荣誉的问题——他那有点胆怯的眼睛在说。就是嘛——我用自己的目光回答。然后他走进谢瓦斯奇扬诺夫的办公室,我开始等。拉姆博用脚勾过一把上过油漆的椅子,坐下了。我们等的时间很短。

"请缴械。"兹维列夫从门里出来,抱歉地说。

我摘下佩剑,跟着兹维列夫和两个留胡子的残废向禁闭室走去。

这是一间很大的农舍，墙是黏土的，有的地方露出了板条，农舍带有一个大台子和一个被践踏的坑洼不平的院子，院墙很严实，门口的几根原木构成了一个类似门洞的构造，那儿有一个头发特别黄的哨兵背靠墙坐在箱子上打盹，高处的横梁上有两只猫眯起眼睛嫌恶地睥睨着这个世界。几只鹅小心地从旁边的院子走出。一个没戴头巾的年轻女人在晾衣服，她用黑眼睛看人的时候目光很尖锐。新的一天开始了。我看见在她没有系严的衣服里面双峰起伏，心想："见鬼，要决斗何必来高加索，莫非这儿的空气有什么不同吗？"我没找到答案，然而我觉有某种强大的无法逃避的东西，我够不着它，就像够不着月亮，而它由于那么伟大，完全有权听不到我的疑问。

我在长椅上坐下，它由两条没刮平的板子做成，又旧又脏，已经变成黑色的了。紧挨着灰白的房顶下有一个小洞，一道光线通过它射入室内，投射到墙上，形成一个颤抖的方块，给石灰墙镀了一层金。尘埃在光柱里跳着妖媚的舞蹈，那闭锁的运动让我昏昏欲睡。我把军服卷成一卷放在长椅的一头，然后就躺下了，一个士兵在一块薄板的门那边在用锥子扎破了的背包，我不想听那声音。那声音有时候会停下来，这时那士兵就说："我去你的。"

叶拉金3个小时后死在卫戍部队的医院里，他一直没再醒过来。喝醉的拉姆博来得很晚，我们说了一会儿话。涅夫列夫关在房子的另一部分。已经派了一个军官去梯弗里斯报告发生的事。另一个证人也已被捕等待处分。

第二天是个阴天，气氛阴郁。我可以透过小窗户看到疾驰的云，它们正奔向西边的山区。外面的声音也失去了晴天里那种慢吞吞的节奏——在午间的时候那种悠扬的声音令人心情起伏。也没有阳光来照亮墙上的一小片地方。因为没有阳光，墙面显得灰暗粗糙，也失去了昨天那种迷人的色调。此时，我感到发生的这一切都如此阴郁，卑劣，不公。我的记忆中不再有任何的光晕，桂冠随风而逝，棕榈枝也回到老家——灰暗的海岸。我一直想着决斗的事："多么不公！"我好几次想怒吼。但是谁会理会这些呼喊呢？而且，这种感觉也很难描述。

我被关了一个月多一点，结果我和龙骑兵大尉没有受被判任何惩罚，但涅夫列夫就没有这么幸运了。他被判做宗教忏悔，在高加索军区长官的命令中有"无限期"的字眼。"可怜的人，可怜的人，"当我从拉姆博那儿听到这个坏消息的时候，伤心地摇头叹息道，"他本不想决斗的，他是被迫的。"可是连我自己都听不到这些话。"说到底，是不是有某种东西是我们完全可以控制的呢？"我一边咽着粥和干硬的面包干一边提出了这个问题。拉姆博去了团里，我唯一的谈话对象只剩下站岗的士兵了。同时他又是我的食堂，因为我总派他去铺子里买吃的，我把买回来的东西分给他一半，他使劲道谢，然后我们一起吃，我们中间不仅隔着一扇破门，还有横在不同阶层之间的整个鸿沟。他是个善良的小伙子，来自梁赞省，脸上长着雀斑，目光淳朴。因为无聊，我总是跟他不慌不忙地聊天，他给我讲他的村庄，说他的兄弟们外出给别人拉货，一年有半年不在家，说村长跟他父亲不合，所以把他送去当兵，尽管本来不该他。"就这么着把我弄进来了。"他叹口气说。我也随着他回忆起童年，回忆起那些久已忘却的画面：莫斯科郊外，割草之后的草场，好像带着睡意的小河里蜿蜒地绕过一个小丘，河上浮着很多睡莲，我们那有点被弃置的房子就坐落在小丘上。这座房子轻盈而结实，有观景台和柱廊，夏天的时候廊下总是支着一张大饭桌，早晨那里散发出清新的咖啡香。正如在遭遇不幸的人身上常常发生的那样，我对这一切看得特别清楚逼真，就像真的在家里一样，这让我更加痛苦，我已经渴望脱下军装，回到乡下了。我渴望坐在阳台上看7月的雷雨在沙土路上印出的花纹……家里一直没有消息，我为前途未卜而焦虑，我再也不想驰骋马上了。我又一次闯祸，不知道舅舅对此会说些什么。"我不想当军人了，让它见鬼去吧。"可是现在我不能不当军人。时间就这样一天天过去，终于，到了夏天，我被放了出来。

　　城里的变化更多了。街道已经变干，路边站着一些算卦的女人，她们穿着花里胡哨的长袍，她们的脸也因为沾着泥成了花脸；平脸的卡尔梅克人和诺盖人戴着即使在库班河流域也很古怪的毛茸茸的高帽子在尘土飞扬的街头来来往往；街面上充斥着山民带喉音的口音，他们是下山来做生意的，可以看到波斯商人染色的大胡子，有一次我还撞见了一个格鲁吉亚人手里牵着一只骆驼，那骆驼高视阔步，带着狡猾而快活的样子打量着人们。简而言之，这座城忽然差不多完全变成了一座亚洲的城，种种奇风异俗让我目不暇接。太阳暴晒，让人顾不得考虑任何其他的想法、感情和愿望，只剩下从满是咸咸的汗珠、变得黝黑的额头冒出来的那一个。

　　我出来以后的第一件事是去见波斯科宁。

　　"他们把涅夫列夫弄到哪儿去了？"这是我问的第一个问题。

　　"现在他在右翼，在普罗齐内·奥果普的前线营。"他告诉我,"是啊,你们闹出了挺大的动静。"

右翼的指挥官是扎思将军,一个在俄国军队里干的德国人。传说他有些怪癖,特别是听说他办公室里有个大箱子,里面收藏着库班河以外那些民族人的人头——有切尔克斯人和其他族人的。他让人在他的住处旁边立了根桩子,在上面公开展示自己的陈列品来恐吓亚洲人,以此为乐,也因而招致了普遍的仇恨和反感。我来到了他的部队,被分到加拉费耶夫将军手下。我应该在这里开始我充满困难和忧烦的真正的军旅生涯,而我能指望有机会获得提升。

我检查了手枪,然后从车内出来,改成骑马。少年时的梦想似乎要实现了。我跟十来个哥萨克一起经过一个个岗哨。这是一个晴朗的夜,星光灿烂,我们可以很清楚地看到哨位上闪烁的灯光,我一路跟一个从斯塔夫罗波尔送邮件来的哥萨克中尉聊天。让我吃惊的是,这个中尉是个很可爱的聊天对象,他其实根本不是一个哥萨克。他给我讲了很多有趣的事,但我从他那儿听到的最有意思的事是关于他自己的。这位中尉33岁,却被降过三次级。又三次像凤凰一样获得了重生,最后一次是以哥萨克的身份复职的。我不记得他第一次是因为什么被降职的了,第二次是因为他在皮亚季戈尔斯克的街心公园打了一个文官,第三次是因为在玩牌的时候用匕首捅了作弊的对手。被捅的人和中尉自己都很幸运,因为他没有死。"司法部门只想快点结案了事。"当我回忆起中尉的切尔克斯包头和快活的眼睛时，就会这么想。

我们于早上到达，一路都很顺利，虽然天快亮的时候在已经走过的某个地方有过几声枪响。我马上去见扎思将军，很快就被召见了。将军正在吃饭，请我也一起吃。我不无胆怯地看着这个传奇的人物，一刻也没忘记名声是有好有坏的。他的外貌给我留下了不太愉快的印象：倾斜的前额，不平整的秃顶，不安的眼神。桌边除他以外还坐着几个军官，一个穿着红色卡纳乌斯绸的鞑靼人负责上菜。扎思开玩笑开得不高明，但是大家都乐意配合他那不怎样的俏皮话。我焦急地等着自己的去向，可是话题一直没有转到军中事务上来。最后，当早餐快要结束，已经上无花果的时候，将军很不讲礼貌地跟我说：

"晚上我们要在我这儿吃饭，你也来，那时再说。"

我觉得这样粗鲁的对待是无法忍受的，必须还击。我舅舅的姓氏每个字母都好像闪耀着古老家族的荣耀，虽然我不姓我舅舅的姓，但对它记得很清楚。那个哥萨克中尉的故事也给了我勇气。于是我回答说：

"去你那儿，随时都可以。"

餐桌旁一片死寂。扎思瞬时像一只喝饱了血的蚊子一样满脸通红。他下垂的脖颈先红了，然后红色瞬间传遍了发亮的双颊上的那些高低不平的斑点，这意味着他受到了很大的刺激。我想舅舅一定很喜欢这个回答。一个军官惊得把叉子都掉了，它在地上跳了好几次，发出一阵难听的响声。

"好了，先生们，晚上见。"扎思终于说道，同时用餐巾擦着嘴，从位子上站了起来。大家也随他站了起来。我也没多逗留，到外面去找住处了。

我遇到了那个跟我同来的中尉，我三言两语把早上发生的事告诉了他。他开始拼命哈哈大笑,然后变得若有所思。

"您需要得到上司的赏识,不是吗?现在这可不容易了。他不会派您参加探险的,这可不好,说实话。"他又笑了起来,然后友好地拍拍我的肩膀,走了。

他说中了。我被叫到司令部,一个副官脸上带着奸笑通知我说,我将在驻守距白城不远的"白城要塞"的步兵团金津斯基连服役,"直到"我的任命从彼得堡经梯弗里斯送达这里。上面要求我即刻启程。

要塞可真的不是都城。沿着库班河的右岸骑行了4个多钟头以后,我看到了被一圈带有木桩的围墙围起来地方,一堆草顶的房子拥挤在那里。几只母鸡在围墙边上懒懒地刨着食,要塞大门前站着两个哥萨克,门内有一门锈迹斑斑的小炮,库班河就在城下,不高的瞭望台上还有一名哥萨克,他正目不转睛地盯着河对岸。看不到村子——它在两俄里之外的低地,远离河边。

我把我的证件交给指挥官——伊万诺夫第九少校,他的样子疲倦得要命,好歹扫了一眼,就把它扔到桌子上了。他的眼神气哼哼的,动作也好像极其不情愿。

"您喝酒吗?"他问道,还不等我回答,就把一个发乌的酒杯搁在我的面前,那酒杯的杯壁特别厚。

我喜欢这样的开始,而且我感到我会在这里和他们这些人共事很长时间。既然一定逃不了,何不马上就开始呢?于是我们一起喝下了劣质酒,吃了腌蒜。伊万诺夫少校名叫彼得·阿夫利卡诺维奇,他年逾五十,已经在白城要塞待了6年。他说话不多,但是看起来并不喜欢孤独。

"你们这儿平静吗?"我打听道。

"一个星期前刚阻击了一拨。"

"人多吗?"

"有100到150把马刀。"他心烦地挥挥手,表示这不重要。

我皱起眉,但还是把第二杯喝了下去。我们又默默相对了一阵儿,而后一个军士送我去我的新住处。那是一座土房子里的一个小房间。两个歪歪斜斜的窗户负责采光,朝向尘土飞扬的街道,但我只能看见篱笆墙,不知是因为窗户开得太低还是篱笆太高。所以当我躺在床上百无聊赖的时候,就可以仔细地研究它那用柔韧的枝条编制起来的精妙图案。

说实话,这里真的闷死了。当不用执勤的时候,或是跟伊万诺夫少校无言相向的时候,或是像影子一样和各种动物一起在房子之间游荡的时候,我的情绪很忧伤。一个人到要塞的外面去是危险的,别人不止一次地警告过我。有时候我爬上岗亭跟哥萨克一起遥望库班河对岸的远山,在壮丽的日落时分,那起伏的山峦呈现深紫的颜色,云和凶悍的骑手就是从那里来到我们的河岸的。在明亮的白日库班河对岸的那平缓的绿色草原上十分平静,没有一丝可疑的迹象,但实际上战争一刻也没有停止;而到了夜里,前沿就会时而这里时而那里地响起枪声。哥萨克的岗位上堆着树枝,一看到敌人出现马上点起火来,这种古老的信号可以让哥萨克们大量聚集,渡河截断匪徒的退路,让农民们把牲畜赶进山沟藏好。我一直期待着发生什么事,但更多的时候是无精打采

205

的。去普罗齐内·奥果普去的机会很少，于是我去跟往斯塔夫罗波尔送信的军士搭伴。我想方设法去见涅夫列夫，可是又有点怕见他，因此，当我两次路过他们连的驻地都赶上他们有行动的时候，我有点可疑地感到松了口气。

这一天我挥鞭驰入时，注意到有一个个子不高的士兵正从井里打水。他背对着我，低着头急切地从桶里喝着水，水溅出来弄湿了他的靴子。我觉得他的身上有种我十分熟悉的东西，没错——他回过头来，我认出这是涅夫列夫。天哪，士兵的大衣会把一个人改变得多么厉害啊！他认出了我，但没表现出来，不过话说回来，他那双忧伤的眼睛深深地沉浸在自己的世界里，使得他也可能根本没看到两丈之外的我。我们两个月没见面，他的相貌改变了很多：他的脸、脖子、手臂都变得又黑又糙，整个人好像本地化了，彻底成了一个乡下人。他要走开，但我的马拦住了他的去路。

"沃罗佳，你好。"我跳下马说道。

他没跟我问好，只是咧嘴笑笑，尴尬地摸摸蓬乱的头发。我不知接下去该说什么好，只含混地胡乱说了几句。他倒换着双脚，我能够闻到他的靴子发出很重的味道。别人不幸的模样会破坏我们的情绪，经常是这样的！我们逃避它，希望看到相反的情况。此时我已经后悔下决心来见他了，因为我没有一点有益的想法，没有一句安慰的话。我没想到，真的没想到，我的到来本身已经是一种安慰了。我怕我们的见面只会让他想起那些好日子，从而加深他的痛苦。不过事情总有两面，不是吗？

"我能为你做点什么吗？"我问道，但我在心里回答自己：什么都做不了。

"把烟斗给我。"他请求道，把我那樱桃色的烟斗拿了过去。

我把烟荷包递给他,他开始机械地装烟斗。他早就不记得这是什么东西,是怎么到了他手里的了。我觉得我注意到这一点都是没良心的。

"你需要钱吗?"我接着说,同时准备解开胸前的铜扣。仔细看看,我发现我还是可以做点什么的。那一刻我的五官一定都在表现慷慨和仁慈,但是,唉!只有我自己在欣赏这种最高贵的情感。沮丧的情绪已经让涅夫列夫麻木了。

"我要钱做什么?"他嘟囔道,"现在……"

"得了,得了,"我有点粗鲁地打断了他,"给自己身上搁十字架还太早呢……"

"没错,"他气哼哼地说,"就要搁月牙儿了。"

"老天长眼,会有机会赦免的,只有表现好。"我继续说,只是为了不要冷场。

军营那边吹起了集合号,传来被午间的炎热搞得有气无力的口令声。

"好了,我该走了。"他说着以一种我没见过的新的动作磕打了几下烟斗。他用**АБАДОННА**①式的眼光看了看我,敏捷地挎好武器,跑去站队了。

"嗨,"我想,"这还不算彻底没戏了呢。"

我目送他走远,不等军士和其他哥萨克,就独自去镇上了。

天气很热,热气在颤动,我放开缰绳,脱下外衣。被太阳晒得很疲乏的马不慌不忙地走着,随着它时断时续的步伐节拍,我的脑子里也昏沉沉地转着很多不开心的念头,其中有一个念头挥之不去,就是对于发生的事情我也有错。这个念头时

---

① 这个名词来自希伯来语,曾出现在《旧约》中,意为毁灭,也可指地狱的使者。

而跳出来，时而隐藏起来，就像早晨时篝火最后的火苗，让我一直很难受，无法自拔。我皱起眉头，耳边响起龙骑兵大尉的话："得了，怎么可能让他们和解呢。不，不，这根本没希望。"对我来说这句话就像用来驱赶纠缠的苍蝇的软树枝。不过我太喜欢这个树枝了，以致它成了我的形影不离的旅伴。"命中注定的事是逃不掉的。"涅夫列夫本人的声音也在重复大尉的话。"而如果，"我脑子里忽然出现了这样一个想法，"如果命运从你身边走开了，那么会怎么样呢？"那么你就什么命运都没有了。

我带着这个荒诞的想法回到要塞，打定主意一定要给舅舅写一封措辞绝望的信。舅舅是不会拒绝我的，他会为我的朋友想法子，舅舅会了解我的——他懂得友谊的价值。还不等我把马拴好，伊万诺夫少校就冲到了我跟前：

"您疯了，您怎么单独行动？怎么，莫非您那么想看看库班对面是什么样子吗？"

"是啊，是啊，"我想开个玩笑对付过去，"我想看看它长什么样儿。"

"我可不是开玩笑，年轻人。"伊万诺夫气急败坏地嚷道。"太冒失了！一个人就是走出一百步也危险得很。7年前我在左翼的优尔特老城干的时候，有一回我也是跟朋友两个人出了要塞。我们想，怎么会呢！不会有事的。您该问了，我的朋友现在在哪儿？"

"在哪儿啊？"我不经意地问。

"在哪儿，在哪儿，他没有了。"少校喃喃地说。"我们也就走出了半里地，就响起了枪声……子弹打中了他的侧面，他挣扎了两个来小时，就死在帐篷里了。就是这样。"他补充道，语气已经缓和了些,"至于您的兴趣,您现在还是去好好睡一觉。刚接到了命令,明天我们这儿要派一个连出击。"

的确,从要塞里的情形明显可以看出将要有一个大的行动,不过关于军事行动的详情我听到得很少。伊万诺夫少校没有再跟我说别的,其他人则说不清楚。

我早就想在真正的行动中考验一下自己,所以此时,要塞所有人的亢奋情绪很快就感染了我。我急忙赶回住处,给舅舅写了封信,检查了马刀是否容易抽出,而且连着试了十来次,又在床上坐了一会儿,然后用星期天在旧城市场从一个哑巴的沙普苏格人手里买的毡斗篷把自己一裹,就酣睡起来。

我被一个哥萨克叫起来时已经是深夜了。夜间的空气明净,从我的小窗户可以看到近处的神秘闪烁的星星。我赶紧穿戴好,把马牵出来赶到我的少校的住处。他正站在台阶上抽烟,身边围着几名骑在马上的骑手。哥萨克的中尉们气恼地拉紧缰绳,马很兴奋,斜视着低低的月亮。战鼓声中士兵们手持渡河用的皮囊跑向集合地点。

"您留下替我指挥,"伊万诺夫命令我,"带一个警卫排。"

这个突然的变化让我很失望,可是没有办法。从库班河的对岸传来了密集的枪声。伊万诺夫的马被牵了过来,他骑上马不慌不忙地出了城门。城门外沉睡的大地在几百匹马的铁蹄下颤抖着。只剩下我一个人了,环顾西周,有几个士兵正沿着一条巷子拖拽几门小炮,其中一门炮的轮子坏了,于是黑暗中传来紧张的高声骂娘声。几条黑影打着火把,踩着撒了很多干草的地面来回跑着。我把司务长叫来,而我自己则上了瞭望台。放哨的哥萨克一看到我就默不作声地闪到一边。我看到月光下的库班河好像一条闪光的带子,左前方很远的地方不时有开枪的闪光,形成一条窄窄的火带。

"那儿是怎么回事?"我终于开口问哨兵道。

他又很快地看了我一眼,沉默片刻,回答道:

"肯定是在逮柘木布拉特。"

"柘木布拉特是谁?"

"一个卡巴尔达的王爷。"

我终于仔细打量了一下跟我谈话的士兵。这是一个已经有些年纪的哥萨克,留着一部又黑又密,梳理得挺讲究的大胡子。他一侧的脸颊上有一道直到下巴的可怕刀疤,看来是被马刀砍的。因为这道伤,他的一个眼皮也被向下坠着,所以左眼比右眼大,映着月光显得挺凶。

"有情报说柘木布拉特想渡河,"他忽然开口说,同时眼睛一直盯着库班河,"只是不知道地点。哦,现在知道了。"他用手指着上游,在那边距我们3里远的地方山丘上的信号桶正冒着烟。

"整个右翼都惊动了,坏蛋。"他嘲讽地笑笑,打住了话头。

我跟他一块儿在那个小台子上站了近一个小时,然后另一个哥萨克来换了岗,我也下去了。天色已经发亮。现在只在远处的某个地方还有零星的声音传来。半连哥萨克骑马经过要塞的城下往镇子那边去了。伊万诺夫回来的时候,太阳已经把大地晒干了。他看起来很满意,很快活。

"干得不错。"他说。他的兴奋劲儿还没过去,坐不下来,所以一直在房间里走来走去。他从落满灰尘的橱柜里拿出一个落满灰尘的酒瓶,给自己倒了一杯浑浊的伏特加,然后开始给我讲昨夜的详情。

"柘木布拉特·阿依杰科夫是沙普苏格的王爷之一,他经常对边界发起进攻,所以远近驰名。最近他带着很多人来到阿巴特泽赫的村庄招募人马,准备进犯我们这边。山脚下很多和平村落的骑手都背信弃义地投奔了他。在山里柘木布拉特的人多得数不清。可我们都知道,就是上帝也有仇人。他的一个手下不知是想报复柘木布拉特霸占了他的妹妹还是因为别的什么原因,有一天夜里来到我们这边。他一只手抓住马鬃,一只手抱着他妹妹——他把她从柘木布拉特的鼻子底下偷了出来,游过了库班河。他在法国墓地上了岸,报告扎思将军说,山贼很快就要发起进攻了,他还说出了渡河的地点。开始我们这边不愿意相信他,可是柘木布拉特很有名,很长时间以来一直四处劫掠,把牲畜和在田里干活的农民劫到山里去,所以我们也不得不重视反水的人的话,后来一些哥萨克兵到库班河对岸抓回来一个切尔克斯人,于是各要塞的镇子都开始警戒。我们决定不等他们进攻,所以派出了一股步兵和一些哥萨克,带着6门炮悄悄渡过了河。今天夜里柘木布拉特中了埋伏。"

"抓住他本人了吗?"我问。

"哪能呢,"伊万诺夫挥了挥手,"又跑了。"他咬了一口黄瓜,解释说:"放炮太早了。他走在后面,所以来得及溜走。

"霰弹给切尔克斯人来了个措手不及。他们的行动很秘密,所有的马具都没有响声,没有一只马刀亮在外面,铠甲外面罩着斗篷或外衣。他们的探子就从我们哨位旁边溜过去。可是出其不

211

意地，黑暗里枪声大作，直接在敌群的中间开了花。有几个胆大的冲到爆炸的地方挥刀砍杀，想把炮手砍死，可是他们被打死了。首领跟几个最好的骑手往外冲，从侧面冲开了一个口子，用套马索捉住了几十个士兵，逃了出去。哥萨克追击他们直到天亮。每次追兵靠近的时候，他的手下就掉转马头一声不吭地冲着追兵冲过来，直到跟最先赶到的追兵短兵相接的那一刻才拔出马刀，掏出武器。柘木布拉特藏了起来，几个切尔克斯人隐蔽在林子里用步枪击退了哥萨克。哥萨克离开了，在返回的路上看到有差不多50个人被马刀砍倒在地。"

"我们的损失大不大？"我问道。

"死了9个士兵，还有15到20个哥萨克，40来个人受伤。还不知道准确的数字。匪徒还抓走了几个士兵。"他补充道。

"是我们这儿的吗？"

"不是，是普罗齐内·奥果普的。第三路的。"伊万诺夫忧郁地回答。

终于疲倦占了上风，他开始大打哈欠。他叫来了勤务兵，跟我告了辞。我也回去睡觉了……

15

我猛然被一个可怕的念头惊醒了，我觉得血往头上冲，太阳穴砰砰跳。我起身来到前屋，条凳上放着一只水桶。我把头扎到水里，然后急急忙忙地擦了擦头发，穿上军装，给马戴上嚼子，在哨兵不明究竟的惊呼声中出了门。大门在我身后带着哀音关上了，好像在预告着不幸的事。我跑得很快，所以花的时间不长，直到大汗淋漓的马直接冲进了普罗齐内·奥果普,我才透了一口气。太阳快落山了,穿戴整齐的哥萨克们纷纷从院子里出来,篱笆墙旁的土台上坐着的老人们目光一直跟着我看。我在司令部所在地停下来,把缰绳甩给站岗的哥萨克,蹿上台阶,由于一路疾驰,身体不由得打晃。接待室里值班的准尉正闷得要命,他正毫无意义地把桌子上的东西重新摆放,欣赏着他组合出来的效果。他吃惊地盯着我,但没有放下手中的活。他的两手仍然在桌面上忙活着,一个蓝玻璃的莲花形墨水瓶已经被碰到桌子边上,眼看就要跌在地上摔个粉碎了。

"出什么事了,先生?"这位副官莫名其妙地问。

"你们有没有被俘的下级官兵的名单?"我反问他。

"是有过。"他回答说。他仍然什么都不明白,他的双手机械地伸向桌子里面。

我迫不及待地从他手中把那张纸夺过来,用眼睛扫着。姓名和军阶是按字母顺序排的,涅夫列夫的名字在第4个。我看了又看,尽力理解发生了什么事。

"您到底想知道什么?"

"涅夫列夫,是降级人员……"我开口道。我说出这些话心里很难受。

"涅夫列夫?降级人员?是的,"准尉肯定地说,"也有他。名单已经报到斯塔夫罗波尔去了。"他沉默了一下,又问:"您好像从前是和他一块儿在近卫军服役的?"

我点了点头。

"很遗憾,我真的同情他。可是战争就是战争。对了,昨天的行动以后我们这边儿有些他们的人,要做交换,所以,可能……"他没有说完,手臂在空中挥了一下。

我谢过他,慢慢地走到外面。我的第一个想法是冲过去找扎思,唤起他的同情。可是他是在尽自己的职责,军人的责任早已代替了同情。而且,我感到极为沮丧,以致我觉得我什么都不能为我的同伴做了。

16

不过我们还是做了努力,但没有结果。最近一天几个军官过河去找了一位与我们和平相处的王爷,那王爷请他们吃饭,把两只手放到胸口,给他们斟了无数杯的布扎,又端上伏特加和契希尔葡萄酒,可是对于俘虏的命运他却说不上一句有用的话,可能也不想说。只好等着切尔克斯人自己要求交换,然而日复一日,那边没有任何消息。

渐渐地,人们把这件事淡忘了,关于这事往斯塔夫罗波尔打了报告,又上报到梯弗里斯,好像这样一来那些被记录在案的人就已经被安置妥当了。

夜晚我经常跟沉默寡言的伊万诺夫一起度过,跟他一块儿喝劣质酒,抱怨命运。有一次伊万诺夫自己来到了我的住处。

"可以做点什么。"他刚进门就说道。

"什么意思?"我从床上站起来,摸着脑袋问道。

他很长时间一声不吭,只管打量桌子上我的那些盖着尘土的小摆设。我怀着紧张的期待看着他。

"我有个老交情,"他终于开口说道,"他可以去打听下情况。他是个来去无踪的人,今天在这儿,明天你一看,连影子也没了。他已经一年多没到我们这块地界儿来了。我刚看见他——骑着新马，穿着新衣服，这都是从哪儿弄来的，只有天知道。只是在这儿他没被当场抓获过。不错，他常去捷列克河对岸。好，不说这些了。我想说的是，他能帮上忙。"伊万诺夫又停了一会儿，"您知道，他特别喜欢武器，那还用说吗，哪个山民不爱武器呢。"

我没有立刻明白，伊万诺夫是在暗示我的一对古亨莱特尔手枪，不久前它们曾在那场伤心事中效劳，我不知为何还把它们带在身边，现在它们放在桌子上的一个打开的小盒子里，银雕花发出暗淡的光。

"得了吧，"我明白了，"这只是个玩意儿。"

"是个玩意儿也没关系。"我的上司笑道，"他就是最孩子气的。您看出来了吗，山民生下来是孩子，死的时候还是孩子。"

"好吧，"我盖上盒子，把盒盖儿上的土吹掉，递给伊万诺夫，"就是一定得让他弄清楚，要不然，可能会……"

"嘿，不用担心。"他对我挤挤眼，说道，"他一定能打听到消息。"

天已经晚了，伊万诺夫去把他的熟人带出要塞，而我极其兴奋地在自己的房间里来回踱着步子。这个计划看样子挺有希望。我也跟着伊万诺夫到了外边，来到城门口。我看见少校站在对面，他旁边是一个穿便服的切尔克斯人，他手里拿着缰绳，一匹备好鞍子的马跟在他身后。那个陌生人看样子40来岁，像煤块一样乌黑的眼睛在毛烘烘的高帽下面炯炯放光，眼神快得像滚下山的石头，随时留意着周围的一切。步履轻快，右手放在腰间，已经挎上了我的手枪。我远远地就停下来了，但可以看到当他微笑告别的时候，牙齿发出耀眼的光亮。他像闪电一样跨上马背，那匹马在城门前的小空场激动地打着转，他用一只有力的手勉强控制住它。

"他往法国人墓那边去了。"伊万诺夫望着快要消失在黑暗中的白色的马屁股说道。

"那是个什么地方？"我问道。

"就是个地方呗。"伊万诺夫回答，"一个浅滩。"

"为什么叫这个名字呢？"

伊万诺夫像他惯常的那样，半天没回答。

"是那么回事，"他说道，"那儿埋了一个法国人。所以叫这个名字。"

"法国人？"我很惊奇，"他在这儿做什么？"

伊万诺夫心不在焉地看看我，他正沉浸在自己的什么心事中。我们又站了一会儿便回到了要塞中。

"打阿巴特泽赫人时把他打死了。"他忽然开口说道，"那时候我连少尉都还不是。这是很久以前的事了，多少年前？"他回忆着："那是1818年的事。"

"是怎么回事？"我小心地问道，唯恐伊万诺夫又只顾想自己的心思。

"怎么回事，我的先生？"跟我预料的相反，伊万诺夫打开了话匣子，"有一次哥萨克马尔科夫团，还有我们的两个连，到了库班河对岸。我们走遍了乌宾——那是一条小河，"少校解释说，"把那里的村子都毁了，但是一个人也没见到，于是他们准备离开。我们出山的时候走的是另一条路，这时候出现了沙普苏格人，他们一会儿在这个山包上，一会儿在那个山包上待着，可是不到近前来。忽然先头部队响起了枪声，乱了起来。我们一看，在乱山里有条小路——在那样的乱山里这样的小路多得很。

我们把炮拉来，放了一炮，又放了一炮，抛出些原木，又派步兵往外冲。但山民们一直顽抗，结果展开了近身战，实话说，到现在我耳朵里还能听见当时的喊杀声。您知道，我见识的多了，可是那个情况完全不一样。我们用刺刀，他们用马刀，杀红了眼，简直要用牙上去咬了。真残酷。何必呢？我们上校说：'看来附近有村子。'他派一些哥萨克去搜山——真找到了一个村子。原来是他们把我们引到歧路上了，"伊万诺夫解释道，"沙普苏格人看见了哥萨克，马上都冲到村里来保卫村子。其实没啥可保卫的，是个空村子，干草运走了，房子有什么舍不得的？有的是木材，有的是石头，为了点破木头拼命——您想想值得吗。就为这点东西，20来个人藏在各处负隅顽抗，不过打枪倒真是打得挺准。枪一响我们这边肯定有人倒下。您说，有什么办法呢？我们只好又把炮拉过来，他们不等我们放炮，跳上马就跑。我们的哥萨克有的追他们，有的到村里查看他们是不是扔下了什么东西。我得说，他们还有几个人留在那儿，是伤得很重活不了的。哥萨克把他们砍死，烧了村子，就继续前进。后来再没人骚扰我们。走了大概一里路后，我看见一群哥萨克在吵吵。可能是抢到了什么东西正在分，也可能是别的什么事。我想，是不是抓到了切尔克斯女人啊？我骑马到了跟前，看见二十来个顿河哥萨克赶过来围成一圈儿，中间有个人，说切尔克斯人不是切尔克斯人，说老头不是老头，不知是啥人。他的肩膀被砍了——不知谁砍的。'大人，找到了一个法国人。'一个军士跟我报告。我说：'你怎么回事，老弟，你怎么知道他是法国人？''大人，'那军士不爱听了，'没错儿。我跟着伊洛瓦伊斯基一直走到了巴黎呢，前几年打仗的时候我见过的法国人多的是，我能认不得吗？''你怎么能认得出呢？'我惊奇地问。'大人！他叽里咕噜地说法语，我还认不出来？'军士跟我保证。'福马砍了这个人，就跟砍别人一样。他差点用枪把他刺死，我正好到了旁边，听见他用法语喊。不对，我想，有什么地方不对头。再说他长得也不像切尔克斯人。'军士这样说。我们队上有个军官，他姓什么来着，嘿，一下子想不起来了……"大尉叹了口气，"一个德国姓……罗津，对不对？对了，没错！"伊万诺夫拍了一下自己的大腿，高兴地嚷道，"是罗津！他说法语说得特别好。我把他叫来，我一看，我们这位切尔克斯人真听得懂他的话，他自己也说了一大堆。你说这让人吃惊不？一个切尔克斯人说起法语来了。我看见我们的罗津脸色变了，看起来挺严重，他吩咐哥萨克：'伙计们，快点给他打绷带。谁救的他？你吗，老弟？'他问军士。'我跟你说，有人会给你赏钱的。先把这个卢布拿去，我身上再没有钱了。'军士笑了，狡猾地看看我。不光军士，我自己也什么都不明白。我想，罗津是京城来的，他准是觉得跟一个切尔克斯人打交道挺新鲜……可是原来不是这么回事……说来话长。"伊万诺夫叹了口气，看来一气儿说了这么多话把他累着了，"喝点茶怎么样？"

"干嘛不喝伏特加？"我心里暗笑。

"谢谢了。"

我们到了伊万诺夫的住处，在等着茶炊烧好的时候来到阳台。阳台被浓密的葡萄藤遮掩着。此时天已经全黑了，右边天际有一抹依稀可辨的蓝色，几个小时以后，半个月亮从那边的山峰背后浮出。深蓝色的天顶上已经有几颗淡蓝的星星怯怯地出现。库班河就从我们面前流过，但是我们看不见它，因为茂密的荆棘和一棵年轻的赤杨树把它遮住了。

"哎呀，夜色真美！"我深深地吸了一口清新芬芳的空气，不由地感叹道。上校点点头表示同感，然后接着说：

"我们把这个受伤的人抬到大车上，就动身继续赶路。罗津骑马走在大车旁，不时跟他说一两句话。'他是个纯粹的法国人，'他对我说，'已经当了20年的俘虏，可是照样不想被杀死。''为啥不想？'我问道。罗津耸耸肩：'他说要是可能的话想回国。''回国干啥，你问问他。'罗津又开始问那个可怜的法国人的情况，我去跟上校汇报。说着话我们已经快到渡口了，我们发现那个俘虏眼看着不行了。您想想，锁骨给砍断了，流了四杯子血。我们已经不指望能把他送回营地了。但还是送到了。他开始说胡话，发高烧，扯绷带，用他的话嘟囔着什么，一会儿说法语，一会儿，我仔细听听，又说切尔克斯话。上校过来看他，罗津也在那儿，仔细听他说些什么，可是很难懂……"伊万诺夫停了一下，"就这样，三个小时以后他死在我们的手臂上。'他没说自己的名字。'罗津通报谈话的结果说，'我只听懂了，他在拿破仑的战争之前就在波斯了，以后怎样了，我到底也没弄明白。'我们的团长按惯例打了报告，我们让人在河岸挖了坟，我们不知怎么下不了决心把他葬在公墓。他跟切尔克斯人生活在一块儿，谁知道他是怎么回事呢。还有，他是什么人？我们一点都不知道。可是，您瞧，既然是法国人，那就应该有基督徒的心。我们还是给他立了十字架。我的连里有个列兵阿西莫夫，是个石匠。我们军官凑了点钱给他刻了个石灰石十字架立上了。墓碑上刻了去世的时间，可是谁知道他是哪年生的呢？看样子他肯定有45岁了。他什么东西都没留下，哪怕一点小东西，哪怕是个贴身的小十字架都没有。他就穿着那件破外衣给埋了。"

"报告是怎么写的？"我问道。

"报告能写什么呢？就是汇报说某月某日俘虏里发现了一个法国国王的臣民，梯弗里斯的人更清楚该怎么处理这样的消息。可是关于这件事我什么都不知道，现在您听我跟您说，这事最终结果是什么。"伊万诺夫来了兴致，"您大概听说过法国的暴乱吧？"

"您是说革命吗？"

"没错，就是革命。"他肯定道。

"听说过。"我笑着回答。

"关键是，"伊万诺夫用诡秘的语气接着说，"就在那几年山里也发生了差不多的混乱。怪得很，可就是这样的。沙普苏格人闹起来，赶走了他们的王爷和贵族，用他们的话叫乌奥尔克。"少校说道，"杀来杀去的。您瞧，山里有山岳派，"他笑道，"连阿纳帕的巴夏都卷入了纠纷，不过那时候边境倒是挺平静，从来没那么平静过。部族血仇——他们有这样的传统——不，不，这一次不是，是革命。我不明白那是什么年头，真的，世界上一下子出了那么多的灾祸。是不是那几年太阳有什么特别呀？皇上巴维尔也是那时候死的，"伊万诺夫叹了口气，"法国人又把手插到这儿。"

"那没有法国人的事，"我说道，"听说英国公使参与了。"

"反正都一样。"伊万诺夫摇摇头，"最奇的是法国人……那时候山里的沙普苏格人有个王爷，他们叫他贝伊苏丹。他很年轻就名声远扬了。他特别勇，沙普苏格人不管是赶牲口还是闯边境，他都是打头的，他去过达吉斯坦，哪儿都抢过。从阿纳帕到杰尔宾特的山里人都认得他的那匹卡拉巴特马。有一回他带着自己的随扈去了卡巴尔达，两个月没有他的一点消息，有一天村子里的人忽然看到几个人不慌不忙地顺着山路骑马过来了。村民们发现马驮着很多东西，走在最前面，裹着白色斗篷的就是他们的王爷。年轻的随扈们挑逗地向漂亮的切尔克斯姑娘飞着眼，好像在示意他们这一趟干了一件非常不一般的事，差不多把阿纳帕巴夏本人给抢了似的。贝伊苏丹抓着马缰，他的马上横载着一个人的身体，晃来晃去的。女人们已经要抢天呼地地嚎啕大哭了，她们以为这是一个死去的骑士的尸首。可是她们却看到了一个活人，显然是个俘虏。他们的小孩子已经高兴地上来起哄了，您知道，冲上来打量他，掐他，向他扔石子儿，可是王爷举起鞭子把这些坏孩子赶走了。王爷回来了，大家都很高兴，他自己也很高兴，特别是当他把目光投向诺达乌克住的那座陋屋的时候。这房子只是表面破，可是在它的黏土墙内却藏着比什么丝绸都光洁的珍宝。因为里面住着诺达乌克的女儿扎尼普，如果最好的骑士看到她的话，就知道她的眼睛是无价之宝。就连贝伊苏丹在出门打仗前也在这个温柔的美人面前放了枪。您知道，切尔克斯人有这样的，怎么说来着，礼节或是风俗：要是想结婚，就要在想娶的人面前放枪。这就像咱们的求婚。说实话，山里面有好枪的不止贝伊苏丹一个。他有个朋友，出身一般，但也是很了不得的，就是特别穷。他为了弄彩礼曾经到库班河的这边来抢劫，可是没成，差点被诺盖人打死，好不容易才逃回去。嘿，有什么办法呢，天不遂人愿。谁都不知道扎尼普自己更喜欢哪一个，他们就想，她都无所谓。不是说真无所谓，而是，您知道，我跟您说，谁搞得清她们女人啊。不管是切尔克斯女人也好，我们的女人也好，内里都一样。也许王爷送给她漂亮衣服，所以更得她的欢心，也可能艾德克——那个年轻人叫这个名字——火热的眼神让她更激动，现在谁能说清呢？至于她父亲，他是个老百姓，不太喜欢有地位有权势的人。切尔克斯人就是这样生活的，好像王爷和老百姓没有隔阂，都混在一起，可王爷毕竟是王爷。"

"这是您编故事。"我对伊万诺夫说。

"哪是我呀，我的先生，是生活，它替我们把什么都编好了，就像你的哈姆莱特。"少校解释道。然后他继续说："过去切尔克斯人跟王爷们的关系也不大好，在山里有自己的规矩，谁也轻易不让别人欺负，凡事都得商量着来，要是不这么着，夜里就会遭匕首或枪子儿教训。不像我们这儿，先生，又是警察，又是规则——他们有自己的规则，是自然的规则。没的说，"伊万诺夫补充说，"那样的规则可能是公平诚实的，就是要流血。所以说，诺达乌克不想跟王爷结亲，当贝伊苏丹放枪的时候，诺达乌克也去给自己的枪装子弹。这也是习俗：要是他放枪了，那你就等着吧，未婚夫会把新娘偷走。艾德克知道这规矩，他愁眉不展，坐立不安。不过过了一段时间，并没发生这种事，贝伊苏丹自己好像也忘记了一个骑手为什么活在世上。卡巴尔达来人叫他去参加突袭，他没去，一伙人要去卡拉恰伊抢牲畜，他也推了。王爷回来已经3个月了，人们发现，他带回来的俘虏不是一般人。山民们从没见过这样的人。他们见过大胡子的乌鲁苏人，土耳其人是自己人，只要只言片语就能互相明白。而这一位——简直是怪物。'你干嘛要养着外族人，'人们问王爷，'既然你不让他干活？'老人们很不满，说你把个魔鬼给带回山里来了，你没看见吗？他的眼神很疯狂。你是从哪儿把他弄来的，是不是从德赫聂姆来？把他赶走，或是卖到阿纳帕去。贝伊苏丹听到这样的话就皱眉，可是一句也不回答。有一次艾德克去他那儿时看见一个很怪的事：那个外乡人坐在房里用黑色煤烟涂白色的岩壁，而贝伊苏丹眼看着他这么做一点也不生气。'醒醒吧，兄弟，'

艾德克喊道，'你怎么对奴隶像对朋友一样？你为什么不阻止他的亵渎行为，莫非你不知道你会冒犯安拉，莫非你愿意他降灾给我们？''你听我说，艾德克，'王爷反驳他说，'他已经不是我的奴隶了，而是我的客人，山里怎么招待客人，你跟我一样清楚。'艾德克听了这话直摇头，同时又暗自高兴。他当天就骑马沿着山谷到了邻村，那儿有他们的清真寺。直接去找艾凡赫长老。不能说艾德克是个很虔诚的信徒，他只是想出了一个坏主意。

"艾德克找的这个艾凡赫是有名的圣人，在穆斯林中有很高的威望，他年轻的时候去过麦加朝觐，然后又在各地漫游了5年，悉心体会先知的智慧和伟大功业。这位圣人回到山中之后过起了朴素而简单的生活，他全心全意地斋戒和祈祷，一个个不眠之夜让他身体羸弱，刻苦钻研无穷的伟大真理过早地染白了他的头发。'虔诚的伊纳尔哈吉，'情绪激动的艾德克跑进老人的幽居之所，在他的白胡子跟前伏在地上说，'灾难溜进了我们的山谷。疯狂控制了理智，父辈的宝刀在刀鞘里生锈，我们的扳机正在变松。贝伊苏丹想学外族人，被邪说蛊惑。我不知道他在他那不洁的屋顶下搞些什么鬼名堂，可敏感的心已经感到恐怖的到来，给低能的头脑很多的提醒。王爷和乌奥尔克们不光不让老百姓自由地呼吸，他们还开始用外族语的符号亵渎泉水的清洁和树林的神圣。看吧，过不了多久，他们就要不仅夺走穷人最后一块放牧的地方，还要毁掉人民的风俗来适应他那娇弱的口味。''你很年轻，艾德克，'哈吉回答说，'可是你说的话里没有年轻人的幼稚。安拉让我走了好多路，我用安拉的眼睛看到过很多的国度，我渐渐成熟，思考那些初看起来很简单，其实深不可解的东西。我还把专注的目光投向天空，看自由的鸟儿飞翔,我在奔腾的水流中寻找真理,在树荫里寻找真理——那些弯曲的树枝上有很多疤结,就像老人的手臂,我在山谷奇特的裂缝中寻求真理,可是最重要的是,我专注地注视自己心灵中最远的角落。万能的神给了我一个伟大的想法,只要他不把自己的后裔拘禁在有很多清真寺的城市里,让思想、感情、歌曲和故事拘禁在众多的书籍中,阴暗的皱纹就不会落在人民的光亮的额头。世上只要有一本书——这是书中之书,就足够了。你去把大伙儿集合起来,我要把这个消息告诉人们。'伊纳尔哈吉说完这些就沉浸在祈祷中了。

"兴高采烈的艾德克飞快地跑回去完成虔诚的长老的吩咐,他不知疲倦地走遍远远近近大大小小的村庄,他还请了沙普苏格人、纳杜哈伊人(他们精心地保护着自己的风俗不受外界影响)、普热杜克人(他们非常勇敢,在单打独斗中不可战胜)、乌贝赫人(他们毛烘烘的高帽子十分有名)、阿巴特泽赫人(他们作战非常勇猛)来参加大会。他们全都答应前来,很快艾凡赫本人亲临贝伊苏丹的住处了。'你想起什么了,贝伊苏丹?'他问道,'你为什么要学外族的语言,为什么跟一个外族人那么亲近?难道你不知道不信教的人是通往安拉的神座的道路的障碍吗?''哦,长老,'贝伊苏丹不满地回答,'我觉得我们不应该再生活在蒙昧和野蛮中了,不应该再让那些宝贵的思想随风飘散,而不能进入这里的任何一个头脑。'他把手朝着鸦雀无声的会场一划,'我听说,你有一所学校?太好了。不过你所有的书都是用阿拉伯语写的,谁懂它呢?您责骂的这个外乡人给我指出一条道路,让我们可以把我们所有方言的美妙发音——这些方言是从我们执着的心灵流出的——都汇聚在书籍的清池中。一叶障目,让人看不远山。''你是什么意思,你这疯子?'老人们和毛拉们纷纷质问。'白天明亮的太阳为我们照路，夜里千万颗星星给骑士们指引着通往荣誉和自由之路。爱人明亮的眼睛给我们的心祥和的光，而先知的话以喜悦的永不熄灭的月亮装点我们的心灵。在我们的世界看不到石头的城堡，因为自由人不该向城墙寻求保护。同样，自由的语言无须在易朽的纸卷中躲避人们的视线。你看，我们的生活方式本身就在告诉你真理的所在，你要倾听理智的声音，人民的声音更让它加倍响亮。是谁给你灌输了这样的想法让自然的活语言禁锢在潮湿的书页裂缝里？语言在书里就像女人在土耳其后宫。''你们自己就把女儿卖给狡猾的土耳其人，'贝伊苏丹发怒了，'你们想让我怎么办？''我们是卖了，'诺达乌克抢先说道，'要不我们到哪儿去弄钱每年给你上税，我们还怎么才能买得起武器，要是你的手下想用马蹄践踏洒满我们汗水的土地，我们怎么保护自己的财产？你怎么不说话？你没话说了？''你们应该冲向战场从敌人手中夺取刀枪，'贝伊苏丹说，'而不要来打扰我。''你没资格说这话，贝伊苏丹，因为好久不见你骑马去做男人该做的事了。乌鲁苏人就要到库班河这岸来把我们从自己的家园赶走，把我们的山谷变成坟墓。'伊纳尔哈吉说道。'你这个可怜的老头，从没听到过子弹在耳边呼啸，怎么能责备我！'骄傲的王爷喊道，'就是你用鞭子抽我的马也比用这样的话侮辱我强！'长老吼道：'虔诚的人们啊！我的心里刚刚出现了为了这个人的恐惧，因为我在他的脸上没有看到活人脸上应该有的那种信仰的祥光。'

"后来发生的事没法用语言来描述。"少校继续说，"当然，其他的王爷们是向着贝伊苏丹的，可是已经没有办法驯服愤怒的人们了。他们开始吹口哨，打算扔石头，差点抽出长刀短

225

剑，这时艾德克说话了。他说：'自由的人，我们不该对王爷们动手！你们记得这个谚语：对王爷就是神也会宽恕。为什么要白白流血呢——我们本来就在跟外族人的搏斗中伤了元气。把你们的剑放回雕花的剑鞘吧，不要让同族人的血玷污了高贵的兵刃。难道用剑能够把我们的亲缘斩断吗？你们自己知道，我们中的一些人有血缘关系，另一些人在别家当过养子，其他人是被好客的神圣纽带联系在一起的。所以不该让山里发生混乱，因为我们每个人身后都有帮我们复仇的人。我们不是卡巴尔干人，不是土耳其人，我们不会向王爷和巴夏的胡作非为屈服，我们也不是诺盖人，不会在贪婪的汗面前发抖。我们不习惯统治者强迫我们按他们的方式生活，我们是自由的人们。所以让贝伊苏丹带着他那外族人离开我们的山谷，去能接受他们的地方吧。要不我们就动手把那个不信神的家伙干掉。'人们对这番话完全同意。因为他说的是实话，您自己想想，他们之间不是亲戚就是干亲，他们有互相寄养孩子的习惯，就像是住校，所以一百个人里由自己母亲哺育的连十个都不到。虽然他们头脑发热，可是双方都有很多打仗特别厉害的人，所以不用说，这事会闹出很多人命。于是就这么定了。没有办法，他们不会说话不算数，所以贝伊苏丹只好走人。他责怪艾德克，提到在一次战斗中他曾经把自己闪亮的铠甲给他，让他穿在破烂的衣服外面抵御土耳其弯刀。可是说什么都没用了，事情已经不可挽回了。艾德克失去朋友虽然也觉得可惜，但还是很高兴。看来，比起良心的呼唤，女人善变的眼睛对勇士的心更有影响力。不过，"伊万诺夫捋了捋小胡子说，"我心里琢磨，这全都是合情合理的。艾德克在老诺达乌克家守了一夜，第二天和以后好多天也一直守着，以防他的情敌把姑娘抢去成亲。对方，不错，不知为何也没有这么做，其实他完全有这本事。最后，在那不幸的一天，贝伊苏丹在他那些盔甲整齐、马匹精壮的扈从和手下簇拥下阴郁地向深山走去。那个外国人跟他在一起，可能他没想到正是他导致了他的恩主命运发生了如此的剧变。事情就是这样。"有条有理的少校结束了他的话。

"他去了什么地方？"我问道。

"他去找阿巴特泽赫人了。山里地方大得很。"伊万诺夫说，"很快沙普苏格人把别的王爷们也赶走了，于是互相结了深仇大恨，开始仇杀。不错，是革命。还有法国人参与。从女人开始，以法国人结束，就是这么个寓言。"

"后来他的命运如何？"

"天知道他。"我的少校打了个呵欠说，"该怎么样就怎么样呗，还能怎样。对了，这一切都像个传说，那个法国人就是墓地里的那个。还有，我记得在1829年的时候从彼得堡送来了一些外国人研究厄尔布尔士山。这跟罪恶差不多。当然，这让人吃惊，可有什么办法呢……"

"不过您知道得可真详细。"我说。

彼得·阿夫利卡诺维奇疲倦地看看我，回答说：

"在这儿所有人都知道所有事情的内情，要是有什么不知道的，就是不应该知道。懂吗？"

我懂。

17

等待的时间格外漫长。我已经坐立不安了，不时地缠着伊万诺夫问,但他也不比我知道得多。一天傍晚,几个沙普苏格人赶着一群羊来镇上卖,他们跟少校嘀咕说近两天在乔尔乔克村见到了萨尔玛·汗——这是我们那位探子的名字。这是一个和平的村落。夜里我们便备好马不带护卫前去跟他见面。我们过了最远的几个哨位以后便来到了库班河边。

"这就是那个宝贝的法国墓地了。"黑暗中伊万诺夫用马鞭向右边一指说道。

我用力辨认,真的看到一个不高的山丘上立着一个大十字架,那十字架已经倾斜了。我们随身带着渡河用的浮水皮囊,我们把它们绑好,10分钟以后已经在对岸烤衣服了。夜里水不是很冷,马轻轻地打了几个响鼻,湿漉漉的马鬃扫在我们脸上几下子。我承认,在异族的土地上我稍微有点紧张,我带着把枪以防不测,因为紧张,火药池里的火药不时撒落在地上。彼得·阿夫利卡诺维奇则相反,淡定从容地用鞭子驱赶着纠缠不放的蚊子。我们在伸手不见五指的黑暗中走了两个小时后,侧面的什么地方传来了狗吠的声音,小路转了一个急弯,灌木丛中出来了一个穿切尔克斯外衣的骑手,传来喉音很重的说话声,伊万诺夫对答如流。那陌生人掉转马头,我们跟着更快地跑起来,路边有很多栓皮榆,我们跑起来要不时躲避被它们的干树条打到脸。终于我们看到眼前出现了一些紧贴崖壁的房子。狗被惊动起来,狂吠声一片。伊万诺夫示意我把枪入套,我们跟着这位陪同者快步来到最靠边的一座房子跟前,经过一扇矮门进走进一堵不高的黑乎乎的墙内,经过一个窄院子进入堂屋——房间的屋顶很低,火塘冒着黑烟,屋里有一张榻,上面铺着两三块花花绿绿的地毯。墙上井井有条地挂着各种武器,从匕首到枪应有尽有,我觉得其中有几样很贵重,很古老。火塘是用石头砌的,已经被烟熏黑,上个月到过要塞的那个骑士就躺在火塘边的一块毡子上。他的光头刮得白白的，脸色却黑里透红，他的两眼依然炯炯有神，目光凶狠。看到我们进来，他站起身来，我们问了好，就在火边他指给我们的位子上坐下。萨尔玛·汗和伊万诺夫不慌不忙地谈着，我一个字都听不懂，送我们来的人从刀鞘中拔出刀来，在石头上磨着，他喉咙里哼着小调，声音很轻，只能勉强听到，嘴唇则一直紧闭着。他一边磨刀身体一边随着那曲调摇摆。我嘴里嚼着烤得很好的羊肉，贪婪地闻着不熟悉的亚洲人家的气味，很好奇地看着他磨刀，但也并不直接盯着不放。萨尔玛·汗不时给火添些干树枝，于是火苗蹿起，树枝噼噼啪啪地爆响着熊熊燃烧，把火塘边谈话的人的脸映得红彤彤的。此时，俄罗斯的景象在我心中几乎成了渺茫的回忆，我听着树枝燃烧的声音和外族的语言，感到一个念头在脑子里小心翼翼地打转。

当我是个孩子的时候，当然想看看世界：我跟我的家庭教师一起看法国书中的版画，期待着有一天我也可以看见那上面画的景物。可是如今，我身处我们这个世界上最偏远的地方之一，灰蒙蒙的山峰脚下，在一群我一点不了解的人中间——而他们也对邮政马车和直流电一无所知，我由于某种我所看不见然而强大得不可思议的历史宿命，而与这些人作战。我觉得如果我不是在做梦，至少也是在睁着眼睛做白日梦。我们世界由于那些琐碎的欲望、折磨人的虚礼和人行道这样的东西而变得复杂无比，这个复杂的世界在某个遥远得近乎虚幻的地方召唤着我。如今雾气弥漫的山谷暂时收容了我，让我在这堆噼啪作响的火边小憩——对它来说唯一可恼的是来自山谷里不可控制的风，这里没有扰攘，一切都简单而宏伟，朴素中蕴含智慧，就像千年以来一样，直到开来一连又一连的士兵，穿着辉煌的彼得堡附近作坊生产的靴子践踏了他们富有生机的语言。

我们辞出的时候已是黎明，天空已经亮了，只是黑色的山脊还在顽强地抗拒着白天的到来。刚才迎我们的那个骑士又把我们送出了2里地，接下来我们自己就可以认得方向了。我焦急地等着伊万诺夫把他跟萨尔玛·汗谈话的结果告诉我。伊万诺夫看起来闷闷不乐，心事重重。

"唉，我没什么可告诉您的。"他终于开口讲话了，"萨尔玛·汗翻山去了海边，打听了一些情况，可是没有找到下落。他说俘虏们被卖给了强盗，当时他们正巧在柘木布拉特附近。鬼知道他们山区有多少这样的强盗。他想，他们被卖给乌贝赫人了。他们贩卖人口。可能就是这样，我自己也这么想。太远了。"

"他们把人卖给谁？"

"土耳其人，还有谁呢。土耳其人有时驾着大船到海岸来，他们管那叫收货。"

"我们的船也在那儿。"我表示异议。

"在格连吉克也就是两艘纵帆船，整个舰队在克里米亚。海岸上有的是管不到的地方。"

接下来我一路跟我的同伴问个没完，我心里还抱着希望，况且伊万诺夫说在海岸附近的一个要塞可以交换俘虏。当我回到自己住处的时候，心情坏到了极点，毫无理由地把正好在我那儿的一个高加索前线部队的勤务兵骂了一顿，又气又饿地睡着了。晚上伊万诺夫来看我。

"还记得我讲的那个故事吗？"他讪笑一下，开口道，"一点也没错，"他满意地告诉我，"萨尔玛·汗给我纠正了几个地方。当时情况是这样的：贝伊苏丹确实抢劫了阿纳帕的巴夏，抓到了那个法国人。这个法国人好像有一本古老的书,里面讲了世界上发生过的所有大事——有远的,也有刚发生的。怎么样,我的先生?这本书真是神奇。巴夏派人到山里要讨回这本书,贝伊苏丹不想还。巴夏很生气,就不让切尔克斯人进城做生意了,他把人质扣下,威胁沙普苏格人说,如果不还书,就要把他们的村庄毁灭。我不明白,这是本什么书啊?"彼得·阿夫利卡诺维奇唏嘘地说。

"这个蠢巴夏为什么要把那书要回去?"我说,"要是他能读那书,他就会在那里面读到对他来说最有意思的东西。"

"是什么?"他问道。

"就是从1828年他不再是阿纳帕的巴夏了。"

"啊,真的。"少校想了想,笑了,"长老们去找贝伊苏丹,让他把那本书还了,可是看起来那书可能确实比什么都宝贵,因而王爷没有听他手下人的话,而是偷偷地去拉哥纳吉找阿巴特泽赫人了。到底是什么鬼把戏?"伊万诺夫把两手一摊,说道:"有的这么说,有的那么说,全是瞎说。我想问问您,您是有学问的人,您怎么看?可能有那样神奇的书吗?"

我因为我们的事情进展不顺利而心情低落,所以也懒得听伊万诺夫的话。

"得啦,彼得·阿夫利卡诺维奇,"我生气地回答说,"这是本童话。"

又过了,不如说又熬了一个月。涅夫列夫杳无音信。我

Хоровод
环 舞

时常去普罗齐内·奥果普，去叶卡捷琳娜格勒，想从认识的副官们那里得到什么消息，可他们也爱莫能助。不过有一次一个送邮件的军士给了我一封信。我把信打开——这是家里的来信。这是期待已久的信。可是我刚读了一行就眼前一黑。信里写着：

> "你舅舅因为霍乱在法国马赛附近的马诺斯克去世。他的遗体用铅制的棺材运回了莫斯科，葬在新处女公墓你父亲的墓旁。他在遗嘱中把一切都留给了你……"

我为失去这个亲人而痛苦，我想请假，然而没得到批准，3个月后我终于被调到了格鲁吉亚的下诺夫哥罗德龙骑兵团，又开始跟几个我认识的人一起喝香槟，让寡妇克里诺大发其财。

第三部

1

184…年早春时节,一辆轻便的马车奔驰在莫斯科大道的沃罗涅什段。拉车的马膘肥体壮,穿着粗布长袍,敞着怀的年轻马车夫表情快活,不时地吆喝着马儿。马蹄将潮湿的黑土踏得四下飞溅,马车在路上留下湿漉漉的辙痕。一个年轻的军官裹着大衣坐在车上。留小胡子是轻骑兵的特权,军官咬了咬蓄小胡子的上唇,从座位上探身向前,急不可耐地向着地平线的方向张望。这就是我。我归心似箭,对近卫军的海狸皮领子已经毫无留恋。我的退伍申请得到了优遇,我退伍时升了一级。骑兵大尉的制服很适合我,但是在服役的第5年我决定不再欺骗自己。我厌倦了不能好好说话而要压低声音,不能好好睡觉而要在哨位上打盹,不能欣赏意大利提琴奏出的柔美的高音而要谛听枪声的生活。我带着两口大箱子,里面装着留作纪念的高加索生活中所有破烂儿,急急忙忙地往家赶。

当莫斯科已经遥遥在望的时候,我们的车轴坏了。车夫骂了半天娘,可是却不肯从赶车的座位上爬下来,看来是在等着一个好轮子随时从天而降。最后,他咒骂着这个世界上的一切,同时前所未有地跳进了泥水中,坚定地朝着大车店走去。天变凉了,傍晚时分灰色的云压得很低,更贴近地面了。我把大衣裹紧些,准备等待。周围的景色很惨淡:树木稀疏发黑,光秃秃的树枝指向天空,给人一种荒诞的感觉,田野无边无际,了无生气。稍远的路边是一个废弃的小村庄,那些倾斜破败的农舍挤挤挨挨的,它们小窗户好像近视的眼睛,胆怯地向这个世界望着。白嘴鸦在破败的房顶上不可一世地走来走去，往那些黑色的破洞里瞅。我从车上下来，在车旁溜达，朝我的车夫去的那个方向望着。水井旁的一只鹤在风的不紧不慢的吹拂下不时哀怨地吱吱嘎嘎叫几声。

我想起往事，回想起5年前那个脸上有麻点的阴郁的信使带着我朝新的生活飞驰的情形。可是那生活的新鲜感很快就过去了，我已经很久没有感受到这种生活中的神秘气息了。我从井台上走下来，慢慢地往前走，来到了一个十字路口。两条黑色的长带伸向不同方向的地平线。我想起了涅夫列夫，心情变得忧郁……我的眼前出现了一张摆放着餐具、布置马虎的桌子。一只猫用灵活的尾巴扫到一只小猫，小猫从架子上跳下来，其他的东西都被它带着一个碰一个地掉下来。雪崩就是这样发生的。罐子、茶碗、盘子、食品篮都乒乒乓乓、西里呼噜地掉到了地上，即使老练的厨娘能接住一只盘子把它放回原处，其他的餐具也都跌得粉碎。而里面的汤汤水水则急急地渗入地板之间的缝隙，最后一滴什么时候会干，只有天知道。

我再次皱着眉头四下张望。车夫出现了，他拽着一个新的车轴。半小时以后车轴装好了。我终于坐回车里，把脸埋在领子里。

"太小了，"我大声说，我忽然发现我的左边的袖子已经从肩膀脱落了，"都开线了。"

"什么，大人？"全身泥浆的车夫回过头来问。

"没事，老兄。我随便说的。走吧。"

鞭子"啪"的一声响。我向薄暮的田野投去告别的一瞥，夜晚已经降临。也许我们辽阔的空间浓缩在我们的心中，而我们那些不安分的想法就在这光秃秃的荒野里任意驰骋，找不到安身之所。不知为何我想到了父亲，对于他我的记忆很模糊。他就把他短暂的一生集中在一个问题上：方块在第三圈能否管住9。马跑得快起来,我的忧郁情绪中夹杂着很大的满足感,只有我们可以允许自己用一份忧伤代替水蛭的时候才能体会到这样的感觉。

从作战部队回家是男人最大的幸事之一。我好像获得了新生,把莫斯科家里所有的东西都摩挲一遍,跟妈妈在露台上一坐就是几个小时,在兴奋的仆人们好奇的目光下随处入睡。

应该去彼得堡一段时间了。我怀着难以描述的感觉走进舅舅的空荡荡的房子(现在它已经是我的财产了)。房子的状态很好,根据遗嘱,所有的人都留下来做原来的事,但是因为悲伤,我觉得这里吹着冷风,风拍打着敞开的窗户,吹着壁纸脱落的碎片在变暗淡的镶木地板上乱跑。费奥多尔老了很多,眼睛不行了,经常流泪,想用皱皱巴巴的发红的手臂拥抱我。我自己有时也会在他的拥抱中落下眼泪。

我穿上可怜的舅舅看厌了的那件常礼服,开始过自己的日子,享受着安逸而新鲜的生活。我到的第二天,楼下就传来了舅舅的这栋房子久违的喧哗的人声,紧接着是一阵急促的脚步声欢快地敲打在地板上。我闻声出去,立刻看到了尼古连卡·利哈乔夫。我们热烈亲吻之后便热烈地聊了起来。不过,这虽然还是利哈乔夫,但已不是尼古连卡了。那个兴高采烈的小伙子尼古连卡不可逆转地变成了一个大大发福的七等文官,目光严厉,戴着安娜勋章。我们没完没了地聊着。我急不可耐地打听着故旧们的情况,其中很多人跟这位讲述者一样,发生了很大的变化。我们从餐厅移到客厅,坐到壁炉边,壁炉中粗大的松木架起火堆,驱赶着春日的潮气。我的这位朋友不经意间告诉了我这样一个消息：

"你还记得叶莲娜·苏尔涅娃吗？你的那个朋友跟她挺好的……他叫什么来着？"

"涅夫列夫。"

"对了。不能把谁都记住。"

"当然了，"我有点取笑地说，"衙门里的公务真是太繁忙了。"

他叹了口气。

"这倒霉蛋怪可怜的。得，我跟你说说苏尔涅娃吧。这恰恰是个故事。"他挥挥手，在圈椅里转动了几下身子，"她嫁给了一个叫波斯特尼科夫的人。他是个挺胖的将军，管军需的。我不知道他是从哪儿混上来的。他其实已经老迈不堪了，只是装嫩呢。"尼古连卡嘿嘿笑了，"当然，对这对夫妻有些闲话，因为就像俗话说的，两个人太不般配了。我甚至可以说，男的衬裤都从制服的裤腿下面露出来了。不过，"尼古连卡撮起嘴唇，拉长声音说，"他有差不多1000个农奴，还有其他进项。唔，是啊，所以，"我的朋友整个身体向前倾，紧靠在圈椅的扶手上，"最近的一次战争时波斯特尼科夫负责筹备军粮。你想想，"尼古连卡神秘地拉长声音，"一个皇上亲自任命的将军被告发亏空了不可思议的那么一笔巨款，他的罪行太大了，使得团长们不约而同地举报他。上面命令调查。吉谢列夫部长在他们的婚礼上当过新郎傧相，现在他因为跟波斯特尼科夫关系这么近而在社交场所中灰头土脸，无地自容。一句话，出事了，捅大娄子了！波斯特尼科夫被叫到皇上面前，然后退伍，被遣送到他仅剩下的唯一一个小村庄，其他的财产全都充了公。嘿，mon ami[①]，你可

[①] 法语：我的朋友。

以想象他亲戚们的情况！"尼古连卡不时地神经质地的四下望望，用毛烘烘的拳头堵住嘴，"扑哧"一声笑了出来。"叶莲娜的父亲跪在皇上脚下，求他看在他的年龄和功劳的份上允许女儿离婚。她母亲也向皇后提出同样的请求。他们动用了所有关系。其实他们用不着这样做，因为皇上非常震怒，马上给正教院下了令他们离婚的指示——扑哧……爱情重新回到起点。叶莲娜很久没有露面，现在更是在乡下隐居起来，深居简出了。她父亲尽管含着眼泪感谢了皇上的恩典，可是这老头终究没能经受住这场羞辱——去年复活节的时候走了。怎么样？"尼古连卡好像得胜似的看了我一眼，向后一仰，说道，"俄语中这叫作监守自盗。"

"是啊，不过，这个……这个……"看着他那双像孩子一样淘气的眼睛，我只能支支吾吾。

"就是这么回事，"他回答说，"大家全都目瞪口呆，哎呀呀，"他眯起眼睛，用一根戴着宝石戒指的手指吓唬我，"法网，或是叫什么来着……报应……哈哈哈。有时候老马会醒过来的，——我想说的就是这个。"

我不作声。往事回到了我的心中，历历在目。"可怜的人，可怜的人，"我想着涅夫列夫，"你永远不会知道这些，这真好。"

尼古连卡坐到天亮才回去。

我拜访了很多故旧，跟大学的朋友们聚在一起喝潘趣酒，他们中一部分人已经成家立业，有的则相反，在生活中遇到了更

强的竞争对手，而个别人已经根本离开了这个世界。我在灯火通明的客厅度过一个又一个夜晚。开始的时候，这种自由的平民生活对我而言异常新鲜，我沉迷其间，非常享受。但渐渐地，我对社交的玩乐又厌倦了，跟一些美女毫无意义地私下交谈既不能触动心灵，又不能增益智慧，已经让我觉得无聊了。我忽然觉得就是跟朋友们也早就把所有的事情一再聊过了。一年又过去了，徒增记忆的重负，越来越多的话留在心里，无从表露。而那些能够说出来的东西，也就是随口一说，毫无意义。我越来越深地沉浸在最没想象力的消遣中，像叼着烟斗坐在向花园敞开的窗边，躺在长沙发上，从早到晚穿着长袍等诸如此类的事情。我享受着安逸，但是找不到什么可做的事情与这么好的长袍和烟斗相配。

我离开越来越空的彼得堡回到莫斯科。但在那儿也没什么事情可做。有一次，当无聊已经让我忍无可忍的时候，我做出了一个新的决定——到乡下去，看看我们莫斯科郊外的庄园，那时我度过童年的地方，我已经7年多没看到它了。母亲这个夏天不离开莫斯科，我的想法很合她的意。管理一下产业是十分必要的。我没用多长时间就做好了出发的准备，把必需的东西放在一个不大的旅行箱里。除了书籍我几乎什么都没带。我想象这乡村生活的美妙，夏天的种种好处，爬进窗户的一丛丁香，在等待出发的时候一直沉浸在这些迷人的幻想中飘飘欲仙。我无牵无挂，没有考虑什么时候返回。尼古连卡曾经用乡村生活的乏味吓唬我，但我没在乎——我迫不及待地向它奔去，把它当作治疗城市郁闷的良药，所以根本不会有变成那种不幸的人的风险。有一首诗就是关于他们的，虽然有点讽刺，但并不刻薄：

冬天在小县城里玩牌，

夏天则逍遥自在，
打了一堆兔子，
自己死于酗酒或感冒。

出发的日子到了，我坐着舅舅的马车出发了。我想，有些人生活的全部意义就在于掩藏其意义。不错，就像咬自己尾巴的蛇。

4

我们莫斯科郊外的庄园所在地不能完全算是莫斯科郊外，或者不是直接意义的莫斯科郊外。它距莫斯科有相当一段距离，已经位于卡卢加省了。那儿有两个小村庄，教堂和栗树环绕的主人的房子则在另一个小村落里——总之，在俄罗斯中部，这样的庄园成千上万，这个庄园毫不起眼，只在一些细节上有自己的特点。

我整整一天走走停停，但没有在驿站过夜，只让马休息了一下，就继续赶路。已经接近黎明时分了，我终于看到了熟悉的地标：转弯处有一棵遭过雷劈的橡树，它身后是苹果园，路边有守园人的窝棚，这里有一片树木早年被盗伐了，现在已经长出了很多小树。现在已经听到了狗吠声，看不到灯光，但能嗅出村庄的气息。现在终于到了栗树繁茂的林荫道。马车停在台阶前，我下车四望。黑洞洞的窗户里出现了闪烁的烛光，门后传来一阵可以理解的忙乱声，然后门大大地敞开了，我看到管家特罗菲姆站在门口。这老人身上披着一条花里胡哨的披巾，眯着眼看了我半天

没认出来,等他认出来了,便急忙奔过来吻我的手,忙前忙后,边流眼泪边不停地叨念,又用老人尖细的嗓音朝房子里喊道:

"东家回来了!"

仆人们慌乱了一阵子,最忙活的是特罗菲姆自己、厨娘安菲莎和两个睡眼惺忪的姑娘,他们本以为来的是母亲。马被带走了,车也停好了,我跟着特罗菲姆走进黑暗的室内,不时碰到他的驼背。

"马上,这就开饭接风。"他说着朝安菲莎喊道,"开饭,给老爷开饭!"

仆人拿来了蜡烛。我跟在老头身后把各个房间巡视了一番,嗅着那种无人居住的气味。

"您瞧瞧,全都保持得好好的。"

"没错,我相信。"我微笑着回答道,"你告诉我在哪儿睡觉,别的事以后再说。怎么样,西兰季还活着吗?"

西兰季是个没有成家的穷猎人,当年我跟着他埋伏、下套,度过了不少时间。他用胡桃木给我做了几个玩具笛子,后来被我的家庭教师布罗利生气地没收了,但他不无好奇地把它们凑到他的鹰钩鼻跟前。

"上帝保佑,西兰季还活着,"老头画了个十字说,"就是去年谢肉节的时候得了重病。大概是冻着了。"

我也画了个十字。当我们终于走进曾经是儿童房的房间,床已经铺好了,床上还放上了香草。

"很快嘛。"我惊讶地说。

我的话让老头很开心。他狡猾地偷偷笑了。

"那还能错,老爷。当年……"

"好了好了,"我说,"你去告诉他们不必做饭了,我不想吃。让他们送个瓦斯来。"

"马上,"老头急忙行动,"薄荷的。"

几分钟之后我已经躺在床上了。我紧张地谛听着新地方的动静,被单散发出清新微凉的气息,床头的枕头摞得像小山一样——我微笑着埋进脑袋,很快就睡着了。

当我醒来的时候,一下子不明白身在何处。太阳已经升得很高,把整个房间照得光影斑驳。我怡然地打量着褪色的黄色墙纸,上面的花纹从小便永远地印在了我的记忆里。然后我就着奶油喝了很多咖啡,然后去巡视我的领地。我在荫蔽的林荫路上走了几步,然后回望房子。

1812年这座房子受到了很大的破坏——一队意大利骑兵住在里面等待严冬过去。士兵们直接在镶木地板上点火取暖,那可是他们的同胞两个半世纪之前做的,我去世的爷爷从米兰订购的。各种窗帘帷幕都成了威武的骑兵们的斗篷,镀金的画框则跟油画本身一起成了引火的材料,餐具被打碎了,而各式沙发圈椅都被拆开了,因为士兵们要寻找财宝。他们没有找到财宝,却得到了我们的农民们的憎恨,他们有的被打死,有的在白雪皑皑的森林里没有粮食和火种冻饿而死。据说春天的时候几个农家姑娘撞上了十来具冻死的尸体,农民们用长钩子把他们拖走,想要扔到河里,但是我们的教士谢拉菲姆神父知道了这件事,农民们怕被诅咒,便在村边挖了一个大坑,把这些黑头发的那不勒斯渔夫(他们在不祥的时辰把船桨换成了长矛,把渔舟换成了安达卢西亚马）不分青红皂白地扔到里面。德高望重的教士亲自执锹并亲手做了个桦木十字架，后来布罗利根据我父母的要求写下了这样的铭文："他们来过，看到过，但是对谁都没有讲过。"

我一整天都在庄园及其周围溜达，傍晚则用擦得锃亮的茶炊喝茶。我的乡村生活就这样开始了。日子一天天不知不觉令人绝望地溜走，而我什么都没有做。我想说的是，我什么都没有读，没有带着猎枪和猎物袋在四近的野地里溜达，没有沉浸在玄奥的农事当中，也没有跟邻居们一块喝酒，虽然我严格按照乡下的习俗拜访过他们中的几位。他们看我的眼光又敬重又怜悯，敬重是因为我在都城住过，怜悯也是因为同样的原因，因为这些心地朴实的人认为我那与生俱来的苍白脸色是无节制地读报纸直接导致的。开始这让我吃惊并觉得好玩，后来我仔细想想：谁知道呢，说不定他们这些热爱带狗打猎和胖女儿的人是对的。一天，我在家里待着，有人敲门，特罗菲姆来了。

"你有什么事？"我头也不回地问道。

他支支吾吾地没有回答。我惊讶地转过身来：

"你怎么不说话？"

"老爷，我是为了官司的事……您有什么吩咐？庄稼人们很着急……"

"哦，对了，"我想起来了，"母亲跟我说过什么。"

那时候我们有场官司，起因是一大块草场，在割草季节我们的农民在这块草场上割草挣的钱对他们是个很大的帮补。

"他们姓什么来着……就是跟我们打官司的？"我问道。

"苏尔涅娃，已故阿列克塞·伊利伊奇的寡妇，老爷。"特罗菲姆报上了姓氏。

"苏尔涅夫的寡妇？"我很震惊，又追问了一遍。

"正是，老爷。"特罗菲姆鞠了个躬说，"正是那家，从帕拉莫什金森林那一边的苏尔涅夫卡来的。"

"好，我会处理的。"我保证说，然后向他做了个手势。"对了，"我朝着他的背影喊道，"女主人在家吗？"

"在家，老爷，在家。"特罗菲姆回来报告说，"去年跟今年夏天都有人看见她们了。"

"她们是谁？"

"老夫人和小姐。"

"原来是这样啊。"我说道，"现在她在这儿……"

我马上想起了尼古连卡·利哈乔夫讲过的事。没错，他说过她们搬到了乡下。这个发现让我有点振奋——我吩咐套车。我打算立刻去县城打听一下官司的详情。

我回来的时候天已经黑了。我什么都没打听清楚。我在管理委员会只见到了一个醉醺醺的协会登记员正在打蟑螂。"可怜的东西，"他一边对我大发感慨，一边用文件夹拍打蟑螂，"生为蟑螂难道是它们的错吗？"他用袖子擦去醉汉的眼泪，重重地叹口气，又拍了起来，嘴里还说着："嗯，我生为一个人，这也不是我的错。"我给了他10卢布，他才肯听我说，但对官司的事他并没好好听，他说我们这边的农民跟苏尔涅夫卡的农民在夜里重插地界标志的事已经有两年了，有时还会发生流血斗殴，所以县警察局长经常去苏尔涅夫卡那儿维持秩序。反正事情挺难弄的。

尽管如此，想到我曾经手里拿着她的信的那个人就在不远的地方，我的好奇心被大大地激发了。我非常想见见她，但是同时她的名字让我想起不幸的涅夫列夫，尽管随着时间的流逝他的形象有点淡出了我的记忆。我没有多想，第二天一早就戴上新的软皮手套，打好领带，带上讲究的手杖，坐上了马车。我住到乡下已经一个月了，而我不仅没有拜访过这家邻居，甚至没有在别人家遇到过她们。想到这里，我多少为自己准备做的唐突举动找到了开脱。那时候我只是提醒自己不要自我欺骗，因为我在耍滑头，实际上我没有放下那些隐藏在我的内心深处我不愿正视的想法。

一个小时以后我的马车已经快到苏尔涅夫卡了，我忽然感到很怯场。路上我发现苏尔涅夫卡的农民衣着很不整洁，破衣烂衫，他们走路东张西望，不知脱帽行礼，农舍大部分都很破败，发黑的草房顶上有洞。我的这位邻居自住的房子也带着破败相：曾经奢华的柱廊很多地方都很不像话地露出了里面的板条，一丛丛茉莉花紧挨在阶前怒放，已经破损的台阶上荒草漫溢。"是啊，看来这个女人的王国里情况不太妙。"我看着朝向院子的紧闭着的窗户，想道。然而没有人出来迎接我和把马接过去，这让我觉得奇怪。我在车边站了几分钟，然后小心地朝门口走了两三步。里面的人终于发现了我——一个戴红头巾、下摆撩起的女仆抱着一堆湿衣服从我身边走过。

"主人在家吗？"我冲她喊道。

她一句话也没回答，只是用她那双蓝得好像山区天空一样的眼睛狠狠地盯了我一眼，就消失在一扇没有油漆的门后了，看样子那门是通向下房的。一秒钟以后，正房的门到底开了，出现了一个睡眼惺忪、走路都不太稳当的老仆人。看样子这老人是过过好日子的，确切地说，他的主人们过过好日子。他穿的制服面料很好，镶着金银边饰，金线之下的图案很繁复，但现在衣装已经破旧，倒霉的岁月浸漫着曾经鲜亮的颜色，变得黯淡无光。我说出了自己的名字。

"去通报一下，问夫人能否接待我。"我严厉地吩咐这个仆人，然后跟着他进了半黑不亮的客厅。客厅里粗大的大理石柱支撑着天花板和楼梯。家具一概没有，整个给我一种空落落的感觉。没想到仆人很快就回来了，他把手伸向楼梯，用沙哑的声音说道：

"请吧，有请。"

老头陪我上楼，他昨天喝了不少，身上的酒味还没散去。他赶在了我的前头打开了一扇门（它曾经漆成白色），自己站在另一扇门的后面。我的面前是一个大大的房间，窗户很高，拉着窗帘，圈椅上套着套子。一个穿着黑衣黑裙、身材不高的老太太从远处角落的一张圈椅上站起身来迎接我。当初玛利亚·费奥多洛夫娜周围的人时兴这样的打扮。她用有力的小手揉了揉也是黑色的细纱头巾。我停下来低头鞠躬，然后走上前去吻她的手。老夫人用发潮的眼睛喜爱地打量着我。

"我们很高兴，非常高兴。"她高声说，"我认识您的舅舅。是啊是啊，"她说着赶紧擦拭掉不期而至的一滴眼泪，"我们都会死，有什么办法呢。"

她还在给丈夫穿孝，我做出尽量哀伤的表情，我们沉默片刻，作为致哀的表示。

"那么，现在我们是邻居了。"奥丽加·德米特里耶夫娜稍微带点笑意说道，"您来常住吗？……不，您别回答，别回答。我们知道年轻人的心情，在这么冷清的地方一个月都受不了。当然，这儿很没意思，实情就是实情。不过空气真好……对不起，我的朋友。哎，芭拉什卡，"她提高了嗓音，"给我们把茶端上来！"

一个人的影子很快地遮挡了一下我身后地板上的光点。我听到女主人的话微微一笑，跟随她来到准备用茶的圆桌旁。我们不紧不慢地聊起来。我们聊到都城里的熟人、亲戚、各种闲话。老夫人有时用疑问的目光看我一眼，大概是试图猜测我对这个家庭遭到的变故知道多少。茶端上来了，上茶的正是那个我在大门口看到的姑娘。我对官司的事只字没提。

"请您别客气。"老夫人把茶杯朝我推推，说道。我想把它茶杯端起来，可是茶杯把儿坏了。茶还很烫，我不知拿它怎么办。我的主人发现了这个，把芭拉什卡叫进来，一言不发地把茶杯指给她看。芭拉什卡不满地带着点笑看看我，拿着茶杯，摇摇摆摆地慢慢走了出去。我在一旁咳嗽了好几次。

"我们客人很少，"奥丽加·德米特里耶夫娜好像不经意地说，"没人来拜访，说实话，我们过着与世隔绝的日子。有什么法子呢。"她叹了口说，"看起来我们已经过气了。"

"是啊。"我不无尴尬地应道，不过这回答真的很笨的。

茶杯换了，我们一来一往地聊着，不知不觉我已经喝了五杯，一遍又一遍地加上烧得不开的水。

"我们的花园最有意思了。"当我们的话题变得令人惶恐地接近枯竭时，奥丽加·德米特里耶夫娜说道。"这是我已故的丈夫亲自布置的。园丁是从英国请的，不过，这个骗子，"她忽然嘿嘿地笑了，她凑近我小声说道，"他根本不是英国人，是德国人。"

"是这样，"我回答，同时偷眼观瞧，希望她女儿能加入进来。"那个，斗胆请问您，"我小心地拐到花园的小径上，问道，"您是一个人住吗？"

"和女儿一起住，先生，和女儿一块儿。"女主人急忙点点头说，"就算我老了，一个人也太寂寞了。"

"哦，还有女儿，我没有荣幸……"我正要把话题转过去，老夫人打断了，挥着两臂，第二次叫芭拉什卡。

"去叫叶莲娜·阿列克谢耶夫娜。"她吩咐道，"就说新邻居来了。"

等她女儿的时候我们又沉默了片刻。我紧盯着苏尔涅娃小姐应当出现的那扇门。可是出来的不是她，而是芭拉什卡，她通报说：

"小姐病了，不能出来。"

"得，好了，好了，你走吧，真要命。"寡妇懊恼地说。

"她总是这样，"她对我抱怨道，"过去还有个体面的人来访……算了，不说了。您看看花园吧？"她忽然想起，"等一下，马上，我这就陪您去。"

我站起身来候着。我们下了台阶来到荒芜的花园。我时常得放慢脚步等我的女主人。显然，丈夫的去世和女儿那段糟心事对她打击很大，她已经再也无力对抗命运的起落了。她对一切都已心灰意冷，只想尽量安宁地度过晚年。顺便说一句，后来我得知，她刚过60就过世了。

我们不紧不慢地顺着花园的小径往前走。从前路面是用碎石铺的，而如今却已经长满了蒲公英。忽然一阵散漫的钢琴声传入我的耳中，弹的是斯卡拉蒂的一首悲伤的奏鸣曲。我抬起头，发现二楼的一个窗户大敞着。

"是谁在演奏？"我问道。

"哦，是叶莲娜，还能是谁呢？您瞧瞧，她说她病了，可是又弹琴。拿她有什么办法？"

我停下脚步目不转睛地看着那个窗口。琴声中明显带有情感，只是演奏者的手指偶尔落到了不能发声的琴键上时，音乐才会断一下。但是此时最后的一串crescendo①已经奏出结束的和弦,琴声消失了。一团粉红色在纱帘后一闪而过,隐约勾勒出一个女人的身形。我感到忧郁的奏鸣曲的演奏者在观察我们,于是我转过头去。不过,该告辞了——时间已经接近傍晚,而主人并未留我吃晚饭。不过告别的时候奥丽加·德米特里耶夫娜请求道:

"有劳您多来走走,不要客气,请常来做客。真的。Allez nous voir, quand vous voulez. Il n'y a rien de mal après tout.②"

这是又一个已经消失的时间片段。

7

一个星期后我从县城回来,这已经认识的那个路口叫住了车夫。那条路穿过一片小云杉树向远处延伸着。"是不是去一趟?"我这样想着就吩咐往苏尔涅夫卡去了。

我感到惊讶的是,我的到来再次让主人感到高兴。一切都跟上次一样,因此有点没劲:又给我端来了一只破边儿的茶杯,顽皮的芭拉什卡还是那么大摇大摆,音准不佳的钢琴再次从远处以真正的激情狠狠地打动了我。但最重要的是我被留下吃晚饭,终于见到了叶莲娜·苏尔涅娃。摆好桌子以后,她不声不响地出现在房间里,稍带疑惑的目光好奇地在我身上停留了一下。我不觉得她有多么美艳,但在她的五官和举止中一下子就能感受到诗人莱蒙托夫在他著名的小说中称之为"血统纯正"的东西。她的个子不是很高,装束雅致,头发带一抹暗红……当然,我不好像

---

① 意大利语:渐强。
② 法语:您可以随时来看我们,没问题。

描述一匹英国马一样来描写一个女人，但也觉得不必发出惊叹，这样的惊叹反正不能让任何人明白任何事。我们各自就座，谈话稍微停顿了一下。这停顿时间不长，但很耐人寻味。然后我们开始谈天气。对了，这个谈话很凑趣，因为傍晚的天空乌云密布，狂风大作，简直要把睡意沉沉的花园撕碎了。说话的主要是奥丽加·德米特里耶夫娜和我，叶莲娜则保持着漠然的态度，就像皇室坚定地守护着自己的秘密。有时她的目光会离开餐具转向我，目光里含着不知是好奇还是惊奇的感觉。这是当我对她母亲表现得很有礼貌时她的反应。晚饭后发生了一件妙事。我们谈到了音乐，我鼓起勇气夸赞了她的演奏风格。

"是啊，是啊，莲娜喜欢弹琴。"奥丽加·德米特里耶夫娜恍然大悟地说。"莲诺奇卡，我的朋友，给我们弹点什么吧……就弹，比方说……"她说不出来了，于是叹了口气，"只是我们的琴不行了。"

"不光是琴。"我暗想。然后我自己都没想到会提出这样一个建议：

"我从卡卢加找一个调琴师来怎么样？"

"那哪行啊，亲爱的，不值得跑那么远。"奥丽加·德米特里耶夫娜犹豫地说，然后把询问的目光投向女儿。

"怎么不值得？"女儿取笑似的回答。

"啊哈，"我想，"这是个不错的开头。"

第二天我就把调琴师带来了。叶莲娜咬着嘴唇，脸上带着玄

妙的笑容看着他干活。

"也许现在您会同意弹点什么。"调琴师走了以后我对她说,"为了酬谢我。"我补了一句,又鞠了一躬。当你对一个人了解很多而对方对此并不知情时,跟他谈话总是很有趣的。

"我们最好还是喝茶。"她建议。

"从命。"

于是上了茶。

"母亲对我说,"她忽然问道,"您曾经在近卫军服役?"

"是的,是御前骑兵。"我回答说。我的好奇心越来越重了。

"那么您肯定认得弗拉基米尔·涅夫列夫喽?"

"哦,对,"我稍微有点打奔儿,"好像记得。"

"他是我童年的伙伴,"她急忙说道,又瞟了一眼母亲,"我们是一起长大的。"

"怎么会呢?!"

"是的,弗拉基米尔是孤儿,由先父照管。我听说6年前他因为什么事被流放到高加索了?"

"5年前。"我纠正道,"可是他回不来了。因为一场不幸的决斗他被降为列兵,在一次倒霉的行动中被山民俘虏了。"

"哦,天哪,"她波澜不惊地说,"Maman①,您听见了吗,弗拉基米尔·涅夫列夫被俘了。"

老夫人两手一拍,又画了个十字。"不过如此吗?"我暗想,"可怜的人,可怜的人。他连同情的叹息都没得到。"

"唉,"我说道,"他爱一个人,单相思……这个爱情把他毁了。"

叶莲娜深深地看了我一眼。

---

① 法语:妈妈。

"您知道他爱的是谁吗?"

"不,不知道……可是我想看看那个配不上这种深情的人。"

听到这话,她的脸色毫无变化。

"真是瞎说。"她说道,"差不多所有的男人都这么说——如果他爱谁,对方就一定得立刻爱上他。您要知道,俗话说,心是不能强迫的。再说值得这样做吗?"

"也许您是对的,"我叹息道,"现在他已经无所谓了。"

"无所谓?"

"正是。他这个人还活着吗?谁知道呢……"

"可能活着,"她沉思地说,"被命运剥夺了一切的人一般都能长寿。"

"这未必是好事,"我笑了一下说,"既然生命是空虚的。"

"只有生命和你,"她用她那沉思的语气接着说下去,"很迷人的组合,不是吗?"

"无可奉告。"我差不多气哼哼地回答。

过了大约10天我又来到苏尔涅夫卡。我上次来的时候奥丽加·德米特里耶夫娜请我帮着查一下她的管家的帐。

"他是个大强盗。"她伤心地告诉我。

"请问,您干嘛要留用他呀?"我很气愤地说。

"先夫在的时候一切都管得很严。"她没有回答,只说了这么一句。

我摇摇头,但答应把事情搞清楚。另外关于我们的官司我只字没提。

管家四十来岁，穿得很光鲜很花哨，头发抿得亮亮的，喜欢用鼻音说话。

"很荣幸。"他一双狡猾的眼睛滴溜乱转，那些傻乎乎的商人女儿最喜欢这个类型的男人。

账目合了很久，最后还是合不上。我把他打发走了以后去见老夫人。

"应该让他滚蛋。"我告诉他我的意见。

"可是要像您说的那样也太绝了。"她害怕地说。

"那好吧，随便您，madame。"

我明白我在老夫人这儿达不到目的，就去找叶莲娜。

"您看，"我把她叫到一边，但不知怎么开口，因为她那疑惑又嘲笑的目光让我脑子乱了，"既然您的母亲……这么说吧，请我帮忙……我就不懂，不错……"

最后我总算把思路理清楚了，我尽量委婉地向她指出事情的实质：

"叶莲娜·阿列克谢耶夫娜，有件事对您来说并不是个秘密，那就是奥丽加·德米特里耶夫娜管理庄园很困难，毕竟岁数大了，而您也许可以管……那个坏蛋在无情地盗窃你们的财产。"

"哦——"她沉吟着朝窗口走去，"您的意思是……我能不能求您件事？"她转过身来。

"那还用说。"

我从她的语气里感到有个什么圈套。

"为什么您不怕到我们这儿来？"她问道，脸上没有一丝笑容，"人们都躲着我们，好像我们是麻风病人，您大概知道原因。都城的沙龙里人们很喜欢传播流言，不是吗？"

"对不起，我不太明白您的意思。"我装出完全不知所措的样子，"如果我打破了……如果我斗胆破坏了您的安宁……"

"不，不是的。"她笑着打断了我。

"我的天，"我懊恼地骂自己，"我真是个傻瓜。我干嘛要插手。"

"经营，经营，这真无聊，"她和解地笑了，"再说这种事适合女人吗？"她沉默片刻，说道："爱情，这才是我们的使命。"她笑着收住了话头。

"您是爱情女祭司吗？"我又胆大起来。

"而且我一次都不曾背叛我的神。"她在房里走来走去。

我吃惊地扬起眉毛。

"我想说的是，我从没有爱上过一个人。"

我觉得挺尴尬，所以很高兴奥丽加·德米特里耶夫娜进来打断了这场奇怪的谈话。总之，我开始频繁地拜访苏尔涅夫家，成了用不着通报的常客。通常我在午饭前来访，每次都会被邀请共进午餐，然后有时会伴着有裂缝的茶杯和奥丽加·德米特里耶夫娜消沉悲苦的情绪一直坐到天黑。她女儿很少屈尊来跟我们为伍——她多半待在自己的地盘，但已经不弹琴了。也许我的在场让她感到拘束。不管怎么样，我对此根本不怎么介意。我为什么总来她们家呢？我也问自己这个问题。

10

不过有的时候叶莲娜也会打破独处的常态在她母亲这儿坐

坐，听我们谈论庄园的杂事，但并不参加谈话。只有一次，在一个阴雨连绵的夜晚，奥丽加·德米特里耶夫娜犯了偏头痛，早早地回了房间，我已经准备拿起帽子告辞了，苏尔涅娃小姐却意外地请我再待一会儿。我感到她的声音里有种我不熟悉的语调——流露出一种类似悲伤的情绪。的确，在这样的天气，方圆多少里看不到一点灯光，独自一人望着黑乎乎的窗户等待睡神降临，那滋味真不好受。

于是我留下了。

"您相信预言吗？"她把目光从被雨水打湿的玻璃窗转回来，问道。

"您为什么问这个呢？"我有点吃惊。

"因为很想了解命运。"

"嗯，怎么跟您说呢，"我把一条腿压在另一条腿上，抱起两臂，沉思地说，"也信也不信。请允许我解释一下。如果我们的一言一行中……简而言之，在我们生命活动的所有表现中真的有定数的话，那么我们为何会有意志和理性呢？"

"为了跟命运配合。"她说。

"也许是这样，"我表示同意，"只是我们反正无法确定怎么配合才好。"

"但是我们可以感觉。"

就在此时狂风大作，以可怕的力量从外面拍打着墙，冲开了一扇大概没有插好插销的窗户。窗框抖动着，玻璃哗啦啦地破碎，蜡烛被吹灭了。叶莲娜发出一声微弱的叫喊。有人闻声举着灯跑进来。灯光瞬间照亮了她的脸，我看得非常清楚，她的脸色惨白。她一动不动地站了几分钟，大概是被某种可怕的想法魇住了。然后她扑到我的面前，抓住我的手，热切地对我耳语：

"我们走,我们离开这儿,我求求您,快点,快点,求求您。"

她说着话引我离开客厅走进隔壁的房间。

"把蜡烛拿到这儿来!"她声嘶力竭地呼唤女仆。

她放开我的手,扎到一张高背长沙发的一角,开始整理散乱的头发。

"请原谅我,看在上帝的份儿上,"她勉强笑着,"我很害怕。"

"嗨,不用怕。"我安慰她说。我自己如果不说被吓坏了,至少也因为看到刚才的一幕深受震撼。况且我感觉她对我说话时第一次不再用那种讥讽嘲弄的语气了。

"您怕什么?"我大大咧咧地问。

"您不会笑话我吗?"

"怎么会呢。"

"这阵风……好像是对我的话的答复……哎,您笑什么呀?"

"啊,没有,没有。"

"您说实话,您从来没有觉得害怕活着吗?"

"害怕活着?"我沉了一下,"要知道害怕有各种各样的……"

"是啊,是啊,别说了,我懂您的意思。我说的不是在战争中或者在海上的那种害怕,不,我说的是害怕生活中的各种斗争,死亡,就像那一阵狂风,所有的事情。就是怕生活……"她沉默了。

"我听着呢。"

"您想想看,我怕生活,恐惧生活。我害怕是因为有时候我觉得、我痛感不是我在生活。当然,我活着,但同时我的生命好像是一对儿写好的本子，只有在死亡的一刻我才能完全清楚里面的内容，可是却有某个人现在就知道全部内容，昨天、前天就已经知道了，我刚出世的时候就已经知道了。他知道，因为这就是他创作的，是他一页一页写出来的。啊，这真的很可怕，您有过这种感觉吗？有过吗？您为什么不说话？"

"我听您说呢。"

"您想想看，一切的一切都是前定的：我以为我是按照自己的意志走出去，到花园里去，而如果这是几千年前，开天辟地之前就定下来的事呢？如果是那样呢？我们是谁的任意玩弄的玩具？想到这个您不觉得可怕吗？"

我耸了耸肩：

"终究，就像拉瓦特说的，任何存在的终极目的就是它本身。"

"我不知道谁是拉瓦特。可是这难道不太简单了吗？"

"得了，不比上帝简单。"

"那些貌似勇猛的斗士，那些强大的反抗上帝的人到哪儿去了？世界变得多么令人苦恼！人输掉了和自己的搏斗。"

当我听到这些话的时候，我不知为何想起了高加索云雾缭绕的山谷，以及那些衣衫破烂、武器锃亮的骑手，他们真心相信月亮只是为了他们才升到天顶的。——这是文明人遥远而模糊的记忆。

"我们哪里有选择？"叶莲娜接着说，"我们无处藏身，绝对走投无路——不管是在这里还是那里。在此生你可以以死亡自我安慰，可是死亡又能给你什么呢？不过是一场清算，然后再重生。我不想这样，不，不，我愿意死后我的坟墓上长出新草——什么也不要留下。"

我记得我听涅夫列夫说过类似的话。"真奇怪，"我想，"这么相近的两颗心彼此却不理解。"好像是要证实我的想法，她继续说：

"我们甚至无权选择用什么来构成自己的生活。而且构成生活的东西实在不多！梦想，加上吃，加上爱，加上战争，对权力的追求……"

"还有恶习和欲望。"我笑着结束道。"害怕的人自有原因。您有什么原因？您这番高论就像您是个罪孽深重的罪人似的。"我说。

她对我扮了一个好玩的鬼脸作为回答。我大笑起来，而她也变得开心一些了。时间已经很晚了，况且窗外大雨瓢泼，所以我便留下过夜了。我们又谈了一个来小时，直到她完全平静下来。然后芭拉什卡送我到为我准备的房间。我跟着她下楼，她不时回头看看，不易察觉地微笑着。有一次她出其不意地停下来，把蜡烛掉了，弯下身在地板上摸，我毫无准备地撞在了她的身上……我不知她是故意这么做的还是真的绊了一下，不过当早上我从房间出来的时候，看见她正在下房里起劲地捣饬。我一到门口，她就向我抬起她红扑扑地脸，她精神焕发，好像并不是刚度过了一个不眠的夜晚，她的眼睛也像我第一次来的时候一样地大胆而不逊。

我没有告辞就离开了。天气已经平静了，阳光明媚。路上有很多闪亮的水洼，还有很多在雨后爬出来的虫子。过去的一天一夜里，我明白自己产生了某种说不清楚、难以捕捉的情愫，它好像热病发作前的冷战，如果还不能直接证明已经病了，至少是生病的前奏。

我穿着长袍在自己的办公室坐了一整天，让后喝了些葡萄酒，傍晚时区看我的一个邻居——退伍中尉赫鲁茨基，他一个女儿也没有，不过院子里倒是有20来个追逐撒欢的家伙。

赫鲁茨基已经上了些年纪了，是个鳏夫，非常喜欢打猎，但更喜欢喝酒。他的两个儿子在什么地方的军队里服役，他一个人住在一座带阁楼的小房子里，紧挨着房子建有马厩和狗舍。主人出来在台阶上迎接我，但是他先向我介绍了他所有的狗，然后才请我进屋，而且进屋后这个程序又重复了一遍，不过这次隆重推出的不是狗，而是酒。我夸赞了一番，然后开始打量堂屋的陈设，我们就坐在堂屋的一张古老的长沙发上。我的目光被粗糙的墙上挂着的几幅精美的画儿吸引住了。这几幅油画装在奢华的金色画框中，与粗笨的木家具——椅面破旧的瘸腿椅子，裂缝的老旧柜子——非常不协调。其中的一幅画特别牢地吸引住了我的目光，这幅画画的是一个非常美的女人。不知名的画家笔下的这个女人坐在软椅上，一个孩子坐在她的膝上——那是个10岁左右的男孩，穿着花边衬衫和缎子长裤。我走近些去看这幅肖像：那位陌生的女士黑色的头发，东方人的眼睛和微深的肤色透露出一种鲜明的亚洲式的美。同时我感觉到那男孩的脸上有某种我熟悉得心痛的东西。

"您这幅肖像画是从哪儿来的？"我问我的主人。

"这幅肖像吗？"他把酒杯从唇边移开，说，"肖像啊，嘿嘿……所有这些画其实都是H军团退役中尉赫鲁茨科夫的战利品，是从战场上费了九牛二虎之力好不容易弄回来的。"

赫鲁茨基看到我疑惑的样子，满意地笑了。

"在波兰打仗的时候，"他解释道，"我在作战部队干过，所以我享受到了战争带给我们的好处。"

"可是对不起，这些不都是缴获的东西吗？不是该交公吗？"

"嗨，"他忽然不乐意了，"你们这些年轻人啊，太嫩了。你们想出那么多的道德，什么都跟欧洲看齐，用它们来换老子的钱。可你们打听过这些钱是怎么来的吗？就是嘛……"

"哎呀，得了，"我赶紧说，"我根本没这么想过……"

"干嘛要放过到手的东西呢，老弟？"他不让我说下去，"财产是攒出来的，一分一分地攒，要不你就得变成一个穷光蛋，请原谅我说话粗。对了，等等，我再给您看看这个……对了……这玩意儿可不简单，有暗锁呢，嘿嘿……"赫鲁茨基在柜子里翻了一通，从里面掏出了一个小匣子。

小匣子通体遍布精细的雕刻花纹，有三个暗锁，外加音乐，确实是好东西。我把它在手上把玩了一番，然后放到桌子上。

"可是，伊万·伊万内奇，请说说您是怎么弄到这些画的？"

"怎么，您喜欢这些画儿？不是一般的画儿，是油画。"赫鲁茨基很得意，"对它们有什么好说的？我还是给您看看我从别尔卡弄来的狗崽吧。"

"一定看，可是先讲讲画儿的事儿吧。"

看得出，他非常不愿讲任何跟他的狗没关系的话题，可是我一再坚持，他只好违心地讲了起来：

"最近一次波兰战役的时候，我的先生，我跟着我的团驻扎在波兰。我在那儿参加过战斗，什么都经历过。为此还得了四级斯坦尼斯拉夫勋章，是的……对了，您急着想知道这些画儿的事，好吧。有一次我们接到了命令，我跟我的连被调去由宪兵上校克拉斯诺夫指挥。您知道，我不喜欢宪兵，更不喜欢波兰人。

其实他们也是人，他们就是干那个的，要不然谁去……对不……就这样，上校去了一个什么伯爵的领地，因为了解到他家里藏着几个叛乱者。那时候我们的办法很严，有点什么不对就马上送上审判庭，当时就判刑、绞死。我们就出发了。当时是秋天，天气糟透了，路很泥泞，连我们这儿都没有那么难走的路。我们到的时候，大伙儿都气得直骂。我跟克拉斯诺夫一起走进房子。他说了一番话。接待我们的是女主人，一个漂亮的小姐。她说，军官先生，我们这儿没有藏人，也不可能有之类的话。她哪能承认呢？于是我们把士兵叫来到处搜查。她看着我们，气得不得了。我们很快发现，我们没白费劲。士兵上了楼，上面一阵乱，出来一个老人，他就像一个稻草人一样，他手里拿着手杖和一支枪。他的表情好像一个疯子，手杖勉强拿在手里，拖在地上，我们怎么会知道他在想什么，会不会蠢得上来就一阵扫射，如果枪里有火的话。这位小姐一看到他就两臂弯向背后，喊道：别管他，好先生！他是我父亲，他是老人，病人，他一点都不会伤害你们的。克拉斯诺夫对她说：话是这么说，可是得把他手里的枪下了。那哪行啊！乱了一阵，好不容易把他的枪下了，他又从墙上抄起了一把长柄斧就朝我们冲过来了，您知道，那儿的墙上挂着很多的兵器。"赫鲁茨基解释了一句，"这样一来就不得不采取最严厉的措施了。我们正在这儿跟他耗着，司务长从楼下跑了上来。抓住了一个人，长官，他说，他想趁乱溜进马厩。我们下楼一看，没错，一看那嘴脸就是个叛匪，胡子拉碴的，一查，真是个大家伙。我们又去了老伯爵那边。我对克拉斯诺夫说：老头确实快完了，别管他了，可是他坚决不同意。他说，既然他窝藏了叛乱分子，就得把他和他女儿带走。哥萨克们已经开始把马从马厩里往院子里牵了。克拉斯诺夫说，给您父亲穿好衣服，您自己

Хоровод
环 舞

明白，现在是战争期间，窝藏叛乱者要追究责任的。她忽然说：上校，您没有权利对我采取任何措施，因为我是信东正教的，嫁给了一个俄国公爵……我记不住那个姓了，反正很有名。"赫鲁茨基眯起眼睛，"而他，那个公爵，跟康斯坦丁大公关系很好，请您好好想想，我丈夫很快就到。我一瞧，我的这位上校真的犹豫起来了。他提了几个问题，她都对答如流，不过他仍然坚持己见。他说，您可以留下，但您父亲得跟我们走……"

赫鲁茨基拿起酒杯，舔着勺子里的果酱，叹了口气：

"我对他说，何必跟一个半疯的老头过不去呢。可是他不干，固执己见。总之，伯爵死在了他的办公室里。我们还在争论，而他已经死了半个小时了。我们开门一看，他坐在桌子后面。我对站岗的士兵说，你这笨蛋怎么什么都没说？而他呢，就知道一个劲儿眨巴眼。当小姐看到这一切之后，她的反应我没法形容……可是您喝酒呀，老兄，真的，挺好……这些画儿是我从火里抢出来的，跟士兵们一块儿，还有些别的东西。能抢出什么就点抢什么。"赫鲁茨基吁了口气。

"从火里抢出来的？"我追问道。

"是从火里。"他点头表示同意，"整个房子都着火了。那房子不知算是宫殿还是城堡，我们这儿不建这样的东西。当时，您瞧，当发生这一切的时候，我一看，一个教士进到办公室，打开桌子的抽屉，从里面拿出来一些文件。我有责任监视，就报告了克拉斯诺夫。而克拉斯诺夫跟这个教士打招呼就像熟人一样。我当然很吃惊，就注意听他们说些什么。不过也没什么可吃惊的，我们的宪兵在全欧洲都有朋友，而克拉斯诺夫在波兰暴动前就在华沙服役了。他们说的是法语，我呢，您知道，现在就记

得 'ce cheval n'a jamais été monté'①和 'messieurs, la vodka est charmant'②。

"我觉得好奇,就使劲听,那时候我年轻,听明白了一些。原来这家伙拿了伯爵的遗嘱,根据遗嘱,伯爵的所有财产都归当地的耶稣会。克拉斯诺夫对他说,伯爵是窝藏犯,是国家犯人,根据皇上的命令一切都应该充公。他们激烈地争论,我觉得他们没有达成任何有用的结果。这之后很快就着火了。"

"是谁放的火?"我问道。

"闹不清,伙计,闹不清……"赫鲁茨基沉思地说,"也许是这个教士因为到手的财富跑了恼羞成怒,"赫鲁茨基做出一副悲痛的表情,"他是个恶棍,恶棍,先生。我没有亲眼看见,可是哥萨克逮住了两个人。他们把头往神父那边摆,意思是他吩咐的。克拉斯诺夫气坏了,他集合了一排士兵,喊道:伙计们,这些坏蛋想要毁坏国家财产。当时就把他们一排子弹打死了。"

"您为什么要讲这些?"我生气地问。

"这样的事,"赫鲁茨基有倒了一杯酒,"在整个波兰干了很多。愿上帝不要让人想起来。"他急忙画了个十字,继续说道:"可还有件事。我们把来得及抢的从火里抢出来后,我装了高高的一马车东西。反正农民们也会来把东西弄走的,我呢,您评评理,薪水少得可怜。我们已经准备动身了,忽然传来了一声枪响。怎么回事?我一看,原来一个男孩骑在马上朝我们射击。你说说这波兰人,一个小东西就这么厉害!他谁都没打中,看起啦那枪对他来说太沉了。可是他骑马骑得很好——哥萨克们去追他,他钻进了树丛跑了。还有,他骑的马可真棒。我们的哥萨克

---

① 法语:这匹马没人骑。
② 法语:先生们,这伏特加很棒。

Хоровод
环 舞

懊恼极了,恨不得哭一场,嘿嘿……这是最鸡贼的民族了,老兄,总想给你打冷枪,就是脑子里没有沙皇。他们自己不能和睦相处,动不动就闹暴动……"

"告诉我,"我迫不及待地打断了赫鲁茨基,"这里画的是不是他们?"

"我不知道,先生。"他仔细想了想,回答,"可能是他们。就是那孩子大一些……是啊,大一些……"

"那又怎么样?画像可能是以前画的,对不对?"

"哦,我不记得了。这跟您有什么关系?"

"能有什么关系呢——只是好奇罢了。"我搪塞地说,"那伯爵小姐怎么样了?没有被烧死吧?"

"当然没有。我们不是跟女人打仗,刚一着火就把她拉出来了。大伙儿把她拉出来了。"他满意地呱呱叫。

"伊万·伊万内奇,"我终于下决心提出,"把这幅肖像卖给我怎么样?"

"这幅画像?"他瞪大了眼睛,"得了吧,您要它有什么用呢?对您来说,您讲话了,就是个消遣,对我来说是纪念……不过,您要出200卢布我就可以让给您……这是什么民族啊,您自己想想……乌克兰人不是乌克兰人,明明是我们斯拉夫兄弟,可是一心向着那边,向着欧洲,头破血流地求点残汤剩饭……哎呀我说这欧洲啊……什么都是从那儿传来的……"他一边数钱一边念念有词的。

"请告诉我,"我还在刨根问底,"怎么能把那教士枪毙了呢,您不是说他跟这个宪兵认识吗,对不对?这里有什么个人的原因吗?"

"也许有,也许没有。这些事我不掺和。我的先生,我是个当兵的,这不是我的事,我也没看清楚,要是他放的火,那就是活该。您不知道波兰人——这帮人,什么都干得出来呢。他们以为他们是金子做的,其实呢……可是我们去看狗崽吧,都该吃晚饭了……"

我这位邻居的酒劲儿大得惊人,所以我回家的时候又醉又凶。这位主人是个很好的人,可是对于所有一切的事情都有着那么奇怪跟死板的看法,又总是用粗鲁的哈哈大笑表示,还总是加那么多啰啰嗦嗦的感叹词,这让我想到早上还得应付他热情的招待就感到可怕,所以没有听他的劝留下过夜。我醉得不轻,感到气闷得很。夜里,先前的暑热总算清凉了些,但我心里却很烦躁,因为我疑心有一种东西已经来到,它将不可挽回地抓住你,使你着迷,将你俘虏,一举剥夺你的自由和理智,毫不客气地摆布你。我已经死定了,我很明确地意识到这一点,暂时我还像是一条狂怒的狗一样正朝着一个拿棍子的人狂吠,可是他的棍子似乎已经开始显示出教育的果实,最终只得屈服。好客的赫鲁茨基那张草原人的大脸遮住了这幅图景——这张脸上洋溢着植物般的无意识不自知的喜悦。"傻瓜,我再不去他那儿了。"我心里这么想着,没有好好脱衣服就扑倒了床上。"可是不管怎么说,"我想起,"任何存在的最终目的……"

回归充满忧患的世界是个艰辛的历程:我的头没有离开枕头,身上已经湿得像个老鼠了。我要了盐水,一直躺到吃午饭的时候,咒骂着世界及其构成成分——差不多跟叶莲娜·苏尔涅娃一样。可是万能的感情已经降临，它妨碍我蓬头垢面，穿着长袍出现在桌旁。我皱着眉看着仆人，把勺子丢进浓稠的汤里，可是只要稍微一走神，我就简直会消融在轻盈迷人的幻想中，"嗨，你这坏蛋，"我抱怨自己，"你这玷污友情的人，简直是俄狄浦斯。"可是这种痛苦只是更增加了快乐。傍晚时我去了我们的县城H，试图逃避自己，可是那个正在恋爱的alter ego①寸步不舍地跟着我，跟我一起在比丘季诺街的"madame"商店瞪着大眼看那些卖弄风情的帽子——其实商店里根本没有顾客，只有很多苍蝇，在没有铺路面的林荫路上，在妈妈、女儿们的目光下徘徊——她们的目光冲劲十足，不可抑制，就像奥斯特里茨的骑兵的进攻。日子一天天熬过去，每天都充斥着斗争以及我对失败的秘密渴望。早上我爬上我的城堡的墙头——它在青天白日之下让我觉得坚不可摧，从上面向着敌人浇下滚烫的焦油和咒骂，夜里却偷偷用自己的斗篷运出挖地道的土，打算通过地道跑到无声地召唤着我的敌方。

有一天夜里我完全被感情所控制了。"莫非——是的。"我承认了。忽然，这两个词欢快而无忧无虑地在血流中敲打着，直撞我的太阳穴。我高兴地想到，我的车棚的棚顶直到明年夏天也不会修好，厢房也建不起来。我因为无聊亲自管了这些事，但是爱情来了，我顾不上它们了。再说斧子的冷漠的敲打声引起了我不好的感觉。我陶醉地做着去苏尔涅夫卡的准备，很快就找到了一个不相干的理由，走上了那条熟悉的路。

---

① 拉丁语：另一个我；个性的另一面。

13

这一次她们接待我的态度比较谨慎。似乎在我坐上马车之前很久我所携带的感情信息就已经在这家的空气中大大方方令人信服地落脚了。我觉得我在两位女士面前的样子很是放肆,她们一点也没有用细麻布手绢遮掩着不看我这副样子,也没有神经质地用嗅盐镇静情绪,而是带着嘲笑直视着我。可是她们有什么可责备的呢?我是来投降的,跟俘虏是不必客气的。老太太显得有些过于不爱讲话,只是用担心和不满的目光看我,而叶莲娜则不时让我窘得低头看鞋尖。这还不够,那些该死的仆人们也躲在门后无礼地窃窃私语。在紧张的寂静中我甚至听到瓜子皮掉到镶木地板上的声音,女孩子的低声嘲笑也传到了我的耳朵里。我已经要绝望了,可是一下子想起来,俘虏们通常也是桀骜不驯的——所以我决定我也不要彬彬有礼。我神气活现,摊手摊脚地往圈椅里一坐,放肆地笑着打量周围,向惊讶的叶莲娜提了几个荒唐和令人难堪的问题。比如说,我问她们家里有没有臭虫,问她穿的衣服多少钱,问我以前见过的波斯猫现在在哪儿,等等。

"您为什么那么激动?"我的女主人问道。而我却继续照这样子说下去,还辅以一些不会为我作为去世的舅舅的外甥加分的手势。不过这让叶莲娜感到好笑,很快我们都哈哈大笑起来,这让双方都感觉很好。这时候奥丽加·德米特里耶夫娜出现在门口,她对女儿已经投去责备的目光,却对我笑了一下。"搞什么呀?"我心想。

本来苏尔涅娃小姐的语气已经变缓和了,此时却再次变得冷硬。"她比我大几岁？"我试图在心里算一下，可是这句话却冲口而出。我怕自己，怕她，我想起涅夫列夫，精神紧张，尽量去刺痛她。我说话越来越尖刻，完全背叛自己的意志，并因此更为恼怒，简直开始有点恨她了。

"但是，够了。"她用力盖上了钢琴的盖子，"这已经超过了礼貌的界限。"

"那好啊，"我拙劣地回击道，"我达到了我的目的。"

"这就是您想达到的目的吗？"

我们非常冷淡地道了别，我回到家，对自己的愚蠢沮丧之极，骂她，骂自己，骂周围的一切。最近我学得特别好骂，所以这个发现也离不开骂。我气得实在要命，甚至把衣服上细毛引起的轻微瘙痒都当成是被虫子咬了。"莫非我把臭虫带回来了？"我害怕起来，把仆人们叫起来，端着蜡烛各屋去找不存在的臭虫，又是抖抹布又是翻家具，一直闹到天亮。我怕臭虫怕得要死，而死——自然更怕。

以后的一个星期我都感觉很不好，我觉得差不多整个愚蠢的生活的结果就是背运。我因为心情沮丧想开始读书，但正因为如此却读不下去，于是我在家里到处转悠，恼怒而鄙视地看着我的领地里每日的忙碌。我偶然看见一个旧柜子，里面糊着五颜六色的纸。这个柜子放在一间黑暗的小储藏室里，我因为无聊走了进去。我从小就记得这个粗笨的、涂着深色油漆、带有粗大纹饰的柜子，它老早就在小储藏室了。很多年前我经常在这里度过漫长而神秘的时间，为了躲开布罗利先生。于是他让全家上下陷入惊慌，大家都跑去找我，总有某个人会把我找着。我从满是尘土的黑暗中用祈求的目光看着这个人，因为储藏室很窄，我不方便做出绝望的手势，只好用目光恳求对方不要说出我的避难所。于是他们继续找我，而我则舒服地躺在旧床垫上，着魔似的盯着从有阳光的走廊通过歪斜的门缝透进来的两条光带。门几乎把阳光完全隔绝在外了，只有两条光带在门槛收放自如地停留片刻，然后突入黑暗王国。"原来是这样，"我背靠着这只黑柜子思考道，"全部问题在于不能关门——那样光亮就会平平缓缓、不知不觉、不紧不慢地照进黑暗。"

这个柜子总是锁着，那看不见的柜子内部藏着什么，只有我去世的父亲知道。我带着忧郁的微笑用目光爱抚地打量着这个我童年的遗存，想摸一摸它，哪怕只摸一下，想接触一下它不经意地突出来的尖角儿，在回忆中敞开心扉……我叫来特罗菲姆，让他把这只柜子的钥匙拿来。特罗菲姆蹒跚着去找钥匙，可是却没找到，于是我们用铁棍撬开了锁。柜门好像长在了柜子上——木头嘎吱嘎吱响着，把一些漆皮屑、草屑、草色的土以及鬼知道什么东西撒了我一身。我把门大大地打开，朝里看着。柜子几乎是空的，挨着侧面墙的一角挂着一把干枯的桦树枝扫帚，底儿上有几块儿浅色的布头，我还看到上面的格子里有几本旧书。我把它们擦了擦，看看书名。其中一本是法文书，书名是《爱到死》，另外几本是母语的，书名也同样耸人听闻。不过一本是舍尔伍德的《哲学》。我把这本书放回了原处。

"真棒啊。"我恭敬地自语道。我觉得手上捧着的是好几磅沉甸甸的爱情，但却感受不到棺材的重压。我沉浸在我找到的这些书里，忘了一切。我读了一个故事：一个在散发着花露水香气的室内养大的女孩儿名叫德·特卢阿,她的窗口对着无边的普罗旺斯葡萄园,她为了爱情不惜一切,梦想着一个王子把她渴望自由的心灵带往广大的世界,此时她严酷的父亲正在追剿附近的阿尔及利亚海盗,同时时刻当心自己不要落入西班牙人的魔爪……王子是一个瘦瘦的少年,他整个9月都在这个病怏怏的但有自我牺牲精神的姑娘窗下拖拉装满葡萄的篮子。当她那双热情的黑眼睛看到他的时候,立刻明白这个男孩不是普通人,而是出身于贵族的,他的父母早被基督教世界最边缘的一条恶龙吞噬了,因为只有这样才能解释为什么这个陌生的男孩一双手那么小巧美妙,为什么不把那一头浓密的亚麻色的头发剪短……不过,我不提前透露这场有教益的爱情的结局了——您自己都会看到的。

一切都以惊人的速度解决了:那天日落前不久我来到苏尔涅夫卡,我不能说我是不是有意的。奥丽加·德米特里耶夫娜又一次以生病为由走开了。叶莲娜却很高兴看到我!这是我没想到的。她很自然地微笑着,如释重负地说:

"好啦,不能那样,真的。"她握住我的手,但又不好意思了,很快把自己的手抽了回去。

天已经晚了,我们也说够了,便稍微沉默了一会儿,她走到窗口,我无声地从后面走近她,同时因为自己的大胆而感到吃惊。我肩膀后面的一只将要燃尽的蜡烛正在做驱散紫色的夜色的最后尝试,一轮淡淡的黄月亮低低地悬在黑色的林带之上,通过纹饰精美的窗框将梦幻般的光投在地板上。一个光点落在叶莲娜裸露的脖子上——我就用嘴唇触碰了这一小块儿皮肤。她似乎在等着这个行动——她一下子回过身来,缩紧身子依偎进我的怀里。我忘了一切,再也无法离开她那发凉的嘴唇。

"我会给你带来不幸的。"她忽然小声说,更紧地依偎着我。我感到她的热泪流过我的指间。

叶莲娜看着窗户。巨大的月亮离房子更近了,显得不可捉摸,十分强势,好像命运的象征。柔和的银色月光洒在我们的身上。我感到这幅画面意味深长而又不太吉利。我嘲弄地笑了笑。

在初秋的第一个星期天,那是圣母的生日,我们举行了婚礼,婚礼地点是我们的尼科利斯基庄园。几乎没有客人——只有两三个本地的地主。我提前把母亲叫来了,现在穿着窄小制服的赫鲁茨基正跟她套近乎,说话的时候他的红鼻头几乎碰倒了母亲的脖子。她礼貌地向后退了一下,赫鲁茨基哈哈大笑起来。开始母亲很反对我的选择,可是我毫不屈服,于是她违心地退让了。赫鲁茨基显然已经带着醉意,他碰了碰我的手说:

"我可是个真正的骗子,"他快活地对我眨眨眼说,"那天我骗您了,可是真诚是我的不变的原则。"他看看我,幸福地眨巴着眼皮。

"得了,您说什么呀?"我没听懂。

"是我的士兵无意中点着的。"

"点着了什么?哪儿来的士兵?"

"房子嘛,那个城堡。"

"什么房子？"

"就是伯爵的房子嘛。就是这些画的那个房子。昨天我想起来了。我去看我的小狗崽的时候想起来了。当我们搜查房子的时候，一个士兵走进了几个房间，在那儿看见一个奇怪的东西：那个房间里什么都没有，只有几面墙，在房间的最中间地板上在一个特别大的大盆里烧着火。那不是壁炉，不是的，我发誓。周围堆着些特大块的木柴，而且全都，您知道吗，去了皮，就像用肥皂洗过一样。天气不好，糟透了。所以大衣是湿的。他那个傻瓜就把大衣搭在大盆上面了，这就把火引着了。我，您知道……不是那种……我的连里一直很有规矩的。可是遇到这样的傻瓜又能有什么办法呢？一点办法都没有……俗话说，一支蜡烛把整个莫斯科都烧了。"赫鲁茨基嘿嘿笑了，"我跟谁都没说，因为也可能是神父点的火，而我，正像常言说的，还得接着混哪。现在我告诉您是因为我看您是个通情达理的正人君子。"

婚礼后我跟叶莲娜很快准备出国，在等待必要的文件时就住在彼得堡，我去世的舅舅的房子里。

"我无法想象我们秋天在这儿是什么样子，这些忧郁的山丘，"叶莲娜对我说，她蜷着身子晒太阳，却好像已经感受到秋风的吹拂，"你倒是想想看，"她坚持说，"你想想：树都变成的光秃秃的棍子，潮湿的风把树叶打落得一片不剩，噗噜噜……满地泥泞，阴雨连绵，最重要的是黑暗，黑暗，哦，我天哪，这真难以忍受。我们去意大利吧，也许那里会干燥而明亮。可是你的maman……我不明白，她是恨我还是蔑视我？"

"她是忧郁，"我微笑着说，"只是忧郁罢了。"

舅舅的房子里一切都规规矩矩，但也很冷清。里面的人好像影子一样，来去无声无息。家具没有更换，一切东西都在原来的位置上。我在舅舅传下的小玩意儿里发现了一个有漆画的烟盒，我看见烟盒盖儿上有幅小画像，画的是一个女人和一个男孩。我把烟盒拿到赫鲁茨基那幅画跟前，很容易地看到这两幅画之间存在着明显的联系。此外，我中意这个烟盒还有别的原因：我想用它来装烟丝。老的物件将我们不间断的生命紧密地加固交织，就像东方地毯的图案。一个抱着一个，某一张古老的戈别林挂毯紧贴着最新的单眼镜，而我们就在这个非同寻常的筐子里挣扎着。在我看来，一件东西只有当它失去其最初的用途、功能的时候才算死了。不过这也有例外。有些东西可以废物利用，就像失去手脚的士兵。当然，派给他们的主要是些低下的用场，比如说用维也纳椅子的腿儿做煎锅的把儿。

我们吃饭的餐厅就是舅舅多年前用他的伤心往事折磨我和涅夫列夫的地方。叶莲娜就坐在当年弗拉基米尔坐的那张椅子上。一声低沉的呼唤几乎冲口而出，"可怜的朋友，"我想道，"请原谅我，如果你能够的话。你离开了我们，但是生活在继续，我无力抵抗它那不由分说的进程。"

我们不打算耽搁出发。我不觉得我的婚姻是有瑕疵的，可是我照例没想到其他一些人对此的看法可能恰恰不同。叶莲娜认为最好不要让别人注意到我们，这是很对的。她认为社交圈——如果需要进入的话——要过一段时间才会对我们不再侧目而视。但是她感到为难的事难不住尼古连卡·利哈乔夫。我可以生动地想象，他是怎么小心翼翼地问仆人："没有客人吧？"然后东张西望蹑手蹑脚慌慌张张地上楼来。叶莲娜迎接他就像一个老熟人一样。

"哎呀，Nicolas，您是唯一的一个敢于访问不幸的自由主义者的人。"她柔声说，把两只裸露的手向他伸过去。

"得了吧，"他用这类语回答她，摇晃着行一个拜占庭礼，"人们说得对，乡村生活会造成伤感。这种décadance①真是莫名其妙。"

与此同时他大有深意地看看我，我看出，他有些话想单独跟我谈谈。

"我听说你们准备去欧洲？"他接着说，"太好了。俄罗斯，entre nous②，有点乏味。如果不服役的话，就像我这样。"他被自己的玩笑逗笑了，"得服役，可是很想到什么地方走走。去瑞士，看看山。不错。真想看看山。"

"那你去高加索吧，那儿有的是山。"我笑着说。

"嗨，我哪儿都不去，哪儿都不去。"他拖长声音说，但向我投来蔑视的一瞥，"衙门里有那么多事情，简直要命。我可是替所有人，替所有人干呢。不过不管他们了，说说你们的情况吧。"

当叶莲娜回到自己房间后，我问：

"你怎么看？"

"什么怎么看？"他假装吃惊，强笑着说，"那个，还有什么说的呢，你胆子太大了。走吧，走吧，这是最好的。到巴黎住

---

① 法语：颓废。
② 法语：私下里说。

上一年，我们这儿那些长舌妇闲话多得很。我们可不需要任何敌人，不管是大的小的。"

"就是说，你不赞成我的婚事？"我直截了当地问道。

尼古连卡胆怯地左右看看。

"你知道，这个情况特殊，这样说吧，问题就在一些具体情况。让我告诉你。对我来说结婚是件伤心事，朋友结婚就更是了。你简直是毁了自己。家庭的幸福——难道这是干事业的人，男子汉的幸福吗？这是对一切的否定：精神生活，追求，最后还有仕途。你要是在服役的话就不会做这种荒唐事了。我吃惊你母亲怎么会同意。"

"那有什么，"我反驳道，"有些人当高官多亏了老婆呢。"

尼古连卡做了个手势，其意思大概是，我妻子不是那样的妻子。

"你真傻，"他不满地说，"你忙什么呢，你什么都有……曾经什么都有。"他纠正说，"现在你掉进了沼泽……你为什么要退伍？你本可以再调回近卫军，离宫廷近些……"

"柯里亚，"我回答，"请相信我，我已经完全满足了我的好奇心。我对此不感兴趣，就像你对神圣的十字架不感兴趣。至于幸福——就是看见你爱的女人在身边，每天、每分钟都看见她。你怎么不懂呢？"

"谁拦着你了？谁都可以这样嘛。"他笑了，压低声音说，"皇上自己……"他又左右看看，凑近我说："等等，我马上告诉你。有一次我在塞西莉亚·诺沃德沃尔斯卡娅那儿，就是她告诉我你们要走的。是这样……"于是尼古连卡跟我讲了一件关于尼古拉·巴甫洛维奇的丑闻。

"可是我想，"我说，"他爱的女人是近卫军，而且是在她全副武装的时候。"

"你会死在刑讯架上的。"尼古连卡怒道,可是马上又笑起来,"你可小心别跟我姑妈丽佳公爵夫人说这话,否则她会不让你上门的。可是,不管怎样,现在你打算做什么?好,先出去看看,然后呢?"

"你瞧,"我沉思地说,"我从来就什么都不做。你这么问我,好像我从前做过什么似的。"

"我劝你来找我们,我们给你找点事做……找个那样的事,怎么样?"

"在办公室里把裤子坐烂一直到死?饶了我吧。对了,拉姆博现在在哪儿?我听说他退伍了?"

"没错,没错。"尼古连卡点头说,"他姑妈在法国,遗嘱宣布,他就去了。他父亲倒是留下了,也不让他去,可是有什么办法呢,需要去。从那儿以后就没消息了。"

尼古连卡走了,他没能如愿说服我。

彼得堡陷入了阴雨连绵之中。一切都是湿的——屋顶,玻璃,时尚商店的遮雨棚。疾风骤雨铺天盖地,巨大的雨点不慌不忙地从树叶上跌落到摇晃的水洼里,水中含混地倒映着低低的不友善的天空——秋天仿佛对自己的胜利洋洋自得。我们出发的日子到了,可是一个阴天接着一个阴天,我们一直没有动身,但也不出门做客,在家里只接待很熟的人。我的情绪异常忧郁——早上我下楼到书房,把一个什么费纳隆的书摊在腿上,便无所事事地坐着，望着阴暗的窗户什么都不想。有一回我想起我们从营地去楚赫纳人村子的事，想起那个算命的老太太和她的猫的绿眼睛。现在已经到了当年我们想知道的时间……我忽然非常想去什么地方，向往多雪的白皑皑的冬天，风把雪吹到一起，三驾马车陷在雪堆之间，跟伙伴们一块儿在一间农舍没有桌布的桌旁大喝伏特加，大吃煎饼，在雪地里打滚，就像用裘皮大衣把身体裹起来一样，伴着醉醺醺的吉他声一直睡到春天。因为我们的生活跟祖先不一样，我们的生活就是许多印象的组合，而他们则是通过一件件的事情来认识生活的。

"你不是个场面人，是个野人，"叶莲娜一边责备我一边忙着准备出发，"你总是想你那迷迷糊糊的莫斯科。"

"能去那儿就好了。"我说，但并没有打定主意。

不过，秋天会让任何的幸福都黯然失色。我心里还有一个不安分的癖好，不管我是在Φ公爵夫人家跳苏格兰舞，还是在H. H那里喝茶，或只是坐在马车上——我总是觉得生活中还需要点什么，某种很重要的不可或缺的东西，相对于它来说其他的一切只是框架而已。可是我差不多拥有一个人所能希望的一切。尼古连卡也火上浇油，他本身就是一个跟我的生活方式相反的例子。他很清楚地知道他要什么，就算不知道也无所谓，反正他需要像陀螺一样地转个不停。我不时地得到老熟人的消息：一个人在快三十岁的时候当上了将军，另一个人当上了侍从武官，还有一个人成了我们驻维也纳使馆里的重要人物，还有的当上了大学教授，可是我呢：起床后花一个半小时喝咖啡，有时来个人，就坐在那儿聊一阵子，然后就该吃午饭了，然后一定要喝茶，接着是晚饭。我不光懒得去剧院，连报纸都不读，我整天就是坐在沙发上抽烟斗。当然，这一切也不无乐趣，而且许许多多其他人也是这么过的，也许更糟。不错，我的非常好的妻子爱我，可是难道另一个（或若干）非常好的女人不会爱上一个30岁的将军，侍从武官，大使秘书或教授？这是不是一个家族传统——用最自然，最家常的东西为自己建一座祭台？舅舅的经验——愿上帝给他安宁——似乎显示了这种趋势。因为这些发现，我心情越发阴沉了，但我忽然想到打牌曾毁掉父亲。这样我倒安心一些了——就算是打牌，总算有个事儿啊。

当我们终于订了开往勒阿弗尔的最后一趟船上的一个舱室的时候，已经是深秋了。尼古连卡送我们到喀琅施塔得，下着蒙蒙细雨，轮船已经放出蒸汽，但是在甲板和上船桥上看不到一个人。堤岸上只停着一辆湿淋淋的马车——很快连它也离开了。船长的助手是一个热情的法国年轻人，他引我们到船舱，它更像一个黑暗的大箱子，有一个厚厚的不透气的小圆窗，两张嵌入舱壁的窄床。坏天气加重了远行时常有的紧张。我的心头充满了一种似乎犯了一个不可原谅的错误的感觉，因为我离开了故土。这真是很蠢很蠢的感觉——在坏天气离家是很难过的事。我的怀表报了正午时间后，船很快就开了。他们把最后一只锚提起来，船沉重地摇晃着开始离开沙岸。即使在雨声中汽笛声也很刺耳，让我伤怀。叶莲娜回舱去了，而我却久久地望着戴着一顶大波利瓦帽的尼古连卡圆乎乎的孤独身影，我觉得他在我们的身后划着十字。很快，海岸、阴郁的棱堡和堤岸上的尼古连卡都完全消失了，只剩下一团灰色的混沌。也许上帝创造世界时的天地就是这样子的。雨点像乌云上掉下来的泥球在浅灰色的波浪之上起劲地跳来跳去，送来远方大陆的魅惑。但是到傍晚的时候船摇晃得不那么厉害了，尽管雾气仍然带来了一些稀疏的雨点，但是乌云渐渐散开了，阳光小心翼翼地从云缝中挤出，向平静下来的海面投来一层柔和的银光。

我们在一片漆黑中过了闪着明亮灯塔的博恩霍尔姆海峡，5天后在埃尔西诺尔对面的松德海峡下锚。船上有不多的几个从俄国去法国的乘客，其中一个想上岸，我们也有点提心吊胆地学着他上了小艇。天气很好，没有太阳，也并不阴，空气明亮澄澈。我们参观的是一个中世纪城堡，它窄窄的窗洞好像在阴沉而小心地观察着我们。城堡周围杂乱地挤着一些不美观的小房子，好像害怕我们的进攻一样——它们身不由己地做了不朽的古代的见证。它们好像很不高兴一个著名的英国人向全世界揭示了它们古代住户的那些阴郁的真相。可是那个英国人走了，也没遭报应，却来了我们这些新梅尔莫斯①们，在践踏着哈姆莱特遗迹的奶牛之间傲慢地走来走去。我没有看出这些动物在这个贫瘠的海岸上能找到什么吃的。是的，这儿有肮脏讨厌的海鸥、奶牛、烫平的包发帽、轮船——这个腥咸的海水拍岸的地方，就是那阴郁躁动的王子徘徊之处。波浪漠然地和着不期而至的念头的节拍喑哑地冲刷着光滑的圆石，不知是渔民还是走私者划着自己的小船在海湾出没。

"这就是岁月的疲劳，"叶莲娜把我从沉思中唤醒，"我们也会疲于爱，衰老，变成这个埃尔西诺尔，而孙子们可能会笑我们……"

"他们不会笑的，"我回答，"对他们来说我们是迷人的往

---

① 来自英国作家马图林的《漫游者梅尔莫斯》。

Хоровод
环 舞

昔岁月。"

"你说,你那往昔岁月有什么迷人之处?"她点头说道,"还有这个哈姆莱特,他就是个老粗,就像我们的庄稼汉……一辈子住在这个村子里,数着自己的牛和孩子,抢劫邻居和商人,发胖,因为拥有三块绸子和一个银十字架而觉得自己是世界的主人——这很可笑。"

"哈姆莱特死了。"我惊奇地回过身来。

"是吗?"叶莲娜无动于衷地回答。"死得好。"

"也许您是对的,madame,"我们的同伴鲁米利亚克说,他竭力在光滑的石头上保持着平衡,悄悄地走近我们,"除了城堡上飘扬的旗子,从那时起可以说什么都没有改变,再就是房子更小了,人们更愚昧了。埃尔西诺尔的意思就是奶牛村。"

"这跟这个地方有什么关系呢!"我懊恼地反驳说,"而且现在我相信,不单是老国王的影子,就是哈姆莱特自己的影子在这个地方也不比别的地方更容易召唤到。"

"是啊,在书房更容易。"这位先生微笑着回应道,看来他很高兴我猜到了他的想法。

看起来我们在这个地方有相同的感受,我们带着这种感受上了小艇,水手们在那儿等着我们。碧绿的波浪在石头之间鼓荡,用冰凉的指头忧郁地抚弄着水草,就像奥菲利亚抚弄着她的白花。

鲁米利亚克先生因为生意的关系在俄国住了将近一年,他成了我们路上的解闷的伙伴。他经常随便地来我们这儿吃午饭,但更多的时候我们嫌船舱太小,便在甲板上办我们的rauts[①]。因为我们的新朋友实在是对法国生活的所有方面都有着最完全的了解,他在我们踏上法国土地之前还承担起了我们导游的责任。他

[①] 这是用英文拼写的俄语词,意为小型晚宴。

对于俄罗斯的了解也像常言说的，不是道听途说来的。

"不，不，"鲁米利亚克摇着头说，"什么都有定时的。风暴还只是在聚集，你们越是闹解放农奴，它就让人觉得越可怕。"

"鲁米利亚克先生，"叶莲娜插了进来，此前她一直沉默地欣赏风景，"您干嘛总是千方百计地攻击可怜的俄国啊？北美怎么样呢？在那儿好像一座座种植园都是靠奴隶劳动生存的，不是吗？"

"女士，"鲁米利亚克彬彬有礼地回答，"您看的是表面现象。俄国的奴隶制度好像一个在父母家长大的少年。他不跟别的孩子玩，不发展，所以我断定，当他应该开始生活独立的时候，他一定不会生活，因为什么都没有及时地教过他。美洲像一个染病的成年人，虽然以他的情况那病是可耻的，但是可以治愈的，最主要的是，是急性病。"

"他可以不治自愈吗？"

"我想不行，很可能也要用火药而不是药粉，可是伤口会很快痊愈。"我们这位外族的预言家带着永远的微笑结束道。

"那么我们跟美利坚联邦的紧密友谊就是时代的标志之一喽。"我说。

"也可能是这样。"这位批发商点头说，"可能在很遥远的未来世界将看到两个伟大的民主国家：东方的俄国和西方的美国。全世界则会在它们之间沉默。"

"您怎么把你们可爱的法国放在一边了？"我们惊讶地问。

"女士，"鲁米利亚克微微鞠了一躬，说道，"我没有说强大和宏伟一定是美好的。所以我让法国依然故我——保持美好！"

这个优雅的回答之后是干杯。我们从储备中拿出一瓶克里科香槟酒，多亏我妻子的先见之明，我们带了一些上路。一天余下的时间过得更加快活，使得我们几乎达到了旅行的目的。第二天我们已经看到了在傍晚的雾气中若隐若现的勒阿弗尔。我们的旅伴因为有事还要在港口耽搁很久，我们跟他热情告别，然后坐上一辆公共马车，来到巴黎。我们很舍不得鲁米利亚克先生，而他答应当他到首都的时候一定来拜访我们。

按照鲁米利亚克的建议我们在切莱斯廷滨河街找到并租下了一套不大但家具齐备的住宅。住宅里有个古老的壁炉，它那结实的样子和有回声的炉膛跟周围轻灵的环境不是一个风格，这是件愉快的事。房子的窗户朝向塞纳河河滨路，不管天气如何，这条路上每天都徘徊着一些背着流动商店、微微驼背的古旧书商。我喜欢早晨时坐在近窗的地方，手里端一杯咖啡，来欣赏这个小小的市场。为了更深入地体验巴黎的秘密，我甚至开始连续地读当地的报纸，去格里希耶击剑馆，叶莲娜则去拜访女时装师，而晚上我则送她去法国喜剧院或我们喜欢上的滑稽剧院。我希望找到拉姆博，但只找到了他所拥有有的位于saint-germain郊区的豪宅。在那儿我得知，拉姆博一个月前已经去外省了，不知何时返回。这栋房子让我感到好得有些过分。不过我记得他的这个小小的弱点。我留下的名片和口信，告诉他我准备整个冬天住在巴黎。渐渐地我们认识了一些人，其中起到主要作用的是鲁米利亚克先生，他属于那类神人，虽然自己没什么出众的地方，但却差不多到处有关系和熟人并因此而身价很高。那个冬天很多俄国人住在巴黎，其中很多人和我们如果不是说关系很近，至少足够熟悉，可以进一步交往，而且我手上甚至有一封恰达耶夫通过母亲转来的信要交给其中的一位薇拉·尼古拉耶夫娜·y.。

薇拉·尼古拉耶夫娜是一位寡妇，丈夫去世后她改信了天主教，已经在巴黎住了10到12年，从国内的三个庄园锱铢必较地收钱来供养——没法用其他的词来表达——法国首都最著名的沙龙之一。据说薇拉·尼古拉耶夫娜很任性，但是不失精明，她改变信仰是出于深深的信念，并没有陷入神秘主义，虽然她被视为思想深刻。因此一群天主教的教士跟在她身后，给她灌输了一脑子永恒的极乐和非同寻常的神恩等迷人的东西，并且——唉，真是神圣的天真——还唤起了她封圣的希望。她呢，则计算着每一个铜板来供养他们，而她的农民实际上已经成了这群教士的物质牺牲品，她所给予他们的也是同样的许诺。除了恰达耶夫我还没见过其他的俄国天主教徒，因此感到很好奇，至于这封信，我出于对家庭幸福的关心没有很快记起来。不管这有多不体面，但这是真实情况。母亲跟去世的舅舅和这位薇拉·尼古拉耶夫娜算是亲戚，从另一方面来说，这封信是亲自交到我的手上的，发信人肯定有理由不信任邮政。我想来想去想不出可以通过别的什么人转交这封信，使我得以怯懦地逃避完全应得的惩罚。

我忐忑地走进了我的"迫害者"那精致住所的大门，想到很快就要为自己的健忘付出代价——我将发现，在我的这种情况下这是非常不可原谅的，因为心情沮丧，把那洒了香水的信封都揉皱了。清算立刻就开始了：薇拉·尼古拉耶夫娜稍稍责备了我一番，狠狠地笑了一阵，终于开始真正的惩罚：我连着三个小时搜肠刮肚地回忆在彼得堡和莫斯科的客厅里偶然听到的所有谈话的片段，用大量的涂料描绘出一幅充满婚礼和离婚、出生和死亡、决斗和流放、丑闻和生产的祖国现实的宏伟画面。快到晚饭的时候我有些疲倦了,谈话的节奏也变慢了。

"听说,这个……您知道……多洛霍夫先生……他真的又把一个人砍了吗?"她接着问,"他又穿上士兵服了是吗?"

"千真万确,madame。"我肯定地回答道,我整个姿态表现出极大的同情,只是直到现在也不知是同情谁:被砍的人,还是多洛霍夫先生。

"他们怎么能,"薇拉·尼古拉耶夫娜对所有的事都有热烈的反应,顺便说一句,她的心灵监护人们将这种热烈视为准备供养大腹便便的教士们,在这里他们错了,"他们怎么能绕过科贝丽娜让这个好出风头的斐金果弗当上宫廷女官呢,她很好出风头,对不对?"

"哦,是啊。"我表示难过,虽然这两个人我都不认识。

"可是涅斯维茨卡娅,涅茨维茨卡娅怎么样,"薇拉·尼古拉耶夫娜忽然爆笑道,"她搞的这一伙儿人可真棒!我保证,里面肯定有阿纳斯塔西娅。"

"唔,"我好像认真想着说道,"这很有可能。"

就这样,我不惜时间,好话说尽,夸大其词,被看作一个可爱的孩子——于是,断头台换成了终身客人的称号——这可真是个双重含义的词,意思是在任何时候,也就是所有时候,都有权利,或不如说是最严格的义务,上门做客。结果我跟妻子被邀请在一个很近的时间——干嘛要拖呢?——参加一个不大的晚会。

"您可得给我们看看,给我们看看您的宝贝。"薇拉·尼古拉耶夫娜伸出一个手指开玩笑地吓唬我道。但是她马上变成了严厉的语气:"因为我记得苏尔涅夫夫妇,对将军本人记得很清楚,对她夫人记得不算特别清……我承认,关于这件事我听到了一些。是的，我的孩子，社交界很恶毒，很恶毒。不过我们这儿是疗养院的规矩，可以轻易地去掉虚礼……感情，当然，这是最重要的，我也年轻过，也爱过，哦，我很了解这个……我不明白，为什么爱情从来都是不轻松的呢？也许因为这是无上的幸福，不会让任何人轻易得到。爱——这需要不小的勇气。因为随时可能失去这个宝贵的东西。

"是吗？"我傻乎乎地问道。

"哦，"她不知是忧郁还是狡猾，用我几分钟前应付她的话回答道，"这很有可能。比方说我，"薇拉·尼古拉耶夫娜接着说，"我待在这异国他乡，穿着黑丝的衣服，周围是这些，"她一只肩耸了耸，好像冷得缩起了身子，"这些先生，哈哈哈，这些上帝的羔羊，就像一群乌鸦。顺便说一句，我当着他们就这么说：没有我你们也不会完蛋的，可你们就是会要这要那。他们很狡猾，这些骗子，就说这些夏特勒修士吧，他们想出来用一种什么山上的草炮制饮料，不能说它不好。现在以'Chartreuse'的名字到处在卖呢，赚钱赚得多极了，可是等等，他们多少人从格勒诺布尔到我这儿来呀。我又不是斯维奇娜女士，我能看出谁是骗子。可是我的天，跟我们那时候相比，一切都前进了很多，在商业的意义上，在笼统的工业的意义上都是如此。"她摇了摇头："唉，我跟您说这个干什么！您自己都看到了。"

她说这些话的时候沉思地看了看我左边身后的墙，不知怎么，我觉得这跟可怜的夏特勒修士无关。我截住了这个目光，小心地顺着看去。我发现一张小桌子上有个小祭台——供着一个穿俄国军服的年轻军官像。这是舅舅的像，这张画跟我们家书房的那张画一模一样。我无法抑制我的惊奇，不由得就像常言说的，机械地站起身来，想走到桌子那儿去，可是又觉得不好，就抱歉地停住了。薇拉·尼古拉耶夫娜忧郁而柔和地看着我。"是啊,是啊。"她那双依然很美丽的眼睛仿佛在说。她依然沉默地将目光转向祭台,擦了下眼睛。

"我最后一次见到他是在1831年。"她说,她的声音里含着说不出的哀伤,"那年的秋天天气特别糟……我到法国来,我们在路上相遇了。天气很坏,霍乱流行,波兰在暴动,往维尔诺方向的路被军队堵死了,所以只好绕路走维捷布斯克。那真是世界末日一般!我就是在那儿遇见他的。他好像心事重重的,很着急,他也是从维尔诺大道上下来的,可是不管花多少钱也弄不到马——康斯坦丁正在维捷布斯克,他得了霍乱,快要不行了。伊万公爵听说这件事后就去看他,尽管医生建议不要去。当康斯坦丁看到他的时候,因为回忆起过去的事差不多哭了——您知道,他们很要好,他们跟着苏沃洛夫去过意大利远征,伊万公爵是大公的侍卫。'您看看,'康斯坦丁对自己的私人医生说,'所有人都抛弃了我,所有人都害怕,有人怕霍乱,有人怕我的兄弟,有人怕我,哈哈哈。这个人可是什么都不怕的。'他指着公爵说。'殿下,'公爵开玩笑说,虽然他的音调并不欢乐,'我对您的感情如此之深,按理说我也应该生病才是,可是我暂时不能病。'这使康斯坦丁很开心,他精神好了一些。他已经知道没希望了,但还在挣扎。'你要去哪儿?给你马吧?'康斯坦丁问道。伊万公爵也从医生那儿得知,康斯坦丁不行了。他沉默片刻,然后小声说:'现在哪儿也不去了。'"薇拉·尼古拉耶夫娜不说话了,"我坐着那套车走了。公爵留下又寸步不离地看护了康斯坦丁三天,直到他去世。'这是命。'他把马送过来并跟我告别的时候说道。'您这是什么意思?'我吃惊地问。他回答:'其实我很急。'我永远也不能忘记他的声音和眼睛里那无限的痛苦——他的眼睛隔着我,看着什么地方……"

薇拉·尼古拉耶夫娜家的晚会跟往常一样,并不喧闹,但很有档次。我看到客人中有葡萄牙大使,一个著名的小品文作者,两个新晋作家,一个对永远饥饿的缪斯心怀倾慕的胖银行家,一个出版商,一个政府活动家,一个波兰侨民中的活动家,我们还有幸跟一些时尚中人交谈,包括首都时尚军团的一位大尉、交际花米歇尔——这话原不该说——维兹伯爵和布里泽吉女公爵及其丈夫。还来了一个天主教神父——哪儿能少得了他们啊。此人长着一双小眼睛,目光平和。俄国人只有叶莲娜和我,当然,除了女主人。我觉得薇拉·尼古拉耶夫娜不是很喜欢莲娜,我想,这倒不是因为她故意挑剔,而是以一个女人的眼光看到了我没有看到的什么东西。晚会上音乐演奏得不多,每个人都忙自己的事:小品文家磨着政府活动家,从他那儿打听最近一个轰动事件的细节,作家们跟出版商探讨出版他们作品的可能性,银行家在这里以批评家的身份发表演说,而葡萄牙大使则在一个角落被波兰侨民拦住,他向牌桌投去哀怨的目光,伯爵和布里泽吉女公爵的丈夫及光彩照人的P大尉已经在那儿就座。薇拉·尼古拉耶夫娜在招呼客人,天主教神父一边忙着数念珠一边寸步不离地跟着她,还时而凑到她耳边嘀咕什么。葡萄牙大使终于得以从波兰侨民的怀里脱身,他赶紧跑到大尉的身边——女人们都由他照顾着呢。文学家们很快也步他的后尘,这时香槟端上来了,男人们扔下牌,大家开始一起聊起来。因为我们刚刚从俄国来,所以引起了大家一定的兴趣。不错，那个波兰侨民皱眉的次数有点多，显得不太礼貌，但是最后他的态度也缓和了，当有人开玩笑的时候甚至笑了两次。

"对俄罗斯我只是通过屈斯蒂纳的书了解的。"布里泽吉女公爵说，"您对它有什么看法？"

"对这本书吗？"

"是啊。"

"我认为，女公爵，"我回答说，"这是一本恶毒的书。"

"但是您是不是有偏见啊？"德·维兹伯爵反对说，"比如说，薇拉·尼古拉耶夫娜就认为里面很多地方说得对。难道镇压波兰以后的那些兽行，对不幸的合并派教徒的不能容忍以及奴役行为是屈斯蒂纳杜撰出来的吗？"

"不，那不是他杜撰的。"我回答，"可是谁也没给他权利只是因为恨俄国政府就恨俄国。如果他没有把这两者混淆起来，便不会写出这种可耻的针对人民的谴责。"

这时候报告有新客人到了。听到他的名字在场所有人的目光都转向了门口。这是一个个子相当高的年轻人，头发很黑，理得很短，一双黑眼睛，目光机敏。他脸上的肤色有一抹淡淡的珍珠色——那是种若有若无的深色，类似橄榄的色调，当五官活动的时候，这种底色就变得比较显眼。自然无疑是用尽了最后的力量才给他抹上了这薄薄的一层阿利芙油，除此以外再也无力隔着好几代把某个伊利亚特或那不勒斯祖先无意间留下的遗产显示出来了。这张脸给我一种沉静的感觉，而线条的分明则令人想到那种习惯于直奔自己目的的性格。同时这张脸会让周围的人相信此人对整个世界都胸有成竹：那种轻微的倨傲和坦然自若似乎表现的正是这一点。这个年轻人的年龄不超过25岁，我因此对我的感觉越发吃惊，而且我越品这个人，这种感觉就越得到证实。这张脸上有种让我觉得特别熟悉的东西，不是这张脸本身，而是它的表情，但是这种感觉也和唤起这种感情的客体一样是一闪而过的，要是你没能立刻猜到谜底，那么不管你再怎么看，都一点也想不起来了。时间过去了，感觉消失了，回忆无法使它复活。所以我只是看看而已。我还不能不看到，这个亚历山大·德·维尔特——这是这位迟到者的名字——的出现使得天主教神父很不安，甚至可能是愤怒，而P大尉和其他比较年轻的客人们则相反，他们非常高兴和兴奋。

"真没想到！"当亚历山大跟大家寒暄过后，薇拉·尼古拉耶夫娜喊道，"我们已经不敢想看到活生生的您了。我们听到了多么可怕的传闻啊！是不是，菲尔尼耶？"她回头地小品文家说。

"我的通讯员从新奥尔良传来消息，说您被土人抓去了。"小品文家对亚历山大说。

"差点被抓去。"这个年轻人带着迷人的微笑说。

女士们发出了压低的惊叫。从大家对这个谈话的关注来看，来者是一个很有名很受欢迎的人物。

"我向您保证，"他依然带着那副笑容说道，"土人是跟你我一样的人。跟他们是完全可以商量谈判的。"

这样的问题和回答引起了我一定的兴趣。很快亚历山大被介绍给我和我妻子，因为所有其他的人都跟他很熟。这时因他的到来被打断的谈话继续进行。小品文作家代表整个社交界详细地询问亚历山大他在美国危险的旅行的细节，他是因为一些商业的事物去那里的。

"如果您同意，我在明天的报纸上把您的遭遇登出来。"小品文作家提议说,他的语气很客气,但显然可以听出,这不是个问题,而是个决定。欧洲让我们看到了在俄国看不到的情况。

"好吧,"亚历山大高兴地回答,"有劳您了。可是我坚持一点:少为可怜的黑人哀鸣,否则人们会以为我是在黑金里洗澡的。我们这儿不管登出什么,一定会变成无稽之谈。报纸控制着整个国家——谁想得到!何况我的鲁米利亚克看见他女儿哭红的眼睛,会拒绝给我担保的。"

"您从什么时候开始为奴隶制辩护了?"薇拉·尼古拉耶夫娜吃惊地问。

"可能是从他自己开始拥有奴隶的时候开始。" 布里泽吉女公爵开心地说。

"哦,您真有洞察力。"亚历山大表面上和善地笑着,可是他投向冒失的女公爵的目光却没那么温和。

"显然,历史倒退了!"银行家喊道,他软和的手上端着一杯一点没喝的酒,朝我们走来,"老实说,欧洲的文明没有屈斯蒂纳们和贡斯当们想让我们相信的那么文明。那些法国自己清除了才不到50年的坏东西,我们已经带到别的大陆去了。你们怎么看,哈哈哈,就是牺牲了那么多高尚的法国人,不错,高尚的法国人,才把它赶走的东西,那些为了自己祖国的自由不惜牺牲生命的人,现在以同样的决心夺走别人的自由。你怎么看,亚历山大?"

"您挣我的钱,"亚历山大回答,他因为他的事业的某些方面为人所知而感到有点气恼,"那么就请您劳驾也让我们挣钱。再说,经济关系是循环担保的事,您的钱乍一看好像很干净,其实也不一定只散发着油墨的气味。"

"要按您的说法,任何的活动都是犯罪。"银行家反驳说。

"您就不怕被指责为仇恨人类吗？" 布里泽吉女公爵问道。

"因为我只指望地上的幸福。"亚历山大客气地回答。

听到这话叶莲娜以新的兴趣看了他一眼，我清楚地听到神父好玩地鼓着腮帮子对薇拉·尼古拉耶夫娜嘀咕：

"太太，您干嘛，干满要损害自己的名誉，接待这个开除教籍的人？"

"至于说到历史倒退，"亚历山大不情愿地继续说，"你说得完全正确，因为历史是循环的，一种恶走了，另一种恶就赶忙到来。所以我们只能看到变化的表象聊以自慰，其实它们都是幻想的。"

"您不能这么说，"德·维兹插进来说，"进步是伟大的事情，世界日新月异，心灵也是一样。"

"亲爱的伯爵，"年轻人叹了口气回答道，"请问什么叫作进步呢？"

"嗯，我认为这是人所共知的：教育带来的那些有益的成果，照亮世界最野蛮角落的信仰的欢乐……"

"您那信仰就算了吧，"亚历山大挥挥手说，"它只会把您的这个世界烧焦。"

神父做了个凶狠的鬼脸，朝薇拉·尼古拉耶夫娜投去哀怨的目光。

"再说您自己想想，"亚历山大激动起来，"我们的传教士干了些什么？不管是对真的野蛮人还是对处于最先进发展水平的民族，他们一律把整个欧洲几千年发展的结论嫁接过去。这就像对一个在摇篮里哭闹的小孩子，你不给他拨浪鼓和奶，却给他一瓶威士忌和13卷百科全书，而且要是他学不会您的课程，您还气得要命。"

"当然,不能在没有准备好的土地上撒种。"伯爵表示同意,"可是宗教的传播一定会伴随着最普遍的教育,这就会带来好处。善从来不会不合时宜。再说怎么能确定您说的那些民族往哪里发展呢?"

"您的意思是他们有没有发展的能力?"亚历山大反问道,"罗马人就不谨慎地对日耳曼部族有同样的怀疑。结果到今天罗马人只成了一段愉快的回忆,而日耳曼人呢……"他用很大的动作指指周围的所有人。

"看看俄国,"至此一直沉默的出版商出来支持亚历山大,"那里有5900万人,这是信仰基督的子民,可是不知为何教育却无法在他们之中普及,他们还生活在暴君的压迫之下。"

"这是因为他们的教堂里不做忏悔,这很简单。"伯爵说。

不用说,这话让我差不多哈哈大笑起来,但我尽量克制住自己。大概我的努力还是未能奏效,伯爵说道:

"这儿有位俄国人,刚从俄国来的,让他告诉我们。"

"不完全像您刚才说的那样。"我开口道,"但我知道一件事:教育,我想说的是强迫的教育会让任何民族失去其天真、自然、纯洁,使他们失去民族精神。"

"说的是。"亚历山大说。

"什么'说的是',"银行家嘟囔道,"告诉您吧,这位也是奴隶主。"

"强迫不能让任何人幸福。"我说,"一切都是因为不能忍耐造成的。"

"显然,忍耐是俄罗斯人的美德之一。" 布里泽吉女公爵笑着说。

神父没有参加谈话,而是在一边看着我们,带着一点嫌恶地笑着,这笑容大概是表示他的兴趣相当于大人看到小孩子的把戏时的兴趣。

"可疑的美德。"亚历山大忽然冷笑了一下。

他又恢复了波澜不惊的样子,大概是对这场谈话感到厌倦了。他正好在我的背后,我忽然间觉得一种奇怪的不自在,我想,他说这句话的时候可能不经意地看了我一眼。我承认,我喜欢看那些乐意屈尊嘲弄我的人的面孔,所以我也侧身去看他。可是我很吃惊,因为我发现他看的根本不是我,而是我妻子。薇拉·尼古拉耶夫娜捕捉到了这个目光,她的脸上掠过一丝忧虑。

"我想,"我尽量客气和生动地回答道,"每个民族都有自己的生活方式,而对邻居的生活方式采纳多少,全取决于它自己。"

"可是尼古拉·巴甫洛维奇让欧洲害怕。"实心眼的伯爵说道。

"这是因为,"薇拉·尼古拉耶夫娜插进来说,"欧洲也让尼古拉·巴甫洛维奇害怕。先生们,他们互相吓唬对方。"她下结论说:"我们在这儿大动干戈,各自捍卫自己的恐惧,完全忘了我们今天应该请热尔韦先生读他的新小说并做出品鉴。我们已经显示了对政治的热衷,这很好——让我们同样热衷于艺术吧。"

"这可不容易。"出版商叹了口气说。

晚饭后我们都移到了角落的客厅——这是一个不大的房间,

用闪亮的丝绸做内饰。几盏高脚灯发出沉思的光,跟主人说到的活动很是相称。薇拉·尼古拉耶夫娜号称文学之友,她利用跟一些著名作家的关系来吸引一些初出茅庐的作者的注意。女主人和这个放着低矮沙发的舒适客厅(这种舒服的低矮沙发是被处死的国王喜爱的风格)就是进入上流社会前别具一格的最后审查机构和最后一道海关。后来我听说,有时候仲马会亲自再次充当海关官员和裁判官的角色。这次读小说的是一个年轻人,他认为在这个独特的读者群中展示自己的成果是他的责任——差不多义不容辞。当时梅里美创造的这种短篇故事的体裁还很新鲜,大家非常感兴趣。于是我们坐下来开始听。

我出其不意地被一种没有明显来由地涌起的阴郁的预感攫住了。像往常一样,我对别人的话既无兴趣,又不注意。哦,可怜的人,不要欺骗自己了!原因已经出现。

"这个开场白之后耶罗宁问我:'我的孩子,你听说过伟大的东方之书吗?'我回答,如果他指的不是《古兰经》的话,我从没听说过这本书。'你要知道,'我的老师和朋友继续说,'这本书是先知写的,就是从迦勒底的乌尔来到犹地亚的那个先知。有了这本书可以预知未来,直到时间结束的所有事情都能预言。'我很尊敬耶罗宁,但我反驳说,一本书如果包含对所有事情的预言,应该是卷帙浩繁的,它应该能绕地球好几圈。听到我这么说,耶罗宁笑了,他说:'你说得对,但是书里讲的当然不是这些预言本身,而是懂得预言的方法。这本书是由表格和口诀组成的,它们是用来举行降神仪式的。'"热尔韦先生读道。

坐在后面的某人的目光让我的后脑发热,虽然这些目光绝对不是盯着我的。我迫不及待地等着故事的结束。

"'耐心,耐心,'耶罗宁如此频繁地重复'耐心'这个词，以至于它从他的嘴里吐出就好像是有香气的魔咒。"

念到这儿的时候葡萄牙大使感到难受了，发生了一阵小恐慌，女士们给他拿来嗅盐，终于他在所有客人关切的注视下好了起来，由P大尉搀着离开我们。这件事情之后大家决定下次再往下听，人们纷纷离开。最入迷的是那个作者自己，但小说还是得到了若干评价。

"情节太少。"银行家边向外走边说。

"怎么说呢，"德·维兹伯爵用手向大厅一比划，回应道，"要知道所有可见的东西都是心灵活动的结果。"

亚历山大什么都没说，他又看了我妻子一眼。

日子过得几乎无忧无虑。冬天快过去了。拉姆博依然杳无音信。我在格里希耶击剑馆的练习变成了固定项目。不知为何，在这里我也开始感到有点无聊，我不再在夫妻生活的新鲜感中寻找解药，而是利用叶莲娜出去做女人的事情的时间去练剑。

格里希耶击剑馆好像一个俱乐部，在那儿可以遇见各种各样的人：受追捧的兵团的军官，外省的老兵，想尽快掌握贵族本领的金融家的儿子，因为他们的父亲已经在车门上方贴上了可疑的家族徽章。另一方面，尽管这儿有很多偶尔来的杂七杂八的访客，但是赋予这个机构高尚色彩的是几十位常客，他们来这儿都不是一年两年了。有时还会顺便形成一些很重要的搭档，吸引很多好奇的人来看他们斗剑。击剑馆的主人本身不赞成对艺术的这种态度，但人就是这样的，不管是纸牌还是台球，只要是有竞技的地方，就拦不住他们下赌注，借他人的手来试试自己的运气。

　　我跟几位发烧级别的造访者很熟，他们也对我慢慢熟悉起来。我还有机会在社交场合跟我的新相识见面。这种毫不勉强的结识方式让我不觉得有负担，因为很自然。我跟其中一人的结识要感谢亚历山大·德·维尔特。德·西尼中尉成了我的固定伙伴，因为他来击剑馆的时间总是令人惊讶地跟我的时间恰恰吻合。很巧的是，他的身高和年龄也和我相仿，练习之后我们可以在附近的咖啡馆坐坐，有很多可聊的话题。有一次我照常来到击剑馆，取了剑，准备去换衣服的时候，忽然发现有两三位我不认识的先生在用一种超过好奇的眼光看我。其中一个人在自己的伙伴耳边嘀咕了什么，那个人摘下面罩，我觉得就是为了看清楚我。我照镜子想找到这种特别关注的原因，可是还是一头雾水。

　　德·西尼已经在这儿等我，准备开始了。我跟他练了一会儿第三式，然后停下来休息。

　　"今天您的手挺没劲儿啊。"我说。

　　"是天气的原因。"他回答，"这该死的天儿。今天我简直动不起来。我说，"他把手套摘下来，又说道，"我不知怎么挺懒的。咱们是不是改天再来？咱们最好去拐角喝杯咖啡，您说怎么样？"

　　"好吧。"我同意了。

　　天气真的很糟糕。不知从哪儿冒出来的乌云来势汹汹，使得天昏地暗，天比平时早黑了两个小时。雾霾压在塞纳河和圣母院的上空（圣母院则是建在大地上的一团乌云）。我看出西尼不知为何心情不佳，他好像想说什么，又竭力忍住。

　　"出什么事了，阿尔弗雷德？"我跟他面对面在桌边坐下，问道。

　　他不知所措地看看我，没有回答，只是用手指敲着插着紫罗兰的花瓶。

"您看，我的朋友，"他开口道，"我觉得我有一个不受欢迎的，甚至可能是可鄙的使命。这种事是不会得到感谢的。"

"什么事？"我吃惊地问道。

"您跟亚历山大·德·维尔特认识吗？"他专注地看着我说，目光已经不躲闪了。

"这是什么问题呀，阿尔弗雷德，得了吧，是他把您介绍给我的。"

"我不是瞎问的。"他含糊其辞地说，"我不想做任何辩解。我只想告诉您，人们在议论您。"

"什么，什么？"我不知怎么回事。我看出，阿尔弗雷德不知为何很难把话说出口，就鼓励他："得了，说嘛，别拖延了。拐弯抹角对我们没好处，我的朋友，因为它会夺去我们宝贵生命中的更多的时间。形式主义是悄悄蛀空生命之树的虫子。"

听到这话阿尔弗雷德颤抖了一下，脸变得很白，他朝我试探地看了一眼，好像我无意中猜中了他的某个隐秘的想法，某个他用冷漠掩饰的、他所不希望存在的思想。但是它跟我们推迟练习有关系吗？不久的将来我会发现，没有关系。

"请相信，"他拖延着，说道，"我很不喜欢这个，可是我认为我有义务……因为我看见了一些不大好的……您明白我的意思吗？"

"不明白，不明白，见鬼！"

"我看出来了，您什么都不知道。那么说，我的话不是没用的。"

"您说得完全正确。"我笑了，与此同时一种不祥的预感已经妨碍我对了解真相的兴趣了，"我什么都不知道。"

"是这样，人们说……"

"说什么？"

"说您的妻子对亚历山大先生过于关心了。"

"哦，是这个呀。"我说，但我想了想说，"这是瞎说，哪有这种事？"

"我还有要说的呢。"阿尔弗雷德打断我说，"几天前我会制止这样的话的，请您相信，我会认为这不过是愚蠢的谣言。可是……无风不起浪。今天早上我从营地执勤回来，在布洛涅森林的一条林荫道上——您知道，我们的军营在吕埃尔——我偶然碰到一辆马车，我看见亚历山大和……您的妻子……他们在一起的样子是不会让人弄错的。"

"不可能！"我嚷道。

有几位顾客回过头来看了我们一眼。

"是我亲眼所见。"西尼重重地叹口气说，"我的眼睛没毛病。如果我看到您哪怕对于保卫自己的名誉有一点准备，难道您觉得我会充当卑鄙的告发者的角色吗？请相信，我很不喜欢总是听到您成为议论的对象。"

"总是？"我追问道。

"正是。请您睁开眼吧。这些先生在格里希耶已经盯着您看了。就差在报纸上出现某些下流的东西，就像是……嗯，您自己知道的。"

这个发现实在非同小可。我沉默地压制着对阿尔弗雷德不由自主的怒气，虽然我能理解并且完全知道他是出于一片好心。毫无疑问，他猜对了我在想什么。

"您可以骂我，想怎么样都行。"他继续激烈地说，"可是既然我们叫作……这是唯一的一条路。要是您愿意……"

"别说这些蠢话了，"我回答说，心里既对他气恼，更气恼自己，"可这简直是不可能的。"

"咳，"我这位不幸的对话者忧郁地说，"巴尔扎克的那些情节可不是凭空杜撰出来的。"

我们沉默了。

"这事得严肃对待。"阿尔弗雷德又开口道，"如果您允许我提建议的话，你们应该离开巴黎。我没有权利给您别的建议。"他补充说。

外边的黑暗从窗户爬进来，瞬间变得更浓重了。这时候夜晚已经到来，咖啡馆里的人多起来，因为一些在林荫道散步的人进来坐了。他们快活的唧唧喳喳让我恼怒。我恍惚觉得那些令人厌恶的花花公子玩弄手杖的——我差点说成玩弄欲望的——每一个动作都仿佛是无耻的暗示和热切的身体纠缠，我在女人的每个微笑中都看到贪婪丑怪的表情，甚至大吃奶油的孩子那副贪馋的嘴脸也让我讨厌。其实这只是些平常的人，按他们惯常的方式度过一个晚上而已。我忘了我也曾是个孩子，看见夹心糖就兴高采烈，大概从来没有谁觉得这有什么不好；我也不知道，那个我觉得在跟衣着光鲜、态度无礼的年轻人打情骂俏的金发女子根本不是妓女，而是他的亲妹妹，我把那些无可厚非的造作调笑当作了罪恶的暗号。看来阿尔弗雷德是对的，我过去瞎了眼，而一旦睁开眼，却看清了这样，又看不到那样。不过这只是瞬间的软弱，我很快就控制住了自己。

"阿尔弗雷德，"我开口道，"那个坏蛋要为我名誉的破坏负责。请您不要拒绝……"

"这不好，"我的朋友打断了我的话，"您往那里想可不好。这么想就想歪了。我们是成年人，我们生活在杂志和报纸的时代……"

"它们每天都要登出死于决斗的人的名字。"我接口说。

"不，您吓着我了。我看我把事情弄得更糟了。"

"不要抱着头，"我试着不自然地笑起来，"我开玩笑呢。不过，我们在格里希耶击剑馆也不是白白浪费时间吧？"

阿尔弗雷德只是一个劲儿地摇头。

"不过，朋友，我需要一个人待着。"我站起来朝阿尔弗雷德伸过手去。他动情地跟我握握手。"不过我还是不能对您说'谢谢'。"我微笑着说。

"今天我没事，"他一边戴手套一边说，"您可以在台球馆找到我，就是在苏弗洛街跟圣米歇尔林荫道拐角的那家。"

我们告别后各奔东西。我回家的时候情绪很可怕。路上我考虑了自己的处境。当然，大家都知道西尼是诚实的人，我也是这么看他的。他让我明白，对于无法回避的由错误造成的问题只能用一种方式解决，因此我没有冲进敞开的门。可是在心里我抱着一线希望，也许是搞错了，虽然我明白，并没有错。

我走进前厅，马上就发现叶莲娜一个人在家。我让仆人们出去，等他们出去以后才打开客厅的门。叶莲娜正在翻看一本杂志，我进门后她停下来，抬起了眼睛：

"你早回来了很好。亚历山大先生马上就来，我们去剧院。我以为你又会迟到。"

我努力让脸上的表情尽可能平静些，不过看来我做得不好。叶莲娜发现了什么，因为她惊奇地问道：

"你怎么了？"

"没什么。"我干巴巴地回答，"没什么。"

可是尴尬已经出现，得把话说清楚了。

"是这样，"我一板一眼地说，"这里不会再有什么亚历山大先生了。"

"为什么？"她的困惑显得那么真实，使我瞬间发生了痛苦的动摇。叶莲娜甚至向周围看了看，好像在她和我之外寻找这个奇怪的玩笑的原因，好像用目光找某个可以告诉她，顺便告诉我这是怎么回事的第三者。

"莲娜，"我继续说，"我觉得亚历山大先生利用了我们的好意，而你，是的，是的，你，"我语气肯定地说，"纵容了他，你的表现无法容忍地……"我斟酌着用词，"无法容忍地随便。"

"原来是这样，"她嘲讽地笑着说。看来她一听就明白了。这让我害怕。

"是的，是这样。"我点头说。

"真不像话。"她眯起了眼睛。我面前的是一张我从没见过的脸，是那么陌生，最主要的是，我看不懂它。"你大概是在等我解释。"她脸上又恢复了通常的表情，"没有解释，也不可能解释。"

她说着从长沙发上起身迈着平稳的步子回自己的卧室去了。前厅响起了门铃声。我想起我把仆人打发走了，于是就亲自去开门。门口站着亚历山大，穿着出门的衣服。他看到开门的不是看门人而是我，他稍显尴尬，这一切我清楚地看在了眼里。

"今天天不作美啊，"他快活地说，"这不，"他双手一摊，"我们要去看首场演出。您跟我们一起去吗？"

"您知道，"我开口道，而他已经做出了有几分嘲笑的姿态，好像一个人准备以最大的注意和兴趣听取和应对一番最无意义的交谈。真的，当眼睛睁开的时候，它们也会看见本来不存在的东西。"叶莲娜不舒服。"我结束了我的话,"现在我们要留在家里。"

"您说什么呀?"他嘟囔道,"怎么会这样?"

"在布洛涅森林着凉了。"

亚历山大看来开始明白了什么,可是仍然扮演他的角色。我挽起了他的手臂。

"请允许我送您。"我微笑着请求,我们随即到了门外。

门口有一辆双人轻便马车等在那儿。"该死的。"我想。

"我们一两天内就要离开巴黎了。"我顺带提到,"很遗憾不能继续跟您来往了。"

我这个骄傲的戴绿帽子的人还笨拙地耍嘴皮,这让亚历山大一下子明白了是怎么回事,他对我报以理解的微笑。如果他不这样,我就会好歹把我的愤怒糊弄过去,可是这笑容太招摇太有挑战性了,我的坏脾气蠢蠢欲动。亚历山大没有坐上马车,而是半转身侧对着大门,玩弄着手杖,好像在想什么事情。

"她不爱您。"终于他还是带着那副表情抛出了这句话,然后就向马车走去。

这已经超出了我能忍受的范围。一切,一切都是真的。

"等一下,先生。"我叫住他,"我看,她只好爱您了。那么,在什么时候,什么地方我可以向您表达我的感觉呢?"

亚历山大带点好奇,又非常嫌恶地看看我。

"随您的便。"他回答,明显有些吃惊。

"请告诉我。"我问道。

他想了几秒钟。

"就像您知道的,我习惯午后在布洛涅森林散步。"他告知我,然后做作地鞠了一躬,补充道,"在任何天气。"然后他礼貌地鞠躬、登车。

短短的一分钟内,这件与我的愿望和原则相背,清醒的西尼曾经预警过的事情到底发生了。但石头已经扔出,我如释重负地定下神来,沿着侧面镶着镜子的楼梯上楼去。我自己的影子从四面八方朝我扑来。

这时得考虑请谁当证人的事情了。当时鲁米利亚克不在巴黎,再说以他的年龄也不便参与这一类的纠纷了。我想到了西尼。我很快换了衣服来到街上,急忙去那个阿尔弗雷德今晚跟我分手时告诉我的地址。叶莲娜一直没有从房间里出来,我也不想、不需要见她和跟她说话。再说我又能从她那儿得到什么支持呢?

我很快找到了我的朋友。台球厅是一个阴暗的厅,天花板很低,有很多人,很吵。阿尔弗雷德叼着香烟,像轮船的烟囱一样喷云吐雾,手里拿着球杆围着球桌转悠,一盏黑罩子的灯照着球桌。他看到我,做了个手势让我等一会儿。我想找个地方,可是所有的椅子都有人,于是我靠着柱子,双手交叉在胸前,等他打完一局。球以闪电般的速度划过绿色的台面。球桌上的形势也是瞬息万变,球一动不动、紧张不安、乱七八糟地趴在桌面上,等着球杆的一声响亮的打击让它们重新运动起来,身边掠过的伙伴们一个撞一个地疯狂追逐,臣服于球手们凌厉无情的摆布之下。阿尔弗雷德打出最后一个精彩的双碰后赶紧一边系着军服的扣子一边朝我这边走。他玩得很爽,面带微笑。

"我要干。"我对他说。

"你疯了。"他忧心忡忡地很快说道,微笑消失了,"我们去坐坐,哦,不,这儿太闷,也找不到地方。我们到外边去,到那儿想想怎么办。"

我们走了出去。左近有家小餐馆亮着灯光。我们找了一张小桌子,阿尔弗雷德要了沙尔特廖斯甜酒。

"这是什么?"我好奇地问,但突然想起来了,"对了,我听说过,这就是那种草药酒,是修道院做的,是吧?"

阿尔弗雷德点点头。

"阿尔弗雷德,"我开口道,"您其实能猜到我为何要找您吧?"

"当然。"他再次点头说,"可是我还是认为您做了蠢事。"

"我们已经谈过这个了。"我不满地回答。

"这有什么好处呢?"他摇摇头说,"您说说,您何必要这样,为什么要做这种蠢事,请问?那些时代早就过去了。现在是平庸的时代。"

"但是大家不知为什么就是要遵从这些过去的时代的规矩。"

"算了吧!"阿尔弗雷德挥挥手说,"您何必让自己遭遇危险呢?您这样做只会火上浇油,让对手更得意——只有这个结果。说到底您是个外国人,在这儿又能怎么样呢……哦,真的,这样是于事无补的。"

"我们已经说定了。"我想让他打住,"而且您自己,您要是在我的位置上,会像您建议我的那样做吗?"

"我吗,我是另一回事了。"阿尔弗雷德皱起眉说,"我在这儿生活,我是军官,而且……我见过好几次,来自最好阶层的、最有品位的人认为可以不如此行事。再说您在意的是什么人的看法呀,那些人自己也不会那么做……"

"是的,他们自己不会那么做,"我表示同意,"他们肯定不会。这些我都明白。可是他们会到处传闲话,人们会听信他们。可是说实话,问题不在于他们。"

"得,您看得更清楚。"他好像妥协了,"可这毕竟是无意义的危险……"阿尔弗雷德还是不时地皱皱眉。

"您知道吗,"我沉思地说,"我想起一件事……当我在我们国家服役的时候,我开始服役的时候正好赶上到皇村的铁路开通……"

"皇村?"

"这是我们团所在的郊区。当时这条铁路刚开通。此前是用马拉车厢的,这时忽然来了蒸汽机。这是什么怪物啊?您想想,又是铺天盖地的浓烟,又是轰隆隆的声音,又是臭味,还有这些可怕的汽笛声——简直就是地狱。我母亲从莫斯科给我写信说:'无论如何都不要坐这个铁虫子,如果坐了话,出了事这能怪你自己。'"

"您坐了吗?"西尼问道。

"您知道,坐过一次。当时有事要赶着进城,要是坐马车的话得4个小时,坐火车只要不到40分钟。虽然很可怕很危险,但也得坐。死也得去。"

"活着就是危险。"我的朋友叹口气说。

"正是。"我无力地笑了,"怎么样,我可以指望您吗?"

阿尔弗雷德笑了。

"有一个麻烦,"他直言不讳地说,"我哥哥是德·维尔特在一家商业机构的合作伙伴,而我,您看……不想让我哥哥受连累。不过，要是您允许，我马上给您推荐一位体面的助手。"

"那就有劳您了。"我表示同意，"我不想让任何认识的人知道。"

"哦，当然了，一定。"阿尔弗雷德起身拿起制服，"请稍等一会儿。"

他去了台球厅，很快就跟一个他们团的大尉一起来了。我不是说喜欢这个大尉，而是喜欢他走路的样子：看起来干练，淡定，沉着。大尉讲话既干脆又有礼，没有多余的问题，对这件事非常内行。我觉得他对这种名誉案中不是新手。

"对了，"德·西尼问道，"您有手枪吗？"

"没有。我来的是欧洲。"我开玩笑说。

两个军官相视而笑。

"如果您需要的话，"大尉客气地提议说，"我有两把很不错的。"

"是勒帕热式手枪吗？"德·西尼问道。

"不，是很新的。是德威姆做的。"

"可是……"我想表示异议。

"哦，我保证没问题。"大尉忽然明白了我的意思，像姑娘一样红了脸。

"什么都不用担心。"阿尔弗雷德让我放心，"这是个很有名的师傅，而且大尉很懂武器。"

我们商量好，大尉将骑马带着箱子在通往吕埃利的路上等我，我则坐出租马车去那里。我感谢他的帮助，然后他便告辞，回去消失在台球厅里，那里的一局球还没有结束。

这时我没有可以去过夜的地方。我的神经没那么坚强，我知道我睡不着，而如果跟不忠实的妻子在一个屋顶下熬过等待的时间，我觉得不管对她还是对我都是一种痛苦的惩罚。我不想写什么愚蠢的信，无论如何也不能下决心在黑乎乎的书房坐一夜，意识到那个造成这个愚蠢、而主要是不必要的事件的人就睡在隔壁，而且很可能睡得很安稳——我爱这个人，又不理解她，所以恨她。

我的朋友帮了我的忙。不知他是看出了我的心思还是想通过这种方法尝试用一种还没使用过的方法来来改变我的决定。不管怎么说，当大尉走后，西尼看出了我的踌躇。

"您想睡觉吗？"他小心地问。

"唉，想是想，可是看起来睡不了。"

"那就去和平街我的家吧，我恐怕今天也睡不着。遇到这么闹的事。"他补了一句，随即打了个哈欠。

我很乐意地接受了阿尔弗雷德的邀请，毫不犹豫地接受了他的好意。我派人去取我的马车和衣服，很快我们已经坐在阿尔弗雷德宽敞的住宅里的壁炉边了。他一个人住着这套房子。

"你真固执，"阿尔弗雷德边说边在我面前的餐具里倒上芳香的沙尔特廖斯酒，"我敢打赌，您不大了解您准备朝他射击的那个人。"

"您的意思是，他有些没人知道的事情，跟表面看到的很不同？"

"正是。"我的朋友表示同意，"我应该说，您的对手虽然很年轻，也许正因为很年轻，已经参加过四次决斗了，其中三个……所谓的朋友，被他当场打死了。"

"原来这样！"我吃惊地说，"真是个强盗。可是我射击很好。"

"光会射击还不够。"阿尔弗雷德严肃地说，"我曾亲眼见过这类事，您知道我看出了什么吗？人有某种内在力量，它决定一切。获胜的不是技术，是气。我见过最冷酷的人，最好的射手倒在没有经验的年轻人或是从来没摸过枪的人手下。这种力量跟定数差不多。

"阿尔弗雷德，"我抗议道，"您何苦非要死乞白赖地给我带来晦气呢？真的，您让我害怕了。"

"我只想提前提醒您，仅此而已。"他带着隐隐的微笑回答，可是显然，他仍然没有放弃让我放弃决斗的希望。

"您是自相矛盾：既然有定数，那就是在劫难逃，对于没法逃避的事，害怕又有什么用呢，不是吗？"

"不对，因为命运在跟我们周旋的时候总是给我们逃脱的机会。这跟我们人之间习惯的做法不同。这是不是意味着，"他接着说，"人们是循着不自觉的意愿自己选择了命运呢？"

"现在您就毫无疑问地在尽力改变我的意愿。"我不无讽刺地总结道。

阿尔弗雷德向我投来不安的一瞥，然后把目光移开了。

"听我说，阿尔弗雷德，"我忍不住说，"您的神色很诡异，见鬼，您是不是想说，我会被打死，尽管这一点都不合情理？您要是知道什么就说出来吧，不要绕来绕去。"

听了这话，阿尔弗雷德哈哈大笑起来。

"真行啊，您的脑子里冒出来的念头真荒唐。我看您不像哲学家嘛。"

"哪里，跟您在一块儿不知不觉地会变成一个伊壁鸠鲁派。请讲吧。"

"可是您还是更喜欢斯多噶派。"阿尔弗雷德说，"其实我们天生都是伊壁鸠鲁派，除了……"

"我的天哪！"我喊道，"这么斗嘴下去没个完的！算了，我去睡了。"

阿尔弗雷德两手一摊,又笑了。

"您不想睡是吧?那好吧,对不起,我讲就是……不过得从最开始讲起。"

"一夜够不够?"我说话的语气好像是阔佬不由分说地硬塞给马车夫显然过高的车费。

"够,也不够。"阿尔弗雷德沉思地回答。他变得严肃起来,抽起烟来。

"捡最重要的说吧。"我感到这一夜可能是我拥有的一切,而我得想办法把它消磨掉,就像有时候必须把最后一点钱花掉一样。

阿尔弗雷德拨了拨壁炉里的木柴,开始讲道:

"这个人的命运有点不寻常。很可能正是因为早年命运多舛才形成了后来的他……关键是,这个亚历山大·德·维尔特根本不是法国人,虽然住在法国,也不是奥地利人,虽然有一个奥地利姓。他的出身不明,传说他母亲是一个波兰贵族,由于1831年波兰暴动的可悲变故,他失去了母亲、名字和领地,当时他还是个孩子。我曾跟他谈起这些,他什么都没有否认,但是不太喜欢在人面前提起那些片段的记忆。他父亲是谁,谁也不清楚。我曾经跟一些波兰侨民来往,其中一个人讲了些令人吃惊的事情。他本人对这个年轻人可能出身的那个家族很了解,他跟我保证他告诉我的事都很可靠。他甚至好像说出了那个家族的一些很有名的人的名字,可是我不记得了。

"话说亚历山大的家庭以某种方式——确切情况我不清楚——卷入了反对俄国占领的暴动。他的老家被毁，母亲很快死于结核病，当时他13岁，他的老师是当地的一个神父，也一命呜呼了。孩子本来有权继承的所有的财产，动产和不动产，全都充公了，但他未必知道这些，也未必知道他有什么遗产可以继承。他流落街头，身上穿着儿童常礼服和带花边衬衫——这就是他真正拥有的一切。开始的时候好心的农民把他藏了起来，他们看到主人遭到的镇压而胆战心惊。他跟他们一起过了几个月，后来教会人员听说了他的所在，看来他们对他已故的老师很熟悉，而且也知道他这位老师都做了些什么。在波兰，教士的权力很大而且不容置疑。教士们对农民说什么俄国宪兵在寻找亚历山大，意图对他不利，说沙皇下令把他关在城堡等等，如此这般地胡说了一气。善良的人如果又愚昧就很容易骗，他们什么都相信。看来教士们在那个阴沉的世界所做的事就是争一笔已经不存在的遗产，后来得知，那位已故的老师早就着手做这件事了。可是他已经尝到了上帝王国的果实，他在周围制造了混乱不明的局面，由于战事的原因事情更是变成了一团乱麻，这些人无法知道他们是白忙一场。而且我想，就算他们知道了也不会改变自己的打算，他们错过了遗产，也要把这个孩子的灵魂拿去，按照自己的样子和需要来塑造他，以此获得满足。当然，如果亚历山大落到俄国政权的手中，他会被安置在一个体面的学校里，然后，可能会被安置到军队服役，沙皇很可能会恢复他失去的领地。可惜，这种情况没有发生。我不知道亲戚们为何没有来管这孩子的命运，我也不知道他有没有亲戚，如果有的话，他们是不是能在大规模屠杀和镇压的情况下采取什么措施。这些都不清楚。反正，孩子被从波兰带到了法国，脱下了农民的衣服，穿上了见习修士的阴暗罩衣。他不知道他的未卜的命运处于一个阴谋的核心。他住在乡下，和农民的孩子们一起玩耍，慢慢开始分担一些他们辛苦的农活。

"在教士们隐修的地方也是这样的气氛，大家劳作，表面上很公平。亚历山大的心灵监护人听说过遗产的事，他们觉得很快就可以到手，当他们得知他们落空了的时候，他们就不再浪费时间监护他了，而是打定主意通过神父跟俄国政府打官司，可是没有任何的结果。教士们没有气馁——他们本来也没什么可着急的，因为这个活蹦乱跳的继承人就掌握在他们的手里，他们抽搐的手指攥着的琥珀念珠闪着无限吉祥的光圈，他们早晚会得到想要的东西。把皇位权力看得死死的尼古拉不会万寿无疆，欧洲事务的任何意想不到的变故都可能引起俄国政权的好结局。生活经常给我们意外的馈赠……

"这个时候亚历山大一边练习拉丁语一边帮助长老们管理修道院的事物。任何尘世的烦扰都无法到达这个法国南部偏僻的角落，这里的生活波澜不惊，没有忧虑，没有怀疑，没有闲话。就像奥斯曼人将一个基督教的小男孩教成一个虔诚地信仰安拉的军人，埃及的阿尤布王朝把他训练成一个可怕的苏丹近卫军一样，控制着亚历山大的人不遗余力地要将他变成一个基督教的忠诚战士。他们不断把他从一个房间换到另一个房间，让他无法习惯于某个房间，认为它是自己的——而且当时除了生命他一无所有。他记事以后先是在波兰的森林里度过童年，接着被抛到了一个法国的几乎同样偏僻的地方，这里的居民只有教士、修道士和他们的追随者。赶车的农民的吆喝声永远无法传入修道院的高墙深院，只有一种声音——召唤去做祈祷的钟声，这种又古老又忧伤的声音让人模糊地感到，原来世界上也可以有这么响的声音。这座坟墓的住持是德·维尔特院长，他亲自教这个男孩，教他忍耐，做事忠诚，服从师长，以及认为自身是卑微的。不过，就像您以后会知道的，尽管这些老师的尽心教育有点成效，可是却让这个年轻的头脑变得那么奇特，那么出人意料，足以再次证明上帝的路确实是不可预知的。不过这个待会儿再说。"阿尔弗雷德忽然打住。

我发现他的思绪不时地飞走，而他在尽量不丢掉叙述线索的同时，大概也沉浸在自己的某种思绪中，这使他的脸上出现了一抹阴沉的忧郁。

"话说亚历山大对周围的世界，对整个文明的概念都很模糊。他的手里没有书来给他解释很多他觉得神秘、而在修道院大墙之外的大多数同龄人已经明白的东西。他不了解世界，确切地说，不了解兄弟会之外的社会，他眼中的世界几乎跟《圣经》——这是他唯一的读物——里的世界完全一样。他是个平和、听话、寡言的孩子，将他尊敬的人的伪善的爱抚当作爱，并以爱来回报他们。他经常跟其他的修道士一起被派上山去采集做酒的草药，那种酒是在沙尔特廖斯的夏特勒修士们发明的。当他靠着盛满芳草的篮子坐在山顶的时候，他看到的世界是淳朴和美好的，就像一块新鲜的面包，就像造物主的疲倦的手势，就像圣母无力的微笑。所有这些古老的不守教规的教会，欲望，骇人听闻的恶行，无尽无休的流血，所有在圣经中描写过的历史仿佛已经过去，永远地消失了，它们就像已经停息的风暴雷雨，在身后留下的只有这深邃的蓝天，沐浴着细雨的雄伟山峦，青草迷人的芳香——它预示着天堂的气息，以及山下那些梦幻的小村庄里一座座小的房子和修道院教堂孤独的尖顶。这一切使人感到大自然已经永远地平静下来，等待着上帝的到来，周遭风景空阔，更让人觉得一切多余的东西都已被清理、抛弃，人也只剩下像德·维尔特神父这样最好的、最配得上观看这一切的人，他们的生命也终于变得简洁而朴实，就像用节制的拉丁语写的福音书一样。

"亚历山大当然不知道，他辛辛苦苦割草做的酒中有极大的一部分是每天在巴黎的各个咖啡馆出售的，德·维尔特神父跟修道院的所有其他管事的一起分享利润，而嘴上却说这是治病的药酒。但最主要的是他没想到他被剥夺了掌握自己生命的神圣权利，而院长的父亲般的微笑不过是面部肌肉的运动而已。亚历山大对很多自己看到的东西，读到的真理和弥撒时听到的赞美诗的理解都非常单纯，也就是按照本来意义去理解的。这让德·维尔特神父感到担心——他'大发慈悲'地把自己的姓赐给了这个孩子。显然，相对于他们想教他做的事情来说，这个孩子好得过分了。"

26

"不久就发生了一件令院长更为不安的事。从波兰传来消息说一个德高望重并很有钱的俄国公爵不知出于什么原因开始找这个孩子，他借助金钱和无所不能的俄国警察已经找到了线索，知道孩子在格勒诺尔附近。院长非常紧张，因为有证据说明这位公爵跟这孩子有血缘关系。我的朋友，您很清楚，我们的教会在搞刺探方面不逊于任何世俗的宪兵部门，也许最隐秘的侦讯手段正是在教会内产生的，而最早干间谍的是些法国的无业游民，当然，还有耶稣会的人。院长从隐秘无形而源源不断的渠道了解这位俄国旅行者的一举一动，知道他已经进入法国境内。得想个什么办法，而这个办法很简单——简单得让人毛骨悚然。德·维尔特收到通知这位身份不明的人快要到达的信之后，当天就向一个更偏僻的天主教修道院发出了一封盖有金色印章——nous pauvres chartreux①——的信。德·维尔特请求那里的长老照看他的孩子。接着他把孩子叫来告诉他,他得在另一个修道院住一段时间。他对于这个变故的原因只字不提,但暗示会对他的未来做出最好的安排。亚历山大一点也没有感到吃惊,因为他毫无保留地信任德·维尔特神父,他唯一感到难过的是就要跟这个人分开了,因为对他来说世上没有比这个人更亲的人了。而唯一使他感到困惑的是他须得半夜离开修道院,而且不知为何不是从正门出去,而要从阴暗的花园院墙上一个好像钉死的小门出去。德·维尔特亲自把生锈的钉子拔出来,推开糟朽的木板,送他上了一辆农民的马车。那个要全程陪伴他的车夫很少说话,他们走的是僻静的小路,在远离村镇的地方过夜。

"早上,在修道院墙外那些散落的墓碑中间又多了一座新墓碑。刚刨开的土还没有干,在初升的太阳照耀下欢快地散发着潮气。德·维尔特对一名教堂的杂役说,亚历山大在自己的房间里意外地死去了,死因是霍乱,德·维尔特在钟楼亲自为他唱诗送葬。此外,有两个教士天亮前很久就被院长叫起来,打着火把掘好了墓坑。死亡是很常见的事情,修士们尽心地为亚历山大做安息祈祷,谁知道呢,也许惶然的夜风曾经将远远的钟楼敲响的没精打采、麻木不仁的丧钟朦朦胧胧地送到亚历山大的耳边。

"院长采取的'预防措施'是很及时的:过了不到一个星期就有一个外国人来求见他了。接待客人的时候德·维尔特在他那冷冷的瘦脸上挂出一副最殷勤的微笑。他们谈了很久。一名被打发开的做侍应的修士在门口偷听他们的谈话,可是厚重的橡木门将秘密隐藏得很严实,他什么也没探听到。人们只看到院长跟陌

---

① 法语:我们可怜的夏特勒修士。

第三部

生人手拉手地走出来，在那座有点下沉的墓旁脱帽站了很久。两个人的眼里都含着眼泪。天气非常好，但是丧钟却响个不停。那是法国人记忆中可怕的1838年。从某个殖民地传到土伦的霍乱很快蔓延开来，夏末的时候已经传到了朗格多克的大部分地区，整村整村的人染病死去，人们陷入恐慌。修道院的人也听说了这可怕的灾祸，好在除了小维尔特，所有的教士眼下还都身体健康，可是城里已经有几个人痛苦万状地死去了。在每条大小道路上到处是由骠骑兵和当地居民一起设立的检疫隔离站，可是死亡好像邪恶的幽灵并未止步。德·维尔特把他自己和修士们都关在修道院里，没有他的允许，任何人不得出入这个安全区。

"如果不是霍乱，亚历山大的命运可能会沿着他的神父开辟的轨道走下去。但是……他们上路的第五天，在离开马诺斯克的时候，一组穿蓝制服的骑兵拦住了马车。车夫多次将修道院长的介绍信（他在当地是个有名望的人）塞到那个快活的军官手里，可是他们还是被送到了一个死神游荡的村子旁边的一座充当隔离所的歪斜的棚子里。棚子里挤满了过路人——这些不幸的旅行者在路上遭遇了可怕的消息。亚历山大跟男女老幼一起在这个炼狱度过了几天几夜：有的人夜里陷入短暂的梦魇，不停地说着胡话，然后就再也没有睁开眼睛。4天后车夫死了，而亚历山大没有染病，尽管在车夫死前一刻也不曾离开他。

"一天早上士兵一反常态地没给他们送吃的，而通常他们每天两次把打包的食物用长杆子通过一个小窗户塞进来。外边悄无声息：既没有马的嘶鸣，也没有骑兵的骂声。亚历山大跟其他的俘虏待到中午，一直没有任何动静，而后他们把棚子捅破。爬出了可怕的黑暗囚室，对很多人来说这里成了墓穴和火葬场。枪骑兵的营地空荡荡的，帐篷还在，一只发青的手从里面伸出来，在最后一次抽搐发作的时候这只手紧紧抓着一把草。枪骑兵们的马在山坡上游荡,安静地享用这丰美的饲料。亚历山大撩开帐篷的帘子,看到那些喜欢说merde①这个词的士兵们和那个快活的军官都已经死了。囚徒们四散开来,有的在靠墙堆放的家什里找自己的东西,有的想抓住那些枪骑兵的马——它们的腿都被绳子绊住了。亚历山大定了定神,明白不能继续往前走了。棚子已经被烧,送他的车夫带的信也随他一起烧了,亚历山大根本不知道要被送到哪里去。他跟难友们问了路,就朝他的修道院方向出发了,而不是像他们劝告的那样翻山去没有疫情的地区。他要回到瘟疫肆虐的地方,人们觉得他简直疯了。他猜想他那宁静的避难所里的人正身处危险境地,他要去跟他们共患难。

"尽管他的生活阅历极少,但他还是明白,如果再次遇到巡逻的哨兵他很可能送命,因此他在夜里赶路,而白天就找个幽僻的小河湾睡觉。他忍饥挨饿,跋山涉水,忧心如焚,最后终于摇摇晃晃地回到了他两星期前离开的那扇小门前——那时他告别了几年如一日的熟悉的生活方式。他本能地觉得应该以他出来的方式进去,而且这种方式是他亲爱的老师示范的,这个年轻人合情合理地认为老师这样做一定是有原因的。这个细节本身微不足道,可是在那种情况下却大有深意。

"德·维尔特跟俄国来客开了那样一个恶劣的玩笑,毫不冒险地用霍乱解释了小修士的突然死亡,可是他也沾上了晦气:虽然采取了严格的措施,霍乱还是钻进了修道院的围墙。黑色的浓烟朝着冷漠的天空升腾,天空则无动于衷地俯视着这可怕的浓烟。僧侣们被吓坏了,谁都不敢冒失地把临近农场的女朋友领回来。修道院大门紧闭,修士们甚至走出自己的屋子都提心吊胆。

---

① 法语,脏话。

如果亚历山大想起来去敲那生着铜锈的大门，他们未必会放他进来，而那扇小门却被完全忘记了，这只是因为没人记得最后一次用它是什么时候了事了，因此便认为它已经不能再当一扇门来用了。亚历山大灵机一动从这扇门进了修道院，又同样本能地径直去找他的恩人。这是黎明时分，修道院的院子里空荡荡的，只有一个年轻的杂役，一个好心眼的笨手笨脚的农民在遮阳棚下的水桶边转悠。他看到亚历山大，不由自主地跟他打了招呼。我说不由自主，是因为他曾奉院长的吩咐给好端端地站在他眼前的这个人掘墓。可以想象，当这个可怜的小伙子看见死人从坟墓里出来会有什么反应。他吓得倒退几步，把水桶一扔，倒在地上半天不能动，只能张着嘴看着这个幽灵，然后他跳起来大叫着，声音大得全修道院都能听见，把差不多所有迷迷瞪瞪的修士都招来了。看到人们惊恐的样子，亚历山大以为这是因为人们把他当作携带瘟疫的人而感到害怕。他跟大家解释说他是健康的，可是没有用——因为这是跨越生死的事情。而他还口吐人言，就更让大伙儿吓得要命了。可是这毕竟不是11世纪了，人们的情绪很快平静了下来。看来是发生了什么目前还不清楚的误会。这时德·维尔特神父闻声下楼来，他看见亚历山大正在一群比比划划的人包围中默默地看着自己的墓碑。亚历山大亲口跟我说，"阿尔弗雷德说，"他一辈子都没有那么吃惊过。这时院长走到这个年轻人身边拥抱了他，他显然很动情。这个行动让大伙儿彻底放了心，大家很高兴幽灵不见了，至于坟墓的事，修士们都很老于世故，知道要安分守己，不去管高层的闲事，何况大家的心思都在霍乱上。此时霍乱已经在修道院有了第一批收获。

"德·维尔特把他的学生叫到跟前，听他激动地讲了他那些不幸的遭遇。他不时地点点灰白的头，好像所有的细节他都很清楚的样子。然后他向亚历山大解释了墓碑的事——他说有一个经常从远处的养鸡场送来便宜鸡蛋的农民告诉他孩子和护送他的人都死了。他赌咒发誓说亲眼看到士兵们焚烧了他们已经没有气息的身体,所以德·维尔特根据基督徒的责任,怀着深深的悲痛让人立下一个简朴的标志来纪念他。不知是因为维尔特演得好,还是亚历山大对主人无条件的忠诚和对他说的每句话的无限信任使他接受了这个拙劣的谎言,很可能是由于这两个原因共同的作用,反正这件事没有闹大,也没有什么明显的后果。已经被举行过所有教规要求的安魂仪式的亚历山大又开始干活,只是经常在自己的墓前停下休息。与此同时修道院中的病人越来越多。亚历山大在隔离所呆过,懂得一点护理病人和垂死者的方法,所以现在就做这些事,他的勇气让大家很佩服。民间有种荒诞的迷信,说是如果一个人不会染上霍乱,就说明他的亲人中曾有人死于这种疫病,因此有免疫力。确实,这种病似乎真的奈何不了亚历山大,而且他跟不幸染病的人在一起的时间比谁都多。渐渐地他自己也受大家的影响,相信自己有免疫力了,所以更坚定地认为自己有责任尽可能地帮助病人减轻痛苦。"

27

"一天晚上有人告诉他副院长想见他,他已经病了好几天了,亚历山大对他尤其关怀备至。亚历山大刚来修道院的时候还是个小孩子,这位副院长从开始就对他很好。这个少年跟罗沙尔神父的关系与跟德·维尔特的关系不一样。亚历山大爱德·维尔特,崇敬他,同时他冷淡甚至冷酷的个性显得高不可攀,使得亚历山大年轻的心中产生了某种胆怯，有时候甚至可以称为畏惧的感觉。亚历山大经常不敢问德·维尔特过多的问题，就算他问了，如果对得到的回答还不明白，就不敢再问了，而是转向和善的罗沙尔去求讲解，他的腰板挺得没有那么直，他的微笑没那么倨傲，所以显得更平凡，更可亲。罗沙尔了解亚历山大的命运，但是院长严禁他跟孩子谈这个话题。他也照着做了，也许是觉得这没那么重要，也许只是为了顺从主教。另一方面，他参与了整个这件事，知道得越多，这位完全没有邪念的副院长对于这件事的公正性越产生怀疑。先前他还尽量地不卷进去，可是那位俄国公爵的到来以及随后的所有处理方式使他必须对最近发生的事情做出明确的判断。罗沙尔很后悔没有勇气趁着来得及的时候把自己重要的发现告诉亚历山大，所以当孩子回来以后他特别感激地赞美主，因为身为副院长的他得到了渴望的机会，可以纠正自己的错误，问心无愧地死去了。是的，罗沙尔就要死了，不再害怕尘世的审判了。于是他跟亚历山大说了自己的怀疑，如释重负地咽了气。临死的时候罗沙尔预感到他的发现会彻底摧毁一颗年轻的心，搞乱他的心智，亚历山大可能采取某种行动，给他的老师带来不可预知的伤害，所以嘱咐他要克制自己的感情，不要企图直接向德·维尔特神父问清楚什么，最重要的是要赶快离开此地。最后这一条让年轻人有点措手不及，但是这个垂死的人的要求很坚决。他让亚历山大相信生活并不是那么可怕的东西，不应该害怕生活中陌生的现象，而应该勇敢地进入生活的圈子，在那儿找到自己真正的位置。他告诉孩子去马赛找俄国领事馆，根据他的结论，在那儿可以把事情搞清楚，并改变这个年轻人的未来。

"可是亚历山大被新发现的真实情况深深地震动了，所以善良的罗沙尔给他的一切有用的建议他都没听进去。这颗充满最抽象的思想的心灵如今又多了一个念头。他沉思地在已经去世的副院长身边坐了很久，让因为命运和思想方式出其不意的急剧变化而陷入呆滞的脑子回过神来。这几个小时他好像过了整整一生，当他再次出现在活人中间的时候，他把这位老师的遗体交给修士们，跟任何人都没有打招呼，包括德·维尔特，就从那扇小门出去了，这一次他再也不会回来了。经过一番奇特的心灵历程，他从自己身份不明的父母身上继承的所有干练的素质忽然显示了出来。受教育的时代结束了，现在他冒着雨要去会会他一无所知的世界。

"他感到恐惧，可是他清楚地记住了罗沙尔的遗言，压制着这种恐惧。就这样，"阿尔弗雷德笑了，"这个孩子被灌输的一个著名的教会观念——权威是不会错——起到了好的作用。在那段艰难的路程中，罗沙尔的话成了支持他的手杖。在克服恐惧的同时他还消除了心中对德·维尔特神父的温情。他怀揣着不好的感情，就想母亲怀着孩子，这使他心里又沉重又痛苦。他不习惯心怀恶念，它们比黑暗、饥饿和他在绝望地走向未知的路途中遇到的其他遭遇更令他恐惧。他沿着泥泞的路向南走，离开自己的墓，也离开了那些掘墓者——他昨天还把他们看作造就者，各种最凶险的革命的性格特质纷纷涌现，一个接一个地出现在他湿漉漉的脑袋里。怀疑随着雨水顺着湿透的头发流下去，在他的脚下变得一塌糊涂——这是由于怀疑而造成的真的一塌糊涂。他习惯地环顾四周，寻找可以解答他的那些恼人的问题的人，可是他无人可问，于是他把目光投向黑暗的天空。天气越来越糟，同时一些坏想法也越来越强烈，包括对德·维尔特的恨，天大的冤屈与隐隐的快感交集的恶劣感觉，'敌人是强大的'的认识，等等。

亚历山大害怕地甩甩头，因为他知道，上帝能听到此刻他心里善的退却，马上就要为这样的背叛而惩罚他，这狂风暴雨，雷电泥泞都不是偶然的，而是传达上天震怒的不可或缺的助手，一道闪电马上就要烧光他的痛苦不堪的身体，而痛苦不堪的心灵将面临最严厉的审判……

"可是尽管电闪雷鸣，四外的景色却瞬间在一片天堂般的光亮中显现出来。亚历山大依然活着，那些恶念也在蔓延，充满了他的肉身，主宰了他的心灵，将空虚填满。他无力抵抗它们的运动，就像无法抵抗初吻一样。与此同时他的身体也发生了同样剧烈的反应，这让亚历山大更恐惧了，他意识到了什么，顿时被对自己的厌恶压垮了，也不再指望弄明白是怎么回事，便冲进路上遇到的一个草棚，觉得自己已经万劫不复，便一头扎进腐败的草堆上——这是棚子里仅有的东西。他把梦境当成了死亡的信号，他觉得通往地狱的阶梯的样子很熟悉，并为此而感谢上帝。他沉沉睡去……后来，有一只蝴蝶停在他的手上梳理它轻柔的翅膀，把他弄醒了。他感受到这种轻柔的触摸，害怕地睁开眼睛——他看见阳光透过门口、透过破墙上的所有缝隙以及棚顶上每一处空缺的地方照了进来。这景象令人不敢相信，好像是迷人的骗局，亚历山大费了九牛二虎之力，用意念，用手势，用意志力，用人体的所有其他行动都无法驱逐这个魔幻的景象——太阳高高地君临万物，以至于趴在他手腕上的那只小小的柠檬色的蝴蝶也好像是一小束阳光，是这个慈祥的太阳的一小块。阳光是那么的迷人柔和，仿佛宽宥一切，喜乐欣然，好像在引逗和邀请他快点走出黑暗潮湿的角落，跟世界一起快乐，一起微笑，在已经洗净晒干的大地上迈步前行。这是上帝，上帝就是解脱。亚历山大知道自己得到了宽恕，知道他会活下去，他得带着那个昨天刚冒出来的负担——也就是真相——活下去。他怯怯地触碰了一下真相，它不满地动了一下，就像从魔瓶中放出的妖精。亚历山大将这只妖精放了出来，清点了自己的恶念，将它们一一放下。现在他已经可以控制自己心里的恶，他知道这一点，尽管还不知道如何使用这种意外的、从前不曾具有的能力。他走出棚子，来到阳光下，笑了。这很容易，他做不了别的事。"

"他上路已经三天了。他几乎没有遇到人，只好连猜带蒙地走下去。太阳依然照耀着，小河中的水量很丰沛。他不得不在别人家的果园里找东西充饥。他走到弯曲的果树的阴影下，边祷告边吞下偷来的多汁的果子。可是他得决定下一步怎么办了。亚历山大非常自由，像这么自由的人在世界上并不多。"

"这自由值得怀疑。"我说。

"就像开天辟地之前那么自由。"阿尔弗雷德回答，然后接着说下去，"第4天快过去的时候亚历山大来撞见一栋地处偏僻的大房子，它的四外全都是一望无际的葡萄园，可以看到一些面孔黝黑的工人在茂密的葡萄藤之间一闪而过。亚历山大看到有人，便犹豫不决地停了下来。他来自霍乱流行的地区，知道只要引起一点怀疑他就会被送到当局手里，而他们会把他再次送进某个隔离站。去隔离站无异于死亡。

"亚历山大来到的这个庄园叫作葡萄藤庄园，它的可笑的主人名叫雅克·列纳恩，被认为是阿维尼翁以东最大的葡萄酒生产商。他的土地和产业是从父亲手中继承的。他父亲因为革命而破了产，但是在拿破仑打仗期间又一次发了财。父亲一心想当军官，结果死于库尔姆战役，所以雅克从年轻的时候其就学会了经营。他结过婚，但妻子十年前去世了，也没有留下孩子。失去妻子之后列纳恩把全部心思集中在他的商业活动上，终于得到了不小的成功。他的营业额不断增长，渐渐地把竞争对手们挤垮。他亲自过问生产的细节，而为他的庞大产业打工的是一些奇怪的人，是一些所谓不太寻常的人，这一点也是他的经营中的一个举足轻重的因素。雅克·列纳恩是个善良的人，但很精明，因此他的原则是不过分追究他的工人的过去。世界上他最喜欢做的事就是几个小时地看着芬芳的红色液体从挤压机中一股一股地流出，心里计算着利润，享受生活的快乐。

"于是，雅克对他的工人过去生活中的某些细节睁一只眼闭一只眼，而工人们对他的回报是不问临近的庄园里同样的劳动可以得到多少报酬。在葡萄藤庄园人们不会提多余的问题，如果一个人声称他叫让，他的证件被强盗抢走了，那么大家就信以为真。这种做事风格出了名，一些无处可去或者出外不无危险、只好在马赛及附近的港口小酒馆半饥半饱地打发日子的人，便把列纳恩这儿当成了庇护所。竞争对手们对列纳恩很不满，因为他在葡萄收获季节压低价格；当局不信任列纳恩，因为政府怀疑他在庄园里隐藏逃犯或类似的'黑人'。而那些'黑人'则对列纳恩任劳任怨，他们认为在家乡干活哪怕挣钱少，但总算有点钱，有口饭，总比在远离家乡的地方白干活强。列纳恩很看重自己从中获得的利益，对任何人都不勉强不拘束，人们来去自由，他不会强留他们。自然，有时宪兵会找他的麻烦，可是列纳恩会把他的工人藏起来，打着哈哈把他们应付走。总之，不少人已经在列纳恩这儿正式住了下来，而另一些已经被忘记的人则会在半夜忽然到来，到早上不用人提醒，已经干起熟悉的工作了。

"亚历山大来到的就是这样一个特殊的'葡萄园客栈'。他本打算第二天继续上路，却忽然被正在巡视的主人看到了。主人向亚历山大微笑，可是按照自己的习惯，他没好意思盘问这个年轻的修士。他看到亚历山大做自己的工作得心应手，这让他很喜欢。更让他喜欢的是，亚历山大跟他平时遇到的同龄人不一样。当列纳恩得知亚历山大身无分文的时候，就建议他留下来两天，哪怕稍微挣点钱做路费。亚历山大觉得帮人工作就像呼吸一样自然，他听说干活还可以挣钱而不是仅仅管饭，感到大为吃惊，这把列纳恩和听到他们谈话的工人们都逗笑了。当然啦，谁都无法相信他连这么简单的现实情况都不知道。列纳恩还是决定跟这个孩子当面谈一次。亚历山大喜欢列纳恩无忧无虑的笑容，再者，他自己也不太明白他为什么要去马赛，还要去俄国领事馆，既然他一辈子一个俄国人都没见过，第三，所有这些人对他随随便便的态度似乎告诉他，他们对他没有任何兴趣，所以用不着提防他们。何况列纳恩年龄比较大，亚历山大遇事正是习惯向这样的人求教。那天晚上他毫不隐瞒地把自己的事告诉了列纳恩。列纳恩听着他的讲述，时而陷入沉思，时而捧腹大笑，但最终他暗示说，这件事没那么简单。他有把握地认为，以亚历山大现在这副样子，他恐怕不容易进入外交使团的驻地，所以他说服年轻人留在葡萄藤庄园等待时机，而他自己坐下来给领事馆写了一封信，信中向官员们说明了自己对亚历山大出身的疑问。他很快就接到了答复，然而内容却不能令人满意：领事馆秘书告知，不久前领事馆的刚换了一拨人马，而从文件中没有发现这件事的任何线索。秘书还写道，他不记得有任何俄国沙皇的臣民到领事馆询问此事，他答应再去大使馆询问一下。列纳恩又发出一封信，做了一些说明，可是等了好几个星期也不见回音。开始的时候列纳恩是以一种随随便便的心态对待这件事的，就像对其他那些经常不断地在他这里受保护的人一样。但是他渐渐地明白了，这一次的事情不同于平时那些微不足道的小事，这一次上帝把一个人的命运整个交到了他的手上。差不多住在他这儿的所有人都经常需要被藏起来，而对于这个年轻人却正好相反，要让事情有个眉目，就要搞出个水落石出。这种罕见的情况让列纳恩很吃惊，可是庄园忙碌的营生让他分心，他没法跟孩子一起去马赛。

"就在列纳恩满怀心事地四处活动的同时，亚历山大跟他的新伙伴一块儿很勤恳很高兴地干着活，没事的时候则按自己的爱好爬上周围的山丘，观察自然的运行，沉思默想。有一次亚历山大很高兴地发现，山丘上长着那种在修道院的岁月给他带来愉悦倾向的草。对他来说这种气味不仅是一种习惯，简直是一种需要。亚历山大闻到这种气味就像见到好朋友一样高兴，他用手指揉搓着这种草，那气味唤起了他的回忆。有一次他摘了整整一筐这种草带回庄园，开始回忆修士们是如何炮制那种已经很出名的饮品的。做到这点并不难，因为亚历山大见到过很多次夏特勒修会的修士制造饮料的办法，虽然当时一点都没在意。他根本不会想到，夏特勒修会的修士们对于饮料的制作方法是严格保密的，并且制作过程也是小心翼翼地避开外人的。只有特定的人才知道饮料中各种植物的配比——这是他们获利的主要原因。很多狡猾的商人想方设法试图找到La Chartreuse的秘密，可是都没能成功。说真的，"阿尔弗雷德说，"葡萄需要种植和护理，而草只要采回来就行了。所以当亚历山大请列纳恩喝沙尔特廖斯的时候，他自然高兴极了。当他确认这不是开玩笑，不是个误会的时候，简直是欣喜若狂。他对亚历山大花言巧语，跟他两个人关在办公室,尽量沉住气,让年轻人把饮料的制作方法一五一十地教给他。'那么现在,现在……'他在屋子里来回快走,高兴地搓着他的胖手指说道。年轻人并不真的清楚'现在'要怎样,但发现他的主人从那一天起开始疯狂地扩展业务。安排年轻人命运的事被暂时拖了下来,因为他急忙从旁边的镇子订购了很多特殊形状的瓶子,而在葡萄藤庄园同样迅速地做了一批装这种瓶子的箱子。一大队人跟着亚历山大上山大量地采了无数筐需要用的草。终于,第一批饮料制出来了,而且做得很不错。这一天举办了一个品鉴会,专门请来了一些工人、小酒店的老板、当地的本堂神父,在他们面前放着从不同的酒桶里舀出的两罐饮料——一罐是真正的沙尔特廖斯,一罐是仿制的。结果这些人怎么尝也分辨不出两者的区别。列纳恩同时跟他在巴黎和另外几个大城市的商业公司联系,得到的反馈是饮料卖得很好。几星期后一车车的饮料便装运启程去征服法国的市场了。"

阿尔弗雷德呷了一口沙尔特廖斯,他的手做了个不确定的手势,看来他也不能确定他此时喝的是哪家的酒。很快他接着这样说道:

"随着时间的流逝,意外的成功让列纳恩的好胜心越来越高涨,同时他跟给他带来成功的亚历山大也越来越亲近。我已经说过,列纳恩没有孩子,在这个最成功的时期他越来越为一个想法所困扰:这样没有限制的积蓄财富到底是为了什么?列纳恩是个生意人,可是并没有利令智昏,有时他会没来由地陷入阴郁的情绪。亚历山大无论从年龄上,气质上,还是一望而知的comme il faut①，都可以给列纳恩当儿子，列纳恩朦朦胧胧地有这种感觉，他属于特别不爱动感情的人，但他对亚历山大的态度是他能做到的最温柔的态度了。他发现他心里一点也不希望亚历山大离开葡萄藤庄园，让他自己陷于孤独，这些年他的孤独感越来越重，但他学会了假装对它没有知觉。现在他不想再每晚以和破烂的《法布拉斯骑士》②斗争打发夜晚了——如果不算账簿，这本书差不多是他办公室唯一的一本书，他知道他永远也读不完它。看那些无穷无尽的字母让他感到很无聊，所以他只看书脊。

"他的生意进行得很顺利，前期安排就绪之后，一切便按部就班地进行下去了。这时候夏特勒修会的教士们开始从可怕的疾病中稍微得以喘息，由于教会严格的隔离而幸存下来的教士们气愤地得知，上帝奖励给了他们一个强劲的竞争对手列纳恩。他们没多想就把列纳恩告到了法庭。'该死的神父。'列纳恩嘟囔着，但他还是会时而去临近的教堂听弥撒。列纳恩不想投降和仅限于咒骂。他有钱，可是les pauvres chartreux③也有的是钱；他有关系，但修士们的关系更多。案件要在马赛审理，但是因为霍乱无情地在这座城市蔓延，所以官司也毫无进展。列纳恩从旁人那里听说夏特勒教会的修士很清楚想让列纳恩完全停止生产这种饮料是不可能的，可还是想迫使他在饮料瓶上注明'Imitation de chartreuse'④。列纳恩经过和自己的律师、公证人商量，认为教会的仆人们不配提出这种要求，因而拒绝接受。列纳恩准备斗争。他心里燃起了竞争的欲望——这种欲望在他充满商业利益的一生中始终相当强烈。对他来说打败竞争对手是捍

---

① 法语，原意为"做得好"，这里似可理解为"杰出的才干"。
② 法国小说。
③ 法语：可怜的夏特勒修士。
④ 法语：仿夏特勒。

卫荣誉的问题,这跟拿破仑要攻下萨拉戈萨是同一回事。可是,人力是多么渺小啊,"阿尔弗雷德叹了口气,"值得吗?总之,命运再次在盘子里搅成了乱局,本来经过精密设计,似乎不可动摇的东西,瞬间就变成一团乱麻了。霍乱,嗯……这是个奇怪的词。"阿尔弗雷德拖长声音说,"这好像是个希腊词?您觉得怎么样:古希腊的神祇溺死在自己的大便里。是的,这真是一幅触目惊心的图景啊……可是让我接着说。"他瞥见我不满的眼神,说道。

他早就放下沙尔特廖斯,开始喝酒。我觉得他简直是喝醉了——真的是这样。他忽然奇怪地变得很快活。

"我们生活在什么年头?是的,我们来日方长呢。哈,哈,哈。"说到这儿他理理头发,给自己斟了一杯酒,相当有条理地接着说道,"有一天,我想说,终于有一天,霍乱进入了这个'葡萄园客栈'。于是工人们利用他们的天赋权利四散而逃,有几个人走得非常急,甚至没来得及结算。亚历山大照旧好像有神灵护佑一样,忙着照顾病人,但其他所有人很清楚,其实最好的药只有一剂——逃走。陆续有人离开,终于演变成了大逃亡,结果连把做好的酒和饮料装上车的人都没有了。

"时间一天天过去。酒和饮料的消费者住的地方距此很远,对于霍乱只是听说。他们想得到酒和饮料,就向巴黎和里昂的咖啡店要货,咖啡店的老板们急得抓耳挠腮,求供应商去弄酒和饮料,供应商们便十万火急地给列纳恩写信催货。本来秩序井然的机制乱了套,列纳恩了解那些语气恭敬的信的真正价值,像计算利润一样执着地计算着损失。

"他依然不慌不忙,但他变得漠然,对曾经是他生活的意义所在的一切都很淡漠。原来,最近一段时间充斥他内心的是破产的预感,这好像干旱之后的第一朵云,这些思虑理所当然地对他的命运发生了影响。他的生活方式依旧,并不躲避瘟疫,在自己已经空空荡荡的领地转悠,偶尔停下来听听从有回声的高大房子里传来的垂死的人们的呻吟。有时他在没有生火、又冷又空的办公室一坐就是很长时间,看着他妻子的画像,那是一个过路的画院画家为感谢他们为他提供栖身之地而画的。有一次他跟自己的公证人谈了很久,不知谈了些什么。公证人来到葡萄藤庄园有点提心吊胆,是请了两次才来的。公证人从办公室出来正好撞上亚历山大,不知为何,他用有点奇怪的眼光看了他一眼。他什么话都没说,只是摇摇灰白的脑袋,把一些文件塞进了皮包。

"预感经常是人们意念的反映,看来葡萄藤农场的主人身上发生的事就是这样。当他看到自己身边忽然出乎意料地变得一片荒凉,他只是想想而已;而当他的仆人病倒,他知道,他可能要死了。与此同时他不许自己想亚历山大可能会死——他觉得这是不可能的,而如果亚历山大死了,他就无法活下去,确切地说,他就会失去最后的一点念想。灵感将列纳恩牢牢地控制住了,这一次,他的意念和神秘而任性的命运刚好互相呼应。这时生意不只是变坏了,简直是完全停顿了。整个地区布满了隔离站——恐惧终于迫使政府有所行动,因此就算能把市场需要的酒做出来,也已经完全不可能把运出去了。大家都惊慌失措,而传言更是一个比一个可怕。昔日的庄园连半夜都很喧闹,而现在却变得一片死寂,几乎没有人了,只有鸟儿大摇大摆地啄着一串串来不及摘的红艳艳的卡贝内葡萄。亚历山大和另外几个人……对了,"阿尔弗雷德叹了口气,"被救活的人非常非常少,而且也说不清楚他们是被救活的,还是自己好了的,谁知道呢?有一次一个年轻的骑兵少尉被从附近的隔离站送了来——他们把他也救活了。我的天!也许不过是看似这样?不管怎么说,那小子可真行!嗨,"阿尔弗雷德用手抹了一下脸，说道，"我说远了。"他一口喝干了一杯酒。"我有些累了。可是如果您想听——那我就说下去。"

我做了个手势请他接着说，于是我听到了如下的事情：

"预感没有欺骗列纳恩——一天，他感到浑身无力，他起了疑心，但又抱着一点希望。不过怀疑很快就得到了确认。于是他把亚历山大叫来，公证人宣布了遗嘱。除了把很少的一点财产给了曾跟列纳恩要好的本堂神父以外，所有的动产和不动产都留给了亚历山大·德·维尔特。亚历山大还不完全明白他的命运发生了多么大的转折，不知道在这个温暖的秋天的晚上和一叠绿色的文件一起放到了他的手中的正是他的命运，但是他觉得反对是荒唐的，反对就意味着推翻某种他现在还不明白、但对这个垂死的谢顶男人（他的已经平静的眼中还闪着意志的光芒）至关重要的东西。亚历山大唯一不愿意的是用修道院院长的德·维尔特的姓。公证人跟他解释，已经几乎没有时间了，而这又是一个至关重要的法律点，但列纳恩的处理方式更加简单：'孩子，'他柔声说，'这个姓可以给你生活带来的好处比我的布尔乔亚的外号大得多。'亚历山大让步了。他感到随着时间的推移他还要对很多问题做出清楚的回答——而且将要独自面对。'你要生存，'列纳恩身子靠在枕头上，说道，'然后才是工作。你很会工作。'亚历山大把这句话当作遗嘱的没有付诸文字的第二部分，虽然文件本身也反映了这种意思。

"从这一刻起亚历山大寸步不离地照顾列纳恩，只是有时会离开一会儿去看看'葡萄园客栈'其他人员的情况。亚历山大加倍悉心地照料着列纳恩，列纳恩还有点力气，于是跟他讲了自己年轻时候的经历，他年纪轻轻就没了父亲，他必须不折不扣地和自己的缺乏经验搏斗，才能生存下来并保住产业。在大约两天的时间里亚历山大懂得了很多过去从没想到过的问题，列纳恩赶着对庄园的事务做了最后的安排，而他自己已经看不到这些嘱咐的实现了。亚历山大尽可能地记住这个骨子里很浪漫的老商人的所有秘密。尽管亚历山大诚心地祈祷，列纳恩的情况还是越来越糟，又过了一天终于去世了。"说到这儿阿尔弗雷德又喝了整整一杯酒。"万事都有完结。"他叹了口气，"连人的生命也是如此，这是最令人吃惊的。这是令人吃惊的，对不对？"他对我说。他已经完全醉了。"对不起，我的朋友，"他注意到我困惑的样子，叹口气说，"请原谅我有点放肆——这是不由自主的，就像这个世界上的很多事情一样。我们在一定程度上也没有权利把这种不由自主的行为当作精心蓄谋的罪行。"阿尔弗雷德忧郁地笑笑，接着说："就这样，霍乱结束了。当然，不是一下子结束的。渐渐地习惯的生活开始恢复，人们又开始为日常琐事操心，死人也不是架在柴堆上焚烧，而是按照基督教的礼仪郑重安葬了。好在列纳恩的老公证人活了下来，在经营事务上给了这个年轻人很大的帮助，他保持着以往与外界的通信，诚心诚意地代表葡萄藤庄园及其新主人的法律利益。庄园主也渐渐意识到他是这里的主人，他和他过去的同伴的关系也出现了明显的变化。仍然留在葡萄藤庄园的人开始跟他保持距离，他不知道这是为什么。公证人不喜欢亚历山大对所有人都那么随和，他不止一次地对他表示了自己的不满。可是更让这个老人心里不理解，糊涂和害怕的是，他刚得到一笔钱就总想给自己庄园的所有成员均分。公证人急得抓耳挠腮，竭力跟年轻人解释，这样的善心对经营只会带来坏处，可是没有用——亚历山大有的同意，有的不听。哈—哈—哈！"阿尔弗雷德忽然狂笑起来。

"您怎么了？"我害怕地站起来问道。

环 舞

阿尔弗雷德醉眼蒙眬。他指给我看多米诺图案的瓷砖地。

"您看，是这样，有两种颜色的死：黑的和白的，因为人们怎么也不知道当它来临的时候应该悲伤还是高兴。"

我发誓，此刻他的眼中闪着一种非尘世的光，而诡异的大笑让人心里发毛。

"哎呀，您别吓我，"我说，"好像今天要埋的是您，而不是我。"

阿尔弗雷德抹了一下脸，好像没听见我的话，继续说道：

"那年夏天天气晴朗，葡萄很甜。人们听说霍乱之后葡萄藤庄园的秩序一点没有破坏，反而更加有序了，于是纷纷来这里工作，机器重新运转起来了。现在工人们有了自己的医生，为他们的孩子建了学校。学校需要一名教师，他的顾问们建议从邻近村镇请一名教士当老师，可是这个建议被亚历山大生气地否决了。这个想法好像冒犯了他，过去的经历好像噩梦一样无声地展现在他黑色的眼睛前面。看来，他对宗教的神圣原则心怀敌意，对其代表的愤恨与对教义本身的抵触混在了一起。就算他可以亲自教他们认字或是委托自己的一个亲信——就是那位医生来做这件事，而且他也做得很高兴，可是人们学认字毕竟有更深的目的，读书写字只是框架、手段，就像外科医生手中的手术刀，而亚历山大也意识到了这一点。他怀疑自己也完全不懂这根本的东西，可是他坚决不肯让孩子们认字之后只是读那些他非常了解其中内容的书——自从他看到世界以后就再也不敢打开这些书了。当初完全出其不意地出现在他的心里，让他害怕的仇恨，他的老师们的巨大而丑陋的伪善，世界上的看得见的建筑都使他失去了对他认识的那个上帝的敬畏和亲切感觉，他曾相信他的盛名是不可动摇的，就像太阳一样。现在对于他来说，那个上帝已经不存在了，他预感到有另外一个还没有完全看清的上帝——他是在那个值得纪念的阳光明媚的早晨发现这个上帝的。他将十字架上的耶稣的苍白与德·维尔特惨白冷漠的脸混同起来，把圣经与巫术等价齐观，把正义明显的缺席当作了虚空。

"他知道，现在他自己也应该和那些孩子们一起在给他们开的学校里上学。有一次他跟自己的公证人去了一趟马赛。不用说，看到那么大群的人，那么多的建筑、马车和船只，亚历山大被彻底惊呆了。船只好像没有翅膀的鸟儿轻柔地划过微微泛着波澜的水面，水手们脸上那种激动人心的特别的黝黑，辽远的迷人的气息和来自未知事物那种惆怅的感觉——这一切显得真实得多。让公证人感到非常高兴的是，当亚历山大回到葡萄藤农庄的时候，他的装束如果不说非常讲究，也……虽说他的常礼服的颜色和样式有点像一件被扔掉的教士长袍，但是这已经是件衣服了。他的褡裤里装满这各种类型的书，当然其中也有一些书是被大部分有教养的法国人认为相当不入流的。

"过去亚历山大觉得有责任每天去分担他的工人们的劳作，而现在他意识到如今他应该去做不同的工作了。但从马赛回来之后，连这些事情也暂时放到了一边：亚历山大迷上了阅读。书里描写的东西使他感到惊奇，这些跟还未淡忘的从那座海滨的大城市获得的印象奇妙地交织在一起，他边阅读边生活，他感到收获的甜蜜，就像在那个犯事儿的早晨，他在别人的果园里偷了梨和桃，感受到一种让他联想到山地女孩帽子上点缀的玫瑰花瓣的优雅妩媚，感觉到作伪的好处，伪饰的令人不解的必不可少，狡猾的好处——总之，犯罪的必要。于是他明白了，应该看清这个世界的本来面目，它是珠贝色和有弹性的，蔚蓝色的和有韧性的，阳光普照，像没有开头和结尾的童话一样美好祥和。应当把它满满地捧在手心,投身到它的迷人的运行中去。一些板着面孔的人没有触摸这个世界就试图改造它,将它变成一个羸弱而憋闷的仿制品,将那些对他来说如此简单明了豁然开朗的东西带到抽象的领域,这种做法让他觉得荒诞不经。他明白了人的渺小和人的恭顺,因为当人看到一棵在三叶草的叶子上颤动的露珠时,不是应当恭顺,而是应该因它而喜悦,他感到这样的喜悦跟一个普罗旺斯寡妇那种宗教的迷醉感觉或下级修士走在修道院教堂(它是永恒的可怜仿制品)光洁的石板上的平稳脚步含义完全不同。因为这滴露珠就是整个世界,而整个世界则纤毫毕现地映照在这颗露珠里,甚至包括德·维尔特神父,被当作圣骨的青蛙爪子,一动不动的十字架,在人们因对自己的恐惧的而精心建造的院子里被像杂草一样烧掉的木头偶像——多神教的偶像。现在,德·维尔特版本的上帝王国——这天堂的进行曲——已经无法迷住亚历山大了,他想,如果世界上没有生生不息的人,也没有迷人的色彩和大自然无声的运行,如果所有人都是修士,穿着经脏的黑衣服,那么世界就会像一个堆放着无数落满尘土的沙尔特廖斯瓶子的棚子。对了,"阿尔弗雷德笑了一下说,"您有没有想过,也许天使被驱逐不是因为天性低劣,而是因为智力低下?"

我不知怎么回答,所以没吭声。

"在此期间事情的发展是这样的:我已经荣幸地报告过,霍乱停止了。有一次葡萄园庄园收到来自马赛的信,发信的是一个叫莱卢的代理商,他离家躲避疫情,回来后发现自己的库存中

有大量的沙尔特廖斯存货，看来还是列纳恩在世的时候做的。莱卢请示如何处理这批货。亚历山大回答：'卖掉。'于是这种已经为很多市民深深喜爱的饮料又开始上市了。教士们非常难堪地发现，他们又有了竞争对手，他们不安起来，四处打听对于他们优势地位的威胁来自何处。修士们很快就重新提起诉讼，现在他们告的已经是亚历山大了，尽管他们甚至不大清楚他是何方神圣。他们的要求还是归结为一点，就是要他在饮料瓶子上标注Imitation de la chartreuse。年轻人的心腹——公证人——对他详细解释了应诉的种种困难，直截了当地告诉他，他们未必能赢。他还发现没有多余的钱支付律师的费用。但亚历山大对事情的看法却完全不同。他安慰他的有经验的朋友，对他说，因为机缘巧合他可以做自己的律师。说着他拿起笔，拿过一张纸，稍微想了一下，便不慌不忙地在白纸上笔走龙蛇。亚历山大用轻巧友好的语气请修道院长撤诉，他在毫不客气地做出这个暗示时话里话外让德·维尔特清楚地回想起最近一年半中发生的那些有损于他的清誉的事情。他表示他从俄国领事馆知道了他根据自己的出生的权利应当知道的事情，还说他随时准备公布教会针对活人搞的骇人听闻的诡计。他说——尽管这不是真的——告诉他身世的那些人发誓要证明自己的话的真实性，他说如果畅销饮料的事提起诉讼，就一定会爆发一场大战，并不惜笔墨地描述了其后果。这些细节是从一本恰巧在看的小说中借来的，我们这位堕落的天使正借助这些书来弥补自己教育的缺陷。'亲爱的神父，'他最后不无讽刺地写道，'您一定会同意，把纯家庭历史的秘密揭示出来弄得满城风雨会是前所未闻的丑闻。让我们不要玷污我们的清誉，让我们像把耶稣的教诲不仅当作空话，而是当作不可违背的生活原则的人们那样结束这场不愉快的纷争吧。依然忠实于您的儿子亚历山大·德·维尔特'。

"做完这一切之后,亚历山大想起他这位自封的父亲手上的一只戒指上镌刻的徽章图案,就把它画在了纸上。当他作为儿子俯身去吻他的恩人保养得很好的手时,曾无数次地见过它。住在'葡萄园客栈'的人形形色色,有各个行当的高手,所以找到一个会雕刻手艺的人并不难。很快,亚历山大就戴上了一枚一模一样的戒指。这枚徽章的一些细节应当表明它现在的佩戴者的某位光荣的远祖曾是1273年拥戴鲁道夫伯爵成为德意志君主的人物之一。亚历山大得意地吹着口哨,将这枚新戒指的图案揿在信封上,以此表明他也属于这个曾参与这样历史大事件而享有荣耀的古老家族。唉,我不知道德·维尔特院长读了这封信心里做何感想,但我知道他身体受了打击。话说回来,身体肯定是受心情影响的。他中了风,病了很久,好了以后行动需要两名杂役的搀扶。他那健壮的身体无法抵抗这个意外事件,他被压垮了,他差不多一辈子头一回不知所措,退让认输。结果沙尔特廖斯名声大振,更加畅销。但是正如常见的情况那样,亚历山大从起初的防御转向了进攻。他没有制定什么周密的报复计划,而且怕回首往事,但是既然教士们自己送上门来,亚历山大决定不放过他们,更何况他的商业利益也要求他这么做。有一次在浏览一本自然科学著作的时候,他偶然看到对于磷的神奇特性的描写,马上叫人把这种东西弄来做实验。磷弄到了,亚历山大亲眼验证了在黑暗中磷可以制造出神奇又神秘的视觉效果。于是亚历山大立刻开始学习骑马。他天生敏捷,以最快的速度学会了骑行的技巧。与此同时他跟莱卢通信——他跟教士们做生意,获知教士们送货的地点和频率,以及所经过的道路。然后他从自己的工人中选了六七个不要命的家伙,在车棚里忙活了一整天做衣服,一个见过世面的人看到眼前的情景会觉得好像这儿是巴黎女裁缝的裁缝铺。天擦黑的时候亚历山大和他手下的人带着镰刀悄无声息地离开葡萄藤庄园，半小时后在大路上集结起来。参加行动的所有人都到了，一小队人很快消失在蒙比拉奇亚方向。

"这一夜他们注定不能歇息，天气很平静，但也很闷热。天上一条条轻薄的云彩遮住月亮，就像围在女人脖颈旁的轻柔的亚麻花边。万籁俱寂，在云彩的缝隙中隐隐闪烁着稀疏的星星。阵阵令人紧张的小风从远处吹来，来去不定……突然，一阵诡异的非人的嚎叫打破了寂静。领头的车夫吓得扔掉缰绳，从座位上跌落下来，失去控制的马往一旁一蹿，挡住了道路。车队停住了，修士们跑过来聚成一堆，他们呆若木鸡，简直不相信自己的眼睛：就在他们眼前，隔着大概五十步的距离的小山包上走着一队魔鬼。这些可怕的骑士对在场的修士们视若无睹，他们地狱一样深的眼睛好像根本没有发现他们。他们的眼圈以及嘴和塌陷的鼻子的边缘幽幽地闪着可怕的光，犹如鬼魅和尸首发出的鬼火。他们穿着早已被遗忘的欧洲衰落时代的衣服，他们的马一步一步向前走，走得很稳、很轻，好像鬼影一样，没有一点声音，令人感到它们似乎没有挨到地面，而是阴郁可怕地飘在夜色中。阴险的月亮在磨得飞快的镰刀和发着磷光的宽大衣服的褶皱间微微镀了一层银光。眼前的景象就像阿尔比教派的魅影在薄暮时分从坟坑里爬出来，为了遭受的迫害来找罗马教廷算总账。只要再过几秒钟，这些吓疯了的教士们就可以注意到空气中有一种气味，那不是熟悉的马汗味，而是可疑的硫黄味，但是他们很明智地没让自己对这些幽灵追根探底，而是撒丫子四散而逃。与此同时那些幽灵不慌不忙地把车队整顿好，同样从容不迫地赶着车离开了是非之地——在那里无论是宗教还是降妖术都无济于事。"

"应该说,"阿尔弗雷德说,"当修士们又凑到一起,嘴唇惨白,向他们一小时前刚离开的最近的小城镇里老实的小饭馆老板讲述他们的遭遇的时候,他们的处境很尴尬。他们的嚎叫把附近的人都惊醒了,人们随手抄起家伙,由当地的教士带领(他也有自己的武器,只不过是十字架),稍事整顿之后便去到车队所在的地方去了。当然,车队连影子都不见了,修士们还在黑暗中长时间地互相争论,到底在什么地方开启了地狱之门。一方面修士们是成年人,没有喝醉,完全理性,有足够的常识,不应该相信奇迹,尽管它正是他们古老的作坊的要旨。从另一方面来说,关于不可思议、令人惊异的事情的传说多不胜数,就算是由科学的最权威的大师组成的最有威望的委员会,尽管他们绝对习惯于对一切追根究底,为了建立基路伯①会在空中漂浮的观念不惜将他卸成几块,却都不会去猜测这些事情的真伪。因此可想而知,修士们回到修道院大门的时候,他们的那副样子是吓得要命、非常可怜的,尽管修道院图书馆古老的书架上保存着一些对于比这场平庸的抢劫出色得多的事情的描述。不管怎么说,车队不见了,这意味着丢了几万瓶质量上乘、价格昂贵的饮料,而德·维尔特对于让他遭受损失的是人是鬼这件事实际上采取了不予追究的态度。当时已经是深秋了,在开花季节存下来的草快用完了。不满的批发商们向修道院讨要他们预付的钱,亚历山大不失时机地马上把自家生产的饮料塞给了船主们。这件事是如此的荒诞奇

---

① 基督教中的智天使。

怪，以至于德·维尔特一辈子第一次不想求助于宪兵。可是一个月后修道院的又一个运送沙尔特廖斯的车队在同一地点又被一伙同样装扮的家伙以同样的方式劫走了，还有一个车队同一时间在另一条路上也被劫了。于是当局介入此事，最后大家终于明白，这是公开的卑鄙的抢劫。龙骑兵在路上布了哨，此后修道院财产的转运由宪兵的骑兵押解，这些人可不信鬼神那一套。

"不难猜想，一段时间内进攻也停下了，但事情已经做了：教士们计算着损失，亚历山大得到了新的客户，赚了大钱。当局进行的调查没有任何结果，而德·维尔特则彻底认输了。所有这些不愉快的事情对他造成了很大打击，使他一下子卧床好几天。不用说，这件事的线索很清楚，但是葡萄藤庄园很远，而亚历山大也采取了措施。原来，教士们是用在沙尔特当地玻璃工场的瓶子装饮料的，而亚历山大则从马赛的一个属于德·维兹伯爵的工场买瓶子，两种瓶子的形状不同。亚历山大连夜将劫获的沙尔特廖斯经人迹罕至的小路运回葡萄藤，随即把它们灌进德·维兹伯爵的瓶子里。当继续开这个玩笑变得危险的时候，亚历山大暂时搁置了自己营生，想等这阵风过去以后再搞。但是不久就传来了德·维尔特院长去世的消息，他对这样的结果感到满意，便把没了头领的教士们丢在了脑后，让他们重新开始在葡萄酒贸易这个动荡不安的世界中赢取自己的名气。"

"此时'葡萄园客栈'差不多已经恢复到了列纳恩的黄金时代的情况，正如常言说的，庄园开始见收成了，一年以后终于得到了可观的收获。渐渐地它的主人也开始了按部就班的平静生

活，工人们简直把他当作神一样。他们好不容易才明白，朴实、完全的公正和礼貌不是用来骗人的，而是一种生活方式。亚历山大越来越常去马赛。他原来不敢跟人结交，如今认识新人则成了家常便饭。他不再怕人，他开始与恐惧和不自信斗争，不知不觉地，他已经远离和大大超越了长期牢牢控制着他的胆怯。换句话说，他的本事已经大大超出了跟平和的人们愉快相处并所必需的要求。他明白这一点之后，就开始相当不客气地——当然，在他可能的范围内——按照自己的需要、自己的想象和理想改造世界和人们，就像一个鞋匠的小儿子玩耍的时候用剪刀把父亲大块的皮子剪碎取乐。当然了，总是有人会对公正和先知的话做出最刻板的理解，也就是像先知自己显然以为的那样，可是我觉得现在已经是新人、新的先知的时代了，空气中有种暴风将至的预感。教会已经发过言了，而现在它只能发出没人能听到的喊喊喳喳。世界的灵魂是空的——需要把它充实起来，因为自然是不会允许这种空虚的状况的。自由已经争取到了，但是平等却没有。一代新人的时代即将到来，他们的生命将被同样的思想，同样的追求所控制，他们将和圣底比斯①的隐士一样，他们将把整个世界变成荒漠……但是您不觉得吗，"阿尔弗雷德又哈哈大笑起来，"最大公平就是死亡。否则为什么所有的生物都是向生的，但生之后又同样不可遏制的地疾速奔向死亡？您看看，"他说，"万物都是这么不顾一切地投入这闻所未闻、无始无终的，可是有色彩、气味和意义的运动，一切都无法逃脱、无可争辩地服从这个神的螺旋，这个螺旋把树木、蚂蚁、看起来最可怜最卑微的人都卷入其中，它们全都不可遏制地进入生命，进入大地，从大地长出来，全力以赴地尽快呈现，尽快消失，给别的生命腾地方，但

---

① 在埃及北部，为早期基督教徒隐修之地。

是这个地方并不可贵，这个没有尽头的循环的目的是自我繁殖，脱离轮回，在生与死、相见与分离、无数的矛盾对立中创造、折磨，并且好像偶然地孕育某种新的生命，但已经不是人……上帝做了自己的事——他把一个世界交给了我们，现在该我们了。您听，"阿尔弗雷德脸色变白了，他突然拉住了我的胳膊，"他们来了，该走了。"

"您怎么了？"我嚷道。显然，某种思想控制了他的头脑，正把他从沙尔特廖斯酒桶旁边、从葡萄藤庄园以及我的身边带走。

"没事，我接着说。亚历山大来到马赛，认识了一个船长，他只有两件东西：一艘一等一的双桅船和一个坏名声。我不清楚人们到底为什么排斥他，但这个船长在殖民地很吃得开，他非常了解南方的海域，就像马拉区的坏小孩知道在哪儿可以采到栗子和骗到钱一样。这个有趣的人自告奋勇地帮亚历山大做了几次成功的交易，使得他那本已可观的财产在短时间内迅速增殖了。顺便说一句，他不能不看到当初列纳恩把自己的财富给了他，而拒绝把自己过于普通的姓氏给他是很高明的。院长的姓名有分量得多。很多沙龙的常客，官员，当然，还有教会的人物对德·维尔特很熟悉，也很了解他的家族令人羡慕的历史，这个名字为亚历山大在马赛，随后在巴黎打开了很多客厅的大门。亚历山大在很短的时间内在我们生活的各种不同领域建立起了自己的关系，有了熟人和朋友。有些人试图利用他经验不足来骗他的钱，有些人试图引他赌博，还有些有成年女儿的母亲带着特别的兴趣打量他。要抵抗这些无所事事的漂亮人物的压力、他们的模仿者的固执和他们女友的魅力是很难的。开始亚历山大会上最笨的骗局的当，但最终他学会了选择朋友。他以天生的直觉找到了通往上流社会的途径,但是很快有一件事差点让他在上流社会大出其丑。原来,那个能干的船长想出了一个自己担风险、用亚历山大的钱开个买卖的主意。但船长做的不是亚麻布生意或旧世界其他的传统贸易,而是在自己的几个水手的鼓动下动了贪心,决定到奴隶交易所去碰碰运气。亚历山大当然对此一无所知,按照生意伙伴的习惯为他提供资金,任凭他去做。船长的船在美洲海岸被一艘英国战船截住,发现里面载着来自监狱的'黑金'。结果货被没收,船被扣住,船长本人被交给了法国当局,结果牵扯到亚历山大·德·维尔特。因为船长表现出少见的正直,所以亚历山大在法庭上很容易地得到了解脱。当时这件事闹过一阵子,报纸——在我们这儿报纸无所不能——在各家的客厅之间起劲地传播着这个新闻,他曾吃过几回闭门羹,有一阵子日子不好过。有一位有名的品性卑劣的先生已经当着一些他很看重的人的面侮辱他了。亚历山大明白他该怎么做:他向他挑战并打死了他。决斗让他已经动摇的名誉得到了恢复。他用血证明了他是心地清白的。"阿尔弗雷德讽刺地笑起来,"于是社会舆论发生的大转变,亚历山大巩固了一个真正的正人君子的名誉。此外,这次波折让亚历山大本人又做了一番重要的思考。这件事让他了解了现代生活细节的真相,他做出结论,这种生活不适合自己。尽管对很多事情仍旧不明白或心里排斥,但是船长把新大陆说得天花乱坠,好像它的存在就是为了让人们在那片辽阔的土地上开始新的生活,这种想法让他着迷。他把新大陆想象成类似于tabula rasa^①的地方,而把自己不谨慎地当成一个可以画出任何字样的小棍子。另一方面,在修道院度过的多年与世隔绝的生活形成的完全可以理解的习惯也显现了出来。他获得了自由,现在又渴望在一个与世隔绝

---

① 拉丁语:一片空白。

的地方再度寻找自由,正因为新世界的人少,所以对他来说是个更好理解的世界。

"他在巴黎的沙龙里游逛了两年之后回到了葡萄藤庄园,向他的手下宣布了这个决定,请他们跟他一起前往。这些人中有不少过去是水手,他们都不反对重操旧业。差不多所有葡萄藤的人都愿意迁往新的国家,况且故乡对这帮流浪者并没给什么好脸色。葡萄藤庄园被租出去了,在马赛的造船厂已经造好了一艘精美的双桅船等待下水,亚历山大把自己的资本转入了新奥尔良的一家银行分理处。他在那里可以毫无障碍地实现他的理念,包括在他心目中人应该拥有的自由以及博爱和无偿劳动。他可以获得难得的机会用散财的方式施惠于他的最亲爱的社团,赎出黑奴,跟传教士斗争,做他想做的一切,也就是所有这一类的蠢事。"

阿尔弗雷德打了个哈欠,又去拿雅文邑酒。

"预定什么时候起锚?"我问道。

"一个星期左右,"他再次打个哈欠,补充道,"当然,如果今天您不会,像常言说的,一枪把他这个打算彻底打碎。但这是不可能的。"

"得,该走了。"我看了一眼壁炉上面的表说道。

"别忘了帽子。"阿尔弗雷德回答道,"这个样式很适合您的脸,上帝保佑,希望对您的头也合适。"

"谢谢。"我拿起帽子,"我只有一件事不明白,整个这个故事跟那些不忠诚的妻子和愚蠢的决斗有什么关系?嗯,算了,我好像开始明白了。您确实用了最后的办法——让我心软。我简直已经开始喜欢这个人了。你瞧吧,我两枪都会打不中的。阿尔弗雷德,"我忧郁地微笑着说,"您给我帮的忙可不太好。请承认吧,您是希望我对天开枪或是和解,对吧?"

"不一定。"阿尔弗雷德又打了个哈欠。我明白,这是真话。"小心点。"他补充道。

"那么说,我应该对什么更担心呢:是瞄准还是流血?"我笑着问道,"您一直也没跟我讲这些决斗的事。"

"不值一讲,"他挥了挥手说,"我只是想说明这个人很懂枪,枪在他手上就像手臂的优美延伸。我想说的就是这个。"

"不要担心,我一定会跟您一起把您这瓶沙尔特廖斯喝光的。"我在门口停下来,回答说,"对了,您结婚了吗?"

阿尔弗雷德已经完全不能控制自己了,回答我的是一阵疯狂的大笑。我在这大笑声中离开了,我觉得我们的谈话如此奇怪地结束完全是因为他喝得太多了。

后来我非常震惊地得知,早上醉酒的阿尔弗雷德同时用两支枪向自己的脑袋开了枪。我很悲痛,但是没有觉得遗憾,因为他给我的感觉是,他这个人很清楚地知道在各种的情况下该怎么做。

这个早晨天气阴沉,那是一个令人不快的,很差劲的早晨。我们全都处于坏天气的灰色穹顶之下,当我到达布罗涅森林的时候,干脆稀稀拉拉地掉起了雨点,潮湿土地的落叶和湿亮的椴树树干发出一股霉味。

我的大尉已经等在那里,耐心地吸着烟。对手也没有让我久等。我打量着这个侮辱了我的人,脑子里还满是夜里听到的故事。陪同他的那位先生我不认识,那人目光犀利,不时用驼鹿皮的手套掩住嘴打个哈欠。小小的雨珠勉强附着在手套光滑的面料上，摇摇欲坠，每次当他把手凑到脸前，这些水珠就像跳蚤一样跳到大胡子上，消失在卷曲的黄须中。大尉用一块厚料子盖着盛枪的盒子，跟亚历山大和他的证人打过招呼，就把那位证人叫到一边去商量有关的事项去了。这时我偷偷用审视的目光打量着亚历山大，他看到了，但是看来一点也没有觉得反感。他心平气和地等着决斗的开始，目光漫不经心地扫过潮湿的草地和沉甸甸的树枝，那神情就像一匹被主人上了车套、停在乡村面包房门口的疲倦的小马。

终于两位证人商量好了，我们都拿起了枪，默不作声地对视着，等待着开始的信号。我突然感觉到我的手发软，不听使唤。阿尔弗雷德的话还在我的耳边，搞得我简直，就像俗话说的，抬不起手来。我左脚边有只小虫子正拼命想从湿的地方逃走，钻到一条掉落的车前草叶子底下去。它的小腿儿很湿，不听使唤，它不满地颤动着须子探着路，顺着棕色的草叶的陡峭叶面向下滑，在叶子的凹处一滴雨点儿发出碎玻璃一样的光，折射着发白的叶脉——这是一滴很美的水珠，然而对于那只小虫子来说它却意味着死亡。我担心地关注着这个小东西痛苦挣扎，热烈地希望它快点到达叶子的另一边——黑色的干燥的一边——不过我已经不再看它了。信号已经发出，我惊讶地看到亚历山大抬起枪，正气定神闲地瞄准。这一刻我觉得，我似乎正在捕捉我那不真实的感觉：已经去世的舅舅出现在我的眼前，他曾在莫斯科郊外教我射击技术——那是什么时候？我瞄准一个放在树墩上的苹果，舅舅看着我，皱起眉喊道："把扳机扣稳！""枪要端平！"最后他忍不住了，把枪从我手中夺下，重新演示该如何持枪。他闭住一只眼，有一瞬间他的手臂纹丝不动，而后红扑扑的苹果便化作无数快活的飞沫四溅开去。我看着亚历山大，好像着了魔一样，我看见了鼻烟壶上的舅舅和小男孩，我感觉到一只手指按着发烫的扳机，但无法轻易赶走这个此时站在我面前的幻影。这时候什么东西撞击了一下我的胸膛，我感到一阵灼热，被向后一推，倒了下去。我一边倒一边想着那只小虫子，生怕我的倒下破坏了它拯救自己的工程。"枪要端平，枪要端平！"舅舅严厉的声音就在旁边，就在耳畔，就在我的头顶响起。其他的一些声音也在迎合舅舅的声音："不要射击，枪会反弹的！"大尉不知为何对我喊道。我的眼前一片模糊。一些面孔，不，不是面孔，是白点，在迷雾中闪过，向我凑近。"这就行了，何必呢？"大概是亚历山大在说。"他受伤了？""把他送哪儿？"——"切莱斯廷滨河街9号。"一个天使般的男中音回答道。哼，这个地址他熟悉得很！"康斯坦丁是最后的骑士，"薇拉·尼古拉耶夫娜曾经感叹，"而这些人……"她边哭边继续说，"以伯爵的名头卖白兰地，真可怕。""好吧，好吧，薇拉·尼古拉耶夫娜，"我安慰她，"这不好，他们只是不懂，我告诉他们。"我冲着他们说："先生们，康斯坦丁·巴甫洛维奇大公是最后的骑士，先生们……""把枪端平，"什么人狂叫着回答我，嘲笑我，哈哈大笑。把枪端平，枪就像手臂优雅的延伸……"这样的人再也没有了，再也没有了，就是这样，"M.M.公爵叹息着。最后的骑士在维捷布斯克死于霍乱。霍乱，哼，多奇怪的词儿。好像是希腊语的词儿？"哦，"薇拉·尼古拉耶夫娜表示同意，"这很可能。"康斯坦丁跟猎手们冲过特雷比亚河①，但被击退了……该死，被击退了。也许这只是个错觉？

我失去了知觉。

---

① 1799年发生了俄法之间的特雷比亚河战役。

第四部

环舞

在我昏迷不醒的这段时间里不知有多少人出生,又有多少人死去。大概不少吧。我醒来的时候发现我身处自己的那套小房子里,躺在自己的床上,头脑清醒。我没把握地用动作来证实可疑的视觉,我想触摸自己,可是胸部的剧痛提醒我,我目前还活着。我张开嘴,发出了一些不像人的声音,于是又成了我的鼻烟壶、梳子、丝绸领带以及白雪皑皑的俄国的几千农奴的主人,也顺带又成了自己生命的主人。

傍晚正在消逝,落日昏黄的余晖通过拱形的大窗户一股脑地倾泻进房间里。所有龌龊可耻、令人不快、令人痛苦的回忆好像在办公室久坐的人,当他们发现工作日已经结束,门已经打开,就纷纷流向意识,用嗡嗡地声音和无聊的流言将走道和前厅闹得纷纷攘攘。我躺在静寂的房间,用眼角瞥了一下左边的小桌子。我看见上面有一只大肚子水瓶,一只瓷盆,几个盛着药水的玻璃杯,一团棉花,两只梨,两条餐巾,一个信封和一只拴着红线绳的小铃铛。看来一定有好心人在照拂着这里的一切。我小心地拿起铃铛,用手指夹住它的舌头以防发出声响,我想了一会儿,摇铃之后应召而来的会是谁。我最先想到的是从天主教修道院雇来的看护的形象,戴着硬邦邦的包发帽,穿着非常整洁的长袍,大领子好像一个小罐子的口沿儿。而后我想到穿着黑色长裙的薇拉·尼古拉耶夫娜,然后我甚至偷偷地希望是妻子。我觉得在远处的某个地方这个妻子的影子一闪而过,她好像从厚厚的帘幕后面胆怯地探了个头却不敢走到近前来。可是真实的情况却一下子让我清醒过来,让我知道我比自己想象的要健康。铃声在关着的门后引起一阵很大的喧闹,传来一阵男人的脚步声,门被推开一点,停顿片刻——我清楚地听到有人从门后探进头来——终于,门彻底大开了,拉姆博出现在门口,就是那个我等了很久的拉姆博,他的皮肤有点松弛了,头上有点谢顶了,但他的目光依然是懒散的,不耐烦的,同时一如既往地带着一有机会就随时准备投身于他自己的各种疯狂任性的胡闹的神情。他打量我的目光很平静,好像我们五分钟前才分开似的,但我马上明白了,过去一段时间他有令人嫉妒的机会,可以把我看个够。就是说,这是在分别五年之后我初次看到他,而他在相隔五年之后第一次看到我的时间则早得多——是什么时候呢?

"两星期前,我刚回巴黎的时候,"他说道,"我见到了你的名片就来了,讽刺的是正好是你被抬回来的那一天。好玩极了——我的车来到大门跟前,一看,好家伙,是不是在搞化装舞会啊?他们用斗篷把你抬了来。我想把你搬到我家去,但医生不让惊动你。还有你那个大尉,没的说,是好样的——没有马上把你送医院。这小个子挺怪。所以就在家里把子弹取出来了。你记得给你打吗啡吗?"

我把头在枕头上转来转去,表示否定。拉姆博奇迹般的出现,就像基督出现在教堂的商人面前,一瞬间就把我的那些"造访者"从脑子里赶走了,所以现在我的脑子里一片空白。不过,有个老看守依然守着我的脑子——这个已经空空荡荡的办公楼。

"叶莲娜在哪儿?"我是个很真实的人,所以没有问"我妻子在哪儿"。

拉姆博没言声儿,而是用一只手臂和整个身体做了个含糊的手势和含蓄的动作,表明他对这个问题已经深思熟虑并认为这件事没什么可惜的，因此没必要问，因而也不需要回答。他那直截了当的性格很出名，他总是习惯替别人做主，这让我再一次看到，对有些东西连时间也是无力改变的。于是我提高了嗓门：

"请回答！"我气愤地说，"她到底是我的妻子，不是吗？"

拉姆博做沉思状，样子很无辜。嘿，有什么可想的！我干燥的嘴唇做出微笑的模样，就这么笑着等了片刻，等着宣判。拉姆博说：

"不知怎么我觉得你自由了。这很好。可是我不想敷衍你，"他忽然做出决定，"你妻子跟这位先生一起跑到大洋彼岸去了。我想就是跟那位把你打伤的小伙儿。所以说……"他两手一摊，脸上的表情就想有些人谈论死亡时的样子："确实，真的很惨。"

很奇怪，但拉姆博的玩笑话确实减轻了他给我带来的打击。

"别开那些愚蠢的玩笑了。"我含糊地说。

"我没有妻子，"拉姆博回答，"我没什么好担心的。确切地说，用不着为谁担心。我更愿意和别人的妻子打交道。实话实说。你知道，现在这儿有很多的妻子。不错，跟彼得堡完全一样。"

"坏蛋。"我打断他，相当可笑地转过头去。

他快活地眨眨眼。

"Mais①，我理解你。这是个可怕的国家，道德堕落。顺便告诉你，她来过，"他从衣兜里翻出一张名片，"薇拉·尼古拉耶夫娜·斯特列什涅娃。她问候了你的健康。她是个天主教徒吗？"他耸了耸肩。"俄国人是天主教徒，可是法国人拉姆博还是个东正教徒，还是东正徒，应该怎么说？真荒唐。我开始忘记

---

① 法语：但是。

350

我的这个母语了。对了,你感觉怎么样?你的锁骨没断,也没碰到肺,所以应该没事。"他下了结论。

"我心痛。"

"一点不奇怪。心就在胸膛,子弹就是射进那儿的……"

"你得了吧。"我呻吟道。

我身体的恢复快得出乎意料。一些没办完的事情使拉姆博需要再次出门,这一次是要去吉伦特省的议会。他对我保证,出趟门对我也有好处,我对此完全同意。跟我的这位不拘小节的朋友交往对我再好没有了——在这一点上我们的意见也是一致的。

法兰西已经是和煦明媚的春天了。我们拒绝了所有公共马车,坐着自己的车慢慢走。我礼服的口袋里有一封折起来的信,那是叶莲娜留在我床头的,她觉得在永远离开我之前有责任给我写这么一封信。谁知道呢,我心中苦笑,也许走的时候她甚至用嘴唇碰了碰这位男主角发凉的额头,在前额留下了一个例行公事的吻。不管怎么说,信里表达的意思似乎跟我这阴郁的想象并不矛盾:

"……我对您的感激远远超出您的想象……我是一个卑下的,堕落的女人,可是我恋爱了。分手,而不是用欺骗和谎言互相(!)贬损,这是唯一体面的办法——难道不是吗?请相信,当我通过路易莎给您捎信的时候,根本没想过会给您带来这样的伤害,并拖累其他的仆人和世界上所有的人……

"对不起,我忽然看到了生活的灿烂火花,我不想雾里看花，就像阴沉的乌云之间躲躲闪闪的可怜日光那样。"

唉，这一切是何必呢？这也不需要言语。差不多每一本当代的小说都有这一派的女性形象，在那里可以很容易地结识她们。从她那方面来说，她并没有欺骗——这是个错误，可倒霉的是，在这个错误中受害更多的一方是我，而不是她。至少，她承认了这一点。我充当了她进入广阔世界这个大厅之前的前厅，而在前厅是不宜提高嗓门的，要小声说话，就像在教堂，或是在病榻旁，或是在卢浮宫对遥远的年代无声而深深的地致意的时候。

回到巴黎后，我第一件事情就是去拜访薇拉·尼古拉耶夫娜。我发现，我成了别人的生活、命运、透明记忆和衰退的故事的莫名其妙的汇聚点，那些人命运的片段就像随风飘荡的浮云，而他们的记忆像不安宁的梦境，他们的故事则产生于传说的阴郁怀抱，它们好像故意传到我的耳朵里，又好像无意中渗透到我的意识中，要求连接起来，就像恋人们颤抖的手在祭坛前握在一起。

"这个作家在哪儿，在哪儿？"我发疯地追问，"我的天，就是给我们读他的小说的那个作家。我得见见他。"

"哦，那个，"薇拉·尼古拉耶夫娜吞吞吐吐地说，"您说的是那个热尔韦先生吗？"她在房间里来回走着，"他几天前在决斗中给打死了。唉，这是很伤心的事。"薇拉·尼古拉耶夫娜看到我脸色变了，便开始给我讲事情的缘由："可怜的人，他那么有才华……前途无量。等一下，我马上简要地告诉您是怎么回事……"

看来人们很容易从生活中消失，就像头发从头上脱落一样。我承认，我没有听她说。所有这些薇拉·尼古拉耶夫娜所说的动人的故事让我疲惫不堪，我因为好不容易找到了一个可以满足好奇的线索却给它再次溜掉了而抓狂。"真相在世界上游荡，寻找着自己的映像，但一直找不到。"它显现在它所遇到的所有镜子里，然而任何一面镜子都被岁月和遗忘歪曲了，它都无法从中认出自己，因此跟自己失之交臂。一切好像都是这么回事，一切又好像不是那么回事，发生的好像是这样的事情，也可能完全是另一回事，事情可能是这样的，但也不能排除正好相反。没有任何确切的东西，没有任何因果关系可言，只有一团模糊。我沉浸在自己的令人厌烦的不幸中，忽视了世界上不仅有镜子，还有清澈的小溪，它们从地里涌出，孜孜不倦地吸引所有的面庞来到自己身边，还有在山坳里宁静的小冰湖，它们永远不会撒谎，首先，因为它们没必要撒谎，其次，因为它们没有记忆——这种心灵的神话。够了，我自己到底是否存在呢？也许这也是一种错觉？

我一个人回到了俄罗斯。

爱情从我身上汩汩地流出，就像从被库巴钦人的刀刃割断的动脉里流出的血。我生活的不规则的圆快要闭合了。我坐在舅舅的书房里，感到无限孤独。我的目光划过熟悉的书信，对它们的意义已经很清楚了，我被自己的记忆折磨着。偶尔尼古连卡·利哈乔夫心事重重的叽咕或是干瘪的费奥多尔的苍老的呼哧声会真实而唐突地闯入我的梦境。房子已经开始老旧——二层被钉死了，僻静的角落结了蛛网，我不让动它们。蛾子在我的卧房飞来飞去，诚心诚意地跳着环舞，而那些不经意间闪现的思绪就像南方之夜的星星那样在头脑中闪烁几下，给我带来抚慰，随即熄灭，没有一点遗憾。如果你自己不积极地生活，那么你的位置就会很快被占据，于是我以一种迟钝的兴致观察蜘蛛如何将自己生命的线不断拉长，随遇而安地、然而机警地替我度过多余的、危机四伏的一天。

有一天晚上费奥多尔不声不响地走进图书室，意味深长地咳嗽了一声。我正目送着海军部尖顶背后的日落，但这壮丽的景象并没有给我带来丝毫的预感。那幅水彩画像上的舅舅仍然隔着玻璃神秘地微笑着，似乎表示这座城市的欲望、这个世界上的事情统统与他无关。听到动静，我回过头来问道：

"什么事？"

费奥多尔鞠了个躬，交给我一个没有邮戳和火漆封口的信封。我把信封打开，几张票子从里面掉了出来。这些一共有230卢布，我奇怪地翻看着，问道：

"这是怎么回事？"

费奥多尔不声不响地把一个托盘端到我的面前，我看见托盘上有一只还在冒烟的烟斗。这是一只古旧的，深色的烟斗，被陌生人的手摩挲得锃亮……我全身一震。

"这是谁送来的？"我赶快问道。

"一个军人，老爷。蜡烛给风吹灭了，我没看清楚。看样子像个大官。嗨，我该死了，眼睛一点都不好使了，有啥办法呢，"费奥多尔不停地叨叨着，"前厅灯也没点，看门的也没有，真丢脸……唉，老公爵活着的时候可不是这样啊，愿他上天堂，愿上帝给他安息，"老人划起了十字，"那位先生问，老爷在家不在。'您怎么称呼，先生？'我问。他说：'不，用不着。你把这个交给老爷……'"

我不等费奥多尔说完——他脸上现出非常担心的样子——就

穿着睡袍和便鞋冲到门厅，又跑到街上。街上人来车往，一位小姐害怕地从我身边跳开，紧贴住墙边，我的一只鞋跑掉了，我想把它够回来，可是没成功。穿着灰暗礼服的公务员们就像一群田鼠，他们从四面八方急急忙忙地向我汇聚过来，瞪大眼睛惊奇地看我一眼。我四下张望，但只看到许多平稳晃动的后背和一排排整整齐齐的被熏黑的路灯。忽然，密集的人群开始后退，散开，人丛变得稀疏，我看到不远处有个穿军用斗篷的人正快速地消失在戈罗霍夫街方向。我好不容易追上他，用力拽了一下他的肩膀，因为用力太大，使陌生人的军帽都给甩掉了。好奇的路人停下来准备看热闹。这个军官猛地回过身来，正是弗拉基米尔·涅夫列夫。

我们默默地对视了片刻。我清醒过来，捡起了帽子。三滴浑浊的水滴从浸湿的帽檐滴回了水洼里。涅夫列夫接过湿帽子，忽然笑了。当时我穿着松开腰带的睡袍，光着一只脚，气喘吁吁，那副样子看起来的确相当古怪。

"我们进去吧。"他终于开口说，同时向已经在我们身边聚集起来的一小群人投去威严的一瞥。

从前他的目光从来不曾如此自信。我到底没能找到我的鞋，只好暗自纳闷，到底谁需要这只倒霉的落了单的鞋呢？我们上楼走进了房间，涅夫列夫甩掉了斗篷。在这儿我受到了新的震动：在几支蜡烛的昏暗光亮中我看到闪闪发光的中校肩章以及一枚三级弗拉基米尔勋章——在这个军阶获此肩章是很罕见的。我惊讶得合不拢嘴。涅夫列夫察觉到我的心思，笑了一下：

"怎么，老兄，是不是把我过早埋葬了？"

"沃罗佳……"我只能说这么一句，就不知道再说什么了。我不敢相信自己的眼睛，忍不住碰碰他，以证实没有撞见鬼。

"没错,这是我,就是我,放心吧。"弗拉基米尔对我保证,他在沙发上坐下,左顾右盼,用手理理头发,"舅舅呢?"

我没有回答,只是划了个十字。他明白了,摇了摇头。我打量了一下涅夫列夫,他整个人的样子告诉我,从前那个沉浸在梦想中、有着哲学家古怪做派的年轻人已经完全不见了,他的相貌变得刚毅而冷峻,他的语调表明他是惯于下达指令的人。应该找个话头,可又完全不知从何说起,当两个人或是完全无话可说,或是有太多的话要说的时候,就会是这个样子。于是我拣了个最艰难的话题——我选择的这个话题人们通常不仅在谈话开始的时候不会触及,就是在谈话结束的时候也会回避。

"叶莲娜……"我费力地说,但马上转向一个轻微的责备,"你为什么不早来?"

"你知道,我觉得,难道不是吗?……我一点也没关系的,"他抢先回答了这个折磨着我,也让他有点不爽的问题。他的表情稍有点不自然,"那时我年轻,很傻。一切都过去了——不知不觉地过去了。就是这么回事。我没来是因为不想影响你们的夫妻关系。何必弄得大家很尴尬呢?"

"嗨,还说什么夫妻关系!"我大笑起来,那笑声很冷酷,当初阿尔弗雷德·德·西尼就是这样笑的,而且我一直觉得他那笑法很玄妙。"看来你什么都不知道。毫无疑问。"我继续冲着涅夫列夫狂笑,弄得他莫名其妙。

我三言两语地对我这位复活的伙伴讲了我失败的婚姻中那段平常的故事。我向涅夫列夫隐瞒了一些可悲的细节,而万分幸运的是,他变得很善解人意。

"我的天哪。"他同情地喃喃说道。

就这样,把最难开口的事说开了,我如释重负。我和他两人都觉得吃惊,但各有原因。我是因为见到了他,他则是因为见不到她。

一时间我俩默默无语,安静得令人喘不过气来。

"可是,你是怎么从被俘的地方脱身的?讲讲,仔细讲讲。我全都想知道。是逃跑的,还是被释放的?还有……"

"老兄,这可曲折呢,三言两语可说不清。"他不时地笑笑,笑的时候浓密的唇髭就会稍微动动——这唇髭使他的容貌平添了几分沧桑。"现在我是总督的副官。"

"是沃伦佐夫公爵的副官吗?"我叫了起来,"你升得够快的呀,见鬼!"

涅夫列夫沉思了片刻。

"没什么了不起的。再说,难道我们自己能左右自己的命运吗?高加索人说,我们的命运是在天上都是有生死簿的。我过去是命运的玩物,"他挥挥手说,"现在还是。你还记得我们写的打油诗吗:

    欢宴刚刚开场,
    桌上觥筹交错,
    美酒已经斟满,
    就等畅饮时刻。
    但已无力沉醉,
    迷恋原是欺骗。
    笑人多情无益,
    念诵古兰无心。
    躺在古旧床榻,
    烟袋烟嘴为伴,

>兜里手绢路条,
>胡乱揉做一团。
>不妨叫骂寻欢,
>或是壮怀激烈。
>可是也说不定,
>你没接到邀请。
>窗外漆黑一片,

下面我记不住了。"涅夫列夫蹙额道。
于是我接着念道:

>"终究逃脱不了:
>雪盖驿路一条,
>雪橇轨迹两道。
>草垛由远及近,
>飞雪如烟似幕。"

"没错。瞧,你没忘。只是我觉得……"涅夫列夫不往下说了。
"什么?"
"我们好像落了一段。还有一句。"
"不会吧——我不记得。"我也蹙起了额头。
"有的,应该有。是我们生命的一行,最重要最必需的一行……有点不对劲。"

我知道他想表达的意思——他这个人由于某种超凡人物的难以理解的特权,正在等待生命把从上天的盖然说仓库发出来那份宿命不打折扣、原封不动地给他。

"那一行根本没写。"我回答说。

"写了,可是我们不记得,这不好。"涅夫列夫坚定地说。

"好吧,你想知道些什么?我这就要开讲了。"涅夫列夫开玩笑地说。

"弗拉基米尔,越快越好。"我说。然后我摇了铃。

费奥多尔走了进来。

"我谁都不见。"我说,我的语气跟舅舅一模一样。

老头伤心地摇摇头,拖拉着脚步朝门口走去。

"压根儿没人来。"他在门口叹着气说。

涅夫列夫也听见了这句话,他使劲地盯了我一眼。我感到很窘,因为我颓唐的生活再次给人戳破了。

"哦,"涅夫列夫有点发窘地说,"你可能记得我落到山民手里的那次行动。我当时在侧翼散兵线……"

"一条套马索紧紧地把我套住,我的枪掉了,一个骑马的吆喝着马飞奔,而我则被拖在马后。我的两手被紧紧地捆住,根本不可能把该死的绳子挣断。我的身边'轰'地响了一炮,我的眼角扫过马腿和灌木的枝条——它们无情地抽打着我的脸,而我完全无法躲避。我眼看着密集的子弹四处乱飞——那是我们的士兵在聚集,避免各自为战。我的耳朵里听到一阵破碎的马蹄声,野蛮的切尔克斯人的呼哨让我的血都凝固了。由于疯狂的颠簸我头昏眼花,好几次我的头重重地碰在石头上,失去了知觉……

"当我恢复知觉的时候,我发现自己横在马背上,跟一些皮囊一块儿被拴在马的臀部。当时还是夜间，明亮的星星在我眼前跳啊跳的。我身不由己，被马驮着沿着咆哮的激流在一条狭窄的石头小径上不知疲倦地奔跑，周围是几名沉默的骑手，他们胸前的铠甲发出暗淡的光。打破沉寂的只有马的轻声喘息声和河水在大石头旁怒气冲冲的咆哮声。石路距河时远时近，几次渡河之后，山谷越来越窄，小径也随之变窄，一块块黑魆魆的巨大山石迎面而来，河水的呜咽声已经留在了下方，却更加暴躁和阴郁。这该死的颠簸持续了3个来小时，马跑的速度慢了下来，最后山路窄得只能容一匹马通过了。我的'随扈'拉成长长的一串，鱼贯走在一棵棵巨大的山毛榉树影下。我冒着折断脖子的危险抬起头用眼角扫了一眼马的脖颈，我看到马的旁边跟着一个骑手，他身穿硬邦邦的毡子斗篷，拉着我的马。斗篷的肩部见棱见角，向两边展开，使这个人的轮廓显得很诡异——似乎这是一只鸟，是一只巨大的蝙蝠——这黑暗的爱好者和暴行的宠儿。

"天色破晓，我们仍然在一棵棵大树之间穿来穿去，越走越高。切尔克斯人对道路很熟，一直赶路，没有歇息。我在马背上跟一只皮囊一样晃来晃去，早晨清新的气息扑面而来——我成了什么人了呢——好像是一件商品，而不是一个人。太阳已经把山的褶皱染成了金色，给它们镀上一层柔和的光。我顺着山谷朝前望去，我的目光透过正在散去的最后的雾气停留在覆盖着白雪的淡红色的山脊上。它们是那么遥远，那么梦幻，在周遭林木茂密的绿色山峰的簇拥下，好似海市蜃楼一般。我觉得我自己的存在也好像是梦幻。切尔克斯人停下来，他们把缰绳扔到一棵小橡树的树枝上，就在不远处围坐下来。我一阵晕眩，再次失去了知觉。这一次的昏迷持续的时间不长，一个山民把皮水囊里的水洒在我的脸上，使我清醒过来。在那一刻为了能喝到一口清凉的水,我甚至愿意付出自由的代价。水从干燥的嘴唇流过,使我得以清醒过来。这个切尔克斯人看我的眼光不太凶,甚至有点不安。看到水让我缓了过来,他笑了,然后回到自己那伙人那边。他们全都开始准备,纷纷站起身,把马缰绳解开。这时候我看到,他们兵分两路:有几个骑手告别后消失在树林的嫩叶后面,其他人望着他们的背影喊着什么,然后上了马,把我那匹又老又瘦的马围在中间——其实它是一匹布西发拉斯一样的宝马①——朝右边走,山崖的下面有一条像一条线一样不易察觉、像一串项链一样弯弯曲曲的石头小路,也不知到底是路还是干涸的春季小溪流经的河床——我们沿着它下到了一个真正的深谷里。有时候路非常陡峭,骑手们爱惜马,纷纷下马牵着走。接近中午的时候我们来到了一个大村子,村子依山崖而建,以高高低低的台阶上下连接,一处处果园使全村沉陷在翠绿中。村子位于一道陡峭的山梁之下,一条浅而宽、水流很急的小河的两岸。我们进村的时候村里鸣枪欢迎,狗儿兴奋地叫成一片,衣衫破烂的男孩子一边大呼小叫,一边竭力要掐我一把或揪揪我的胡子。切尔克斯人没有停下马,用鞭子驱赶着孩子们,用喉音跟从四面八方跑来的村民们互相嚷着什么。女人们爬到的房顶上,她们用大眼睛好奇地打量着我,用花头巾的角儿掩着嘴笑。清真寺位于村子中央,旁边有一个其貌不扬的宣礼塔,在清真寺前简陋的小广场上,我被从马上扔到了地上,一个老人,看来是一位毛拉,在我上头拖着长声喊了些什么,不知是咒骂还是训话。颜色脱落的清真寺顶上立着一个有些歪斜的新月,它高耸在天空下,好像在嘲笑这个晴朗的白天,虽然它光明普照,就连习惯于强烈光线的骑手们都用黝黑的手掌遮住眼睛,眯起被熏红的皱皱巴巴的眼睛打量着我。

① 亚历山大·马其顿的坐骑。

"我在一群唧唧喳喳的人包围中躺了一会儿,然后那个给我喝过水的切尔克斯人跟人们行过见面的礼节,让他们散开,并用手势让我站起来。直到此时我才能看清楚他的样子——他已经脱掉了路上穿的铠甲,换上了居家的常服,但依然给我非常华贵精美的感觉。他放下了武器,现在只有一把匕首斜挎在腰间,那刀鞘是银的,镂刻着繁复的花纹。我看了一眼他那双犀利的眼睛,大胆地猜测他大概四十岁左右。显然,切尔克斯人和毛拉本人都很尊敬他,因此我判断他不是个普通的骑手。我还被绑着手,他牵着绳子的一头拉着我在孩子们的喊叫追逐和狗吠声的陪伴下一路往上走。那些机灵的狗就像鲑鱼一样不断地从我的护卫队的脚下往外冒,不时被踹一脚,灵活地钻来钻去,呲着黄牙把我嗅了个仔细。对这些信号我已经非常了解了,我也不再躲避那些土坷垃,听任它们时而打在我的头上。好不容易到了一处房子,我被送进一扇用几棵很多疤结的梨树钉成的结实的门里,已经硬邦邦的绿色梨子还挂在树枝上,当然再也长不大了。我被推进了一间小棚子。我已经筋疲力尽,用尽最后的力气好歹爬到墙角,倒在一堆臭烘烘的草垛上,就陷入了短暂然而无法遏制的睡眠,这证明无论面对多么有权势的人,不论在何种情况下,大自然才永远是真正的主宰。"

"我被独自关在这个小棚子里很长时间,一天两次给我个饼子吃,当给我送来一桶水的时候,我总是立刻就喝个精光,意志薄弱地沉浸在片刻的欢愉中。一想到我的命运我就会很害怕。我穿着士兵的军服,切尔克斯人在连绵多年的战争中学会了准确地辨识军阶的标志。如果捉到了一个军官,他们就抱着获得赎金的希望,耀眼的钱币诱惑着他们,可是对于下级的军人他们就不那么客气了。如果没有机会用士兵交换他们的人的尸首,他们就会把他当成奴隶,有时甚至会杀死。我当然不知道当他们可以决定别人命运的时候,是什么让他们做出这种或那种决定的,也不想费脑筋去猜测,然而,当想到我如果穿着军官服会怎样的时候,我也只能无可奈何地苦笑:你知道我是很穷的,以我这么穷的境况,他们得等到下辈子才有可能得到我妹妹凑的几个钱,那点钱连从土耳其人那儿给他们心爱的马买个像样的马勺都不够。说起来流放对我也不失为一件好事,"涅夫列夫笑了,"我承认,我无所谓,我做俘虏感觉不错,在充当一个受伤的士兵受到屈辱之后,我感到了自由——见鬼。我觉得我站在死亡的门口,对什么都不当回事了。不知我为什么这么麻木不仁!每次当我的小黑屋的门嘎吱嘎吱地一响,或不远处传来别人说话的声音,或每次听到墙外传来脚步声,我就开始充满预感地等待着死亡。我总是有种幻觉,觉得我想象的事马上就要发生。我觉得我的命运已经注定,我唯一遗憾的是,甚至当走近死亡的时候,我依然没有找到圆满的感觉,而只有这种感觉才能叫人无怨无悔地迎接死亡。我在黑暗的仓房里寻找着上帝,而我找到的只有在厚厚的门和门框上方,在糊着黏土的横梁之间的那一道窄缝,在月光明亮的夜晚,我就凑近它,就像凑近卡宾枪的瞄准器,用一只眼睛一眨不眨地捕捉着某颗光亮微弱的星星。我每想起我过去对文明的信仰就会满心懊恼,再次想念上帝。我竭力回忆圣像的样子,想象圣像壁,把圣徒们各自的相貌特征拼凑成我所知道的圣徒的形象,仔细地寻找那些可以让我哪怕瞬间走近信仰的回忆,就像士兵扒拉着头发找虱子一样——可是我什么都没找到，一片空白，一片黑暗。为什么我从来不信上帝？这个问题啃啮着我的理性，可是空洞的心灵依然被理性的荆棘所束缚。我的生命究竟有什么意义——这无助又无益的生命？我的发炎的脑子在脑壳的匣子里转了无数圈，但终究没有参透，没有悟到世界的无情逻辑。

"渐渐地，我彻底绝望了，于是给自己立起了又一面墙——绝望的墙。我的幽禁之所出乎意料地变得双倍地牢不可破，无法逾越，天真的狱卒们尽可以伴着孩子般的鼾声和夜间树叶沉思的沙沙声安然入睡，有一天的夜里我已经毫无畏惧、清清楚楚地看到了深渊。虚空在不知不觉中张开，思绪已经到了尽头，好像波浪舔着沙滩，但却不是留下潮湿的印迹退回去，而是在原地凝住，隐藏起来，要潜入未知之境，试图跨越可能的边界。我不知道在那里等待我的是什么——是疯还是傻。在这个可怕的时刻我比以前任何时候都接近死亡，就算在敌人的子弹下，在马刀的呼啸里，我都不曾那么接近死亡。但是这一刻过去了，于是我无所畏惧地、恶狠狠地大笑起来。从此以后没有什么能让我恐惧了，我好像又一次出生，完全不知道那些吞噬、煎熬着俗人们的恐惧。冷漠取得了胜利，在我心中尘世的苦难变得无足轻重，在那个万籁俱寂的时刻心的跳动和血液的流淌听得分明，它们使得被打得粉碎的意识的碎片昏昏欲睡。理智退却了。

"我等待着一刀了断，我对此很乐意，但并不渴望。一天又一天阳光照耀，一夜又一夜天穹低垂，星月闪烁，我终于明白，我狂热的祈祷被听到、有回应了。我什么都不求。我没有了过去那样的恐惧，但现在拯救却近在咫尺。我心灵的角落都充盈着神明所赐的珍馐美馔、玉液琼浆和芬芳膏脂，于是我，这个罪人，看到了上帝——不是在模糊不清的远处，不是在怀疑的迷雾之

364

中，而是近在身边——在自己的内心……信仰悄然进入了心灵，就像一个关切的看护走进病人的气闷的房间，使房间里充满一种祥和的清新气息，她在床头停住，就像黎明时分母亲以丰满的、充满爱的嘴唇亲吻熟睡的孩子——那真是无比喜悦的时刻。

"一天早晨门敞开了，我被拉到了院子里。两个切尔克斯人在太阳底下摊开了一副铁打的家伙，开始我以为是死刑的工具。他们中的一个留着一部发红的、像铁铲一样的大胡子，他颤动着这部大胡子，把我从头摸到脚，不断地捏我的身体，看我的牙，用勉强能听懂的，像他那被我们的刺刀砍过的残缺身体一样乱糟糟的俄语说道：'你的主人，俄罗斯人，柘木布拉特王爷，大骑士。柘木布拉特快要结婚，娶漂亮姑娘，他高兴，你高兴。送给你命。明白？'他再次仔细打量了我的样子，然后跟他的同伴把一个巨大的足枷拖了过来，足枷的内侧还凝结着模糊的血迹，不知是哪位受难者留下的，他熟练地将这个奴隶的标志套在了我的左脚上。"

"'你放牲口，'红胡子说道，微笑着露出白白的湿乎乎的牙齿，'你不是兵，'他摇着头，咬着舌头说道，'你是王爷。你想很多。'这个切尔克斯人狡诈地看看我，指指板棚的门，然后从外面轰的一声放下了门闩。"

6

"这种无法解释的洞察力对我预示着什么呢？我边适应这个沉重的脚枷边'想很多'。可是我注定几乎什么都想不出。3个月过去了，我被脚枷折磨得要死，我的踝骨附近磨得溃烂，血肉模糊,还要攀上山岩去照看尊贵的羊群。当然,首先我得战胜自己的饥饿感,否则我会把羊宰了吃。涅夫列夫家族是被记入喀山省望族家谱的贵族,如今它的这个没落的后裔却干着放羊,打水的活计,采撷香草来为磨烂的腿编个马马虎虎的衬垫。偶尔我会遇到那个对我的身份表示怀疑的切尔克斯人,他微笑着,伸出一个钩形的指头来威胁我,满足地说:

"'哎呀,俄罗斯人,王爷,王爷。'

"没有人动我,孩子们不再招惹我,只是从远处看着我,尽管好奇,但一直跟我保持距离,那距离的步数不少于我的主人名字的字母数。我几乎见不到我的主人,因为他经常离开。其他的所有人都对我习以为常了。柘木布拉特的一个儿子11岁左右,他整天跟着我,好像我的影子一样,是为了如果我图谋不轨就向大人们报告,但他也几乎不靠近我,他把一对略微外斜视的乌溜溜的眼珠对准我的时候,那样子相当胆怯。我不慌不忙地策划着逃跑,把目光所及的一切都看个清清楚楚,对周围地区也用心研究。不过,我的活动范围仅限于一平方俄里之内,而脚枷——这基督徒的诅咒——是最无法克服的障碍。正如囚徒会习惯于监狱,我也跟这个脚枷融为一体了,我给它起名字,有时,当它给我造成特别受不了的痛苦时,我会用干草棍鞭打它。获得启示的愉悦静悄悄地离我而去,就像当初静悄悄地进入我的心灵一样,然而那美好的回忆总是与我同在,让我不气馁,不绝望。

"这个村子藏在高山地区,我们隐约的炮声无法传到这里,哥萨克军团的大力搜山也到不了这儿。打仗回来的切尔克斯人自己爬上山进村的时候也是满身尘土,骑着筋疲力尽,走路磕磕绊绊的马,好像一支默默无语的商队。有时候一匹大汗淋漓的马驮着用毡子斗篷裹着的主人的尸体回到村里——于是村子里会静默一瞬间,随后哭丧的悲号就会响彻半空,年老的毛拉就会吭吭哧哧地爬上高塔,尖着嗓子无一例外地将每个死者的功绩送达天庭,称他们为保卫信仰而不懈斗争的战士,就像瓦尔哈拉①勇士一样为自己赢得了在天堂的声音优美的仙女身边的位置。在这样的时刻,切尔克斯人会仇视地望着我,但仅此而已。他们古朴的克制力救了我的命。他们从没有带回过俘虏,但我知道,除我之外,村子里还有几个俄国士兵,他们已经在这儿呆了很多年了,已经不打算回到库班河对岸去了,他们娶了切尔克斯的妻子,有了自己的家当,用希腊核桃树的树干围起了小院子。如果不是戴着脚枷,说不定随着时间的推移,他们的榜样也会对我产生吸引力,"涅夫列夫笑了,"要知道没见过切尔克斯女人就不算见过女人。可是后来事情的发展却完全是另一个样子。"

"那年夏天发生了牲畜前所未有地大量死亡。切尔克斯人想方设法还是无法阻止瘟疫。他们的脸上一直挂着愁容,而毛拉也一直在清真寺祈求安拉的保佑。有一天,所有人都聚在清真寺前的场子上,邻村的骑士们也来了,人群吵吵嚷嚷,不知说些什么,马受到惊吓嘶鸣着,孩子们也哭叫着。我也被拉去,一直拉到人群的正中间。我不太明白他们在讨论什么,但正是在这里我见到了一个被俘的士兵,他已经在时间的可恶而不可避免的影响下屈服,在异乡安家20多年了。他的装束跟一个山民一模一样,连大胡子也透着红色,可是这一部浓密的大胡子的样式却是

----

① 古斯堪的纳维亚神话中英雄灵魂的殿堂。

向两边分开的，表明匆忙之间的第一印象有误。这个士兵年纪已经不小，眼神已经不好了，不知为何他看东西的时候要用粗大的手遮着眼睛。他的手指是歪的，指甲又长又厚，里面嵌着用多少水也洗不干净的，无穷无尽的黑泥儿。这个士兵跟切尔克斯人没什么两样，只是腰间没有别着匕首，但是一个沉甸甸的银十字架倒是公然而招摇地挂在他的衣服外面，晃来晃去。他正用粗大的手指把干橡树叶碾碎，卷烟抽。

"'是的。'最后他对那个把我叫作'王爷'的切尔克斯人点点头说。

"'老爷，你不要怕这些外族人，'这个老兵忽然对我说，'他们没想把你怎么样。'

"母语的声音让我全身舒坦。我目不转睛地盯着这个老兵。

"'他们想知道你懂不懂外语，'他接着说，'因为他们知道，特别有学问的先生们在外洋住过。'

"我照实回答，那个士兵不慌不忙地把我说的情况翻译给那些兴奋的山民，同时跟我解释，他们想要我做什么：原来很多年前有个沙普苏格王爷在打仗时抓到了一个有学问的外族人。大家都认定这个法国人是个魔鬼，他哄骗和迷惑了王爷，他们想要为山里人说的话发明字母，以此来玷污他们的民族精神。王爷被愤怒的人们赶出了他的村子，他带走了那个可恶的俘虏。大家都记得这个异乡人，沙普苏格人觉得这个人很不平常，关于他有很多血腥的传说。不知为什么，他们觉得他本人好像握有真理、无比虔诚的脏兮兮的阿纳帕苦行僧，因此谁也没有动手去结果他的性命。有一次有个愣家伙埋伏在路上朝他射击，可是这支老火石枪三次都没打起火来，反而平的一声惊雷把这个不敬神的人给震聋了。那以后沙普苏格人就不再想要他的命了。因为他和他那固执的庇护者，山里很多年一直乱得很，血仇引起大规模的逃亡。

"离那里不远有一处特别的地方，那地方有股阴气，连最差的猎人也很少去那里。在野生的杂树丛中有一些很大的石头，沙普苏格人认为那并不是祖先的神圣坟墓。人们发现这些灰色的大石头上又密又深地刻满可怕的没人认识的字，老人们记得，那个俘虏在没有纸的日子里一直坐在这些石头旁边，用好钢打造的匕首刻字，为此用钝了不止一把匕首。最有学问的毛拉看到这些稀奇古怪的符号，觉得它们跟古老的阿拉伯花体字有几分相似，他们有唯一的一本古兰经，经过多少年虔诚的翻阅，已经变得破破烂烂，在那些破旧的书页上写满了那种字母。长老们担心那个外族人用这种方式留下了可怕的、毁灭性的咒语，他们觉得落到他们头上的所有倒霉事都是这个咒语造成的。他们把现在牲畜的大量死亡，就像任何一次冲击封锁线不成功，归咎于这些诅咒，他们一直在俘虏中寻找能读这些字的人，想让他告诉他们恶毒诅咒的意思。被那个渎神的人刻过的石头非常大，非常重，就是很多人一起也无法把它们搬到离村子远些的地方，所以村子就这么一直没遮没拦地暴露在诅咒中。只剩下一个办法，就是把这些充满恐惧和阴气的，用陌生语言写的字大声念出来，来解除受害的村民们头上的诅咒。王爷们就是用这种方式报复把他们驱逐的自由的人民的，目的是使他们为自己致命的欲望背上无法承受的负担。

"我回答说，我得看看那文字，于是切尔克斯人高兴起来。一眨眼的工夫就来了个铁匠，三下五除二就把我的脚枷凿开了。虔诚的信徒们做了乃玛孜祈祷。谢过神之后，几位表情特别虔诚的老人（他们在俄国的道路上变成了残废，但在先知的庇佑下保全了性命）上了马，而柘木布拉特本人亲自陪同我们去看那

369

个令人愁苦又不解的东西。他们对我寄予了莫大的希望,这不能不让我担心,因为当年我的老师们很少沉湎于对古典哲学的爱好中,我对古代文字的亲近程度跟年老体弱的拉希姆毛拉或粗野的柘木布拉特没什么区别。他们怕的是凶险的咒语,没有实现的遗言,我怕的则是难懂的拉丁语,更何况我还仿佛闻到了永不凋谢的、然而我本人不认识的色诺芬的语言的经久不散的芬芳。"

"他们把我的手捆住,把我推上了一匹马,那马跟柘木布拉特的马用一条缰绳拴着。我们走了3个钟头,来到了那个不祥的地方。

"太阳升到天顶,透过巨大的山毛榉纹丝不动的叶子照射下来。在一条山谷旁边切尔克斯人加快了速度,把我从马上拽到地上——这里植物长得很密而且很多树被风暴摧折了,只能步行通过。几个沙普苏格人跟马留下来,其他人则摸索着方向,沿着山崖下走,一路扯着山茱萸的树枝保持平衡,平时他们总是把枪架在这些树枝上瞄准。很快我们到了一个处于山崖中间的小山谷,那是一片不大的林间空地,几棵零散分布的粗大的山毛榉高耸入云,浓密的树冠在半空晃动着。它们茂密的树枝形成了阴暗的、几乎密不透风的树荫,只有零星的光点散落在向着阳光凑过去的不计其数的蕨类植物上。一些石冢就隐没在这些蕨类植物中——这是用花岗石的石板盖住的坟墓。我数了一下,一共是八座。他们杂乱无章地散布在林间空地中,有的好像是从地里长出来的,有的则东倒西歪,墓的底部被蕨类植物齿状的叶子严严实实地覆盖着,长满青苔,形似粗壮的树墩。我仿佛置身于一个地精的村落——对了,切尔克斯人中广泛流传着一种说法,说是从前有小矮人住在这一带,后来他们抛弃了他们小小的神奇住所,到土地和岩石底下去了,而且就像迷信的切尔克斯人一样,也是为了躲避文字的可怕力量。我的双手被解开了,我哆里哆嗦地走近这些古老的坟墓,它们属于一个早就被历史的严酷风暴从世界上抹去了的不知名的民族。切尔克斯人不敢走近,他们站在稍远的地方,他们拔出了枪,枪口对着我,监视着我的一举一动,保持着哲人般的平静,但是一旦情况有变一定会枪声大作。我的心提到了嗓子眼,瞟了一眼石板凹凸不平的表面,我清楚地看到上面布满了刻字,好像一张蜘蛛网。不过,我太高兴了,那些被凶悍的骑手们当作鬼符的符号,实际上是,"涅夫列夫神秘地停了一下,"是普普通通的,完全能读懂看懂的法语!这个发现让我很难堪,其程度不下于所有这些自由民的长老!不折不扣的法文被工工整整、清清楚楚地镌刻在石板上——这么说吧,那一丝不苟的程度就好像是那巴比伦王汉谟拉比的石匠精心镌刻出来的——这位国王不知道有纸张和羊皮纸,但是感到必须让自己的丰功伟绩名垂千载。这个奇特的消遣的不知名的作者只有几个地方没能达到目的——在这些地方石头风化了——可是他不惜时间和力气,每一个特殊符号都刻得一丝不苟!有些字母刻得比较大,另一些字母比较小,有些是微斜的,其他的字母则斜得很奇特,好像向聚拢者敞开怀抱,有一些字母靠近旁边的字母,好像在请求保护和帮助,那些有力和直挺的字母成为较弱的字母的支撑,但所有的字母一个挨着一个,井井有条,严守书面语言的书写秩序,聚为词句,被镌刻者的起伏的思绪和有力的手结成一个个段落,聚成凝固的呐喊——这是一个篇章,而且是一篇可以理解的文章。这样的作品得用多少时间,这早已被遗忘的强大心灵所完成的杰作要费多少的力气啊!这一切只能猜测了。我在坟墓之间走来走去,从一座墓走到另一座墓,我激动地用手指刮去石板上柔软的苔藓,把字清理出来,努力寻找这个奇迹的开头处——这是被忘我的意念所神圣化的逻各斯,他名垂千秋,使得一个无畏而骄傲的民族因为无声的恐惧而人人惶恐,这无声的恐惧和表面上荒谬的怀疑本质上却是相当敏锐的。切尔克斯人紧张地监视着我的一举一动,看得出,他们因为我的活跃感到高兴,因为这驱散了他们的恐惧和幽灵。我甚至觉得他们看我的样子里隐藏着某种有限的尊敬,不过我并不是巫师,"涅夫列夫笑了,"终于,我在一块石头上——它就在一个坟墓倾斜的顶子下面,在我眼睛的左上方摸索到了这段文字的第一个短得让人伤心的词儿。这篇文章中使用的每个动词,每个问号都永远地印在了我的脑海中,一字不错。原文是这样的:

"'我,古斯塔夫·特列维利扬,克拉阿斯·费列特与玛利亚-路易莎·特列维利扬之子,公元1779年生于斯特拉斯堡。本人心智健全,记忆无误,强烈想往认识一切,然而力不从心。我年轻时离开家庭在世界上漂泊,我的好奇心发展为强烈的欲望,引导着我走得离故乡越来越远,在东方难以通行的小路上跋涉。我决心无论如何要亲眼看看那些在别人看来是白白损耗精力的无益的东西,尽管它们不能以像钟声一样响的心跳增加自己的力量,不能造出知识的火药,也不想在这些爆响的混合物之上点燃火花。我想亲手触摸别人在垂着窗帘的书房平心静气地研究的东西。我不知道是谁暗中促成了我的这种想法,点燃了我的希望和在旅途中保佑我,但我总是知道确有保护天使在我身边。因为通过一件又一件我以为是偶然的事情，我慢慢地接近了我那不明智的、吞噬一切的目标。终于，我的狂热引起了某种比朴实的天使大得多的力量的注意，于是天使退位了。很快，我手中掌握了比我能期望的大得多的财宝，我应该见好就收。我开始以为是空前成功的事情实际上只是一种勉为其难的关注甚至恩赐。我找到了一本书……'

"到这里断了，"涅夫列夫说，"我费了好大的劲儿才找到接下去的符合逻辑的句子。

"'地球这一部分的小小暴君们想让我认定我从此以后是奴隶了，可是我对他们视而不见。他们自说自话地将显而易见的冷漠当作顺从并以此沾沾自喜，这些坏东西。我自己好像已经长眠不醒，因为我企图提前了解人类理性所一贯追求的最重要的知识，而只有在自然规定的边界，也就是在死亡的时刻，这种智慧的渴望才会得到满足。虽然我还没有完成我生命的循环，我还在世，可是我虽生犹死。正因如此我想往那无可逃避的死亡的世界，同时享受它的清洁纯净，清楚地知道我的灵魂是被提早召去审判了。世界的所有秘密都展现在我的面前，它们被同一个且唯一的目光关注着，然而我的目光从此将凝视这个伟大的景象，不过对它的观察不会给理性提供任何的食粮。正因为如此我可以同时表现得既疯狂又不疯，因为上天会给那些不到适当的时候就已经开悟的人做标记。我不知这是惩罚还是奖赏，因为我既没有被奖赏也没有被惩罚。这就是为什么我好像在这儿，又好像根本不在这儿。这就是为什么我这个肉眼凡胎的人每时每刻都似乎顶天立地，义无反顾，这就是为什么我的为了尘世生活而保留的那一半的生命只是期待。我准备亲手刻下这本书，把它藏在这高山深谷之间，藏在古代的基督教堂的废墟中间——在那条叫作大泽林丘克河的右岸它的断壁残垣依稀可见。当我窥见了人不应提前窥视的东西之后，我已经不需要这个并无恶意的诱惑了，但我不知我是否有权利将它消灭从而使世人失去它。在晴朗的夏日的正午，如果面朝拱门站在最中间，那么人的影子就会指向那块石头，抬起那块石头，就会看见藏在那儿的书。我想强调，不宜搬动那块石头，然而这是可以办到的。我曾经急不可耐地疾走狂奔，而现在我在曾经渴望到达的地方沉默不语，等待着自己的影子。我请求我可怜的父母原谅，也请求世世代代不认识的先祖原谅，他们以不停歇的智慧运动造就了我，就像枝繁叶茂的时间之树上长出了一个光秃秃的、干枯的、没有结果的枝条。我不惜劳苦地刻出这个铭文，是为了有人将会读到它，把这个忧郁的疯狂故事向世人转告。仁慈的上帝，请赐我耐心，让我等到自己的阴影降临。阿门。'

"我非常为难，不知如何跟切尔克斯人解释我读到的内容，我思忖着，不知对于这个无辜的铭文怎样的解释会引起他们丰富的想象，让他们质朴的头脑感到困惑。我俯身在石头之间钻来钻去，研究这些奇怪的字句，从一块长满青苔的石头走到另一块长满苔藓的石头，为这篇本身已经很乱的叙述寻找各个部分之间的线索和首尾之间的连接。我的脸上的表情时而忧虑，时而满足，时而非常专注，时而陷入沉思——切尔克斯人把这一切看得清清楚楚，我那精干的样子让他们受到鼓舞，感到事情的苗头可能不错。他们全都提心吊胆地看着我，看来是等着我了解了这可怕的咒语的秘密之后，它会像慢性发作的读物一样对我发生毁灭性的作用，以某种古怪的，前所未有的方式杀死我。可是我一点也没事，我依然不着急给这些自由的山民翻译，还在字斟句酌。最后我终于鼓足勇气给他们解释说，没有任何的咒语，那只是无害的对故乡的回忆。正如我预料的，切尔克斯人不相信地摇了阵子头，然后一个老头以令我吃惊的洞察力反驳说，要降下诅咒不一定直接说出来，有时只有按照一定的规则留下一些互不相关的词语就行了，而这个严格的规则就会成为邪恶的诅咒。那个被俘的士兵把这个意思翻译给我，不过我自己已经能听懂一些亚洲人的话了。你一定记得，我们还在斯塔夫罗波尔的时候我就对这种语言表现出了极大的兴趣。长老们商量了一阵，然后让我逐字逐句地把铭文的意思告诉他们，我照着做了，只是按照自己的意思略微改动了几个细节，我很明智地隐瞒了那本魔书的事，因为如果提到它势必引起迷信的切尔克斯人的恐慌。

"'我，古斯塔夫·特列维利扬，克拉阿斯·费列特与玛利亚-路易莎·特列维利扬之子，公元1779年生于斯特拉斯堡。那一天天气很糟，是受难周的第四天。我从祖先那里继承了强烈的求知欲和好奇心。我父亲希望我继承他的卖牛奶生意……'

"卖牛奶，"涅夫列夫在这里停了一下，"你看，一切皆有可能，我已经对什么都不会大惊小怪了。我可是真的在读一个法国人留下的文字，而且是在什么地方啊！又是在什么情况下！——我心里盘算着——也许提到牛奶是不谨慎的。"

"'此地的牛奶是很稠很浓的，可以跟最好的阿尔萨斯牛奶媲美。我想，如果父亲有可能卖那么好的商品，一定会高兴坏了，一定会欢天喜地地上山来。'

"切尔克斯人认真地听我念完，感到满意了，因为他们赞同地点点头，朝着石头的方向唾了三口唾沫，就张罗着回村了——夜晚已经降临。"

9

"太阳在我们的左方又伴随了我们一程,它那殷红的圆盘颤巍巍的,大概是因为虚度一天而感到后悔。草木茂密的小路不停地拐来拐去,后来当它拐过一个特别大的弯度以后,高耸的山峰忽然出现,太阳也就落到高山的背后去了。柘木布拉特松开马缰走在前头,他的手下,长老和毛拉共十来个人,这一队人前后拉开了距离,互相用低沉的喉音呼唤着。当时林子里已经暗了,但还有几缕最后的光线,刺柏丛上还摇动着稀疏的光斑。他们的呼唤声消失在无风的、寂静的山林里,打破寂静的只有小心翼翼的马蹄声和潺潺的流水声——小径不时地穿过一些几乎难以察觉的涓涓细流。出事的地方按我的估计可能距村子有8俄里左右。柘木布拉特忽然拉住缰绳,让马停下,马因为没有防备,前蹄离地,直立了起来。他一手拉紧缰绳,一手习惯性地去抓毛皮枪套——因为经常使用,枪套已经磨得掉了毛,变得又亮又花。可是柘木布拉特没能把枪掏出来——一条黑影(开始我还以为是雪豹)从一棵最近的悬铃木上无声地跃下,一下子跳到了他的背上。几乎没有怎么打斗,只是传来一声微弱的嘶吼,柘木布拉特就瘫软地从马背上慢慢溜了下来,扑哧一声摔进了高高的杂草中间。这名谋杀者戴着一顶遮耳帽子,头包得很严实,他低吼一声,麻利地在被害的切尔克斯人身上擦了两下带血的匕首,迅速摘下他的枪斜挎在肩上,跳上了柘木布拉特的马。那马不由地两耳直竖,嘶叫起来。然后他抓起我那匹驯顺的马的下垂的缰绳——此时我看见压低的帽子下有一双炯炯有神的眼睛,那瞬间的一闪简直好像照亮了我——便拉着我的马向密林深处奔去。所有这一切大约用了半分钟而已。我被彻底惊呆了，连一声都没有出。好在这一次我的手是被捆在前面的，所以我可以缩着脖子，整个身体紧贴着马脖子。几分钟内，在我和我的劫持者身后仍然像刚才一样安静，寂静中传来切尔克斯人平静而轻松的谈话声。可是忽然，一个可怕的瞬间，寂静变成了鸦雀无声的一片死寂，令人窒息，然后一声狂暴的呼哨划破了寂静，就像匕首划破帐篷的绷得紧紧的帆布侧壁。我当然可以从马上跳下来，可是如果那样我的结局会怎么样？况且我的手还捆着？或是这个切尔克斯人为了甩包袱结果了我，或是柏木布拉特的族人不等我找到合适的词语或手势向他们解释他们最好的骑手并非死在我的手中，就在追击中砍下我的头。一切迹象正是指向这个结论，就算那个老兵可以把我的诚实的解释准确地翻的译过去也救不了我。树枝的折断声，喊叫声，急促的马蹄声说明追兵越来越近了。这位劫持者打了个呼哨，一匹配好鞍的马像一只猫一样敏捷地从密林中窜了出来——看来它在茂密的树林中感到憋屈，就像地主在农民的冬天人畜混居的农舍里的感觉一样。他用乌黑的强壮胸膛冲开交织的荆棘，那个陌生的切尔克斯人在奔驰中跳到这匹马的背上，又把我拽到柏木布拉特马上，然后用尽全力地在我那匹驯顺的马上抽了一鞭子，它疼得一下子跳到了一边。这个办法只把那些狂怒的追击者阻拦了片刻，终于他们中有人看到了我早已挂烂的白衬衫的碎片在树丛中一闪一闪的，于是子弹冰雹一样地落到了我们一分钟前所在的地方。

"山里天黑得很快，不经意间太阳好像掉进了深谷里，不过还是小心地把所有散出的光收起来，一下子全带走了。我们差不多已经是在完全的黑暗中奔跑了，残存的一点可怜的亮光也被山毛榉浓密的树冠遮住了。我已经把自己完全交给了这个魔鬼，而

Хоровод
环 舞

他非常敏捷地打着马，使我在每次急拐弯之后都险些从马上掉下来。我在琢磨着，怎么才能让他给我把手松开，可是不等我磨磨唧唧地把这个要求说出来，他已经朝我转过身，手拿匕首探了过来。开始我以为他想要结果我，可是当他的手伸到马头跟前的时候，便停在半空不动了——我明白了，就竭力用腿夹紧马肚，在硬邦邦的马鞍上晃着身子跟马保持同步，把捆着的双手伸出去，竭力用缠在我的手腕上的那一团粗绳子去碰那寒光闪闪的兵刃。我试了几次没有成功，反而被刀割伤了，可是终于，那匕首像黄蜂的刺一样自己钻进了那团绳子，只这样碰了一下，好像一次不愉快的接吻，那绳子就崩解四散了——那匕首的锋刃原来如此锋利。我把绳子头从血染的胳膊上抖落，那切尔克斯人闪电般地将马缰绳越过吓得一哆嗦的马头扔给了我。但这些事情做得太晚了，那些差不多是摸黑追赶的切尔克斯人已经循声而至了。我们被追到一个光秃秃的小山谷，在山谷的一边高低起伏，好像是残存的寨墙，或是岩层的边缘。我们的马简直是滚进了这个天然的洼陷处，马蹄将地毯般的落叶踏得纷纷扬扬。不等马收住步子，那个骑手就跳到了地上，他两手各抓住一匹马的马缰，把两匹马逐一拉进灌木丛。让我吃惊的是，这两匹马安静地卧在那儿，并不试图起身，只是偶尔抬起头，伸长肌肉发达的脖子，不安地四下望望。那个骑手把两支枪从枪套里拿出来，爬到石头背后。他拉了一下支棱起来的黑色包头，露出一顶羊羔皮帽子，当时天色已经黑透了，只能看到两只眼睛像疯子那样发着白光。这个切尔克斯人向外和向下望望，做了个手势让我学他的样子。我从石头后面探出头，竭力分辨那些比黑夜更黑的身影。那些切尔克斯人急急忙忙地借着山毛榉的树干的掩护接近了这块小洼地。我旁边这位骑士掏出弹药做好准备，又扔给我一把匕首——我把它放在旁边。只有这个时候我才觉得自由的诱人幻影在远远地向我招手。那些黑影继续向前移动,但是枪声响了,那边传来受伤的人的呻吟声和一片凶狠的喊叫声。骑手一声低吼,眉飞色舞地看了看我。他终于发出了人的声音——混合着俄语和他自己的语言,辅以不连贯的然而很生动的手势,他让我明白了他想让我做什么。因为我们有两支枪,所以当我的这位拯救者用一支枪跟那帮人干的时候,我要给另一支打空了的枪填火药。

"你比谁都清楚,"涅夫列夫说,"我那时没有在山里打仗的经验,我对检阅和决斗倒是有经验,所以这个差不多是天才的但又那么平常的想法虽然很简单,我还是没能一下子理解。事实上,只要那些进攻者从地上起身或是从树后现身,想要挥动大刀一拥而上把我们击溃并杀死——如果他们这样做一定会成功的——我这边的这个切尔克斯人便会冷静地射出致命的一枪,于是伴随着愤怒的嗥叫,敌方又四散开来各自隐蔽。此时我就给第二支枪上好弹药,麻利地把火药撒进枪膛,上好子弹,另一支已经放过的枪紧接着就递过来了。我这位突然冒出来的同伴算得很准:如果我们按照一般的做法两枪同时射击,那么我们放了一枪之后,因为我们跟追击者的距离太近,我们一定来不及上弹药,而徒手搏斗的话,我们是必死无疑的。就算像现在这样,也必须做到弹无虚发,我的这位同伴真的做到了,他打枪准极了,使得我们那些'加害者'不得不放弃他们那该死的射击。我的眼睛习惯了黑暗,可以毫不费力地看出前方的活动。他们气疯了,但无可奈何——每次只一枪,然而不知谁会被这一枪送去见安拉。他们围成半圆,想合围我们,然而这个机动灵活的骑手不断地爬到洼地边的各个地方,忽而朝这边,忽而朝那边射击,似乎告诉进攻者,死亡可能光顾他们中的每一个人。他们除了跟我们激烈地对射没有其他办法，可是他们打了很多枪，我们却毫发无损，因为我们被地上嶙峋的巨石所掩护，而那些切尔克斯人所在的位置比我们低。我们担心的是马，但是到现在为止敌方的子弹还没有伤到它们。只有一次在一阵齐射中我身边这位无畏的狙击手的羊皮帽子被打中了，远远地飞到了身后，打中了一匹马。那马害怕地嘶叫起来，想站起来——那个切尔克斯人奔过去，爱惜地让它卧下。那马很快又安静下来了。

"这时一片朦胧的月亮升上天空，在周围洒下一圈月光。月光下山毛榉投出长长的斜影子，将大地划成一条一条的。两匹马开始骚动，它们伸长脖子，害怕地斜眼望着那一轮低低的满月。我们在这个凹地里已经待了几个小时，但我们面对的不是普通的士兵，而是精干的善于夜战的老手，他们会使用各种巧计来把他们的对头尽快送到天上，送到离这个月亮比较近的地方去。不算那个当兵的，他们共九个人，当月亮升起的时候，其中有三个受了伤，两个被打死了。也就是说，只剩下四个人了。我仰面朝天地躺着，斜眼瞧瞧那陌生人。对手们分散藏在树干后面，耐心地等着我们的子弹用尽，只是时而没精打采地朝我们放一枪。"

10

"这个骑手身材瘦高，要不是有种嗜血的表情扭曲了面部的线条，他的相貌本来可以说是英俊而不失威仪的。他大概40岁，饱经风霜的脸上皮肤紧绷，肌肉僵硬，很诡异地时而做出幸灾乐祸的表情，时而显得完全平静——那时他的皱纹就消失了，皮肤舒展开来，很服帖地包住骨头——时而又表情非常专注。他敞着外衣，露出里面的卡巴尔达环甲，在月光下发着幽幽的亮光，有破洞的外衣肘部缀着铁护板，就像罗马士兵的装束。

"'你为什么打他们，还把柘木布拉特打死了？'我用切尔克斯语问他。

"他扫了我一眼，然后趴在石头上，很长时间没有说话。他的鹰钩鼻翕动着吸气，就好像野兽闻到猎物的气味时那样。颤动的鼻翼似乎想把月光抖掉，因为它妨碍他呼吸，妨碍他生活。他回答我的问题很坦率，当人在生死之间徘徊的时候，当人认真地回首往事的时候，当人们最言简意赅地概括自己过去的生活的时候才会如此开诚布公。

"'我叫萨尔玛·汗，'这个陌生人并不看我，用不大的声音说起来，'我是贝伊苏丹的儿子，他是一个阿吉格人的王爷，所以我也是王爷。'他骄傲地说道，'现在跟我交火的人跟我是同一族的。当我父亲被人出卖，被赶出了老家，我还没有出生。驱逐父亲是艾德克干的丑事，愿这个名字受到三重诅咒，这个忘恩负义的家伙！他们为了一个女人而结了仇！阿巴特泽赫人收容了父亲，他们住在沙普苏格人的南面。当时父亲已经有了两个孩子：我和我妹妹罗托可。很多人想跟父亲攀亲，所以父亲把我送给孤身生活的曼苏尔老人带。曼苏尔是个铁匠，山里人对他打造的家伙很看重。我刚一出生父亲就跟曼苏尔商量好，曼苏尔按照古老的习俗当了我的养父。去学打铁吧，父亲对我说，没人再需要王爷了。我在曼苏尔那儿住下，他的家是河边的一处偏僻的房子，曼苏尔整天在铁匠炉旁忙碌，而我则按照男人的要求练习骑马的技术以及高难度的射击。曼苏尔给我打了一把小刀，我用它劈核桃树。在此期间我父亲在一次狩猎中被外来的山民杀死了。人们就是这么说的。

"'我长大了,可以帮曼苏尔打铁了。无数的岁月使他的手劲变弱,眼神变差了。所有跟我同年出生的小伙子都早已骑上了马,以勇敢的行动给自己争了光,而我还一次也没见过库班河的对岸,没见过哥萨克的长矛在风中挥舞的情景。

"'与此同时小罗托可已经进入了豆蔻年华。村村寨寨的人们都听说过她长得很美。柘木布拉特,就是那个有罪的艾德克的儿子向她求婚,他是沙普苏格人的头目。就像我妹妹的美丽盖过最美的山一样,关于柘木布拉特的勇敢的传说也广泛流传,好像悬铃木的树杈上长满旋花。在冰冷的库班河两岸,在卡巴尔达,在高山的另一侧的阿布哈兹人的地盘,人们都知道他的大名。我是一个普通的铁匠,看到一个如此有名的别拉特①青睐我妹妹,我感到很骄傲。当时的情况是,我的养父曼苏尔已经濒临死亡,他病入膏肓,这让生活蒙上了阴影。我日夜守在他的床头,向万能的安拉祈求延长他的生命,消除他的痛苦。但是看来神明想把这个正直的人快点收去——曼苏尔就要死去了。在永远闭上眼睛之前,他把我叫到跟前,对我说:

"'你知道吗,孩子,萨尔玛·汗,我多少年心里藏着个秘密,让我不得安宁。打死你父亲的不是山民,哥萨克也没有攻击他——是有罪的艾德克亲手砍死了他。当年混乱已经结束,因为世界上万事都有终结,很多的王爷都回到了老家,艾德克为他做过的事睡不好觉,他知道,只要贝伊苏丹活着,他就不能安眠。这个罪恶的儿子就在他打猎的时候设了埋伏,射穿了他的胸膛——这还不算,他还从死者身上摘下了那只任何一个骑手都羡慕的枪据为己有,现在他的儿子就背着这把枪——就是那个柘木布拉特,你这个不幸的人要把妹妹嫁给他。

---

① 原文为белад。

"'老头,你为何不早说?我喊道。

"'那是因为,曼苏尔回答说,他看了我一眼,他的目光因为预感到他已经快进天国而变得格外明亮,秘密就像是父亲的遗产,就像父亲的枪和刀,只有当老一辈把刀放下的时候,后辈才能看到它的寒光,才能握住刀柄。只有在你自己站在更大的秘密门口的时候,才可以把那个秘密传下去。

"'曼苏尔这样说着,他的灵魂随即飞升了。我埋葬了老人,像女人那样把自己的脸抓破,头也不回地奔进山里,像野兽一样徘徊着。我发疯般地在山岩间游荡,我的马垂头丧气地跟着我,以怨艾的嘶鸣回答我的嚎叫。受辱的感觉使我窒息,我不知道饿,也不知道渴,倒在一条小河旁边的石头上,希望就这么死去……我紧挨着河水躺在石头上,太阳高高地升起,把清澈的河水照得见底,阳光爱抚着我,但它并不是为我一个人照耀的。一条鲑鱼在蔚蓝的水中很快地一闪,然后就钻进一块石头下面一动不动了。可是我的眼睛感受不到世界的美好,怨恨和悲哀充满我的心……我一动不动地一直躺到半夜,听着哗哗的流水声。黑暗降临大地,石头变冷了——像我的心一样冷。天越来越黑,眼睛已经看不到哗哗流着的河水了,水流声也变了。在寒气中,它的声音变得又清亮又干净,透过轻轻的波浪声可以听到从远方,从水深处传来了同样清亮的说话声。那是水妈妈漂亮的女儿们出来在月光下游玩,用银色的水罐打水,互相呼应着拍打着,轻声笑着,发出不真实的银铃般的笑声,汇入泛着泡沫的水中。她们召唤所有厌倦了在阳光下生活的人到那个看不见的未知的国度,它就在身边。我一辈子第一次没有祈祷,我也并不因为听到波浪悲伤的笑声感到害怕——恐惧没有侵入我那空虚的心。星星已经在天空闪烁,它们温柔地看着我的眼睛,它们温柔的光吸引我走上那条被多少人踏出的有罪的路……

"'忽然有人在黑暗中叫着我的名字。我抓起刀坐了起来。周围一个人也没有。嘿！我想死还太早呢！宁可下地狱，也不让亲爱的人眼含悲伤，忍受罪人的侮辱！我心中有什么东西点燃了，我又有了力量。我铺开基里姆地毯，为神唱赞美诗，因为他在深渊的边缘拯救了我，以黑暗的天顶的一颗小星星为我指了路，用轻轻的一个词驱散了寂静——我对此很高兴。我热烈地祈祷着，眼泪顺着面颊流了下来。那一夜我好像获得了新生——现在一个念头控制了我，让我的马知道往什么方向跑……我站起身来，把马叫过来，给它戴上嚼子。它好像明白我心里的想法，把头朝我的手伸过来，礼貌地叫了两声。我抚摸着他蓬乱的马鬃，给它梳理好，然后拔出我的马刀，放在月光下。为了找到法兰克人的剑，我不知刨开过多少异教徒的坟，曼苏尔老人为了打造这把刀不知干了几个月，在整个库班河上下也没有一把像这样的刀。当时我对自己发誓，我的血跟河水流在了一起。我吃了些奶酪，随后就上了马。'"

11

"我们的头上是辽阔的夜空，空气中散发着芬芳，只有进入下半夜的时候天空才会有这样的气味。偶尔一阵凉风送来阵阵寒意。月亮更亮了，它那没有生气的光亮遍洒周遭。敌人那边传来一阵马蹄声。几颗子弹正好打在我们头上的石头上。马痛苦而悠长地嘶叫起来。

"'他们派人到村子里去求援了，'萨尔玛·汗侧耳听了

听,他发现树后有人活动,便又放了一枪,'现在得离开这儿了,'他说,'等骑手们赶到就晚了,会把我们杀死的。'

"他外衣上的用羊角做的子弹夹空了。他摸出一个用皮带拴在腰间的圆形木头火药盒,数了数子弹。他的长外衣的下摆敞开了,我看见他腰间别着两把手枪。开始我一点没有注意它们,但我忽然发现,这两把枪恰好是决斗时用的古亨莱特尔枪。不仅如此,在其中一把的枪柄上我清楚地看到一个深深的刻痕,按照不成文的规矩,通常如果在决斗中用一把枪打死了人,就会在枪柄上刻一个这样的记号。我记得你也做过这样的记号,"涅夫列夫皱起了眉头,"我一直朝那两把枪看。萨尔玛·汗看出我很好奇,就把其中的一支抽出来递给我。

"'赞美神,我没猜错。'他把双手举向天空,天上出人意料地出现了一条条羽状的灰色云彩。

"我一点也不明白他的意思,但顾不上那么多了。留下的山民耐心地等待着增援,没有再徒劳地试图冲上来,他们找一些像罗马神庙的柱子那样又直又粗的大山毛榉,在树干后卧倒。他们盯着我们,不时射出几颗子弹试探我们那被月光照得一览无余的庇护所是否坚固。现在萨尔玛·汗已经把两把枪都装上子弹了,但狡猾的切尔克斯人在耐心等待——时间对他们有利。萨尔玛·汗看了看月亮,想根据它在天空的位置确定我们还有多少时间可以用。我觉得似乎很快就会涌来一大群穷凶极恶的骑手——我把耳朵贴在地上,努力地谛听远处的马蹄声,但萨尔玛·汗却很镇静,他一直在观察月亮。月亮慢慢地迎着膨大的黑云移动,而一大块的乌云也非常缓慢地迎着月亮凑过去,一路丢下一些跟不上的小朵云彩。我们怀着希望关注着他们可能的相逢。过了几分钟——这几分钟好像几个小时那么漫长——已经能够清楚地看到，它们肯定很快相遇，就在云团小心地包裹住发黄的月亮那一瞬间，贝伊苏丹的儿子把马拉了起来。片刻之间一片漆黑，所以我一时竟看不清直立起来、甩着头的马，而萨尔玛·汗抓住了这个救命的时机。我们上了马，斜背着枪，我学着经验丰富的萨尔玛·汗，藏身在马脖子后面。很快我们就冲出了凹地，恰好在月亮已经在平稳移动的云朵背后露出柔和、微弱而破碎的光亮的那一刻，从隐蔽的切尔克斯人之间冲了出去。那些骑手猝不及防，一时呆住了，我们就从他们面前一掠而过，就像从地面起飞的大鸟。接着传来了一阵喊声和枪声，一下子射来六颗子弹，子弹紧贴着我们好像笔直的闪电划破黑暗，但切尔克斯人毕竟开枪太晚了，没有对我们造成一点的伤害。我们猛烈地射击，同时听到身后传来打马的声音。切尔克斯人把马拉起来，有三个人打马追来。双方势均力敌，但萨尔玛·汗没有调转马头抽出马刀——他珍惜宝贵的时间，不想冒险。我们的马都很棒，很快追赶的声音就变小了，显然已经被树丛的枝杈所困，无法脱身了。根据我的计算，一小时后村里的骑手会赶到，他们很可能是派那个当兵的去搬救兵的，当然，要是萨尔玛·汗的子弹在此之前没有将他撂倒的话。切尔克斯人那边损失了那么多人，要是指望他们放弃追捕，未免太天真了。对他们来说此时是真正生活的开始——他们就是为了这种生活生到世上来的。等天亮的时候，几十骑骁勇的、不知疲倦的人马就会像一群狼一样沿着小路追上来。他们非常了解每一条小路，哪怕是野兽走的路，就像我们熟悉涅瓦大街上的商店字号一样。但萨尔玛·汗对这些路径也很熟。我们沿着山坡尽量往上走，穿过林带到了岩石裸露的山脊，然后不断地急转弯，但总是回到最初的方向——朝着北方，朝着库班河的方向走。路开始朝下。月亮时而在我们的左边，时而在我们的右边，好像天上的一只警惕的眼睛——它如影随形，须臾不离，好像在饶有兴趣又很怜悯地观察着渺小的人类的游戏——他们不过是迷失在大山草木茂密的褶皱中的虫子。尽管柘木布拉特的马很好，但还是比萨尔玛·汗的马差得远。那匹马冲破黑暗，跨越障碍，搅乱灌木丛的迷魂阵，就像一个醉酒的、灵魂渴望自由的庄稼汉。身旁的什么地方传来潺潺的水流声，萨尔玛·汗拨转马头，那马完全服从骑手的心思，小步快跑着轻轻跳到密林中。我们涉水过河，上岸后终于上了平坦的道路，在黑暗中道路就像两条弯曲的线，那是被大车笨重的轮子碾压出来的。这时我们把自己交给了真主……是的，真主，"涅夫列夫笑了一下，"当时想的就是真主——我们狂奔起来。"

"直到天亮我们一直这样狂奔着。路不知不觉地变成下坡，渐渐地来到了高山脚下没有密林的丘陵地带。接近早上的时候我的马开始喘粗气，臀部已经完全汗湿了，而萨尔玛·汗的马却依然飞速向前，马蹄几乎不碰罪恶的大地，只是用马掌将多石的岩床踏碎。我开始落后了。东方已经发亮变白，光明把最后的几颗暗淡的星星——从睡意蒙眬的天空赶走，而星座中的那些星星已更早地从视觉中隐没，就像儿女成群的受尊敬的家庭最早离开贵族会议的狂欢，把镶木地板留给那些不急于去什么地方的单身的花花公子。

"我们渡过了库班河，平稳地淌着奶白色的平滑水波，上岸的地点就在十字架旁。我们被惊醒的哥萨克簇拥着前往大概两俄里外的要塞。哥萨克们用嫉妒的眼光看着我们的马，其中一个人认出了柘木布拉特的白马,在边境它一点也不比他那已经与世长辞的主人名气小。听到俄语我感到很舒服,我似乎忘了我是一个受伤的士兵,要戴有号码的布肩章和没有帽檐的高筒军帽。

"要塞的指挥官是少校伊万诺夫九世,一个毫无疑问称职的军官,一个非常爱喝契希尔葡萄酒的人。我跟他讲了我们所有的传奇经历。让我吃惊的是,少校跟我的了不起的拯救者萨尔玛·汗很熟,他们彼此的关系好像是好朋友。更让我吃惊的是,伊万诺夫也提到了你,说你就在那个早晨之前的一个月被调到了下诺夫哥罗德龙骑军团,去了格鲁吉亚,还说了好多别的事,那些你一定比我清楚。伊万诺夫领我们去了他的住处,让司务长给我拿来干军服,给我的同伴拿来烟斗,他这时出去照顾他的爱马去了——这件事就是亲兄弟他也不会放心的。萨尔玛·汗回来后展开他那件没来完全浸透的卷成一卷的毡斗篷披在肩上,就从容不迫地爬上宽大的长凳,像土耳其人那样把腿盘起来,就像在埃尔祖鲁姆①的咖啡馆一样。司务长来了,拿来了军服。

"'大人,'他对少校报告说,'只有军官服了,是上个月走的那个士官留下的。'

"'拿来吧。'伊万诺夫叹口气说。

"我承认,命运开的这个玩笑并没让我喜出望外,可是没办法,于是我穿上了你的军服,好在它干爽而干净。我想起了那把决斗用枪,就把它还给了搭救我的人。在还枪之前我又把它仔细看了看,不知为何我觉得这正是打死叶拉金的那把枪。"涅夫列夫把头垂到胸前,停了片刻。"而且,"他疑问地看了我一眼,"本来就是这样,不是吗?"

我点点头。

---

① 土耳其的一座城市。

"就这样，"他接着说，"伊万诺夫当着我的面就坐下来写报告，这时候一个年轻的切尔克斯姑娘走了进来。她穿一件丝绸的罩衣，胸前用一颗银扣子扣住，下面露出一双乡下样式的矮腰皮鞋，上面装饰着很多细小的装饰物。她头上裹着一条普通的头巾罩住面孔，只露出一双大大的眼睛。这双温柔的眼睛中露出害怕的神色，但是这一掠而过的害怕只是更突出了她的高冷。伊万诺夫见她进来，就站起身把她领到萨尔玛·汗的面前，萨尔玛·汗高兴地说了些什么。他们用我听不懂的语言互相交谈着，萨尔玛·汗说得比较多，她则垂着眼睛听，有时轻声地问一句什么，显然很激动。

"'这是他妹妹，'少校对我点点头说，'柘木布拉特把她带走了，而他又把她偷偷弄了出来。他不想让她嫁给他。上次他们好不容易才逃脱。也是一直把他追到库班河。'

"午饭后天空忽然出现了零星的云，它们很快变厚，掉下了雨点，开始雨点很小，连地面也没打湿。萨尔玛·汗把他的阿特古尔牵了来，他在柘木布拉特的马上加了一个高高的，像酒杯一样弯起的阿布哈兹女式马鞍。他把一床柔软的丝绸垫子扔到马鞍背上，帮他妹妹上了马。我跟少校把他们送到要塞的大门外。

"'现在你要去哪儿？'我问萨尔玛·汗。

"'去达吉斯坦，'他从容不迫地回答，并不在乎有个俄国的司令部军官在场，'我去投加姆扎特-贝克，投奔先知的大旗下。我发下的誓言已经做到了……'他沉默了片刻，然后不知是对我还是对少校祝福道：'祝你长寿。'

"兄妹两个在马鞍上微微晃着，随着马的肌肉抖动的节奏向着那被野外混沌的雾气笼罩的林边小屋驰去。萨尔玛·汗唱起了一支忧伤的歌。那歌声不高，忧伤的调子与蒙蒙细雨中的别离和漂泊非常合拍，那是一个寻找的人永远的漂泊。

"'是啊,'少校目送着他说,'他杀了柘木布拉特,现在他心里高兴,可以过日子了。报仇雪恨——就是这么档子事。'他叹息道。

"'他唱的什么?'我问道,对这首旋律深情的歌我一点都听不懂。

"'唱的什么?'伊万诺夫侧耳谛听,'这是首阿布哈兹的歌。唱的是:嘿呀呀,王爷的儿子不喝酒,他不能打水。他走遍所有的小溪。水太少了!水太少了!就是这样,瞎胡扯。'他下结论道:'不过很好听。'

"除了正式的介绍信,"涅夫列夫咳嗽了两声,继续说,"伊万诺夫还很周到地写信给我的团长——他们认识。大家都乐意把我看作是杀死有名的柘木布拉特的人。要不是萨尔玛·汗把那匹白马带走给他妹妹骑,倒好像真的是那么回事。简而言之,一个月后我恢复了军官的身份——根据高加索军团的命令我被升为准尉。以后我又服役了6年,无懈可击,"涅夫列夫挥了挥手,"不过,这自然一点也没有意思。总之,6年升到了中校,没有走门路。被俘的事情之后我一路顺风,命运张开没牙的大嘴一直朝我笑。不过我们接着说吧。

"奇怪的是,我的思绪总是回到我读到墓地碑铭的那个晴朗的日子。这个不可理解的魔咒让我日思夜想,那情形和艾德克对贝伊苏丹念念不忘是一模一样的。我一遍遍默念那些奇怪的话,把句子重新排列,抓出一些话来反复琢磨,就像当铺老板玩赏着一个穷寡妇的最后一颗钻石。我想,说不定切尔克斯人绕着那些可怕的石头走是对的,说不定那上面写的东西有摄人魂魄的魔力,说不定它们能像撒进牛角的毒药一样直接毒化心灵。当我想到那本包含世上一切知识的宝书时,我的好奇心就更加强烈了。你知道,我一直对世界的秘密很感兴趣,"涅夫列夫笑着说,"当然,如果世界上有什么秘密的话。我有过一些在神秘主义或科学中探测各种秘密的经验,"他笑起来,"我天生是个哲学家,身不由己……我不停地呼唤那个不知名的折磨者的形象,他在山区阴郁而美丽的自然中,在这个严酷地方的残酷风俗之中留下了充满崇高感的孤独的呼声。

"我所在的部队正好驻扎在泽连秋克河下游,自然,我马上想起了那个神秘的古斯塔夫·特列维利扬的指点。

"'今天几号?'我问一个朋友。

"我得到的回答是:'6月22号。'

"你还记得那个在整天抱怨无聊的准尉吗,他总是穿着特别花哨的匈牙利式军装,在整个右翼部队都很出名?当时他就在我们部队。

"'您想不想到河上游走一趟?'我怂恿他。

"'干嘛不呢?在什么地方还不是一样无聊?'这个怪人回答说。

"我们在拂晓时分出发了,带上了一个黑海来的哥萨克,他叫多罗菲·卡里宁,他对山里的条条路径都特别熟,就像他家的炕头一样。这个哥萨克身体强壮,是个好猎人,好骑手。

"'你知道泽连秋克河边的废墟吗?'我们满怀希望地问。

"'怎么不知道,'他若有所思地说,'离这儿差不多10里。'

"我们沿着河的右岸走,不到中午就到了一块大林间空地,那里长着茂密的野梨树和樱桃李,树上一动不动地挂着黑色的圆球，好像圣诞树上的装饰，又像圆形的野鸟窝。人们离开这个地方有几百年了？在落叶中，斜坡上、山崖上留有一些黑乎乎的人工挖掘的洞穴，当初是阿兰修士的隐修之所。一些建筑的基础和断壁残垣还依稀可辨，遥想当年它们曾支撑起一座沉重的浪漫情调的建筑——格鲁吉亚土地上那种古朴的建筑风格是以石头谱写的献给早期基督教的凝固的颂歌。在炫目的阳光下，那些突出的窗洞好像一个个眯成细缝的眼睛。这风格刚劲的遗迹是信条的化身，是开放的象征，是最初的信仰之光的骨架——睿智的高加索小心翼翼地从疯癫的欧洲接过这个信仰。就像每一次看到已经覆灭的时代的伟大遗迹时那样，我们感到忧郁而惆怅……波斯科宁把表掏出来——离正午还有一个小时。我们的头顶上是夏日明丽的天空，它在山谷浓郁的绿色衬托下显得格外蔚蓝，而在我们脚下是湍急汹涌的泽连秋克河，河水清洌，水流咆哮地冲着卵石。我们把马拴在山茱萸丛中，走近教堂，怯怯地靠近那神秘幽暗，令人心情忧伤的地方。教堂的祭坛犹存，甚至刻在石头上的两幅圣像也保存了下来。时间抹掉了圣徒的面容，只有在一块石头上还有一个十字架的图像依稀可辨。透过天顶的破洞遥望蓝天令人伤感，高低不平的石板小径上长满野草，最终湮没在荒草中，教堂的地面上已经被沙子覆盖，尽是斑斑点点的鸟粪，此情此景，更是令人痛心。

"我仔细回忆这那个不幸的法国人留下的所有线索，在正好正午的时刻——波斯科宁用他的德国表尽量精确地掌握着时间——我面朝着洞开的拱形大门，望着暗处，从风化的门槛向后退了五步。我的影子投向左边，折了两折：第一次折在长满野草的冲积层上，那里立着一段高墙，第二次折在一个最想不到的地方，正好是头的影子应该在的地方，指向那块应该搬起来的要命的石头。时间没有配合我们的想法，一整块的墙体已经变成石屑，因此我的头部的影子变了形，好像一张厚纸平着落在崩塌的地方。或者是不是有人不耐烦地拆毁了这道墙？也许他拿到了那本圣书？这个猜测让我不由自主地呻吟起来。但是除了不识字的山民和被俘的俄国军官谁还能发现这座死城，厄运还会让谁偶然地读到这些文字呢？没有办法——我们脱掉制服，动手翻检这一堆碎石。我们挖的时间很短，几分钟后我的目光就遇到了压在一块石头下面的一本厚书的皮制封面。我的心狂跳起来。我想，莫非这是真的？——不，我甚至没有想，生怕一动念头就把那股灵气吓跑。我把波斯科宁叫过来，我们把那块被削平的沉重石板挪开。一秒钟之后我的手颤抖着——不知是因为身体的紧张，还是因为灵魂的战栗——把这本书中之书拿了起来。书皮很硬，好像木头一样，包着铜的书角，已经氧化，翘起的书脊上装饰着小铜片，图案已经斑驳不清了。皮封面经历了千百年，已经被压得很瓷实，好像中国瓷器的干釉面，上面布满蜘蛛网状的裂纹。封面曾经是深棕色的，是用蛋黄搅拌赭石上的色，在封面的有些地方，在微微凸起的花纹之间还顽强地附着着这种颜料。我把书打开——它是空的！……书脊上还连着几页字迹模糊的羊皮纸——这是被时间无情吞噬后的惨不忍睹的残余，是那渴望已久的宝物的几道发黄的、破烂的伤口——哪怕是一幅天真的圣像画家画的、给上帝穿着他自己所穿的衣服的褪色的小插图也没有，哪怕一个记载着上帝的话的模糊不清的字母的痕迹也没有，好吧，就算是无法理解的象形文字的痕迹也没有。一无所有！

"'运气不好，'多罗菲走了过来，'可能是让狐狸吃了。'他看了看我们那被掏空了的宝物，指着无数尖牙的痕迹，说道。

"我哭了，就像一个被大人欺骗了的小孩——本来答应带他进城，却没带他自己走了。我抱紧书的空壳，仔细地把里面填满的白色石粉从所有缝隙里吹掉，和着愚蠢的眼泪摩挲着它，此时没有比我更弱的人了。我有点像一个被悲伤击垮的丈夫，用炽热的手臂抱着心爱的妻子没有生命的身体，又像一个疯狂的哥哥看着死去的妹妹，像一个儿子擦着父亲冷冷的尸身，跟这个无言的身体说话，像一个发狂的情人爱抚着他爱人被死亡锁住的身体——躯壳还在，但灵魂已经被那无辜的小动物吃掉了。唉，它们一定是为了寻开心，或许只是饿了。这是卡里古拉对克劳狄拉没有呼吸的身体所做的阴郁的游戏，是愿望与现实，神话与真实，光与影以及……盘算与结果之间永恒的游戏，这个单子可以无穷无尽地延长下去。悲喜剧……

"'是个有名的圣像画师，'多罗菲继续欣赏着书皮，喃喃地说，'怎么样，大人能不能把它送给我？'

"'你要它做什么，老兄？'波斯科宁问道。

"'我拿到村子里送给曼诺伊尔神父，他的小教堂里祈祷书完全坏了，'多罗菲说到这儿画了个十字，'书皮全散架了，看着怪可怜的。'老人停了一下，又说，'我闺女嫁给了达德莫夫中尉，复活节的时候生了个死孩子。上帝不让我抱孙子。'他重重地叹了口气。

"我们把书皮送给了这个哥萨克。"

我跟涅夫列夫若有所思地默默坐了一会儿，眼睛看着不同的方向。

"是啊，"最后我说道，"世界很小，小得就像游牧民的帐篷。"

"小得就像巴甫洛夫斯克掷弹兵的军服，"涅夫列夫回答说，于是我们轻松地笑了起来。我们已经很多、很多年没有这么轻松地笑过了。

"你什么时候走?"我问道。

"明天就走。只要领到旅费……"

涅夫列夫去部队了,我则留下来,很快我就得知,这次在舅舅幽暗的房子中奇妙的相聚是最后一件把我再次跟过去的28年生活联系起来的事情。

我越来越被一种想法困扰纠结,我怀疑自从我违背一切理智从大学退了学,我的生活就走上了其他一些人生活的平坦道路。但是构成生活的成分是如此的少,所以完全地陷入其中的一部分是不明智的——不知是谁在什么时候说过这个话。对了,是叶莲娜。要知道经济拮据的人才会把别人脱下的衣服接着穿下去,并感到很幸运。我已经明白无误地感觉到我那平淡无奇的命运以某种说不清的方式被锁定在与其他人的命运的交接处,有时那是完全不认识的人,但他们却使我成为他们的事的参与者和接续者。我已经清楚地看到,没有一个字是无缘无故随便说说的。在世界这座房子里,我不想一辈子充当别人的充满光明与欲望的窗洞之间的墙壁,慢慢地我开始打探调查,梳理他们动荡生活中那些互相矛盾的乱麻作为消遣,我觉得对我自己来说,一点点的这一类知识似乎都像空气一样必不可少。我自己已经忘记这些故事的开头,却开始给它们想出结局——一定要是阴郁——把不足的地方填补起来。我经常跟死去的人交换眼色,我觉得自己是他们当然的继承人。我严格按照规则做着研究,而我的规则只有一个,那就是记忆。我也会不安地想到,这些怪事不知可以讲给谁听而不被但当做一个疯子。

Хоровод
环 舞

　　我越来越深地陷入最直接的伤感的漩涡中，我渴望虚空，就像8月的正午在干旱多盐的克里米亚海岸渴望喝一口水一样。所有这些由无拘无束的看不见的记忆讲述的故事，所有这些被抛弃的丈夫（他们自己抛弃了自己），所有这些不幸的情人（他们拥有幸福所必需的一切条件，却没有获得幸福的方法，因为有某种我们无法掌控的东西存在），所有这些被毁掉的命运，所有这些源于失去的故土、被遗忘的信仰、被侮辱的宗教的痛苦，那些永远的流浪者，阿尔弗雷德·德·西尼的狂笑，那个老得不像话的伯爵（他好像悬在我头上的没有生命的阴影，总是在夜里以那些胎死腹中的传说追逐着我……也许他也只能备受煎熬地熬过那贫乏的生命，等待着自己的阴影，就像那自我牺牲的古斯塔夫？）这些胡思乱想有时不期而至，有时偶然浮现，所有这些好像完全无伤大雅的话实际上却编织和扭曲了我的生命，而我的生命就这样背叛了我，向那些坟墓的话语敞开了怀抱，这些话好像是提词人对着演员那淡漠而敏锐的耳朵说的，我的命运听到了，于是慢慢地，不知不觉地去适应那些无端的痛苦，不存在的忧郁，好像没来由的悲伤和寂寞，我感觉自己就是被那些无心的话语塑造的。

　　老伯爵给了我接近疯狂的忧郁，舅舅，可怜的舅舅给了我对命运的打击既顺从又下意识地渴望的心情，涅夫列夫在我心中种下了萎靡和绝望，克维斯尼茨基则让我厌倦军人生涯，特罗赛尔让我讨厌旅行，薇拉·尼古拉耶夫娜给健康的爱情披上了离别的黑纱，已故的阿尔弗雷德让我怀疑年轻人的幸福是不理智的，而他们大家一起使我充满了对生活的热望，同时用无数全都结局不佳的故事让我心乱。空气中确实充满了暗示、指示和启示，讲故事者口吐莲花，他们说的话瞬间就变成了我的路标。只有一个预言是符合预言艺术的一切原则，因而绝对会实现的——那就是那个住在房顶破洞的房子里的算命老太婆所说的费解却又言之凿凿的对于幸福的许诺。

一年就这样过去了。我开始害怕语言——不，不是那种发自肺腑的语言，不是充满感情的誓言或乞丐们的跟微弱低哑的祝福声混在一起的语言，不是醉汉的含糊不清的咒骂，而是那些冷漠的，随口一说的，好像不经意、实际上有目的的语言，那些涣散的意识所渴望的语言，它们带着不知满足的情欲和类似宿命论的驯顺深深地浸入了人们的心。我倾听着语言，竭力猜测它们还会给我带来哪些意想不到的事。我躲避无聊，我随身带着它，却竭力躲避这个永远在身边的幽灵。我搬到了莫斯科，好离舅舅那笼罩着不可战胜的传奇氛围的房子远一些。冬天的长夜笼罩着阴郁的蓝色调，将心灵中仅存的活力吸得干干净净，我会到英国俱乐部消磨时间，在那儿当然看不到一个英国人，但是可以看到一些被家庭所累的浪子，被债务所累的绝望的轻浮之徒，被情人和任性的爱恋所累的上年纪的花花公子——他们全是将是自由主义时代的活人物；还可以看到一些已经完全莫名其妙的人，他们不论年纪大小，集上述丰富多彩生活的特征于一身，所有这些人都在没有结果的谈话中——这些谈话的意义就是无的放矢——打发日子，确切地说，打发夜晚，他们慢条斯理地呷着香槟酒或勃艮第出产的红酒，有口无心地咬文嚼字，把生活变成无穷无尽的拖延，变成在还没做的事和永远不会做的事之间没完没了的间歇，同时他们以华丽的语言谈论着夸张的忧郁，在时间中各自掩饰着真实的自己。一切迹象表明，这些人也在等待自己的阴影，有的指望痛风，有的盼望中风，还有的希望得上急性结核病。我也是这群人中的一个，我是个超龄青年，冷漠生活的没有天分的学生，我为这个由步兵、轻骑兵、土地局的阉人组成的团体介绍来一些戴着闪闪发光的勋章（也不管这些勋章是应得的还是不配得的），朝着天寒地冻的窗外呲着难看的牙（它们被别出心裁地用块菌和行军中篝火的烟打磨过），从事高层政治、做大买卖的太监,也带进了已经凋谢(但苦苦瞒着别人)的青春,还有已经熄灭的欲望,解不开的谜,丑角的秘密,没有展开的和弦。我失去了色彩和光彩,失去了老婆,但奇迹般地依然头发浓密,名声良好,而且——这是最让人吃惊的——依然保有舅舅的全部遗产,这完全是由于那无聊的心态,因为挥霍钱财跟其他的一切事情同样无聊。我在生活中既没找到意义和信仰,也没找到职业。看来我也在等待自己的阴影。可是如果天上没有太阳,哪能等到阴影呢?看来先要盼着出太阳才对。

　　就在那个没有英国人的英国俱乐部,我碰上了已经发胖的波斯科宁,他坐在那儿玩惠斯特,那神气让人觉得这个人至少是在地图前运筹帷幄,指挥着征服世界的千军万马。他那著名的匈牙利式军服已经无影无踪了——现在包着他那粗壮身材的是在巴黎剪裁、在库兹涅茨桥缝制的瘦燕尾服。燕尾服以及时髦的裤子的色调都明白无误地表明,发生了什么事情。

　　"我的天哪!"我喊道,"你的忧郁劲儿哪儿去了?你的匈牙利式军服哪儿去了?"

　　"我要结婚了,"波斯科宁高兴地眨眨眼,说道,"正准备出国呢,打算去罗马。8个月之前我退役了。"他提前回答了下一个问题。

　　我理解地点点头,想起了克维斯尼茨基老头。

　　"对了,"波斯科宁的脸色阴沉了一下,"听到了一个消息:涅夫列夫被打死了……您说什么?"

　　我什么都没说。我沉默不语。

　　"是啊,是啊,"波斯科宁肯定地说,"是在戈伊金山谷指挥步兵先头部队散兵线的时候。7月份。可怜的人,真可惜。他升得挺快的。要是他活着,30岁就能当上上校。他好像什么亲人都没有,不是吗?不,不对,我觉得他留下了个妹妹。沃伦佐夫公爵对他很欣赏。他很难过。"

尾声

这些事情过后又过去了若干年,这些年我拼命地寻求意义,并一直怀着永远无法摆脱的恐惧,只有在临死的时候才能将它小心地在坟墓旁放下。

　　很快我便逃到了乡下,在这里悲情的回声格外清晰,它带来乍看起来好像是没有理由的忧伤,但莫斯科北部郊外一带正是以这种忧伤的氛围著称的。有些时日我已分不清昼夜,并为自己的糊涂感到害怕。我与完全控制着我的忧郁没完没了地斗争而筋疲力尽。在一个这样的夜里,我心里充满了没来由的奇迹的预感,盼咐套车,全然不管特罗菲姆的哼哼唧唧和被从床上或炕上拉起来的仆人的粗声大气。谁知道呢?涅夫列夫留在波斯科宁记忆中的最后一句话是"有债好还",这句话对我很有用,因为我恰好欠着债。这句已经去世的人说过的话一再在我身上应验,好像咒语一样。为了多少让自己的生活有点意义,我拼命抓住自己对这句简单的话的解释不放。车夫们远远地就吆喝着告知他们打着哆嗦的同伴他们正在举行一个从未有过的比赛,他们争先恐后地驱赶着吃得饱饱的马,让他们的车超过我,消失在夜色中。照直说,在这个疯狂的夜里,我觉得最好的马都是驽马,我都不把它们看在眼里。一个又一个驿站从眼前掠过,它们的墙壁没有粉刷,茶炊在空虚中冒着烟,路好像链子,不断落到了身后,又好像发亮的弓弦穿透无边的黑暗。我们冲破这阴雨的夜,突破库班河的骑手以快马的胸膛冲过河边的芦苇丛和在哥萨克的哨位边缭绕不去的黎明前的雾气,一个情绪亢奋、急于赶路的俄国人就是应该如此驰骋在自己的辽阔的土地上,来征服难以想象的神奇辽远的距离。当黑夜将尽的时候,疲惫的马和洋洋自得的年轻好胜的车夫——他奇迹般地躲开了新兵招募——将我扔在了斯摩棱斯克省政府前面的空荡荡的广场上,值班的岗哨用不听话的手拿着歪歪斜斜的枪,睡眼惺忪地看着我。然而我要找的不是隐身黑暗深处的、有着彼得堡式的大窗户和立柱、装饰风格豪华而粗俗的省长住宅。我要找的也不是邮政局长和警察局长的家,也不是其他偶尔以颤动的烛光向我同情地眨眨眼的高门大户,也不是像棱堡一样的商人的大宅,也不是沿着曲折的河床——那汹涌的波涛是像布列塔尼人一样彪悍的帝国猎骑兵的蓝色血液——修建的结实的仓库,也不是小市民的寒舍——它们雕花的窗户在黑暗中眯着老鹳鸟一样放肆的眼睛,也不是那些小酒馆,拉货大车的车夫们在那儿用粮食酒犒赏苦命的自己,这些酒也同样让他们心情激动,就像在土耳其城堡下从见过巴黎被围攻时的硝烟的白发苍苍的少校将军手中接过格奥尔基十字勋章一样。我找的是一个突然去世的八品文官伊万·谢尔盖耶维奇·波鲁艾克多夫的家,他的妻子达吉亚娜·阿列克塞耶夫娜·波鲁艾克多娃娘家姓涅夫列娃,辛苦拉扯着两个子女——老大是男孩,小的是女孩。我赶到的正是时候,因为结核病已经准备从两个孩子那里不仅夺去父亲的那点微不足道的抚恤金,而且夺去最亲的人——母亲。

  达吉亚娜·阿列克塞耶夫娜去世的时候已经被送到了我们莫斯科郊外的庄园,那一天盛开的茉莉花发散出最后的浓郁花香,年老的谢拉菲姆神父用苍老的嗓音磕磕绊绊地为她念临终祈祷词,祈祷词在幽暗空旷的教堂中久久低回,化作一股轻烟缓缓飘向穹顶,颜色剥落、只剩一张白脸的基督祝福像从那里望着我们。

  夏天和秋天我们住在乡下。法语家庭教师从城里赶来上课,入士官学校的考试虽然还不是很近,但会很不容易,上寄宿学校也得有基础。在秋季短暂的白昼我们经常骑马,快活地呼吸着忧郁而沁凉的空气,给小波琳娜套上毛茸茸的小马,给她裹上用粗毛羊羔皮缝制的小骑手服,把她放到山羊皮的马鞍上。当我看到阿列克塞骄傲地斜视着妹妹,不满地用马鞭把泥点从锃亮的皮靴上刮掉时,我感到很欣慰,因为我知道他觉得自己是个男人了。

我们按辔徐行,经过一棵棵凝然不动的黑乎乎的栗椴树,走过安静的、最后一次领受早霜的大地,马抖着脑袋,马蹄踏碎了刚刚结了一层的薄冰。天空湛蓝,我们的头顶先是有一群饶舌的乌鸦在盘旋,而后是纤细的桦树枝条摇曳生姿。树叶脱落的桦树没有力气甩掉无礼的鸟儿,只是在柔韧的枝条上轻轻地晃着它们,就像比萨拉比亚顺着山丘起伏的道路悠荡着茨冈人的营地。兔子紧贴着马腿窜出,飞快地逃往萧瑟的小树林。大地平静而顺从地迎接死亡,因为只有它知道自己将在何时死去。低低的天空压迫着我们,也压迫着桦树林静静矗立的湿漉漉的树梢,像要把低矮硬直的林子压扁。不知道纤弱的日光是通过天上的哪条小路从坏天气的步哨之间溜过去的,它蓦地明晃晃地照亮了马蹄前面的大地,像钟表一样在冰面上叮当作响,仿佛告诉我们不尽的循环往复是多么脆弱,它推开软绵绵的土壤,急忙向上升去,好像害怕乌云赶来把它留下,让它在这下界,在这堕落的污浊的大地上挣扎。人在年轻的时候会因这种孤寂的预感而痛苦万分,但后来妥协却令人惊异地轻易到来了。你四下看看,无论是树枝还是教堂的穹顶全都在这周而复始无穷无尽的自然循环面前低下了头,自觉不自觉地顺从于它,以幸福和几乎有点蠢的微笑表明自己的无助。当我用眼角瞄着孩子们的时候,正是这样的微笑让我撇了撇嘴——我看到男孩子想捕猎,两个孩子都想要爱。

我却不喜欢捕猎。

"我想爱……哎……哎……哎……"我忽然放声呼喊,狡黠地四下看看,纵马奔驰起来。

孩子们原地没动,他们的目光万分惊奇。可是孩子们愣神没有多长时间,很快他们就开始边笑闹着边追逐我。然后我们又开始缓步前行。

我陷入了沉思。当初对我们的预言是否应验了呢?或许只是

———— 尾 声

我们觉得是应验了？或者是我们自己把它们从不让我们进入的地方拽了来？我们信什么？很难说。

我们相信过三刻钟我们会敲守林人西兰季的门，他会在小炉子中慢慢地升起火，久久地在小箱子里翻找答应给孩子们做的小笛子。我们出来玩的时候会去他那里烤烤火，透过生锈的炉门的裂缝欣赏熊熊火焰的舞蹈和煤块神经质的鬼脸。孩子们用木杯子喝着茶，而我把西兰季请我喝的酒灌进军用水壶。马儿在破棚子里安静地喷着鼻息。云母色的窗外，天很快黑了下来，一杯酒下肚，西兰季用大手捋着胡子——尽管没什么可捋的——自夸地看看军用水壶。我们马上就该走了，但是却不想走。大家都知道，西兰季也知道。

"怎么样，老爷，"他若有所思地开了言，仍然斜眼看着军用水壶，"没听到昨天的雷声吗？10月打雷，冬天雪大……"

"我们不会冻死的，我想。"我微笑着说，伸手去拿军用水壶。

西兰季哼了一声，伸手去拿酒杯，小酒杯登时消失在他的大手里了。他喝得小心翼翼，非常虔诚，就像在圣餐礼之后放下十字架一样。孩子们安静下来，看着他的嘴。那些关于牲畜产崽、盗伐木材和木材价格的谈话他们已经听腻了。他们交换了一个眼色，于是阿列克塞说道：

"伯伯，您答应过告诉我们沙米尔①是不是可怕。"

"朋友，我在高加索服役的时候，还没有沙米尔。"

"没关系，您就讲讲那时候有的人吧。"孩子们请求。

"等等。"我望着银色小酒杯中微微摇晃的清亮的液体回答说。我，就像童话中的公主，在那逐渐变暗的杯底忽然看到一些朦胧飘忽的人影。我沉默着，往事的画面开始变得清晰。于是我把酒一口喝干，讲了起来……

---

① 1799—1871，高加索山民的头领，曾建立伊玛目国。